Die reiche Hansestadt Osnabrück im Jahr 1447. Die Hanse droht der Stadt Osnabrück mit Handelsverboten, bis von Flandern kommen die Beschwerden über falsch gestempeltes, minderwertiges Leinen. Als von einem Kaufmannswagen am Alten Tor ein Ballen Leinen rutscht, wickelt sich aus dem Stoff ein Leichnam. Der Tote ist der Leinen-Prüfmeister Tomas Reker. In sein Genick tief eingetrieben stecken die Metallstifte einer Flachshechel. Auf dem Leinentuch findet sich geronnenes Blut, das die Form eines Fünfzacks hat. Das Volk deutet das als Teufelszeichen.

Der Ratsherr und Weinhändler Simon Leent soll zusammen mit dem jungen Studiosus Ertwin Ertmann dem Mörder auf die Spur kommen. Der Verdacht fällt schnell auf den lebenslustigen Reimer Knuf, der sein Alibi verschweigt, weil er die Nacht mit der schönen Kaufmannstochter Margit verbracht hat. Die Indizien gegen Knuf häufen sich, und er wird ins Verlies geworfen. Reimer Knuf schweigt. Können Ertwin und Simon Leent ihn noch retten?

Carlo Feber, geboren 1965 im heiteren Weinland Pfalz, studierte Politologie in Berlin und Paris. Er arbeitete als Arbeitswissenschaftler bei der Fraunhofer-Gesellschaft und war Projektmanager im Medienbereich. Neben seiner schriftstellerischen Tätigkeit hält er Krimischreibseminare in deutschen Literaturhäusern ab. Er ist Jurymitglied des Erzählwettbewerbs 2006 des Berliner *Tagesspiegels*.

Von ihm sind bisher veröffentlicht die *Knudsen*-Trilogie (1998–2000) und etliche Kurzgeschichten. Carlo Feber ist Mitglied der Autorengruppe *Neuntöter*, von der der Kurzgeschichtenband *Polizeirevier Friedrichshorst: Halbe Engel* (2003) erschienen ist.

CARLO FEBER

Die leinenweiße Braut

Ein Hansekrimi

Die Hanse

Für D. K.

Bibliografische Information Der Deutschen Bibliothek

Die Deutsche Bibliothek verzeichnet diese Publikation in der Deutschen Nationalbibliografie; detaillierte bibliografische Daten sind im Internet über http://dnb.ddb.de abrufbar.

Umschlaggestaltung: Susanne Reizlein, Hamburg
Motiv: Detail aus »Portrait of Elena Gaddi Quaratesi«
von Maso da San Friano (1536–1571)/Scala
Lektorat: Lisa Kuppler
Herstellung: Das Herstellungsbüro, Hamburg
Druck und Bindung: Aalexx, Großburgwedel
Printed in Germany

ISBN 3-434-52821-0

Informationen zu unserem Verlagsprogramm finden Sie im Internet unter www.die-hanse.de

Personen

Simon Leent, Weinhändler und Ratsherr der Stadt Osnabrück
Elisabeth Leent, die Frau des Simon Leent
Ertwin Ertmann, Studiosus, Adlatus des Leent, um 1430 bis 1505
Margit Vrede, Tochter eines reichen Osnabrücker Kaufmanns
Eisel, Margits Dienerin
Reimer Knuf, Ratsherr und Zweiter Prüfmeister der Legge
Tomas Reker, Ratsherr, Erster Prüfmeister der Legge und Riemenschneider
Jakob Reker, Halbbruder des Leinenprüfers, stadtbekannter Trunkenbold
Bertram von Schagen, Dompropst
Der Abt der Augustiner
Der Edle von Kaltenhusen, adeliger Herr mit vom Kaiser bestätigten Privilegien
Heinrich von Leden, Erster Bürgermeister der Stadt Osnabrück
Heinrich von Moers, von 1442 bis 1449 Bischof von Osnabrück
Terbold, Ratsherr und Tuchkaufmann
Piet Husbeek, Ratsherr und reicher Goldschmied aus Osnabrück
Melchior Hechtem, Kölner Kaufmann
Meister Görg, Fleischer und Ratsherr
Kaspar, Fleischergeselle und Jugendfreund Ertwins
Albus, Knecht des Osnabrücker Legge-Hauses
Bele, des Rekers alte Magd
Gundis, reizvolle Aufwärterin aus der Roten Kanne
Die alte Quindt, Salzhändlerin

Ein Glossar befindet sich am Ende des Buches auf S. 367ff.

1.

Der Peitschenschlag hallte in der Durchfahrt des Alten Tors zu Osnabrück wider.

»Aus dem Weg, Bürschlein.«

Ertwin Ertmann sprang vor dem Fuhrwerk beiseite. Halb auf dem Bock stehend, drosch der Kutscher auf das Pferd ein, der Kaufherr daneben hielt seine pelzbesetzte Mütze fest. Ertwin duckte sich, die am Längsbrett angebundenen Kupferkessel schwankten vor seiner Nase vorbei. Der Dreck spritzte. Mit besudelten Beinlingen stand er knöchelhoch im stinkenden Unrat, von dem Fliegen aufstiegen. Ertwin ballte die Faust und hieb auf ein großes Kupferbecken ein, das am Rückenbrett des Wagens baumelte. Der Torbogen vor der Brücke dämpfte den Ton. Nur die Delle im Becken freute ihn.

Der Kaufmann beugte sich um den Kutschbock herum, hielt mit der Hand seine Mütze am Pelzrand fest. »Lass die Finger von meinen Kesseln.«

»Möge dir das Rad vorm Abend brechen.«

»Lehrt man dich so sittsam fluchen, Studiosus? An den Doctores hast du keine guten Meister.«

»Höllenhundsfott!« Die Peitsche des Kutschers knallte über dem Kupfer.

Der Kaufmann drehte sich weg und winkte mit dem Handschuh. »Nimm dir besser meinen Kutscher als Lehrherrn, dann ...«

Der Wagen ruckte über einem Stein, die Kessel schlugen laut ans Holz. Das Pferd scheute, die Mütze mit dem Pelzrand flog vom Kopf des Kaufmanns. Es waren nur drei schnelle Schritte in der Spur, Ertwin duckte sich am Wagen und unter dem Geschirr vorbei. Er raffte die Mütze vor den wild tretenden Hufen aus dem Dreck auf der Neuen Brücke. Wenn der Kaufmann sie nicht auslöste, dann würde er sie über die Brüstung in den neuen Graben werfen. »Was lehrt Euch dies …«

Doch der Kaufmann krallte sich ans Kutschbrett. Das Pferd bäumte sich im Geschirr auf, der Kutscher hatte alle Mühe, es zu zügeln. Der Wagen rollte nur ein wenig weiter, stellte sich quer, genau vorm achtspeichigen Wappen des Bischofs im Mittelstein der Brücke. Zwei Mägde mit Butterfässern dahinter schrien auf. Wieder stieg das Pferd hoch.

»Willst du wohl endlich anziehen, du verdammtes Ross!« Der Kutscher zerrte an den Lederriemen.

Der Wagen schwankte, der Kaufmann stemmte sich auf dem Bock mit dem ganzen Leib gegen die rutschenden Ballen und Kessel. Ertwin wich vor den Hufen aus, der Gaul schlug aus, als kämpfte er gegen einen anderen.

»Wofür zahl ich dich, Kutscher?«, schrie der Kaufmann.

»Weiß der Teufel, woher die Bremsen kommen, die ihn beißen.« Der Kutscher sprang vom Bock, griff nach dem Bügel an der Flanke.

Auf der anderen Seite der Brücke hielt ein Ochsenkarren auf der Großen Straße an, die Mägde liefen weiter, die Bettler vor dem Augustinerkloster reckten die Hälse.

Das Pferd schäumte vorm Maul, trat an, mit einem Ruck riss es den Wagen fort, der Kutscher verfing sich, halb im Geschirr hängend, hinkte er mit.

»Ruhig, ganz ruhig.« Der Kaufmann ließ die Warenballen hinter seinem Rücken fahren, haschte nach den Zügeln und zerrte.

Ertwin hörte ein Knirschen, etwas unter dem Wagen brach, er kippte. Die Kessel schlugen an die Seitenbretter, ein Seil riss, oben hüpften die Ballen, die ersten rutschten in den Dreck der Großen Straße. Ein Mehlsack, aus einem anderen platzten Linsen heraus, die bis vor Ertwins Füße spritzten. Fässer kamen auf der Lade zum Vorschein.

Ein langer Ballen Leinwand stürzte steif wie ein Balken von den Fässern, streifte das Seitenbrett, die Leinwand verhakte sich zwischen zwei Kupferkesseln, hing fest, wickelte sich ab. Tanzte vom Wagen, schnell wie eine Spindel am Rocken, spannte sich aus wie ein Tafeltuch, immer schneller drehte sich der Ballen, rollte über die Linsen, an Ertwins Füßen vorbei, zu den Bettlern hin.

Die Leinwand war gesprenkelt von rotbraunen Flecken. Flecken, wie sie Ertwin im Hospital gesehen hatte, noch einmal schlug sie sich um, dann wechselte die Stofffarbe. Wurde grün und weiß, rostrot. Wurde zum Wams, zum Hemd. Ertwin sah einen nackten Fuß.

»Heilige Mutter im Himmel!« Ein Bauer stieg von dem Ochsenkarren und bekreuzigte sich. Erst als seine Finger auf seine Brust schlugen, spürte Ertwin, dass er es ihm gleichtat. Im Straßendreck lag weiße Leinwand mit Blutzeichen, Ertwin schien es fast wie ein Gesicht.

»Wie ein Schweißtuch eines Märtyrers«, entfuhr es einer gaffenden Frau hinter ihm.

Dem Mann dort im Straßendreck hatte man die Arme und Beine an den Leib geschnürt, er lag auf dem Bauch, ein letzter Zipfel Tuch bedeckte seinen Kopf. Volk lief herbei.

»Decke ihn auf, vielleicht lebt er noch«, sagte jemand mit rheinischem Tonfall.

Der breite Kutscher trat vor, Ertwin begriff, dass der Kaufmann gesprochen hatte, der hinter dem Bauern stand. Wortlos reichte Ertwin ihm die Pelzmütze.

Der Kaufmann nahm sie an sich, sein Blick hing am grobschlächtigen Kutscher. »Worauf wartest du?«

Die behaarte Hand, die eben noch das Pferd gebändigt hatte, schwebte zitternd über dem Tuchzipfel, griff zu einem Stück des Randes, der noch ohne Flecken und weiß war. Dann zog der Kutscher ihn vom Kopf des Mannes weg.

»Ein Brett, quer über dem Nacken«, entfuhr es dem Kaufmann.

»Nein, seht doch hin, es ist eine Flachshechel.« Der Bauer rieb sich die Stirn.

Ertwin starrte auf das Brett, die Rückseite der Hechel. Zahllose lange Nägel waren ins Genick getrieben, ins zerrissene Fleisch, klebrig von schmierigem Blut. Ertwin würgte es, er hielt sich die Hand an die Kehle.

»Das ist Hexenwerk, das Blut gerinnt nicht«, schrie eine Frau.

Der Bauer wich zurück, stieß Ertwin dabei in die Seite, murmelte ein Gebet und drückte sich durch die Leute davon.

»Blut gerinnt anders ohne Luft«, schrie eine dunklere Stimme.

Das tat es auch bei den Hasen, die Vater bei den Jägern kaufte, wenn sie diese aus den Jagdtaschen holten.

»Macht Platz für den Stadtschergen.«

Ertwin wurde von der Menge abgedrängt.

»Die sollen alles vom Kaufmann auswickeln. Alles. Der ist nicht von hier«, rief einer, »von Köln«, rief ein anderer, »man hört's an seinem Mundwerk.«

»In Köln hausen die mächtigsten Zauberer.«

Ertwin schüttelte die keifende Frau ab, die sich an ihn gehängt hatte. Ein Bettler schob sich zwischen sie. Der Stadtscherge in den engen weißroten Beinlingen nahm seinen langen Amtsspieß, setzte die Spitze unter der Hüfte des toten Mannes an und hebelte das Eisenstück unter den Leib. Es sah aus, als ob der Leib zuckte, Ertwin musste schlucken. Dann drehte der Scherge den Toten herum.

»O Gott, das Böse ist in der Stadt.«

Das schmale Gesicht mit den geraden Brauen, die sich rechts und links der Nase zu einer kleinen Spitze hochbogen, kannten alle. Jeder in der Stadt hatte dieses Kinn mit der Grube, als hätte ein Kind seinen Daumen hineingedrückt, beim Reden hüpfen sehen.

Es war der Ratsherr Tomas Reker.

Ein Finger berührte Ertwin am Ellenbogen.

Der Kölner Kaufmann hatte sich neben seinen Kutscher gedrängt und winkte Ertwin zu seinem Ohr. »Wer ist das?« flüsterte er. Seine Augen wanderten dabei unruhig über die Bettler, die sich an den Linsen- und Mehlsäcken auf der Straße vorbeidrückten.

»Der Leggemeister, der unser Osnabrücker Leinen prüft.«

Der Kaufmann pfiff durch die Zähne.

»Die Hanseleute haben mich nicht umsonst vor Osnabrück gewarnt ... Kein Rauch ohne Feuer.«

2.

»Stapelzwang, Stapelzwang. Fällt der wendischen Hanse in Lübeck nichts anderes mehr ein, als uns den Tuchhandel zu verderben?«

Der Bürgermeister hieb so fest auf den Ratstisch, dass das Zinngeschirr vor ihm klirrte. Simon Leent verspürte nicht die geringste Lust, auf den Wutanfall einzugehen, wie viel Zeit sollte er denn noch unnütz vertun? Zu Hause in seinem Laden richtete seine Frau mit den Knechten die Fässer für den Küfer, den Preis dafür wollte er selber noch aushandeln. Aber er konnte nicht einfach aufstehen und den Rat verlassen. Leent hob die Hand. »Die Lübecker haben zu viel holländisches Tuch in den Ostseestädten auf dem Markt feil gesehen, das nicht über die Hanse verschifft wurde.«

»Die Lübecker waren doch selber Schuld. Ohne den Kaperkrieg hätte der Dänenkönig den Holländern nicht das Land geöffnet. Nun stapeln die in Kopenhagen und segeln bis nach Nowgorod«, sagte der Bürgermeister.

Leent sah das weiße Unterleinen in den Seitenschlitzen von dessen Überwurf blitzen, so weit breitete der Bürgermeister die Arme über dem Ratstisch aus. Beinahe wäre dabei die Weinkanne umgestürzt. Leent wollte eins draufsetzen. »Der dänische Handel wird sich nicht durchsetzen, es ist ein Umweg für den Handel. Die Lübecker regen sich umsonst auf.«

Die Ratsherren liefen vor den Wandbehängen im Ratssaal durcheinander.

Die grüne Mütze des Kaufmanns Terbold saß ein wenig schief auf dessen Haupt. »Simon Leent, ich versteh Euch nicht. Ihr wart selbst oft genug in Köln, ja bis zu den Welschen nach Paris seid Ihr gereist. Seht Ihr das nicht? Die Dänen bedrohen Lübeck wie uns der von Köln jetzt beanspruchte Stapelzwang für Tuche. Was ist, wenn es den Kölnern gelingt, den durchzusetzen? Dass ganz Flandern und Brabant in Brügge ihr Leinen und Tuch stapeln mussten, hat uns bisher nicht weiter geschadet. Denn das Brabanter Tuch macht über Brügge keinen Umweg zu uns. Das holländische Tuch ist jedoch über die Ijssel um Wochen schneller hier in Osnabrück, als wenn es einen Umweg nach Köln nehmen müsste.« Eine Strähne gelben Haars lugte unter dem rot bestickten Rand der Mütze hervor. Terbold reckte das Kinn und zupfte die Bartspitze gerade.

Leent dachte jedes Mal an einen Rehbock, so aufrecht und gerad saß der dünne Leinenhändler, wie das Wild, wenn es im Morgentau bei der Äsung Wache hielt. Aber es war nicht nur das. Terbold drehte sich ebenso schnell wie ein Reh. Jetzt war er schon drei Sitze weiter und stand bei den Ratsherren aus der Haselaischaft. Leent griff zum Zinnbecher.

Terbold ereiferte sich. »Was redet Ihr da? Wenn aber auch die Holländer alles Tuch nach Brügge bringen müssten, kämen sie nicht mehr zu uns nach Osnabrück. Wer kauft uns dann unser Leinen ab und schafft es weiter nach England? Die Kölner nicht und die Bremer nicht. Auch wir haben unser Stapelrecht auf Leinen zu verteidigen. Lübeck braucht unseren Beistand.«

Wenigstens sparte der Rat nicht am Wein, der Corveyer Tropfen war süß. Ein Stuhl scharrte auf dem Bohlenboden am Ende des Ratstischs. Die Gildeleute regten sich vor der Täfelung. Knuf würde reden. Der Prüfmeister streifte den Vorhang vor den Fenstern zum Markt. Im Gegenlicht stand er wie geschnitzt aus Ebenholz, ganz schwarz schien Leent die kräftige Gestalt. In Stein hatte er solche Leiber vom Ruß überzogen in flandrischen Kirchen Türpfosten halten sehen.

Knuf verschränkte die Arme und sprach mit einer Stimme, die

den Dom hätte füllen können. »Nichts tun und Geld raffen, Ihr denkt allzeit nur an Eure Truhe, Terbold. Nein, meine Herren, halten wir uns lieber aus dem Hansegezänk heraus. Oder wollt Ihr nun endlich auch den Soestern Hansebrüdern beistehen, die ihre Freiheit als Stadtbürger verteidigen? Bisher hat Osnabrück sich da ja fein herausgehalten.« Knuf schlug mit der flachen Linken auf seine rechte Faust. »Die Stapelrechte im fernen Lübeck, so etwas schert Euch, Kaufmann Terbold. Aber nicht, dass die Landsknechte der Kirchenfürsten bald auch unsere Mauern belagern, wenn es unserem Bischof im Bunde mit dem Kölner Erzbischof gelingt, die Soester Hansebrüder zu besiegen.«

Hatte Knuf vergessen, dass die Handwerker gut an den Kaufleuten verdienten, die weit nach Osten fuhren? Wieder vermengten die Ratsherren alles mit allem. Leent stieß der süße Wein auf. In seiner Jugend hatte der Rat nicht länger als eine Frühmesse gebraucht, um zu einem Schluss zu kommen. Zu der Zeit war die Zahl der Ratsherren noch beschränkt gewesen. Doch dann hatte der Streit in der Stadt geschwelt wie ein böses Feuer im Torf. Leent spürte wieder das Brennen auf seinem Unterarm bis hinauf zur Achsel. Damals, als das rasende Volk des Nachts ihr Kaufmannshaus angesteckt hatte, hatte sein Hemd Feuer gefangen. Leent hatte die Feuersbrunst überlebt, das Feuer war schon fast gelöscht, das Schlimmste von den Vorräten abgewendet, da hatte ein berstender Balken den Vater erschlagen.

Von da an hatte der junge Leent den Laden selber führen müssen, die Mutter war zu schwach. Schließlich hatten die Aufstände der Bürger damals den Rat gezwungen, auch Gildeleute und Wehrherren aus den niederen Rängen zu den Beratungen aufzunehmen.

Einen Moment herrschte Schweigen, nur die Dielen knarrten unter den Füßen. Der Bürgermeister griff seinen Becher, führte ihn aber doch nicht zum Mund. Sein Blick fasste Knuf. »Warum vermengt Ihr alles miteinander, Gildemann? Es geht bloß um die Antwort auf die Hanseschrift aus Lübeck.«

Knuf strich eine Mücke von seiner Wange weg. Er zog den Mund breit, kniff das linke Auge zusammen. »Bürgermeister, vergesst Ihr so schnell? Osnabrück steht noch immer unter Reichsacht. Solange wir den Grafen Hoya nicht aus der Gefangenschaft ziehen lassen, droht uns die Strafe des Kaisers …«

»Ach was, der Kaiser sitzt weit weg in Wien. Die Gefahr droht höchstens von den anderen Hoyas, sollten die gegen uns rüsten.«

Von keinem anderen als dem Bürgermeister aus der Neustadt hätte der Knuf sich unterbrechen lassen, aber der war ein Bruder seines Großvaters. Welche Hansestadt hatte schon ehrenhalber drei Bürgermeister? Zwei aus der Alt- und einen aus der Neustadt, wobei dann doch nur einer, nämlich Heinrich von Leden als Erster Bürgermeister, das Sagen hatte. Aber diese seltsame Rangordnung wieder abschaffen zu wollen würde einen neuen Aufstand der Bürger heraufbeschwören. Leent seufzte, der Rat war wie von Leden selbst entscheidungsschwach. Elisabeth würde allein mit dem Küfer verhandeln müssen. Wenigstens konnte er seinem Weib trauen. Gott war ihm gnädig gewesen. Kein Goldstück zu viel ging durch ihre Hand nach draußen.

»Hättet Ihr den Grafen nicht so lange im Bocksturm eingesperrt, würde er jetzt nicht gegen uns wüten.« Knuf legte den Kopf zur Seite, sein dunkles, dichtes Haar fiel bis zur Schulter. Wo war eigentlich der Tomas Reker, der sonst das große Wort bei den Handwerkern führte?

»Es heißt, die Hoyas haben sich sogar mit dem Bischof gegen die Soester zusammengetan«, sagte ein Ratsherr aus der Neustadt.

»Mit ihrem Feind im Bunde? Die sind des Teufels.« Terbold sprang flink wie ein Reh durch den Saal. »Bin ich denn der Einzige, dem die Kölner Heerschar Vieh gestohlen hat?«

Die Ratsherren riefen wild durcheinander. Seit Wochen begingen sie alle Sitzungen so. Diese endeten im Streit und mit gegenseitigen Vorwürfen. Dabei drohte Osnabrück über die Reichsacht hinaus, dass die Stadt bald auch in der Hanse ohne

Bundesgenossen allein dastand. Lübeck hatte die wendischen und preußischen Hansestädte hinter sich gebracht, Köln und die anderen in Westfalen dachten nur an sich, weil der Kölner Erzbischof mit seinen Truppen durchs Land zog und um die Vorherrschaft in Westfalen stritt. Und die Herren von Kleve-Mark schlugen sich wie je auf die Seite, die am meisten zahlte.

Was nützten die schmerzenden Knochen, wenn er die Erfahrung des Alters nicht weitergab? »Haltet ein. Schlagen wir nicht alte Schlachten. Uns drohen neue. Bedenkt Euch. Wer hilft uns, wenn nicht wir uns selber?« Leent erhob sich. »Der Rat beschloss, den Grafen nicht freizulassen. Mag sein Haus uns drohen wie damals, wir widerstehen wieder.« Leent hob die Hand, als er sah, dass Knuf die Hände in die Hüften stemmte. »Wartet. Der Prüfmeister hat Recht. Wir müssen nicht nur den Lübeckern antworten, sondern auch auf das neue Hilfeersuchen Soests.«

»Was schlagt Ihr vor?« Der Erste Bürgermeister saß, die Arme auf den Lehnen, im Amtsstuhl.

Leent legte die Hände ineinander. Die Ratsherren würde er nicht von der Hilfe für Soest überzeugen können, jetzt noch nicht. »Suchen wir Zeit zu bekommen. Meine Fässer kommen gerade leer aus Holland zurück, dabei sind neue Nachrichten. Deventer wird bald dem Kölner Rat Widerstand leisten. Auch in Dordrecht will man sich den Handel mit uns nicht verderben. Schreiben wir nach Lübeck, dass wir den von Köln verlangten Stapelzwang für holländisches Tuch nur beachten, wenn es auf einem Hansetag zu Köln beschlossen wird.«

Die Ratsherren murmelten, der Erste Bürgermeister sah sich in der Runde um; als keiner das Wort ergriff, nickte er.

Doch dann tat Knuf von der Fensterseite zwei Schritt vor. »Warten, Simon Leent, ich höre immer das Gleiche aus Eurem Mund. Wollt Ihr auch warten, bis unser Bischof den Soestern das Rückgrat bricht?«

Dieser Heißsporn, aber mit dreißig hatte Leent auch noch keine Geduld mit den Dingen besessen. Und kein echtes Verständnis gehabt für das Gegeneinander der Mächte in Westfalen. »Nein. Aber bevor ich einen Schützen von unserer Mauer abziehe und dort zu Hülfe schicke, will ich sicher sein, dass wir ihn nicht selber brauchen. Ihr alle wisst, dass die Mauer an der Neustadt wieder gesackt ist. Wollen wir uns auf das Vorwerk allein verlassen und unseren Graben, der jetzt im Sommer niedrig Wasser führt?«

»Eine neue Schatzung für alle nur bei gerecht geteilten Lasten. Diesmal zahlt ihr Kaufleute einen gerechten Anteil an der Steuer.«

Leent musste sich beim Aufstützen umdrehen. Am anderen Ende der Tafel fuhr sich der Goldschmied Piet Husbeek mit beiden Händen durchs gelbe Haar. Dann griff er mit der Hand unter den Tisch, so dass sich seine Ellenbogen im blauen Wams nach außen drehten. Die Hand erschien wieder, warf einen ledernen Beutel. Der flog genau auf den Platz zu, an dem Leent stand, traf den Weinbecher, der gegen die Weinkanne schoss.

»Wenn Ihr ihn umdreht, Leent, werdet Ihr nur ein paar Viertelpfennige drin finden. Wir haben nichts mehr, was Ihr Kaufleute aus uns pressen könnt. Fehde ist im Land, Ihr weint um eure Güter, weil euch ein paar Ochsen von der Weide getrieben werden. Als ob uns der Graf Hoya nicht das ganze Vieh von der Laischaft gestohlen hätte. Ihr vergesst schnell, Simon Leent. Die Goldschmiede werden auf unser Vermögen keine ungerecht erhobene Schatzung zahlen. Arbeitet Ihr Kaufleute erst einmal Eure Pflichttage bei der Wacht und dem Mauerwerk ab. Wir haben genug Steuern gezahlt.«

Der Erste Bürgermeister lehnte sich auf dem Stuhl zurück. »Ihr mögt der beste Goldschmied der Stadt sein. Eure Fibeln mögen bis nach Lübeck verkauft werden, Husbeek. Aber was wisst Ihr davon, wie Ritter und Fürsten uns auf den Handelswegen zusetzen? Eure Käufer kommen in die Stadt. Wir müssen uns die Käufer suchen. Glaubt bloß nicht, dass es Euch besser gehen würde, erränge der Bischof wieder das Sagen in der Stadt.«

Am anderen Ende stützte Knuf sich mit beiden Fäusten auf den Ratstisch. »Machen wir's wie andere Hanseorte. Lassen wir die Kirche und den Adel endlich für den Schutz unserer Mauern zahlen. Was die Goldschmiede sagen, gilt für alle Gildemeister. Keine ungerechte Schatzung mehr.«

Die Bürgermeister sahen sich an, die Domherren im Rat wechselten Blicke untereinander. Leent wusste, was sie alle dachten. Die Handwerker taten sich heimlich zusammen, sprachen sich ab. Leents Unterarm brannte, kehrte seine Jugendzeit zurück? Es war gewiss kein Zufall, dass Husbeek am einen und Knuf am anderen Ende des Tisches stand und dazwischen die reichen Kaufherren saßen. Leent blickte auf das weiße Leinen auf dem Tisch, feines, gestempeltes Leinen erster Wahl, Osnabrücker Leinen. Leent griff zum Lederbeutel, den Husbeek geworfen hatte, zog am Bändchen. Schweigen fiel über den Saal.

Zwischen den Fingern spürte Leent ein paar Münzen im Leder. »Seid vernünftig. Eure Freiheit ist unsere Freiheit. Verspielen wir sie nicht. Wir brauchen eine starke Wehr. Mögen die Kaufleute zu jeder Münze, die die Handwerker in die Schatzungstruhe der Stadt legen, zwei hinzutun.«

Terbolds Hals wurde lang wie beim Rehbock. Er streckte den Finger aus und zeigte auf den Beutel. »Seid Ihr verrückt, Leent? Ihr könnt das ja gerne machen. Aber ich zahle nicht mehr als die Handwerksleute.« Der schmale Kopf zuckte einmal zwischen Husbeek und Knuf hin und her.

Es polterte unter dem Boden zu ihren Füßen. Ausgerechnet jetzt, wo er die Schatzung durch den Rat bringen wollte. Im Erdgeschoss riefen Stimmen durcheinander. Leent legte den Lederbeutel neben seinen Becher. Die Ratsherren drehten die Hälse zur Tür.

Husbeek kam die drei Schritt heran. Seine Wangen glänzten hitzig, als hätte er am Feuer seiner Schmiede gestanden. Die blauen Augen blickten kühl, der linke Mundwinkel zuckte. Er langte über den Tisch zum Lederbeutel. »Den braucht Ihr wohl nicht mehr.«

Der Knecht, der an der Ratstür Wache hielt, schrie etwas. Dann flog die Tür auf.

»Wer wagt es …?« Doch die Stimme des Ersten Bürgermeisters erstarb. Kinker, der Stadtscherge, schwankte, auf den Knecht gestützt, herein. Er brachte kaum die Worte heraus. »Der Leggemeister … der Reker liegt erschlagen … vorm Augustinerkloster.«

Leent starrte den Büttel an, dessen Wangen so fahl wie Zinn waren. Der kluge Tomas Reker … der hätte eben für die Schatzung gestimmt.

3.

»Zermalmt ist seine Kehle …«

»… nein, das Genick, ich hab's gesehen.«

»Erwürgt ist er worden, sagt meine Frau.«

»Hat man ihn nicht aufgeschlitzt?«

»Nein, erstochen, junge Herrin.«

Jeder von den Leuten, die am Stand der alten Quindt drängten, wusste etwas anderes zu berichten. Eben noch war Margit Vrede der Einkauf lästig gewesen, jetzt hätte sie nirgends lieber stehen mögen als mittendrin. Sie stellte sich auf die Zehenspitzen, das Stirntuch flatterte vor ihren Augen. So fein der Brüsseler Schleier auch war, jetzt war er zu dicht.

»Seht Ihr etwas?«, fragte Eisel.

»Die ganze Straße ist voller Menschen.« Ihre Magd war kleiner als sie und sprang immer wieder neben ihr hoch. Gleich würde das Salzsäckchen im Korb umkippen. Die alte Quindt band es nie fest genug zu. »Bleibe gefälligst stehen, denk an das Salz! Oder willst du mir das Geld ersetzen?«

»Nein, Herrin.«

Gleich würde Eisel wieder beleidigt sein, das würde ihr nur den Tag verderben. Eisel war gerade erst fünfzehn, aber mit den Frauendingen kannte sie sich längst besser aus als Margit.

Alle Welt wusste, wie es in den Dienstkammern und Scheunen zuging. »Ich kann doch nichts dafür, dass die Leute hier größer sind als du.« Margit hängte sich unter dem braunen Hemdsärmel Eisels ein. »Der Stadtbüttel treibt die Bettler die Große Straße herunter.«

»Für heute habe ich genug stinkende Leute erlebt.«

»Beschwere dich nicht.« Sie gingen immer nur ganz kurz ins Armenhaus der Fronleichnamsbruderschaft. »Vater will, dass wir viel Almosen geben.«

Ein Mann am Salzstand drehte sich plötzlich um und fuchtelte mit einem gichtigen Finger vor ihrem Gesicht herum. »Ihr habt ja auch das meiste in der Stadt zu verteilen.«

Dem Mann fehlten die oberen Zähne, nach den schwarzen Lederstiefeln mochte es ein Gerber sein. Margit hatte ihn schon einmal im Geschäft mit Vater an der Truhe mit den Edelsteinen stehen sehen. Auch war sein Mantel sehr sauber. Sie wies mit ausgestrecktem Arm auf die Nikolaikirche, deren Dach über den Marktbuden hochragte. »Was wollt Ihr von mir? Die Vredes haben der Kirche dort die neuen Stufen am Portal gestiftet.« Vater hatte ihr eingeschärft, jedem, der ihr den Reichtum vorwarf, mit den gottgefälligen Taten zu antworten.

Der Zahnlose blickte aber nur auf ihren Ring am linken Mittelfinger. »Die heilige Jungfrau trug keine Perlen an der Hand.«

»Und der Josef keine Kette.« Eisels Kopf lag schräg, ihr Zeigefinger auf ihrer Nase, mit dem sie eben noch die Halskette des Gerbers angepeilt hatte.

Der Mann zog den Mund zu einem umgekehrten Hufeisen ein. Dann drückte er die Dicke vor ihnen zur Seite und verschwand in der Menge. Margit kicherte.

»Macht die Straße frei für den Rat«, rief eine Männerstimme über die Köpfe hinweg.

»Seht Ihr was?« Eisel drückte ihr den Korb an die Knie.

Margit stellte sich wieder auf die Zehenspitzen. »Der Stadtbüttel rennt vorbei.«

Sie schlüpften unter dem Baldachin am Verkaufsstand der

Quindt hinaus. Vom Salzmarkt her schoben sich immer mehr Leute aneinander, reckten die Hälse.

»Guck mal, die junge Vrede. Die wohnt im geschmücktesten Haus der Bierstraße. So Schnitzereien möchte ich auch haben«, sagte eine Bürgersfrau.

Margit tat so, als ob sie nichts hörte. Eisel hatte den Kopf dorthin gedreht, Margit zog nur das Schultertuch zurecht. Die Weiber hinter ihnen tuschelten weiter. Margit kannte das, halblaut sprachen die Leute gern, gerade so laut, dass sie es hören musste, aber sich nicht einmischen konnte.

»Sie soll mit ihrem Vater aus gläsernen Bechern trinken und silberne Teller haben.« Die andere Frau ereiferte sich noch lauter.

Ja, sie tranken aus Gläsern. Aus Venedig stammten die, hatte der Vater erzählt. Aus dem Land, in dem der Papst lebte, wo immer die Sonne schien, auch im Winter. Selbst wenn sie sich zu ihnen umdrehte, würden die Weiber an ihr vorbeischauen.

Sie spürte Eisels Hand, die sie zwischen zwei Männern weiter nach vorn zog. Manchmal war es ein Vorteil, klein zu sein. »Herrin, der ganze Rat läuft hin.«

So würde sie Reimer Knuf gleich wiedersehen. Wenn der ganze Rat erschien, war er als Ratsherr gewiss dabei. Margit legte die flache Hand auf den Mund und schlug die Augen nieder. Ihm zulächeln vor all den Leuten, das war zu gefährlich. Würde er sie überhaupt bemerken, zwischen all den Leuten? Er würde sie überall suchen, Margit war sich sicher, das hatte der Glanz seiner Augen ihr längst verraten.

»Erschlagen haben sie den Leggemeister wie einen räudigen Hund«, sagte die Dicke vor ihr.

»Das kann nicht sein, der Reker hätte sich gewehrt. Der war flink und stark.« Die Nachbarin schüttelte die einfach geschlungene Haube.

Eisel blickte Margit von unten an, nagte an ihrer Oberlippe, flüsterte ihr zu: »Das war doch der Mann mit dem schönen Gesicht wie der König bei den Gauklern.«

»Jetzt übertreibe nicht.«

»Dir hat er aber auch gefallen.«

Der Mann vor ihnen schüttelte heftig den Kopf. »Wie sollte der Prüfmeister sich wehren? Der Hänfling Reker, wo sollte der Kraft schöpfen? Aus dem dünnen Leib vielleicht?«

»Aber ja. Hast du nie den Leggemeister bei der Arbeit erlebt, Schneider?«, sagte der Kaufherr vor ihnen. »Ich habe genug Leinen zur Prüfung zu ihm getragen. Reker war zwar dünn, aber stark. Der hat mit einer Hand einen ganzen Ballen Leinwand über den Tisch geworfen und ihn zur Prüfung glatt gezogen. Und schnell war er wie ein Wiesel.«

Margit sah die Ratsherren vom Nikolaiort aus in die Straße biegen. Er würde hinten mit den Handwerkern laufen. Sie trat zur Seite, die Männer vor ihr steckten die Köpfe zusammen.

»Die lange Bahn Leinwand soll rot wie ein Richttuch sein.«

»Solches wird der Rat bald aushängen müssen«, sagte die Dicke.

»Wer Rekers Blut an den Händen hat, wäscht sich die Finger längst anderswo.« Der Kaufherr klang dessen gewiss.

Margit sah ihn kommen. Er lief rechts neben dem gelbhaarigen Husbeek, der ihr den Ring gemacht hatte. Vater hatte ihre Hand geführt, als der Goldschmied Maß genommen hatte. Husbeek war lustig, hatte die Goldmünzen für den Ring zu einem Türmchen vor der Waage aufgeschichtet. Und ihr eine silberne Kugel gereicht. Mit dem Finger hatte sie das Türmchen weggekegelt. Selbst Vater hatte darüber gelacht. Margit mochte Husbeeks wache blaue Augen und die freie Stirn. Aber er war nichts gegen Reimer. Sie biss sich auf die Lippen, um nicht zu lächeln, als die Reihe der Ratsherrn vorbeizog. Ihre Finger spielten mit dem Perlenring. Reimer schien größer, hielt sich sehr gerade, als trüge er einen Ritterpanzer, die linke Hand ins Wams gesteckt, das bis zu den Knien reichte, und ging doch so federnd, als würde er gleich zum Tanz sich drehen. Margit senkte das Kinn. Und wie er mit ihr tanzen konnte.

»Der Rat wird nicht ruhen. Die Legge gehört der Stadt. Das Blut des Leggemeisters muss gesühnt werden.«

Der helle und der dunkle Schopf, Husbeek und Reimer ... drei Schritt vor ihr, nur noch die Männer wegschieben ... dann hätte sie ihn berühren können. Er drehte den Kopf, herüber zum Salzstand der alten Quindt. Sein Blick verfing sich in ihrem. Die braunen Augen verloren den ganzen Stolz des Ratsherrn, ein Wimpernschlag, schon schauten sie weich. Die Farbe von Honigkuchen. Er hatte sie gesehen. Margit umschloss die Perle ihres Ringes mit den Lippen und presste die Faust gegen den Mund, der lachen wollte.

Eisel bog sich weit ins Kreuz zurück. Von der Seite kniff ihre Magd die Augen zusammen und machte einen Schmollmund. Niemand außer Eisel sollte sie lachen sehen. Honigkuchen, was hätte Reimer ihr wohl dafür gegeben? Er war ein richtiger Mann. Seine Arme hatten sie frei in der Luft über der Tanzdiele gehalten. Er hatte sie herumgewirbelt, wie sie zuletzt als Kind von der Amme gedreht worden war. Damals war sie von der Kinderfrau auf der Sommerwiese gebettet worden. Nach dem Tanz hatte sie anderes blühen sehen.

Die Männer vor ihr liefen mit der Menge los. Eisel war schon halb zwischen den Leuten verschwunden, Margit sprang hinterher und erreichte mit der Hand gerade noch den Korbrand. »Wo willst du hin?«

»Na, gucken, wie der tote Reker da liegt.«

»Nein, wir gehen zurück in den Laden.«

Eisel drehte sich langsam um, den Korb schlenkerte sie an der Hand. »Wenn Ihr meint, Herrin.«

»Du vergisst schon wieder das Salz.« Eisel nahm auf ihren Fingerzeig hin den Korb vor die Brust. »Vater ist genauso neugierig wie du. Er wird uns schon alles erzählen.« Margit legte ihr die Hand auf die Schulter. »Die lassen uns Jungfrauen sowieso nicht vor.« Margit lenkte die Schritte zur Domfreiheit, so waren sie schneller zu Hause. Den toten Reker zu sehen, wollte sie sich ersparen. Sie behielt ihn lieber so in Erinnerung, wie sie ihn das letzte Mal gesehen hatte. An Vaters Tisch, mit den hochgezogenen spitzen Augenbrauen, hatten sie sich über den Gläsern aus Venedig zugeprostet. Jetzt erschien es ihr wie ein Zeichen des Schicksals. Der Wein darin hatte im Kerzenschein blutrot geleuchtet.

4.

Die Ratsherren folgten einander nach ihrem Rang. Zwischen den bunten Mützen sah Leent den spitzen Kinnbart Terbolds. Gleich würde er wegspringen wie ein Rehbock. Er hatte zu den Ersten gehört, die den Rathaussaal verlassen hatten.

»Sollte man nicht die Stadttore schließen?« Der alte Johannes aus der Neustadt blinzelte mit trüben Augen.

Leent fasste ihn am Arm und schob ihn weiter durch die Gasse. »So fangen wir den Übeltäter nicht mehr.« Wenn er überhaupt noch in der Stadt war.

»Nein. Der Büttel soll uns die Straße frei machen. Lauf du mit voraus.«

Leent ließ den Arm des alten Johannes gehen, denn der war stehen geblieben und wartete auf die anderen Ratsherren aus der Neustadt. Als hätte es eines Zeichens bedurft, hob der Erste Bürgermeister seinen Gehrock etwas an. Wie zum Kirchgang am hohen Feiertag rückten die Männer ihrem Rang nach weiter Richtung Altes Tor vor. Der Zweite Bürgermeister, Syndikus und Sekretär der Stadt, der Bürgermeister der Neustadt, von Ankum, die beiden Herren von der Haselaischaft, dann Fleischer Görg, der von der Marktlaischaft gewählt worden war. Leent reihte sich ein.

In der Straße roch es nach Brot. Niemand stand vor den Verkaufsständen der Bäcker an, Frauen und Männer drängten sich bis zur Ecke und gafften. Oben in den Fenstern der Häuser hingen die Leute auf den Fensterbrettern. Irgendwo greinte ein Kind.

»Sieh die Mägde, wie sie sich die Mäuler zuhalten.« Fleischer Görg fuhr sich über den breiten Nacken und nickte nach oben zum Gesinde. Leent holte Luft, der Erste Bürgermeister legte einen strengen Schritt vor. »Wenn man Reker hat die Stempel drücken sehen, hätte man meinen können, das ganze Legge-Haus gehöre ihm allein.«

Wenn es Görg mit den Regeln der Fleischerzunft nur auch so genau nehmen würde. Mehr als einmal hatte Leent sich den Magen verdorben. Aber Elisabeth ging trotzdem wieder zu ihm kaufen, weil er der Schwager ihrer besten Freundin war. »Unser Leinen verkauft sich gut, weil unsere Legge so streng ist, Görg. Bis nach London hat sich das herumgesprochen. Im Hanse-Stalhof wird oft nach dem Stempel gefragt.«

Görg wich einem Pferdehaufen aus und schaute zum Jürgensort zurück. »Butenburg und Johannis sind nicht ganz vollzählig versammelt. Nur die Neustadt. Wenn das Gesindel einen Dieb erschlagen hätte, wäre es mir lieber.«

Die Neustädter hatten größere Gärten und hielten mehr Vieh. Dorthin verkaufte der Fleischer wenig. »Die Diebe werden immer dreister. Mir haben sie in Bissendorf drei Kühe aus dem Stall geholt. Bald steigen sie uns nachts in die Häuser und holen uns unser letztes Geld aus den Truhen.«

»Wie soll man denn in dein Haus einsteigen? Die Rückwand steht doch an der Kirchmauer.«

Sie bogen in die Große Straße ab. Gebrechliche humpelten aus dem Weg, das Armenhaus war nicht weit.

»Über die Dächer kommst du in jedes Haus«, sagte Görg.

»Lass deine Mägde unter dem First schlafen wie wir, statt sie im Hof in den Stall zu stecken. Dann hast du die Sorge nicht.« Görg gönnte seinen Leuten wenig. Im Winter heizte er nicht mal die eigene Stube. Leent lächelte in sich hinein. Er wurde alt, bald besorgte er sich mehr um der Leute Rede als Elisabeth. Ums Haar wäre er dem Ratsherrn vor ihm auf die Hacken getreten, einem Riemenschneider aus der Haselaischaft. Niemand wusste mehr zu sagen, warum in der Rangfolge die Ratsherren der Haselaischaft den Vorrang vor jenen hatten, die die Marktlaischaft entsandte.

An der großen Straße winkte Leent seiner Schwester Gerhild mit beiden Händen zu. Sie schaute aus dem Fenster im ersten Stock. Ihr Blick unter der weißen Faltenhaube flog über ihn hinweg. Er würde ihr auf dem Rückweg berichten müssen, sonst saß sie morgen den ganzen Tag mit Elisabeth in der Stube und leerte ihm den besten Wein. Gerhild hatte bei ihrem Vater mindestens genauso gut Wein aus Fässern kosten gelernt wie er selber.

»Macht das Tor frei«, riefen die Stadtschergen.

Herren, Mägde, Knechte säumten wild durcheinander die Straße. Teure bunte Röcke leuchteten zwischen den braunen und grauen des einfachen Volks.

»Der Rat kommt«, schrien immer wieder Stimmen. »Der ganze Rat.«

Leent ging an ängstlichen Gesichtern vorbei und auch an vielen neugierigen Nasen wie auf den Bildern, die er einmal bei einem Genter Kaufmann gesehen hatte.

»Wann hat man wohl das letzte Mal das Tor zwischen Alt- und Neustadt versperrt gesehen?« Der Riemenschneider schaute zu Leent her und legte die Hände auf den Rücken.

»Seid Ihr vergesslich drunten in der Mühlenstraße, macht Euch das Geklapper das Hirn leer?«, fragte Görg.

Der Riemenschneider spuckte in den Straßendreck neben eine zertretene Rübe. »Nein, im Gegenteil. Ich weiß es genau. Als Graf Johann von Hoya vor der Stadt stand. Und bald wird es wieder so sein, Simon Leent. Ihr solltet nicht seine Freilassung betreiben.«

Die Ratsherren bewegten sich durch das Alte Tor, das enthob Leent der Antwort. Die Brücke war leer. Fast schien es ihm, als hätten die Stadtschergen die Straße gefegt. Die Seite vor dem Portal des Augustinerklosters war frei, selbst die Bettler und Gebrechlichen hatte man sämtlich verscheucht. Die drängten sich nun vor den Häusern gegenüber der Kirche.

»Dort liegt gekippt der Wagen des Kaufmann Hechtem. Der Kölner hat mir noch heute früh zwei Kupferwannen für die Ledergerbe als Zahlung gelassen.« Der Riemenschneider reckte den Hals, noch immer hielt er die Hände auf dem Rücken verschränkt.

Leent sah Terbolds Kopf über den Ratsherren aufragen, dann hörte er hinter sich tief und ruhig den Knuf sagen: »Macht einen Kreis, damit wir alle sehen.«

Alle gehorchten der befehlsgewohnten Stimme.

Eine seltsame Stille fiel über sie, nur der Wind strich in den Blättern der Bäume hinter der Klostermauer. Leent schien es, als sänge der Wind leise eine Totenklage. Sie schlurften voran, auf diese rostig blutige Leinwand zu, als hätte der Herr im Himmel sie allesamt lahm gemacht wie Greise ohne Kraft und Saft. Als wären sie kaum lebendiger als Reker, der dort am Boden lag.

»Mein Gott. Mit einer Flachshechel«, flüsterte Terbold, der neben Leent stehen geblieben war.

»Dann war er sofort tot.« Fleischer Görg klang müde wie ein Kind vor der Nacht. »Wenn die Juden einem Schaf im Genick einen Nagel setzen, stirbt es gleich, blutet ihnen aber noch aus.«

»Die Hechel hat derer Nägel fünfzig oder achtzig ...«

Leent hörte nur halb zu. Die bleiche, junge Haut dort umspannte den Schädel. Tomas Reker, dieser umsichtige Mann, mit dem Leent manchen Streit im Rat gefochten hatte, dessen Hände, Arme, Leib im Reden mitgingen, als triebe ein römischer Prediger die Menge an Karfreitag zur Buße, lag zu ihren Füßen, eingeschnürt in seinem grünen Wams, der kecke Blick war für immer erloschen.

Von Leden rief dem Stadtbüttel und Knecht zu: »Hebt ihn auf.«

Der Büttel gehorchte sofort und trat vor.

»Halt. Das ist nicht Eures Amtes.« Die klare Stimme des Dompropstes zerriss den singenden Wind. »Dem Bischof gebührt der Blutbann.«

Leent folgte den bedachten Schritten des Domherrn, die so

viel besser zu seinem Alter als die tiefschwarze Tonsur passten. Schwarz wie der Mantel des Geistlichen stach der jugendlich dichte Haarkranz gegen die tiefen Falten auf der Stirn ab. Mochte Elisabeth die Mägde noch so schelten, er glaubte ihnen, wenn sie lästerten, der Dompropst färbe sich die Haare wie eine Hure aus der Katzengasse. Bertram von Schagen war nicht ergraut, obwohl er sechs Jahre älter als Leent selbst war und wohl bald die sechzig erreichte.

»Der Blutbann ist geteilt zwischen Stadt und Bischof, das wisst Ihr genau, Dompropst.« Der Erste Bürgermeister hatte von der Seite an Rekers Leichnam auf die Schwelle der Augustinerkirche gewechselt.

Die Mönche verneigten sich und wichen vor ihm zurück.

»Der Bischof hat das Recht, über vergossenes Blut zu richten, niemals an die Stadt abgetreten«, sagte der Dompropst.

Leent fühlte mit der Linken seinen Herzschlag in den Adern des rechten Handgelenks. Von Schagen hielt sich für den Bischof selbst, nur weil er dem Domkapitel vorsaß, das den Bischof wählen durfte. Dies war das große Vorrecht der Domherren, den Nachfolger zu küren, wenn der Bischof verstarb und das Bistum ohne Haupt verblieb. Das endlose Geschacher bei der letzten Wahl war eines Mannes in seinem Stand unwürdig. Doch der Dompropst hatte Heinrich von Moers als Bischof von Osnabrück schließlich durchgesetzt.

Die Ratsherren verschränkten die Arme, keiner sprach.

Von Leden stand die Antwort zu. »Ihr wisst selbst, die Stadt richtet ihre Bürger selbst. Seit dem Jahre des Herrn 1171 hat mit kaiserlichem Privileg kein auswärtiges Gericht die Gewalt über uns.«

Der Dompropst legte die Hände aneinander und wandte sich zum toten Reker hin. »Herr, mache mich zum Werkzeug deines Friedens. Dass ich Liebe bringe, wo Hass ist, dass ich vereine, wo Zwietracht herrscht, dass ich den Glauben bringe, wo Zweifel quält, dass ich Hoffnung wecke, wo Verzweiflung droht, dass ich Licht bringe, wo Finsternis herrscht, dass ich

Freude bringe, wo Traurigkeit ist. Wenn wir geben, empfangen wir, wenn wir verzeihen, wird uns verziehen. Wenn wir sterben, werden wir zum ewigen Leben geboren. Amen.«

In liturgischen Kniffen kannte sich der Dompropst aus. Die zweiundzwanzig Herren im Kapitel legten die Regularien für die Messen im Dom und in den Kirchen des Bischofs fest. Ansonsten saßen sie tagein, tagaus über den Büchern und verwalteten die Einkünfte aus den Pfründen und eigenen Präbenden. Leent flüsterte zu Görg: »Von Schagen meint wohl sich, wenn er für den Blutbann als Richter den Bischof einfordert.«

»Hätte mir ein Sterndeuter auf dem Markt geweissagt, dass ich mich noch einmal freuen würde, unseren Bischof zu sehen, ich hätte ihn eigenhändig aus der Stadt gejagt.« Der Fleischer hatte sich so weit zu ihm hergelehnt, dass Leent die Haare in seinen Ohren zählen konnte.

»Jetzt ist es so weit. Wir sollten den Bischof holen«, sagte der Gildemeister der Riemenschneider hinter ihnen.

»Ihr würdet ihn nicht finden, der Bischof liegt mit seinen Mannen in Fehde vor Soest«, sagte ein Domherr von der Seite.

Leent verachtete diese Kirchenmänner aus dem Adel, die nichts anderes im Kopf hatten, als die Macht ihrer weltlichen Verwandten zu fördern, die als Grafen und Fürsten von ihren Burgen aus das Land verwüsteten. Wie sollten da Handel und Wandel gedeihen? Vier Fuhren mit Rheinwein hatte er dieses Jahr schon verloren wegen der ewigen Streitsucht der Ritter.

»Amen«, sagte der Dompropst.

Laut und deutlich wiederholte der Erste Bürgermeister: »Amen.«

Leent spürte, wie seine Hände feucht wurden. Die Gefahr wurde ihm bewusst. An der Leinwand klebte das Blut einer Freveltat. Das beschwor Unheil für die Stadt, solange die Tat nicht gesühnt war.

»Hindert Ihr meinen Knecht, die Stadt hindert Ihr nicht.« Der Bürgermeister beugte sich hinab und griff selbst zur blutgetränkten Leinwand.

Von Leden zeigte den Mut des freien Mannes, ein Bürgermeister, der seiner Stadt würdig war. Doch auch der Dompropst trat noch weiter heran, die Falten seines schwarzen Mantels rutschten auseinander.

Seine schwarzen Stiefel setzte der vor das zerschlagene rotbraune Genick. »Der Stadt, was der Stadt ist, der Kirche, was unser ist. Wo steht Ihr, Bürgermeister?« Von Schagens Hand beschrieb einen großen Bogen zum Kirchenportal der Augustiner. »Die Leiche liegt auf dem Kirchengrund des Klosters. Die Gerichtsbarkeit hier hat der Bischof und das Domkapitel. Jedenfalls nicht die Stadt.«

Der Bürgermeister winkte halb gebeugt den Büttel heran. »Der Wagen steht allemal noch auf Neustädtischem Grund. Das Leintuch hängt ja noch am Wagen fest. Von dort ist die Leiche herabgestürzt.«

»Ich verbiete Euch, den Toten vom Grund der Mönche zu nehmen. Oder wollt Ihr wagen, was kein Kaiser wagt?«, sagte der Dompropst laut.

Der Bürgermeister ließ das Leintuch fallen, richtete sich auf und schaute in die Runde, die Stirn rot vor Zorn. Ein Ratsherr stieß Kinker, den Büttel, am Ellenbogen; der zog den Kopf zwischen die Schultern und drückte sich seitlich am Wagen weg. Das war zu viel; wenn von Leden erst zu schreien begänne, war die Sache verloren. Leent beeilte sich und trat vor. »Dompropst, die Bluttat geschah gewiss nicht hier auf den Stufen der Kirche.«

»Das mag sein, Simon Leent.«

»Der Wagen kommt aus der Stadt. Der Kaufmann dort ist aus Köln. Melchior Hechtem hat mir Wein geliefert und Leinen beim Legge-Haus gekauft.«

»Wer weiß, was Euer Freund noch dort gemacht hat.«

Melchior saß auf dem Kutschbock und hielt den Mantel mit der Hand am Pelzkragen. Klugerweise schwieg er, wie wohl er sehen musste, dass böse Blicke aus der Menge ihn trafen. Darauf würde sich Leent nicht einlassen, dazu hatte er zu viel in Stuben und Stübchen gesessen, wenn bei Hansetagen die Nachtruhe verkündet worden war und die eigentlichen Verhandlungen begannen.

»Besinnt Euch Eures Amtes, Dompropst. Sorgt für Rekers Seelenheil. Wie lange wollt Ihr den Leib noch hier im Straßendreck liegen lassen? Erbarmt Euch und tretet zur Seite.« So feucht seine Hände auch waren, Leent beugte sich hinab, der Erste Bürgermeister tat es ihm gleich. Leent schloss die Augen für einen Moment. Möge das Böse ihn aussparen, das Böse, das an diesen Kleidern hing. Vom Geruch des geronnen Blutes wurde ihm übel.

»Über den Blutbann ist noch nicht entschieden, Ratsherren.« Der Dompropst hob die Augenbrauen.

Zwei Mönche trugen aus der Kirche ein Brett heran, einer rief dabei: »Lasst das Tuch fahren, hohe Herren. Gott hat den Leichnam vor unsere Kirche gelegt. Wir bringen ihn in die Kapelle und beten für ihn. Trefft Eure Entscheidung nicht im Angesicht des Todes.«

Leent ließ los. Es blieb ihnen und dem Dompropst nichts übrig, als aus dem Weg zu treten. Die beiden stämmigen Augustiner legten ein sauberes Tuch auf die Straße, beteten kurz und rollten den toten Reker darauf, dann hoben sie die Leiche mit dem Tuch auf das Brett. Leent fürchtete, dass die Flachshechel aus Rekers Genick ihm auf die Füße fallen könnte, doch blieb sie, wo sie war. Es brauchte viel Kraft, sie durch Knochen und Fleisch zu treiben. Ein Stoß traf ihn auf der Schulter, sein Magen zuckte, er spürte es steigen. Leent schluckte dagegen an, bitter brannte es an seinem Gaumen.

Die Hand des Ersten Bürgermeisters ruhte auf seiner Schulter. »Ihr sprecht besser in dieser Sache für den Rat als ich.« Er wandte sich zum versammelten Rat. »Hört, Ratsherren. Simon Leent wird für die Stadt den Meuchler finden zu Recht und Strafe vor dem Rat.«

Der saure Geschmack füllte Leent den Mund. Die Ratsherren nickten mit verschlossenen Gesichtern. Die Mönche trugen den armen Reker hinweg. Wie viel Tote hatte Leent schon gesehen, bei Brandschatzung, Kriegswirrnis und Überschwemmung. Unheil, wie von Gott gesandt. Aber hinter dem Tod Rekers verbarg sich nur ein Mensch. Leents Blick verfing sich am Kirchenportal. Da drinnen waltete die ewige Gerechtigkeit, hier draußen mussten die Menschen dafür sorgen. Leent schluckte das Bittre hinab. Sein Blick wanderte von der roten Zornesader auf der Stirn des Bürgermeisters zur schwarzen Tonsur des Dompropstes. »So es die Stadt will, werde ich das tun.«

Die Augenbraue des Dompropstes hob sich, der kahle Schädel glänzte im Licht. »Ihr maßt Euch das Amt des Bischöflichen Stadtvogts an. Ihr werdet sehen, was Euch der Bischof dafür gibt.« Die Mantelfalten glätteten sich, mit drei Schritten war der Domherr in der Augustinerkirche verschwunden.

5.

Ertwin wollte nicht vor den Bänken mit all den Hachsen und Rippen entlanglaufen.

»Schafft euch davon, schon mach ich aus euch Gaffern einen Schinken.« Der Fleischer hob das Beil und fuchtelte über den ausgelegten Keulen seiner Lade.

Ertwin hatte es eilig, an den Gaffern in der Krahnstraße vorbeizukommen. Die reckten die Hälse vor dem Legge-Haus, in dessen Erdgeschoss das Fleisch hinter den Verkaufsbrettern an Haken hing.

»Habt ihr nichts gehört?«, fragte ein Spielmann.

»Dann wären wir dem Leggemeister wohl zu Hilfe gekommen. Schaff dich davon.«

Grau und zerrissen, wie der Spielmann vor dem Legge-Haus stand und hinauf zu den bemalten Balken starrte, hatte der allemal kein Geld, vom Schinken zu kosten. Doch die Leute starrten alle hinauf zum Fachwerk, wo der Stadtbüttel die Läden schloss. Das Legge-Haus gehörte der Stadt. Oben prüften die Leggemeister im Namen Osnabrücks das Leinen. Das Erdgeschoss war an die Fleischerzunft vermietet. Etwas traf Ertwin an der Hand, er zuckte zusammen. Ein Stück Schweinsschwarte fiel zwischen verwelkte Kohlblätter auf die Straße, so graubraun wie der Dreck.

»Bist du blind, Ertwin?«

Kaspar. Er erkannte die Stimme. Mit ihm hatte er als Junge die Gänse geärgert auf den Neustädter Wiesen.

»Hier drüben.« Kaspar stand hinter einem Stand und hielt drei Wurstringe hoch.

Ertwin schlängelte sich zwischen einer Kirchenmagd, die ihrer Nonne einen Korb nachtrug, und einem Balg, das sein Schwesterchen an den Haaren zog, auf die andere Gassenseite. Er packte Kaspar bei den Schultern und drückte ihn an sich. »Deine Mutter hat mir gesagt, dass du im Mai Geselle geworden bist.«

Kaspar hob die Wurst über den Kopf. »Schau sie dir an, habe ich gemacht. Die beste der Stadt.«

Ehe Ertwin fragen konnte, schnitt Kaspar ihm ein Stück Fleischwurst ab und zupfte die Pelle ab. Sie schmeckte frisch. Ertwin war sich nicht sicher, ob die Wärme im Mund von seiner Aufregung kam oder ob die Wurst tatsächlich gerade gesotten worden war.

»Du bist nicht mehr in Erfurt, Studiosus?«, fragte Kaspar.

»Mutter wollte mich wiedersehen.«

»Du warst lange weg.« Kaspar reichte ihm noch ein Stück Wurst.

Sie waren noch wie Kinder gewesen, als Ertwin an die Universität zu Erfurt geschickt worden war. Kaspar hatte zum Abschied geheult wie er auch, da waren sie fast noch Knaben. Die ferne Stadt war Kaspar ebenso voller Gefahren erschienen wie ihm selbst. »Die Doctores sind streng. Wir sitzen den ganzen Tag über Pergamenten und lernen auswendig. Bei jedem Fehler schlägt der Doctor uns mit einer Gerte auf die Finger.«

»Da hast du es noch gut, wir kriegen von unserm Meister den Knüppel auf den Arsch.«

»Ich habe es jetzt zum Baccalaureus gebracht.« Ertwin hielt Kaspar an der Schulter fest, der sich verneigen wollte, dabei aber eine Possenspielerfratze schnitt. »Das ist so wie bei euch der Geselle.«

»Wirst du wieder nach Erfurt fahren? Deine Mutter hat oft traurig dreingeschaut, wenn sie mit meiner von dir sprach. Wenn dein Vater nicht so hervorragendes Bier brauen würde, glaube ich, wäre es deinen Leuten arg sauer geworden.«

Ein Mann drängte Ertwin ab und rief Kaspar zu: »Gib mir eine Hachse, aber nicht wieder eine so sehnige wie vorige Woche. Du hast sie mir untergeschoben.«

Ertwin trat zur Seite und wartete, bis Kaspar den Scherenschleifer bedient hatte. Der wohnte beim Natruper Tor und kam auch zu ihnen nach Hause.

Der Scherenschleifer kratzte sich am Kopf und sah zu Ertwin her. »Sagt Eurem Vater, ich brauche für die Hochzeit meiner Tochter bald ein Starkbier. Was will er dafür nehmen, wenn ich ihm drei Doppelfass abkaufe?«

»Fragt ihn lieber selbst. Ich soll mich um die Juristerei kümmern und nicht um das Biergeschäft, das macht mein Vater selber.«

»Sein Bier ist gut, das ist wahr.« Der Scherenschleifer nahm die Hachse aus Kaspars Händen und deutete zum oberen Stockwerk, er beugte sich über das Fleisch in der Auslage. »Der Reker war von früh bis spät hier in der Legge. In der Jahreszeit wird doch viel Leinwand gestempelt. Hast du in der Frühe nichts gesehen?«

»Wo denkt Ihr hin? Dass wir Gesellen morgens um die Ecke durchs große Tor gehen und mit unseren blutigen Stiefeln zum feinen Leinen hochsteigen? Hier unten haben wir Fleisch gehauen und Knochen gespalten. Wir stehen hier an der Krahnstraße, da sehen wir nicht einmal die Kaufleute, die das Leinen zum städtischen Stempel bringen.«

Der Scherenschleifer wischte sich etwas aus der Nase und sah Ertwin an. »Und Ihr, Studiosus? Wie deucht es Euch? Unsere Stadt kann einen guten Richter brauchen.«

»Was meint Ihr damit?« Ertwin hatte im Winter römisches und kanonisches Recht gelesen. Es gab Gut und Böse in der Welt, Richtiges und Falsches. Das zu trennen war Aufgabe des richtenden Schwerts. Wie es die Fürsten heute führten, war weniger trennscharf, als es die Bürger im alten Rom gekannt hatten.

»Ein Prozess bringt einen leicht an den Bettelstab in dieser Stadt. Grad wenn man Recht erhalten muss, braucht es einen gut gefüllten Säckel, damit Ihr den Richter Euch gewogen machen könnt.« Der Zeigefinger des Scherenschleifers tanzte Ertwin vor der Nase herum. »Aber gesagt habe ich nichts, hört Ihr?«

Dann machte sich der Alte davon. Kaspar hängte mit dem Haken über der Lade eine Schweinshachse um, die ihm die Sicht auf die Straße nahm.

»Der Streithansel hat wieder gegen die Güldewert'sche verloren, die Zeugen hat vorbringen können, dass er die Weiden auf der Markung nicht geschnitten hat, wie es sich gehört, sondern ihren Knecht dafür bestochen hatte. Ohne dass sie es erlaubt hat, versteht sich.«

»Du erfährst so manches hier«, sagte Ertwin.

»Kann sein, aber das meiste weiß meine Mutter, wenn sie von der Mühle kommt. Die Frauen reden den ganzen Tag, bis das Korn zu Mehl wird.«

»Deine Wurst ist besser als die beste zu Erfurt.« Ertwin ließ sich noch ein Stück geben. »Du hast den Alten doch eben nicht angelogen?«

»Wenn wir hier abends die Planken vor den Läden schließen und Ruhe einkehrt, dann hören wir manchmal durch die Decke, wenn das Leinen geworfen wird. So ein Ballen ist nicht leicht.«

»Und, habt ihr was gehört?« Ertwin fürchtete einen Moment,

dass Kaspar, der sich den Handrücken über das Haar rieb, sich mit dem Messer in die Kopfhaut stäche, doch der drehte die Klinge rechtzeitig nach außen.

»Weiß ich's? Es sind ja viele Händler in der Stadt, weil wohl die Fehden gerade wegen des Feiertags ruhen. Jedenfalls waren die Fensterläden oben noch offen, als ich ging. Die hatten genug zu tun.« Er zwinkerte. »Die Grisa, die Besorgerin oben im Legge-Haus, die richtet mir gern mal abends ein Bier. Ich schaue beim Gehen immer rauf, ob die Leute noch zugange sind.«

»Und, gab es gestern was für dich?«

»Nein.« Kaspar hob die Hände bis zur Schulter.

»Kaspar, schaff ein Schwein bei. Was stehst du mit dem Ertmann rum? Für das Reden zahl ich dir keinen Gesellenlohn.« Ein Kahlkopf erschien, Kaspars Meister rieb die Hände an einer blutigen Schürze ab.

Kaspar duckte sich rasch und verbarg mit dem Rücken dem Blick seines Meisters die angeschnittene Wurst. »Nimm sie mit. Los.«

Ertwin griff rasch zu und hielt sie unter seinen Überwurf. »Komm zu uns in die Braustube.«

Doch Kaspar hatte sich schon weggedreht. Die Krahnstraße war nicht mehr so verstopft. Ertwin bog um die Ecke in den Markt. In seinem Rücken stand das Rathaus, vor sich sah er den Giebel der Legge. Ertwin hatte das Tor zum Leinenhof lange nicht betrachtet. Braunes, grobes Holz schloss mit mannsbreiten Brettern die Höhe der Durchfahrt. Zwei schwere Eisenringe hingen an den Flügeln. Daran lehnte Kinker, der Stadtbüttel, und kaute an einem Stück Brot, das ihm gerade eine Bäckersfrau gereicht hatte. Halb verdeckte sein Spieß, den er zwischen Arm und Brust geklemmt hatte, das Wappen der Stadt auf dem Bogenstein über dem Tor. Der Prüfstempel Osnabrücks war in der Hanse begehrt. *Aus der Leinenstadt bist du, dann fährst du mit einem sechsspeichigen Rad.* Mehr als einmal hatte man ihm in Erfurt stolz den Stempel auf dem Leintuch gezeigt, wenn er zu neuen Leuten als Kostgänger kam.

Ertwin ließ den Blick über die geschlossenen Fensterläden des ersten Stocks gleiten. Hohe Räume mit viel Licht hatte man gebaut, damit man in der Legge die Fäden der Leinwand gut zählen und bewerten konnte. Wenn Kaspars Besorgerin dort gestern noch geschafft hatte, dann musste Reker doch noch gelebt haben.

Ertwin drehte sich um und eilte zum Kramladen seiner Großmutter Taleke. Vielleicht wusste die ja was. Sie war mindestens so neugierig wie Kaspars Mutter.

6.

Die alten Frauen neigten die schlichten Kinnbandhauben unter der Pforte der Augustinerkirche. Leent ahnte den Mann in der schwarzen Kutte mehr, als dass er ihn sah, wiewohl er im Innern die große Holztür aufhielt.

»Macht den Ratsherren Platz.« Die alten Beginen hoben die grauen Röcke, traten über den Schwellenbalken. Die Blicke aus den furchigen Gesichtern streiften Leent wie auch den Ersten Bürgermeister, Kaufmann Terbold und den Ochsenhändler Soon aus der Neustadt, die der versammelte Rat noch auf der Brücke zu Zeugen erkoren hatte.

»Folgt mir«, sagte der Mönch.

Leent war lange nicht mehr bei den Augustinern gewesen. Er stiftete den Franziskanern wie schon sein Vater, aber er hätte ebenso gut hier Geld geben können. Die Mönche des Bettelordens hielten sich aus den Streitigkeiten der Welt heraus, man sah sie mehr bei den Armen und in den Siechenhäusern als andere Kirchenleute. Vor zweihundert Jahren schon hatte der Konvent dieses Stück Land unmittelbar an der Hase an der Mauer zwischen Alt- und Neustadt erworben. Doch bis heute waren die Mönche mit den schwarzen Kutten mit der kleinen Spitze im Genick keine Freunde der Domherren und der Priester von Sankt Johannis geworden.

Während die Domherren jedes Jahr den Dom mit einem weiteren goldenen Kreuz zur Ehre Gottes schmückten, nahmen die Augustiner das, was ihnen die Gläubigen spendeten, und verteilten es unter die Armen.

»Vorsicht, die Bodenplatten sind nicht ganz eben.« Ochsenhändler Soon hob den breiten Ledergürtel über seinen dicken Bauch. »Meine Frau stiftet viel für den Altar des heiligen Angelus.«

Der Weihrauch überlagerte kaum den schweißigen Geruch der Kranken, die hier um Heilung beteten. Langsam gewöhnten sich Leents Augen an das Licht. Vor dem Hauptaltar knieten zwei Mönche.

Ihr Führer bog um eine Säule zur Linken. »Folgt mir in den Konvent.«

Der Übergang im dicken Mauerwerk war nicht mehr als ein kleiner Durchbruch in der Mauer. Sie mussten hintereinander hindurch, gelangten dann in den Kreuzgang. Frischer weißer Putz verlieh diesem eine unerwartete Freundlichkeit.

Als Leent jung war, hatte er seinen Bruder im Kloster besucht, der allerdings bei den Franziskanern für das Seelenheil der Familie betete. Martin hatte das Leben in der Armut nicht verkraftet, schon als Junge war er oft krank gewesen, bald hatte ihn der englische Schweiß dahingerafft. Der Ochsenhändler verlangsamte seine Schritte. Im Konvent waren die Bodenplatten ausgetreten und hie und da gesprungen. Leent würde trotzdem weiter für die Franziskaner spenden, um Martins Willen.

»Die Kapelle des heiligen Wilhelm liegt das ganze Jahr im Schatten«, sagte der Mönch.

Sie waren nur eine Seite des Kreuzgangs entlanggelaufen. Ein alter Mönch stand vor der fensterlosen Kapelle, zwei Kerzenleuchter in der Hand. Der Erste Bürgermeister von Leden ging voran.

Das Bild des heiligen Wilhelm von Toulouse war mit einem goldenen Rahmen gefasst. Seine Heiligenaura leuchtete im Widerschein der Kerzen am Altar. Auf Tischböcken hatten die

Mönche das Brett abgesetzt, auf dem der tote Reker ruhte. Die Leinwand hing rechts und links wie ein Altartuch herab, nur vorne sah man die Holzbeine der Tafelböcke.

»Die Familie wird das Totenhemd sicher bezahlen«, sagte der Dompropst leise.

Der Erste Bürgermeister nickte. »Das wird Euch sein Halbbruder hoffentlich erstatten. Wenn nicht, tue ich es.«

»Der Tod schlichtet manchen Streit.« Wohl statt einer Antwort lehnte sich von Schagen an die nackte Wand der Kapelle und legte die rechte Hand auf einen Mauerabsatz, auf dem ein silberner Messkrug stand. Selbst hier im schwachen Licht der Kerzen glänzte die Tonsur des Domherrn im tiefschwarzen Haar.

»Haltet den heiligen Ort in Ehren.«

So würden sie nicht weiterkommen. Es war Zeit für eine offene Sprache. Leent trat vor die gegenüberliegende Wand. Aus den Augenwinkeln merkte er, wie der Bürgermeister den Soon beiseite zog. Der Mönch blieb bei der Tür. »Dieses Feld bestellt Ihr besser als wir. Ich führe für den Rat die Untersuchung.« Mit Gottes Hilfe würde das Unheil von der Stadt gewendet, das diese Tat verhieß. »Bevor wir um das Richten streiten, braucht Ihr wie wir die Hand, die diesen Schlag geführt hat.« Leent wies mit dem Zeigefinger auf die Flachshechel. Die Nägel im Flachsbrett schimmerten im Kerzenlicht, das Blut darin und in der Wunde wirkte eher schwarz als rostig braun. »Dieser Suche werdet Ihr Euch doch nicht in den Weg stellen wollen.«

»Im Gegenteil, als Vertreter des Bischofs werde ich alles tun, den Übeltäter dingfest zu machen. Und dann seinem Richtvogt übergeben«, sagte der Dompropst.

Leent maß den Kirchenmann mit den Augen. Dessen Bischof, selbst draußen im Stiftsland, wo ihm das Recht unstreitig zustand, durfte als Kirchenmann den Blutbann nicht in persona ausüben. Hierfür bestallte er einen Richtvogt, der in seinem Namen den Todesspruch verkündete. »Wohlan, wollen wir warten, bis uns im Leichenwasser die letzten Spuren wegfaulen?

Schafft reines Wasser herbei, damit wir uns die Hände waschen können.«

»Simon Leent, Ihr sprecht wahr.« Der Dompropst drückte sich von der Wand ab.

Bürgermeister und Ochsenhändler rührten sich. Der Mönch hielt die Kerzenleuchter hinter ihnen hoch. Tomas Reker lag vor ihnen. Die Schmerzen standen in seinem jungen Gesicht wie bei einem geschnitzten Märtyrer am Domlettner.

»Wir müssen ihn aus diesen Fesseln lösen«, sagte der Bürgermeister.

»Schaut Euch die Fesselung genau an. Soon, Ihr bindet das Vieh. Sagt Euch die Knotung etwas?« Um die Brust, Knie und Füße des Leggemeisters war je eine gedrehte Schnur gezogen. »Ist es ein Hanfseil?« Seine Frau Elisabeth hätte das gewusst, sie überwachte die Mägde, wenn das Handelsgut verpackt wurde.

Soon beugte sich über den Leichnam. »Nein, Leent. Das ist ein Seil aus Flachs. Die Leinenhändler binden die Leinwandballen damit. Der Knoten liegt auf der Brust.«

»Und hier links am Knie?« Der Finger des Dompropstes zeigte auf den blutigen Fleck auf der Kniescheibe Rekers in der braunen Hose.

»Am Fuß liegt der Knoten auf der rechten Seite. Das bedeutet wohl, dass Reker sich nicht mehr gegen die Fesselung hat wehren können.«

»Vielleicht war er schon tot?«, fragte der Dompropst.

»Zumindest ohnmächtig.« Zum ersten Mal schien Leent, dass von Schagen sich weniger abwehrend zeigte, so wie er jetzt mit den Fingerspitzen über die Lippen fuhr und Rekers Strümpfe in den flachen, spitz zulaufenden Lederschuhen begutachtete.

Der Blick des Kirchenmanns tastete sich bis zum blutigen Hemd heran. »Glaubt Ihr, man hat ihm die Hechel dann erst in das Genick geschlagen?«

»Die Heimtücke ist offensichtlich, ein Totschlag ist das gewiss nicht, sondern Meuchelmord.« Ohne Reker zu entkleiden, würden sie keine Antwort finden. »Binden wir ihn los.«

»Wartet.« Soon zog ein Futteral aus dem Übermantel. »Ich schneide die Seile durch. Das ist gutes Handeisen aus Dortmund. Das schneidet selbst rohes Ochsenfleisch mit einem Schnitt.«

Die Klinge spiegelte den Kerzenschein. Soon hatte nicht zu viel versprochen. Die Seile rutschten auseinander. Jenes, das die Füße geschnürt hatte, fiel auf den Boden der Kapelle.

»Die Kleidung dürft Ihr nur ganz vorsichtig ritzen. Der Körper darf nicht geöffnet werden, sonst begeht Ihr eine schwere Sünde«, sagte der Dompropst.

Soon murmelte etwas. Leent beugte sich vor und hob mit den Fingerspitzen den Kragen des Hemdes an. Der Stoff gab kaum nach, das Blut hatte ihn härter gemacht als gestärkte Hauben.

»Seht, wie das Blut die Haare seiner Brust verklebt hat.« Die Finger des Dompropstes schwebten über der fahlen Haut.

Leent sah keine Wunden, nur blaue und rote Flecken.

»Er muss Schläge eingesteckt haben. So sahen wir als Kinder aus, wenn wir uns geprügelt haben«, sagte der Dompropst.

Der Bürgermeister und Soon wandten die Köpfe, beinahe wäre dem Ochsenhändler die aufwändig gefaltete Kappe auf den toten Reker gefallen.

»Was schaut Ihr? Ich war nicht immer Kirchenmann. Ihr wisst, ich stamme aus einer ritterlichen Familie. Das Rüsten zum Kampf begann schon auf Vaters Knien.«

»Der Dompropst hat Recht. Reker muss sich geprügelt haben. Seht die feine blaue Linie unter dem linken Auge. Und dort, die rechte Braue, da, wo sie spitz zur Stirnmitte ausläuft, scheint sie Euch auch geschwollen, jedenfalls dicker als die linke?« Die drei anderen nickten Leent wortlos zu.

»Leent spricht wahr. Reker hat sich geprügelt. Er wurde übermannt. Und dann erschlagen«, sagte der Bürgermeister. »Haltet den Leuchter näher heran.«

Leent trat etwas zur Seite für den Augustinermönch. »Die Flachshechel hat ihm das Genick zerfleischt. Seht hier unter dem Haaransatz ein paar Löcher in der Reihe wie die Nägel.«

»Dann muss die Meuchelhand mehrfach zugeschlagen haben.« Der Dompropst hielt sorgsam seinen Mantel von der Leiche weg. »Sagt, Ochsenhändler, bei einem Tier, würde man ihm eine Flachshechel ins Genick schlagen, was geschähe dann?«

Soon legte die Hand flach hinter seine Kappe. »Das Genick ist weicher, als man denkt. Bis auf den Halsknochen natürlich. Das Tier wäre sofort tot. Und dort sind viele Adern. Es ist viel Blut geflossen.«

»Reker ist bleich wie eine Wachskerze«, flüsterte der Bürgermeister.

»Das Leintuch auf dem Wagen, hat jemand das Leintuch auf dem Wagen vor dem Volk in Sicherheit gebracht?« Soons Stimme zitterte ein wenig bei den Worten, die er sprach.

»Wieso flattert Eure Stimme?« Der Dompropst legte den Kopf zur Seite. »Bürgermeister, was ist mit dem Tuch geschehen?«

»Der Stadtbüttel hat den Henker geholt, der hat es eingerollt und zur Legge geschafft. Sorgt Euch nicht, Soon.«

»Ich sorge mich, weil mit Totenblut von Gemordeten ein Geschäft gemacht wird. Man sagt, die Zauberer aus Köln verschaffen einem dafür die Liebe einer Jungfrau.«

Der Henker würde noch mehr Arbeit bekommen, sobald sie den Meuchler gefasst hätten. Nur diese Arbeit hier konnte der Scharfrichter nicht erledigen, ihm war Kirchengrund verboten. Leent schaute zum Augustiner auf. »Mönch, wollt Ihr die Hechel aus dem Genick ziehen?« Kerzen schwankten.

»Nein, das dürfen wir nicht. Wir haben einen tumben Knecht, der keinem etwas zuleide tut. Er tut alles, was man ihm sagt. Der Herr wird es dem Törichten verzeihen«, sagte der Augustinermönch.

Kirchenleute machten sich nie die Hände schmutzig. »Die Flachshechel könnte in der Legge gelegen haben, obwohl der Flachs ja längst versponnen ist.« Von Schagen legte die Fingerspitzen an die Schläfen.

»Wir müssen sowieso zum Legge-Haus, des Leintuchs wegen.« Leent zog das Hemd ein wenig weiter auf. Unter der bleichen linken Brustwarze zeigte sich etwas. »Leuchtet hierher.«

»Ich erkenne nur Krusten im Haar.« Der Bürgermeister ließ Soon den Platz, die Kerze tropfte, als der Augustiner sich hinkniete.

Nun war es hell genug. Leent winkte dem Dompropst. »Da! Neben der Achsel, weiter unten, mehr hinten am Leib.« Neben den dunklen, verkrusteten Haaren auf der Bauchseite prangte eine Wunde im Fleisch, rostrote Linien beschrieben einen Fünfzack auf der fahlen Haut.

Der Dompropst bekreuzigte sich. »Güte Gottes!« Soon tat es ihm gleich.

»Ihr kennt das Zeichen?«, fragte Leent.

Der Augustiner zitterte und mit ihm das Kerzenlicht. »Das ist der Teufelsfuß.«

Leent sah wohl die fünf Zacken. »Glaubt Ihr etwa, der Teufel hat Reker geholt?«

Der Dompropst drehte sich halb weg, maß ihn mit einem kalten Blick vom Kopf bis zu seinen Schuhen. Über die Schulter sagte er leise: »Simon Leent, zweifelt Ihr an der Heiligen Schrift?«

Der Bürgermeister und Soon wichen mit dem Mönch zurück, so erschreckte sie der Predigerton des Dompropstes. Leent beichtete seine Sünden, selbst wenn er es nur beim Pfarrer von Sankt Katharinen tat. »Des Unglaubens hat mich noch keiner geziehen.«

»Der Teufel existiert, vergesst das niemals. Und er hat die Hand geführt, die Reker getötet hat.«

»Es muss dieser Stich gewesen sein, der ihn umgeworfen hat. Von dort ist es bis zum Herzen nicht weit, der Stich war tief, viel Blut trat heraus.« Vorsichtig legte er den angeschnittenen Hemdstoff zurück über Rekers Bauchseite. »Lasst uns diese Hand suchen, die Reker das Leben geraubt hat. Welch Grauen. Er war nicht lange Leggemeister.« Leent wandte sich dem Bürgermeister zu. »Weiß man, ob eine Bruderschaft für seine Beerdigung sorgt?«

»Reker ist bei der Fronleichnamsbruderschaft wie ich. Ich

kümmere mich darum.« Der dicke Soon hob den Ledergürtel über den Bauch.

»Simon Leent, wollt Ihr ihn noch weiter untersuchen?« Der Dompropst hatte sich an seine Seite gestellt und hielt die Hände über den Leichnam.

Wenn der Dompropst diese Frage stellte, war er bereit einzulenken. »Nein. Wir haben genug gesehen. Sorgen wir dafür, dass er bald gesühnt wird.«

Ein Augustiner brachte eine Holzschüssel mit Wasser in die Kapelle. Leent ließ dem Domherrn den Vortritt, wie es dessen Rang gebührte. Dabei hatte der die Leiche nicht ein einziges Mal berührt. Dann tauchte Leent selbst die Finger in das Wasser. Es war eiskalt.

7.

»Verbrenne dir nicht die Zunge an der Wachtelsuppe. Was isst du so schnell?«

Margit legte ihren Löffel in den Zinnteller. Sie hatte einfach richtig Hunger. »Ich habe gestern doch so viel getanzt.« Es war ihr, als ob sie die Fingerkuppen wieder auf ihrem Leib spürte, die ihr die Richtung vorgaben, ohne sie zu bedrängen. Starke Finger, die so sanft an sie gerührt hatten.

Ihr Vater seufzte auf und setzte vorsichtig seinen Bierkrug vor sich auf den Tisch.

»Tun dir die Gelenke wieder weh?«

Er rieb sie an seinem Brusttuch. »Dabei hat es nicht einmal geregnet. Die Wassersucht fehlt mir gerade noch.«

Mit dem Daumen wischte er über seine buschigen grauen Brauen und blinzelte gegen das Fenster. Vater schwitzte immer leicht auf der breiten Stirn, wenn sie aßen. »Du bist nur müde von dem Fest.« Seit Mutters Tod vertrug er wenig Wein, aber er wollte es nicht wahrhaben, dass er alt wurde. Dabei waren seine Haare schon fast weiß. Die Äderchen im Nasenwinkel schimmerten bläulich. Das Abendlicht fiel herein und teilte seinen Kopf in eine helle und eine dunkle Seite.

»Ich bin nicht müde. Ich mache mir Sorgen.« Er griff zu der Scheibe Brot, die Eisel auf einen Teller zwischen sie gestellt hatte, bevor Vater sie hinausgewinkt hatte.

»Worüber?« Sie blies auf die Wachtelsuppe und betrachtete ihren Vater über den Löffel hinweg. Selten nur sprach er mit ihr über das Geschäft, und so eine gute Ratgeberin wie Mutter war sie lange nicht. Mutter hatte sich Zahlen merken können, sie selber übte es mit wenig Erfolg.

»Es ist ein Unglück, dass der tote Leggemeister ausgerechnet vom Wagen Melchior Hechtems gefallen ist.«

»Aber Melchior würde doch niemals so etwas tun.«

Die geschwollenen Finger ihres Vaters ruhten neben seinem Teller fast wie Gartenharken. Seine Stirn lag in Falten. »Du und ich wissen das. Aber wird das der Rat glauben? Der Bürgermeister hat seinen Wagen und sein Handelsgut in den Hof von Simon Leent fahren lassen, bevor der Dompropst auf den Gedanken kommen konnte, alles in Beschlag zu nehmen. Den Stadtwächtern an den Toren hat von Leden befohlen, Melchior nicht fahren zu lassen, bevor er die Erlaubnis gibt.«

Margit kaute ein Stückchen Wachtelbrust. Ein wenig Salz fehlte, die Köchin war zu sparsam, doch die Wärme im Magen tat ihr gut. Vater ließ seine Lieblingssuppe kalt werden. »Wo ist er jetzt? Warum hast du ihn nicht zu uns eingeladen?«

Wieder griffen die Harkenfinger ganz vorsichtig zum Bier. »Habe ich doch, aber man lässt ihn nicht gehen.«

»Sitzt er gar im Bürgergehorsam?« Sie schluckte. Melchior kaufte, schon seit sie ein kleines Kind gewesen war, bei ihnen Leinwand ein. Er hatte ihr das erste Zuckerwerk in roter Farbe geschenkt und würzige Lebkuchen aus Aachen. »Er ist doch Hansekaufmann.«

»Wir haben Glück, dass Leent mit der Untersuchung betraut ist. Simon Leent ist vernünftig und weit gereist, vielleicht ein wenig unentschlossen, aber gewiss nicht nachgiebig gegen die

Kirche. Er weiß so gut wie ich, dass die Stadt nicht einfach einen der großen Kaufleute Kölns wie einen hergelaufenen Korbmacher in den Gehorsam stecken kann. Wenn wir uns nicht großen Ärger mit dem Hansevorort einfangen wollen.«

»Und?« Vater wurde von Jahr zu Jahr weitschweifiger, wenn er redete. »Wo steckt er nun?«

»Er ist Gast des Rats und wird im Rathaus bewacht. Ich habe unseren Knecht geschickt, dass er sich um den Kutscher kümmert, um Melchior besorgt sich wohl schon Leents Weib. Die Elisabeth bringt ihm, was er braucht. Der Rat würde ihm nur Graupenbrei auftischen.«

»Was wird Leent jetzt tun?« Doch ihr Vater betrachtete nur den Zinnkrug und rülpste, die Hand auf dem Brustbein, einmal kräftig. »Warum sollte denn Melchior ... er war doch mit uns auf dem Fest der Leinenweberbruderschaft.«

»Das war der tote Reker auch. Du hast doch mit ihm getanzt.«

»Sogar zweimal.« Die Bruderschaft hatte mit Schlag der sechsten Stunde noch vor Sonnenuntergang ihren Stiftungsfeiertag begonnen und sogleich bei den Mitgliedern die jährliche Sammlung durchgeführt.

»Wie Flachs zu Lein, drei Pfennig müssen's sein.«

Der Leggemeister trug den Kasten für Spenden an bedürftige Gildeleute von Bank zu Bank. Auf dem Holz prangte die geschnitzte Flachsblüte. Wieder und wieder hörte Margit die Weißpfennige und Schillinge klingen im Lärm der Paare, die sich auf der Tanzdiele drehten. Die Fiedler spielten auf, unter den Balken stand der Dunst.

Margit griff zu ihrem süßen Kräuterbier.

»Auch die schönste Tochter Osnabrücks darf der Bruderschaft spenden.«

Reker setzte den Kasten neben ihrem Bierkrug ab und den Fuß auf die Bank neben ihren Rock. Die festen Waden umspannte ein schwarzsamtener Beinling. Bis zu den Oberschen-

keln reichte ihm ein bestickter Überwurf mit weit ausgeschnittenen Durchschlupfen für die Arme. Ein wenig flämische Spitze zierte das Unterhemd. Die Hand des Leggemeisters wies auf den Schlitz im Sammelkasten. »Ich habe längst eingeworfen. Gutes Geld aus der Münze des Bischofs.« Ihr Vater gab nur solches.

Die spitz aufeinander zulaufenden Augenbrauen des Leggemeisters berührten einander fast, er senkte das Haupt wie ein Eber, der auf den Jäger zustürzen will.

»Wohlan, es sei Euch erlassen. Spendet mir stattdessen einen Tanz, Margit Vrede. Damit ich nicht nur die Last, sondern auch Vergnügen habe.«

Die Fiedler wechselten die Melodie, nun wurde nicht mehr umeinander gedreht, jetzt hieß es springen. Reker schob den Kasten halb auf den Tisch zwischen ihren Vater und den alten Steeb.

»Hier, zu treuer Wache bei den Oberleuten der Bruderschaft.«

Doch Vater hatte kein Auge für ihn, er war ganz in sein Lieblingsspiel vertieft, das Dobbelen. Die Würfel fielen aus dem Lederbeutel auf das blanke Holz. Reker griff nach ihrer Hand, seine Finger waren kühl. Es schien ihr, als könne sie den Abdruck des Kastenrands noch darin spüren. Reker zog sie an sich und sprang vor sie, wie es dem Tanz gebührte. Sie hinterdrein. Und weiter.

»Wenn Euer Vater Euch schon so viel Schmuck schenkt, was soll dann mal ein Gespons Euch noch anverehren?«

»Ein Steinhaus mit sieben Treppen oder den edlen Namen von acht Ahnen.« Margit hob den Kopf und zeigte ihm ihre weiße Kehle. Sie wusste, wie ihre neuen Ohrringe schimmerten. Die Güldenwert auf der dritten Bank hinter den Tanzpaaren stieß ihre Nachbarin an. Margit hätte liebend gern gehört, was die beiden tuschelten. Doch Reker drehte sie weiter.

»Darf's auch ein Hof mit Brunnenspiel sein und viel Spiegelglas?«

Reker zog sie an sich, sie schaute durch ihre verschränkten

Finger und sprang beim nächsten Auffiedeln wieder halb in seinen Rücken.

»Was fragt Ihr mich? Fragt meinen Vater.«

Reker drehte ihr den Arm in den Rücken und griff sie an der Hüfte.

»Rekers Finger erkennen gleich das feinste Tuch«, rief der alte Steeb derb, bevor er die Würfel warf, und die Kaufleute der Bruderschaft lachten.

Doch Reker tat ihr dabei nicht weh wie viele andere. Seine Zähne blitzten, und seine blauen Augen verschwanden fast hinter den langen Wimpern. Er blickte über seine Schulter, den Kopf zu ihrem Gesicht gewandt. Eine Schweißperle rann ihm von der Schläfe. Dann jauchzte er laut auf, gab ihr einen Schubs, und sie saß wieder auf ihrer Bank.

»Habt Dank, was ist ein Weißpfennig gegen dies Vergnügen?«

Er beugte sich über den Tisch, schnell und biegsam, zog den Sammelkasten zwischen den Würfelspielern weg. Sie merkten es nicht einmal. Reker zwinkerte ihr zu. Das Blau seiner Augen leuchtete. Dann sprang er mit dem Kasten zur nächsten Bank.

»Wie Flachs zu Lein, drei Pfennig müssen's sein.«

In Rekers blauen Augen hatte der Schalk gesessen. Die roten Federlappen seiner Mütze hatten so fröhlich auf und ab geschwungen. »Nie mehr als zweimal habe ich getanzt, mit keinem, wie du mir anempfohlen hast, Vater.«

»Du weißt, wie schnell die Leute reden. Du wirst mehr Mitgift haben als die Tochter des Herrn von Quernheim.« Wieder wischte er sich mit den Daumen über die buschigen Brauen. »Gott verhüte, dass uns die Fehde des Bischofs nicht noch alles Hab und Gut im Stift raubt. Der Meier von den Höfen an der Königsweide ist schon von den Hoyas geplündert.«

»Steht es so schlimm im Land?« Sie wäre gern wieder auf den Hof bei der Königsweide gefahren. Im Sommer gab es dort weniger Mücken als in der Stadt, wenn die Hase garstig stank.

Vater schien laut zu denken. »Melchior hat Güter vom Kölner Erzbischof belehnt, einen Sonderzins hat er zahlen müssen. Überall rüsten die adeligen Herrn wie auch die Kirchenfürsten. Die Schmiede in der Stadt haben ihre Kammern leer verkauft. Ich könnte noch mehr vermitteln. Doch wollen die Handwerker immer noch keine Schatzung in gleicher Höhe wie die Kaufleute zahlen. So lenkt die Gier die Menschen ins Verderben.«

Margit hatte die neidischen Blicke der anderen Weiber beim Fest der Leinenbruderschaft gespürt. Ihr Brusttuch hatten von Eisel angenähte rote Steine geziert, die ihr der Vater geschenkt hatte.

»Solche Tücher findet man nur in Flandern.«

Die dunkle Stimme des Prüfmeisters Knuf schreckte sie auf. Die Würfel klackerten neben ihr. Wie lange schon wünschte sie sich, dass er sie ansprach!

»Ihr seid ja ganz versonnen, Margit. Habt Ihr Euch schon genug gedreht auf den Dielen?« Er setzte sich auf die Ecke der Bank und winkte einem Lehrjungen, der das Bier reichte. »Wollt Ihr noch einen Krug? Es ist von Ertmann aus der Neustadt. Das feinste für ein Tanzfest.«

Sie hatte Durst und griff rasch einen kleinen Krug, damit er nicht sah, dass sie ein wenig zitterte. Lange schon kreuzten sich ihre Blicke am Sonntag in der Kirche.

»Leicht und frisch.« Knuf setzte an und tat einen tiefen Schluck.

Margit sah den Adamsapfel in seiner Kehle hüpfen, die dunklen Haare fielen bis auf seine Schultern dabei. Er hatte den Bart frisch ausrasiert, eine winzige Kruste zeugte vom Barbiermesser.

»Tanzt Ihr mit mir, Margit Vrede? Man wird's nicht für Bestechung halten.«

»Denkt Ihr immerzu an die Arbeit? Selbst jetzt noch, zu so später Stunde?« Es hatte zehn geschlagen.

Sie hatte nicht gewagt, einfach mit einem Einkaufskorb zu ihm in seinen Tuchladen nach Wolle zu gehen. Auch wenn sie wohl gewahr gewesen war, wie sehr er ihr mit den Augen auf der Straße folgte, jedes Mal, wenn es der Zufall wollte, dass sie sich begegneten.

»Nicht wenn die Spielleute so munter pfeifen.« Seine Hand fasste sie an der Hüfte, führte sie im Kreise, zog sie rasch hinweg, wenn Schultern, Füße, Ellenbogen ihr zu nahe kamen. Sie drehten sich und drehten sich. Beim vierten Tanz war ihr ganz schwindelig. Aber die starken Hände hielten sie wie eine Schaukel, von der sie nicht fallen konnte. Er lächelte sie an wie ein Junge, der einen Stein gefunden hat und nicht weiß, ob man ihn verlachen würde, sobald er den seltsamen goldgeäderten Stein aus dem Bach vorzeigte.

Margit stellte die Wachtelsuppe beiseite, nahm vom Brett ein Stück Braten und schnitt für ihren Vater kleine Stücke ab. Dann reichte sie ihm die dreizinkige Gabel. *Willst du wie eine Magd mit den Fingern in den einzigen Teller greifen?* Ihre Mutter hatte darauf bestanden, dass sie am Tisch wie die hohen Frauen mit der Gerätschaft speisten.

»Von der Königsweide haben die Burgmannen des Grafen Hoya das Vieh gestohlen. Wenn den Hoyas die Rache an der Stadt gelingt, brennt alles nieder. Und jetzt auch noch der tote Leggemeister. Melchior wird Osnabrück für lange meiden. Für meinen Handel mit Köln war er mein sicherstes Pfand.«

Ein Pfand hatte sie auch. Doch ganz anderer Art.

»Habt Ihr Durst? Der Lehrjunge kommt gerade vorbei mit frischen Krügen. So spät es schon ist, das Ertmann'sche Bier wird nicht alle.«

»O ja, die Bruderschaft lässt sich nicht lumpen … Mir ist nur ein wenig heiß.«

Knuf drehte sie mit drei geschickten Schritten zur Wand des Wirtshauses. Die Lehrjungen brachten dort die Krüge durch eine Tür zum Nebenraum, wo der Schenk ein Fass nach dem andern anstach.

»Kommt weiter, hier stehen wir im Weg.«

Sie ließ es geschehen, dass er sie am Ellenbogen fasste und hinter den Sitzbänken voller trinkender Leute entlang zum Tor führte. Die Güldewert'sche tuschelte wieder, mochte sie sie nur nicht sehen.

»Das feine Tuch habt Ihr aus Flandern? Diese Spitzen dürfen sie nur in Brüssel machen.« Knufs streckte das Kinn vor und zeigte auf ihr Brusttuch.

Sie standen auf der Gasse, aber die Luft war kaum frischer als drinnen. Gesindel drängte sich vor dem Tor. Zahnlose, dreckige Gesichter beobachteten sie. Schmutzige Finger streckten sich ihnen entgegen, einer lallte trunken. »Ein Kupferstück, der Herr ...«

Knuf zog die Brauen zusammen. »Das ist keine gute Gesellschaft für Euch. In meinem Garten haben wir Ruhe vor dem Pack.«

Knufs Haus stand wenige Häuser weiter in der Kornstraße. Sein Arm leitete sie an Unrathaufen vorbei. Sie traten durch ein Tor ins Haus ein. Im Eck des großen Raumes rupfte eine alte Magd ein Huhn am Herd. Sie grüßte zahnlos ihren Herrn. Die Gerätschaften, Tiegel, Blasebalg waren in Schaffen aufgereiht. Vorn am Tor war eine Kammer abgeteilt. »Wer wohnt da?«, wollte sie wissen.

»Da wohnt keiner. Ich habe dort die Bücher mit den Verkaufslisten der Wolle. Ich darf ja kein Leinen handeln, weil ich es prüfe. Aber mit Wolltuch verdienen die Knufs schon von Bischofs Zeiten an Geld.«

Von Bischofs Zeiten, so sagte jeder, der wie die Knufs und Vredes zu den alten Familien gehörte, die schon immer in Osnabrück gewohnt hatten. »Ich seh hier aber kein Wolltuch.«

»Ich verwahre es im Steinwerk, wohin die Stufen dort neben dem Herd führen.« Knuf stieß mit dem Fuß an einen Hocker, der auf die Bohlen polterte. Die Magd schaute zu ihnen her,

aber Knuf lachte nur, vom Bier ganz rosig im Gesicht, er hatte nur Augen für sie selbst. »Ich habe vor zwei Wochen Tuch aus Deventer erhalten, das ist so fein und zart, dass Ihr hindurchsehen könnt. Das würde gut unter Eure Spitze passen. Wollt Ihr es sehen?«

Er ging die Holzstiege hinauf und öffnete die schwere Tür zum Steinwerk. Die Wände drinnen waren glatt verputzt. »Wir kalken gegen das Ungeziefer.«

»Das lässt mein Vater auch machen.« Knuf lächelte ihr zu, eine kecke Falte bog sich unter seiner Wange zum Kinn. »Hier stehen nur Fässer? Wie kühl es hier ist.«

»Wolle mag es nicht feucht. Oben ist es noch trockener. Für den Wein ist es allerdings hier besser.« Er griff zu einer Schöpfkelle.

Doch Margit schüttelte nur den Kopf, das Bier beschwingte sie schon genug. Knuf ging voran, die Stiege zwischen den Mauern war sehr schmal. Auf dem Absatz im Eck des Turms drehte er sich um. Das eine Bein schon zwei Stufen höher gestellt, streckte er ihr die linke Hand entgegen. Sein Kopf neigte sich ihr zu, und für einen Moment sah sie in seiner Haltung den Fährmann, der ihr wie an einem Fluss aus dem Boot half.

»Mein Urgroßvater hat es bauen lassen.« Knuf wies in einem großen Bogen mit der Hand durch das Gewölbe, das sie jetzt am Ende der Treppe erreicht hatten.

Durch ein einziges Fenster, das ein schönes steinernes Kreuz teilte, fiel ein wenig Mondlicht in den Lagerraum. »Wie eine Kapelle ohne Wandgemälde.« Die Seitenwände liefen in hohem Bogen spitz aufeinander zu.

»Dies steinerne Dach hat allen Bränden der Stadt widerstanden und unseren Besitz gerettet. Wollt Ihr Euch nicht setzen?«

Sie ließ sich auf einen Stapel Tuch sinken, der fast so hoch wie ein Tisch geschichtet war. Knuf packte in der Ecke eine Truhe aus. »Unseres ist etwas kleiner, aber wir haben ein Stockwerk mehr.«

»Ja, die Vredes haben von allem nur das Beste.« Knufs Stimme

war weich geworden, er kam mit einem gefalteten Tuch in der Hand aus der Ecke und rückte neben sie auf den Stapel Wolltuch.

Er drehte sich halb herum und legte das Tuch zwischen sie. »Gefällt es Euch?«

Margits Finger hatten danach gegriffen, ehe sie es richtig gewollt hatte. Es war dünner als ihre Brüsseler Spitze und weich wie der Flaum eines Kükens. »Feiner trägt es keine Äbtissin.« Es war wunderschön.

»In Holland tragen es die Töchter der Burgunderherren. Sie nennen es Lyoner Tuch. Tragt es, seine Schönheit gebührt Euch.« Knufs Hände fuhren unter das Gespinst, als würden sie niemals etwas anderes als Federn tragen, er hob es an, rückte nach, hob das Tuch hoch über ihren Kopf und ließ es wie einen Sommerwindhauch auf ihre Schultern fallen.

Vor ihrer Brust nahm er die Hände zueinander und legte die Enden über Kreuz. Sie sah nur seine braunen Augen über den weißen Zipfeln des Tuchs aufscheinen, seinen Mund mit den Lippen, die noch im Halbdunkel glänzten. Ihre Hand fuhr wie von selbst über sein Hemd, den Arm, den Kragen, ihre Finger furchten seine dunklen Haare.

Sie spürte seinen Arm, beide, überall.

Seine Lippen waren so zart.

»Margit, hörst du nicht?«

Sie senkte schnell den Blick auf ihren Teller. Die Erinnerung an Reimers sanfte Berührungen wallte in ihrem Blut. Vater durfte nie davon erfahren.

»Melchior war unser sicherstes Pfand.«

Reimer hatte ihr sein Pfand gegeben, ohne dass sie hatte fragen müssen. Er war von ihr auf den Rücken gesunken und hatte in den Spitzbogen gestarrt, als ob er noch dem Nachhall seines brünstigen Stöhnens lauschte. Doch der Stein hatte ihre Sünde vor dem Draußen verborgen.

Von seinem Umhang nahm Reimer das Zierstück des Schmuckbandes, eine kleine Perle, die rosa schimmerte wie eine Kirschblüte.

»Wir fügen es wieder an und binden dir das Haar damit, wenn die Glocken für uns läuten werden.« Reimer flüsterte ihr sein Versprechen ins Ohr.

Sie richteten die Kleider. Sie steckte die Perle an das Unterhemd über ihrem Busen.

Dann hatte Reimer sie im Schimmer des ersten Morgenlichts unter einem langen Wollmantel einer Magd verborgen nach Hause geleitet. Sie war durch den Hofeingang ins Haus geschlüpft und über die hintere Stiege nach oben geschlichen wie eine Diebin.

Margit wandte sich rasch dem Fleisch zu und schnitt sich eine Scheibe ab. »Wie meinst du das, Vater?«

»Melchior verfügt über Geleit- und Schutzbriefe vom Bischof, den Hoyas und der Hanse. Damit kommt er mit seinem Wagen unbehelligt über fast jede Landstraße. Und im Kölner Gebiet gehören ihm selbst Höfe genug, um die drei Tagesreisen bis an den Rhein sicher vor nächtlichen Räubern hinter eigenen Mauern zu überstehen. Ich habe weniger Leinen verloren als manch anderer aus der Gilde. Margit, das darf niemand wissen, dass Melchior in Köln für unsere Rechnung Osnabrücker Leinen handelt. Die Legge hier hat das Vorrecht.«

Damit Vater sie nicht fragte, warum sie rot geworden war, biss sie eilig in den Braten. Aber Reimers Atem rann in ihrem Blut. Wäre die Legge nicht geschlossen worden nach dem Mord, sie hätte Reimer längst unter einem Vorwand besucht. Ein großer Haushalt wie der ihres Vaters brauchte immer ein Stück Leinwand für irgendeinen Zweck, Sachen einzubinden oder Säcke für das Geflügel zu nähen. »Aber Melchior hat die Waren doch von dir hier gekauft.«

»Das schon. Aber das eigentliche Geschäft mache ich mit den ungestempelten Leinenballen, die er für mich von unseren Webern an der Königsweide abholt.«

Das war bei hoher Strafe verboten. Zum Glück lag die Königsweide weit von der Stadt an der Grenze des Bistums zum Münsterschen Land. Die Bauern fuhren ohne triftigen Grund nicht bis nach Osnabrück. »Kann Ratsherr Leent davon etwas auf dem Wagen finden?«

»Melchior wollte erst auf dem Rückweg dort vorbei. Ich hoffe nur, dass Simon nicht etwas anderes findet.«

»Was denn?«

»Melchior fährt auch bis Holland zu den Ijsselstädten. Dort ist falsch gestempeltes Leinen im Umlauf.«

»Ich verstehe dich nicht.« Vater vergaß, dass er sie jahrelang weggescheucht hatte, wenn er mit Meiern über das Geschäft geredet hatte. Aber seit Mutters Tod sollte sie alles sofort begreifen.

»Ich hoffe nur, dass er nicht aus lauter Gier dort schon schlechtes Zeug gekauft hat, um es von Osnabrück kommend in Köln als echte Osnabrücker Ware zu verkaufen. Melchior weiß, wie man ein Hündchen führt, ihm ist das zuzutrauen. Bedenke, Kind, gestern vor dem Fest haben viele Kaufleute gestempelt, sogar die Kirche hat ihr Leinen gebracht, das auf ihren Gütern gewoben wird. Müssten auch die Geistlichen Akzise auf dieses Leinen abgeben, wäre unsere Stadt von diesen Steuern um einiges reicher.«

»Was ist, wenn der Leggemeister Reker etwas von Melchiors Geschäften gemerkt hat?« Margit legte die Gabel aus der Hand. »Was ist, wenn Melchior aus Versehen den falschen Ballen vorgelegt hat, der schon einen falschen Stempel trug?«

Sie würde Reimer bei der nächsten Gelegenheit nach den Gerüchten fragen. Schließlich war er der Zweite Prüfmeister. Und jetzt, wo Reker tot war, würde er so lange der Erste Leggemeister sein, bis der Rat einen neuen ernannte. Oder ihm das Amt übergab.

Die geschwollenen Finger des Vaters ballten sich. »So dumm wäre Melchior nie.« Zwei gichtige Fäuste hieben auf den Tisch. »Weiß du, was du Melchior unterschiebst mit diesen losen Worten? Kind, er ist kein Dieb und Meuchler, er ist ein ehrenhafter Kaufmann der Hanse.«

8.

»Ihr habt immer gegen eine neue Schatzung für die Wehr gehalten, solange die Kaufleute nicht mehr hineingeben als wir Handwerker. Wieso deucht es Euch nun anders, Ertmann?«

Es war selten, dass Vater jemanden in die Braustube eintreten ließ. Ertwin glaubte kaum, dass Vater dem Goldschmied Husbeek ein paar Fass verkaufen wollte. Wer für die Gilde im Rat saß, kehrte sich nicht um die Feste. Ertwin tauchte hinter dem Braukessel hoch, das Kupfer spiegelte im Abendlicht. »Die Bierspindel steht für ein Leichtes ein wenig zu hoch.« Vater würde Wasser angießen müssen. »Soll ich Gesche heißen, dass sie zum Brunnen geht?«

»Das hat noch Zeit. Setz dich her.« Sein Vater hatte die Lederschürze um und rückte auf der rohen Bank zur Seite.

Vaters Bauch passte gerade noch unter die Platte des Tischs. Der stand nah bei der Tür, man roch da den säuerlichen Dunst der Braukessel nicht so sehr.

»Habt Ihr Eurem Vater den Gedanken eingegeben, Studiosus?« Husbeeks Goldkette glänzte auf dem roten Samt seines Überwurfs.

Wer für die Kirche schmiedete, brauchte sich keine Sorgen ums Fortkommen zu machen. Ertwin wandte den Kopf. »Vater, woher rührt deine Nachsicht mit dem Viehdieb und Bauernbrenner Hoya? Von dem Malz, das der Graf uns verwüstet hat, könnten wir die Osnabrücker drei Tage lang saufen lassen.«

Die haarigen Hände seines Vaters strichen über den Lederschurz. »Der Bischof und seine Brüder machen sich zu viele Feinde.«

»Wer sagt denn so etwas?« Husbeeks Feder am roten Samthut wippte.

Manch Ritter, den Ertwin bei seiner Wanderung von Erfurt nach Hause in den Landschänken hatte einkehren sehen, hätte sich über solch prachtvolle Kleidung gefreut. Das Schmiedehandwerk warf mehr ab als die mageren Äcker in den Waldhufen unter den Burgen.

»Fürs Brauen brauche ich vieles. Das Malz kommt von Westen, der Hopfen aus dem Süden, und das Wasser bringt mir die Erde.« Vater kratzte sich am Genick.

Er schwiemelte, sonst war er ein Mann des klaren Wortes.

Husbeek legte die Hand auf den Tisch, ein schmaler Goldring glänzte am kleinen Finger. Die adeligen Herren missbilligten Bürger, die sich wie sie schmückten, aber in der Stadt hatten sie nicht viel zu sagen.

Vater räusperte sich. »Überall ist Fehde im Land. Der Bischof liegt im Streit mit allen angrenzenden Herren. Als ich Ertwin nach Erfurt zum Studieren geschickt habe, konnte ich die Pension für ihn an der Universität noch mit einem Wagen Bierfässer zahlen.«

Das war eine lustige Reise gewesen. Dreizehn Jahre war er alt gewesen, Vater hatte Viertelfässer füllen lassen, die ihnen in jeder Herberge ein Bett und gutes Essen und einen sicheren Stall fürs Fuhrwerk einbrachten. »Jetzt würden uns die Mindener noch nicht einmal über die Weser lassen.«

»Deshalb soll der Rat den Soestern mit unseren Schützen Beistand geben. Wir haben einen Bund mit ihnen in der Hanse geschlossen. Wenn der Bischof Heinrich sich von den Soestern Mauern abwenden muss, wird ihm die Lust an den Fehden vergehen.« Wieder zuckte Husbeeks Feder in der Luft.

»Ich verstehe Euch nicht, Husbeek. Wenn Ihr die Gefahr durch den Bischof seht, warum seid Ihr dann gegen die Schatzung?«

»Ich bin nur gegen eine ungerechte Schatzung. Warum kaufen sich die Kaufherren allzeit von Wart- und Wakendiensten frei und sorgen nicht dafür, dass die Mauern hoch und fest sind?« Husbeek legte beide Hände auf den Tisch, auch die linke Hand schmückte ein Ring um den kleinen Finger. »Ich will es Euch sagen: Weil sie lieber ihr Geld sparen.«

Vater klopfte sich auf die Schürze. »Die meisten davon sitzen in der Altstadt. Sie sollten sich die Mauer bei der Neustadt hinter den Augustinern anschauen. Die ist im Winter so gesackt, dass sie ganz krumm geworden ist. Vielleicht beschleicht die Kaufleute dann die Angst, und sie zahlen endlich ihren gerechten Anteil?«

»Vater, die Mauer ist nicht so wichtig.« Ertwin war vor den Mauern von Erfurt und Goslar spaziert und in Quedlinburg fast in den Graben gefallen, weil die Ufer brüchig waren. »Wichtig sind die Gräben und die Vorwerke. Die Hasevorstadt vorm Gertrudenberg ist stark, die Gräben sind tief. Ein großes Heer müsste anrennen, um bis zur Neustädter Mauer zu kommen.«

»So braucht nur ein großes Heer zu kommen, und das Land wird verwüstet.«

»Stecken wir das Geld lieber in Armbrüste für unsere Schützen. Und dingen uns noch zwanzig dazu.« Husbeeks Zeigefinger zog zwei Kreise auf dem Tisch.

Ertwin horchte auf. »Wollt Ihr das im Rat vorschlagen?«

Husbeek legte den Kopf so schief, dass die Feder seine Schultern berührte. »Die Ratsdinge wecken Eure Neugierde, Ertwin.«

»Gottschalk von Alchem hatte die Eingebung, meinen Sohn reden zu lassen.« Vaters fester Griff des Bierbrauers grub sich in seine Schulter ein.

Ertwin war froh, dass er nicht mehr rot wurde, zu oft hatten ihn die Doctores an der Universität vor den Studenten reden lassen. »Ich habe nur meinen Vater vertreten.«

Es war im letzten Winter gewesen, der Ratsherr Alchem hatte ihn beischaffen lassen. Gerannt war er von der Neustadt bis zum Rathaus, immer dem Ratsknecht hinterher. Als Ertwin in den Saal trat, stand der Reichsbote noch mit Lanze und Kapuze vor der Runde der Ratsherren. Er hatte den Brief des Kaisers mit der In-Acht-Erklärung vor den Bürgermeister auf den Ratstisch gelegt und harrte einer Antwort der Stadt. Ertwin hatte aus Alchems Hand das vorbereitete Antwortschreiben genommen und dem Boten wie vom Bürgermeister geheißen vor die Füße geworfen. Dabei erhob er mit zitternden Knien und der brechenden Stimme eines Knaben, der zum Manne ward, feierlichen Protest für den Rat der freien Bürger Osnabrücks. Der Bote sollte sehen, für wie unwichtig der Rat diesen Brief hielt, so unwichtig, dass gerade einmal ein Sohn eines Ratsherrn an seines Vaters statt überhaupt eine Erwiderung gab.

Der Reichsbote war zwei Kopf größer als Ertwin gewesen und hatte Beine, fast so hoch wie ein Pferd, so jedenfalls hatte es ihn gedeucht. Der Mann in der Kapuzenkluft hatte den Brief sorgsam aufgelesen und in seiner Ledertasche verborgen. Dann war er grußlos aus dem Ratsaal verschwunden.

Husbeek lächelte mit schrägem Mund. »Dann überzeugt Euren Vater, nicht für die Schatzung zu stimmen, wenn die Kaufleute nicht endlich mehr als wir Handwerker zahlen.« Husbeek lehnte sich auf den Ellenbogen und beugte sich weit vor. »Schlagen wir statt dessen vor, dass die Kaufleute acht und wir Handwerker zwei Schützen dingen.«

»Reker hat noch vorgestern versucht, mich zur Schatzung zu überreden. Er sagte, ohne feste Mauern sind Schützen nichts Wert.« Vater legte die Hand auf den Tischrand.

Husbeek wandte sich ab und nahm die Hände vor die Brust, die Goldkette versank im weichen Tuch.

Ertwin leuchtete das nicht ein. »Vater, das kommt darauf an. Ob wir die Stadt nach vorne verteidigen oder in der Hinterhand bleiben wollen.«

»Lehrt man dich solch Zeug in Erfurt? Schade um mein Gold. Seit wann gewinnt eine Stadt einen Krieg vor ihren Mauern?«

»Die Soester machen es uns mit ihrer Schützengilde gerade vor, Vater. Drei Jahre halten sie schon einer Belagerung nach der anderen stand.«

Husbeek stand auf. Ertwin fand Entschlossenheit um seinen

Mund, eine Linie hätte der Magister der Geometrie nicht gerader ziehen können. Husbeeks Stirn schlug Falten, knapp unter dem Rand der roten Mütze. Die blaugrünen Augen musterten Ertwin, bevor sie einen Moment durch das Fenster in die Ferne sahen, ein Auge schloss sich halb, als ob der Ratsherr wie ein Schütze ein Ziel erfasste.

Die feinen Finger des Goldschmieds tippten auf die Holzbank. »Lasst Euren Sohn das nächste Mal hineinwählen. Der Rat kann Klugheit brauchen.« Husbeek nickte und war zur Tür hinaus.

Vater streckte die dicken Arme zur Decke. »Ertwin, kann das Leben nicht einfach aus gut gebrautem Bier und ein paar drallen Frauen bestehen? Diese ewigen Händel! Jetzt geh und schicke die Gesche um klares Wasser. Wenn das Leichtbier zu stark Würze annimmt, vergraulen wir uns noch die besten Kunden. Die Domherren zahlen wenigstens immer.«

9.

»Der Kölner Kaufmann wollte mit der Leiche fliehen. Warum verhört Ihr ihn nicht?«

Solche Mär lief um in der Stadt, war es zu fassen, dass von Leden darauf hereinfiel? »Melchior Hechtem ist ein unbescholtener Hansekaufmann. Wollt Ihr uns zum Gespött der Kölner machen?« Leent hob den Kopf zum Giebel des Legge-Hauses. Aber der Bürgermeister hielt seine Launen selten im Zaum. »Ihr wolltet, dass ich den Meuchler finde, so lasst mich auch vorangehen, Bürgermeister.« Was Melchior ihm zu sagen wusste, konnte warten.

Heinrich von Leden zog ihn schon wieder am Wams. »Leent, so wartet doch.«

Mit einer kräftigen Bewegung schüttelte Leent die Hand vom Ellenbogen. Doch der Bürgermeister zürnte ihm nicht, seine Stirn war bleich. »Ihr seid blass, von Leden, das kenne ich gar nicht an Euch.« Was man gut kennt, schaut man nicht mehr genau an. Wie Leent eben das Tor mit dem sechsspeichigen Rad über der Türkrone seltsam neu vorgekommen war, so schien nun von Leden ein fremdes, dickes Gesicht zu tragen. Die vielen Falten seitlich der Augen lagen wie welk, ein Lid rot gerändert, das andere kaum merklich schlaff. »So sprecht.«

Wieder zog ihn der Bürgermeister am Arm, diesmal aber in das Legge-Haus hinein. Er winkte dem Stadtbüttel Kinker, das Tor hinter ihnen zu schließen. Wo sonst emsig Leinen gemessen, Ballen aus- oder eingeschlagen wurden, Stempel geholt oder versagt wurden, herrschte nun Stille.

Von Leden sah sich um, ging ein paar Schritte bis zur Stiege, reckte den Hals zum oberen Geschoss, ob von dort jemand zuhörte. »Heute Morgen bekamen wir zwei weitere Briefe mit Beschwerden. Sogar eine Warenprobe lag beim Pergament.«

Leent folgte dem Bürgermeister zu einem der großen Tische, auf denen sonst Leinwand ausgezogen wurde. Von Leden nahm ein zusammengefaltetes Stück brauner Leinwand, wie man sie für Kissen verwandte, aus dem Wams und breitete es auf dem Leggetisch aus. Das Holz darunter schimmerte dunkel durch.

»Was ist mit der Leinwand?«, fragte Leent.

Der Bürgermeister nahm den Hut ab und warf ihn achtlos zur Seite, er strich sich über den lockigen Haarkranz. »Der Deventer Rat schreibt mir, dass unsere Legge weißes Löwentlinnen gestempelt hat, das aber nicht über die hundert Fäden auf die Spanne verfügt, sondern nur siebenundachtzig.«

»Wie kann das sein?«

Von Leden schob ihm das Stück Tuch her. »Zählt selbst.« Zwei tiefe Falten am Mundwinkel, schürzte er die Lippen wie eine Krotte im Hasegraben.

»Ich glaube es Euch. Aber Ihr sagtet, dass Ihr zwei Briefe erhalten habt.«

»Der andere ist aus Zwolle.«

»Jemand schafft also falsches Leinen die Ijssel hinunter nach Holland.«

»Und von da nach England, wo man unseren Stempel schätzt«, sagte von Leden.

»Trägt das Tuch einen?«

Der Kopf des Bürgermeisters sank, der graue Haarkranz lockte sich um die glänzende kahle Stelle. »Ja. Leider, und er scheint mir echt.«

Leent durchmaß den großen Raum, er rieb mit der linken Faust sein Kinn. Dieser Falschstempler schien nicht weit von Osnabrück zu sein. »Habt Ihr Reker deswegen noch gesprochen?« An den Wänden hingen Seile aus grobem Flachs und Schnüre aus Hanf, mit denen die Ballen gepackt wurden. So war es dem Meuchler ein Leichtes gewesen, einige davon zu greifen, um die Leiche zu binden.

»Der Bote aus Deventer klopfte sehr früh vorgestern an mein Haus, ließ sich vom Knecht nicht abweisen. Er gab mir den Brief. Ich eilte zu Reker in die Bierstraße. Seine Leute holten ihn aus dem Bett. Er wischte sich den Sand aus den Augen und untersuchte lange das Tuch.« Der Bürgermeister faltete das Stück Leinwand so, dass der Stempel in der Ecke offen sichtbar lag. »Reker war sich sicher. Der Stempel sei echt, sagte er mehrmals. Die Stempelung ein Fehler, den er sich nicht erklären könne. Denn siebenundachtzig Fäden waren keine hundert. Er wollte sofort prüfen, ob wirklich alle Stempel der Legge im Haus waren.«

Leent sah die Sorgenfalten des Bürgermeisters. »Hat er das geprüft?«

»Ich weiß es nicht. Ich habe mich den ganzen Tag mit den Abgesandten der Ravensberger Grafen besprochen wegen der Streitigkeiten um die belehnten Stadtgüter, die von den Grafen eingezogen wurden. Ich wollte abends gegen die sechste Stunde beim Fest der Leineweberbruderschaft noch einmal mit Reker darüber reden. Aber mir kam dazwischen, dass Reker dort seines Amtes gewaltet und den Jahrespfennig gesammelt hat.«

»Wer weiß noch von den Fälschungen?«

»Der Deventer Rat wird so klug sein, unsere Antwort abzuwarten, bevor er die Hanse bemüht. Und aus Zwolle schrieb mir ein Vetter, der dort verheiratet ist, weil er mich warnen wollte.«

Wie man eben von geheimen Dingen erfuhr, aber das sorgte Leent weniger. »Ich meinte, wer in unserer Stadt weiß noch davon?«

»Niemand, hoffe ich.«

Von Leden wollte das Tuch wieder an seiner Brust bergen. Leent winkte mit dem Zeigefinger. »Gebt mir das Tuch.«

Der Bürgermeister hielt inne, dann hoben sich seine Wangen, rund, fast fröhlich für einen Moment. »Hier, nehmt. Ihr werdet es wohl brauchen.«

Den Stempel wollte Leent vergleichen mit denen, die er oben in den Kammern der Leggemeister hinter dem Saal zu finden hoffte. Er winkte mit dem Tuch, bevor er es einsteckte, und schritt zur Stiege, die nach oben führte. »Was ist mit der Leinwandbüchse, von Leden? Gestern vor dem Fest wurde gearbeitet wie an jedem Tag. Einige Kaufleute haben die Feiertagsruhe genutzt, sind an den fehdenden Heerleuten vorbeigereist. Einige Pfennig Akzise müssen im Kasten sein.« Leent ließ dem Bürgermeister den Vortritt.

Der blickte sich um und zögerte. »Scheint Euch der Saal auch so anders als sonst?«

»Ich bin selten hier. Zum Würfeln vor der Ratswahl.« Seit dem Jahre 1348 sorgte das Stadtgesetz für einen Rat, in dem nicht eine Familie oder eine Verwandtschaft den Vorrang genoss. Die sechzehn Schöffen des Vorjahres mussten auf dem Rathaus mit drei Steinen einmal würfeln, so sollten sie die Ratsherren küren, die mit der eigentlichen Wahl danach begännen. Sie würfelten so lange, bis die von ihnen geworfenen Augenzahlen die Würfler mit der höchsten Augenzahl von denen mit der niedrigsten trennten. Die so gekorenen zwei Ratsherren wählten dann aus der Neustadt, der Johannislaischaft und aus der Butenburg je vier und aus Binnenborg und Haselaischaft je zwei Wahlmänner. Diese wiederum bestimmten in gleichem Verhältnisse sechzehn Kürgenossen. Dann erst wurde der Rat, die sechzehn Männer, gewählt. Nach diesem zweiten Wahltag gab man sich am 2. Januar jedes Jahres unter dem Tor des Rathauses die Hand. »Kommt Ihr denn von Amts wegen manchmal hierher?«

Der Bürgermeister zeigte seine Händflächen in Abwehr. »Mein Leinen bringt mein Meier von den Höfen her. Die Leinwandbüchse bringen die Leggemeister ins Rathaus, wo wir die Akzise zählen.«

»War Reker gestern mit der Büchse da?«

Von Leden verschränkte die Arme. »Nein. Die Prüfmeister kommen samstags am Ende der Woche. Wir wollen die Truhe mit dem Stadtschatz nicht jeden Tag aufschließen.«

Leent verstand. Die zwei Schlüssel dazu hatten der Bürgermeister von Alt- und Neustadt. »Wo steht die Legge-Büchse jetzt?«

»Im Saal.«

Durch die Bohlen hörte er die Fleischer rufen, die unten auf der Seite zur Krahnstraße die Verkaufsstände nutzten. Von dort führte keine Tür, kein Tor zum Wandhaus, so hatte der Bürgermeister die Fleischer gewähren lassen. »Ist es jene dort am Fenster?«

Die Büchse war fünf Spannen breit und zwei hoch. Kirschenholz. Zwei dicke Eisenriegel hielten die Klappe auf der Vorderfront in Ösen fest. Darunter gab es zwei Schlüssellöcher. Zwei geschnitzte Felder zierten den Kasten, links ein schlanker Flachsstängel mit Blüte, rechts das Wappen der Stadt. »Wer hat die Schlüssel?«

»Der tote Leggemeister Reker und sein Stellvertreter, der Prüfmeister Knuf.«

»Also Reker und Knuf.« Leent hob das geschnitzte Kirschholz an. Die Büchse war schwerer, als er gedacht hatte, sie wog so viel wie ein Kind. Er schüttelte sie. Die Riegel klirrten aneinander. »Da sind auch Münzen drin.« Leent stellte die Büchse wieder vor das Fenster.

Der Bürgermeister folgte Leent mit den Augen. »Ein von Reker überraschter Dieb hätte die Legge-Büchse mit sich fortgenommen. Und Rekers Beutel dazu.«

»Als Riemenschneider und großer Hausbesitzer in der Stadt konnte er gut und gern einen dicken Beutel Gold mit sich geführt haben.« Leent verkniff sich ein Lächeln, es wunderte ihn wenig, dass von Leden darauf kam. Der zeigte immer an seinem Gürtel den wohl gefüllten Beutel aus rotem Leder, damit ihn jeder sah. Warum hätte Reker, wenn er seines Amtes waltete, viel Geld mit sich führen sollen? Was er brauchte, schafften ihm die Knechte und Mägde ins Haus. Wenn er Händler im eigenen Geschäft bezahlen musste, tat er es sicher wie jeder Kaufmann bei verschlossenem Tor vor geöffneter Truhe. »Nun gut. Lasst die Männer und Frauen beischaffen, die hier ihren Dienst für die Stadt versehen. Den Schreiber, die Besorgerin, alle.«

»Was ist mit Prüfmeister Knuf?«, fragte der Bürgermeister.

»Der soll mir danach die Stempel weisen.«

Auf zwei Tischen lag noch ausgebreitet sehr weißes Leinen. Es schlug Wellen, bauschte sich wie die Schleppe einer hohen Frau bei einer Hochzeit im Dom. Einmal hatte Leent eine Herzogin heiraten sehen, in Brüssel bei den Burgundern. Sieben Tage dauerte der Taumel, so viele Zuckerbäckereien von einem Haufen hatte er die Leute seither nie mehr fressen sehen.

Der Bürgermeister verschränkte die Arme. »Was schreiben wir nach Deventer?«

»Wartet damit, bis Ihr den Rat unterrichtet habt.«

»Habt Ihr Hoffnung, dass Ihr den Meuchler finden könnt?«

Leent hob die Schultern. »Mit Gottes Hilfe.« Sein Blick fiel auf den Ballen, so weiß waren nicht nur die Schleier der Herzoginnen. Auch Bischöfe und Domherren trugen solch feines Tuch an ihren Festgewändern.

10.

»Nun ruf doch nicht allzeit nach der Heiligen Jungfrau. Niemand hat dich im Verdacht.« Die alte Magd mit dem krummen Rücken tat Leent Leid. Beles zahnloser Mund flüsterte ein Gebet nach dem anderen. »Du brauchst hier keinen Rosenkranz zu beten.«

»Der arme Herr ist gemordet worden. Das Böse ist hier gewesen.« Ihre knochige Hand bedeckte ihr Gesicht, die andere streckte sie von sich wie gegen ein angreifendes Tier.

So kam er nicht weiter. »Bele, ganz ruhig. Sag mir nur, was vorgestern gewesen ist.« Leent zog seinen Stuhl heran, der Magd war unwohl, vor dem Tisch der Herren zu stehen. Er erhob sich und trat mit ihr zum Fenster des Saals im Giebel. Von hier sah man hinüber zum Rathaus und schräg auf die lange Rinne des Ratsbrunnens. Zwei Jungen holten in Ledereimern Wasser für Pferde. »Komm her, Magd.« Sie zog das dünne Wolltuch über die gebeugten Schultern. »Komm schon, ich schlag dich doch nicht.«

»Der junge Herr hat mich nie geschlagen. Er war gut zu uns«, sagte sie.

»Siehst du die Pferde da unten und die Karren?«

Beles graue Haube wippte, sie reichte ihm gerade bis zur Schulter.

»Erzähle mir, was du vorgestern Abend gemacht hast.« Die Leute hatten Reker gar nicht so lange auf dem Bruderschaftsfest beim Bier sitzen sehen, wo er den jährlichen Pfennig für die armen Zunftleute gesammelt hatte. Das hatte ihm der Bürgermeister erzählt.

»Wohl gegen die achte Stunde war der junge Herr in die Legge zurückgekommen. Ich schlafe unten in der Kammer.« Sie drehte den Kopf und biss sich auf die Finger. »Der junge Herr hat mir das erlaubt. Weil es dort wärmer ist. Das Backhaus von den Bäckern ist gleich hinter der Steinwand. Meine Glieder sind morgens steif, wenn ich kalt schlafen muss.«

»Ja, Bele.« Selbst wenn sie ein paar Ellen an der Leinwand kürzen würde, den Kaufleuten, die in der trockenen Kammer Tuch einlagerten, schadete es nicht, wenn die Alte dort ihr Nachtlager hatte.

»Ich habe ihn vorn am Herd in einem Hafen kratzen hören, da bin ich aufgestanden. Da hat er gemeint, ich solle ihm den Brei warm machen und mit Salbeikraut würzen. Der junge Herr hatte oft spät Hunger. So hab ich ihm den Brei gerichtet.«

»Aß er unten oder hier oben im Saal?«

»Nein, gegessen hat er in der Siegelkammer.« Bele drehte den krummen Rücken und wies mit den knorrigen Fingern zur Tür. »Wenn Ihr an der Stiege um den großen Balken herumgeht, seht Ihr die kleine Tür. Er saß gern in der Kammer, weil es da so still war.«

»Was hat er dort gemacht?«

Bele nahm ihr Tuch zusammen und rückte vom Fenster ab.

Treue Dienstleute sagten nichts, das wusste Leent. »Bele, dein Herr ist tot. Bald wird ein neuer von der Stadt bestimmt werden.«

»Herr, ich bin so alt und nicht mehr schnell wie eine hübsche Maid. Der junge Herr hatte Geduld mit mir. Wer weiß, was kommt?«

Sie hatte Angst vorm Armenhaus, das sah Leent in ihren geröteten Augen. »Bele, die Legge gehört der Stadt. Du musst mir alles sagen, was du weißt. Der junge Herr hätte gewollt, dass man seinen Meuchler straft.«

Ihr zahnloser Mund begann zu zittern, Tränen rannen ihr über die faltigen Wangen. Ihre graue Haube wippte, da brach ihre Stimme. »Er hat sich mit dem Albus gestritten.«

Leent neigte vorsichtig den Oberkörper vor.

»Das ist unser Knecht, der für die Kaufleute die Ballen von der Straße zur Legge hinauf- und hinunterschleppt, damit wir nicht so viel fremdes Volk hier drin haben.«

»Worum haben sie gestritten?«

»Ich ... ich weiß es nicht. Ich habe doch nur den Brei nach

oben getragen. Mein Schritt ist schwer, die haben mich gehört und haben nicht gesprochen, als ich hineingekommen bin. Die Glocken von Marien hatten schon längst acht geschlagen. Nur als ich die Tür hinter mir geschlossen habe, hat der Albus wieder gekeift.«

Wenn Reker Geduld mit der alten Bele gehabt hatte, wollte Leent auch welche für sie aufbringen. Er holte Luft und wartete.

»Der Albus hat geschrien: ›Bezahlt gefälligst Euren …‹. Mehr habe ich nicht gehört. Ich bin die Treppen hinunter und in meine Kammer. Mein Lebtag hat es mir nur geschadet, wenn ich von den Händeln der Männer zu viel wusste. Lasst mich gehen, Herr. Ich weiß sonst nichts.«

Sie zitterte jetzt schon, was sollte er die Alte quälen? »Schläft der Albus auch im Haus?«

»Nein. Er wohnt an der Mauer beim Kümperzturm.«

»Wann ist er weggegangen?«

»Ich weiß nicht. Ich habe noch lange Stimmen gehört, aber die Kammer ist unten auf der anderen Seite. Vielleicht war's auch nur ein Alpdruck.«

»Hat der junge Herr am nächsten Morgen noch etwas von dir zu Essen haben wollen?«

Die alte Bele zog ihr dünnes braunes Wolltuch über die Schulter. »Ich habe Wasser am Brunnen geholt. Habe Feuer gemacht und warme Milch gerichtet. Der junge Herr hat nur selten hier geschlafen, meist in seinem Haus, wo er die Riemen und das Leder schneidet, in der Stubenstraße an der Ecke zum Salzmarkt.«

»Richte mir einen Krug Molke.« Das würde sie am meisten beruhigen. »Und kein Wort zu den Leuten, wenn sie dich fragen.«

»Ja, Herr.«

Sie eilte, krumm wie sie war, durch den Saal zur Tür.

»Heilige Jungfrau Maria«, flüsterte Leent.

Wenn Tomas Reker in der Nacht noch in der Legge gesessen

hatte, statt schnurstracks vom Fest nach Hause zu gehen, hatte er hier etwas tun wollen. Aber nachts stempelte er bestimmt kein Leinen, im Kerzenlicht war schlecht Fäden zählen. Leent blickte aus dem Fenster. Karren rollten vor dem Brunnen vorbei. Die Hökerbuden drüben vor Sankt Marien verbargen den Friedhof vor der Kirche fast ganz.

11.

»Ja, bist du noch zu retten, Simon? Was mischst du dich in die Angelegenheiten der Leinengilde?« Elisabeth lief an den Weinfässern entlang. Die grünen Stoffblätter, die ihre Haube verzierten, wehten. Sie blieb vor dem leeren Daubenfass in der Ecke stehen und warf die Schöpfkelle hinein, dass es im ganzen Steinwerk widerhallte. Ihr Kleid wischte über den kahlen Boden, sie hieb mit der flachen Hand auf das Fass mit dem Roten. »Wir haben schon genug Scherereien im eigenen Haus.«

So schmal und klein sie war, ihre Stimme reichte auch sonst schon über den ganzen Hof, wenn sie die Mägde anwies. Ihre Nase schien Leent von Jahr zu Jahr spitzer, jetzt zitterte sie wie bei einer Haselmaus.

»Was hätte ich denn tun sollen?« Leent wollte sie bei der Schulter fassen, doch sie tauchte einfach unter seinen Händen weg und lief zur Fassreihe gegenüber. »Der ganze Rat stand um mich herum, als der Erste Bürgermeister mich mit der Untersuchung beauftragte.«

»Nein sagen. Ganz einfach: Nein!«

Sie nahm die Öllampe und leuchtete das Kellergewölbe aus. Ihre schmale Hand, die die Bücher mit der feinen, klaren Schrift führte, wies ihm ihre Vorräte.

»Die elf Fässer im Ratskeller und die zwanzig hier. Das ist alles, was wir sicher haben. Vier Fuhren haben wir schon verloren, weil Bischof Heinrich das Stiftsland mit Fehde überzieht.«

Sie rückte das Bindetuch ihrer Haube unter dem Kinn zurecht. »Wissen wir, ob unser Mann aus Eberbach glücklich bis hier durchkommt? Wissen wir, was aus der Fuhre nach Leiden geworden ist? Wissen wir, wann wir ein Fass mit Gewinn auch nur bis Minden wieder über die Landstraßen kriegen?«

»Mein Gott, Frau, ja. Und nochmals ja.« Leent ließ sich auf einen Hocker fallen.

»Dann handele auch danach, Simon. Hat die Leinengilde den Weinhändlern je ein gutes Wort im Rat gegeben? Die Weinakzise haben sie Jahr für Jahr hinaufgesetzt, das ist ihr ganzer Dank. Und die Legge bezahlt die Stadt. Warum nicht die Leinenhändler allein? Warum sollen wir zahlen, wenn sie sich jetzt gegenseitig meucheln? Halte dich da raus.«

Sie nahm einen Kostbecher und warf ihn an seinem Kopf vorbei, das Holz prallte von der Steinwand und tockte auf das Fass mit dem Bopparder Weißen. Es war lange her, dass Elisabeth ihm so gezürnt hatte. Das letzte Mal, als er beinahe ihre Tochter, die kleine Elisabeth, dem Steeb-Sohn versprochen hätte, wo Elisabeth gerade die Ehe mit dem Sohn ihrer Base, der reichsten Kaufmannsfrau aus Minden, angebahnt hatte. »Es geht nicht.«

»Warum?« Elisabeth fuhr herum, sie packte ihn am Hemd. Ihre grauen Augen hätten aus dem Stein des Kellers gemeißelt sein können. »Der Rat wirft sein Wort oft genug um. Erinnere dich, wie sie geschachert haben, bis uns dieser vermaledeite Bischof aufgezwungen wurde. Und dann haben sie es zugelassen, dass der Bischof allein vor den Domherren im Kapitelhaus seinen Eid schwor. Bei deiner Zusage habt ihr nicht einmal im Rathaus gestanden, sondern auf einer schmutzigen Gasse vorm Alten Tor. Was geht dich das alles an?«

Sie war zwei Jahre älter als er, aber noch immer so wach wie als junges Mädchen. Im Stillen dankte Leent Gott oft für dieses Weib. Manchen betrügerischen Verwalter hatte sie aufgespürt und von den Gütern geworfen, wenn er auf Reisen war. Er hatte nie verlotterte, von den Knechten geleerte Vorratslager vorgefunden. »Der Bürgermeister hat es mir im Angesicht des Toten aufgetragen. Das hat Gewicht.«

Ihr entfuhr ein Laut, den er nicht zu deuten vermochte.

Er hielt ihre Hände fest auf seiner Brust. »Begreif doch, ich tue es für uns.«

Sie schloss die Augen und seufzte. Dann öffnete sie den Mund einen Spalt. »Erkläre mir das, Mann. Was nützt es dir und deinen Kindern?«

»Haben wir nicht genug Gezänk erlebt? Die Stadt ist in Reichsacht. Die freien Reichsstädte meiden unseren Handel. Wann hast du die letzte Fuhre nach Frankfurt geschickt? Gib uns einen Wein, und wir reden.« Er ließ Elisabeths Hände fahren. Sie richtete sich die verrutschte Haube, dann suchte sie den Kostbecher, den sie nach ihm geworfen hatte. Müde hob er die Hand. »Da, auf dem Bopparder Fass.« Er streckte die Beine unter den kleinen Tisch vor den Fässern »Der Mord an Reker wird die Stimmen draußen im Stift und bei den Adelsständen lauter werden lassen, die den Bischof zwingen wollen, der Stadt ihre Freiheit zu nehmen. Die Grafen Hoya haben wir längst gegen uns.«

Elisabeth schöpfte Wein, sie vergeudete keinen Tropfen. »Der Bischof Heinrich hat viel versprochen und wenig getan. Sein Bistum Osnabrück und das zu Münster sollten nicht zu einem vereinigt werden, wie es das Kirchenrecht vorsieht und wie er es beschworen hat. Und jetzt? Jetzt zieht der Bischof mit Truppen aus beiden Stiften, als wären sie ein einziges Land, nach Soest. Wortbrüchig ist er.« Sie stellte ihm einen vollen Becher hin und sich einen halben. »Und den Schuldnern seiner Brüder setzt er zu, statt wie gelobt den Schluss von Rat und Domkapitel über die Schuldenhöhe abzuwarten.«

»Das war noch bei jeder Bischofswahl so, dass die Herren im Rat über den Löffel balbiert wurden.« Sein Fuß stieß an ihren. »Setz dich her, Frau.« Der Wein war kühl und süß. »Der Bischof hat bei der Weihung versprochen, alles zu halten, was mit des Kapitels großem Siegel beschlossen war. In den Statuten von Margaretha und Thomä vom Jahre des Herrn 1443 hat er die Gerichte der Stadt bestätigt bei Geldbußen. Bestraft werden sollten alle, die das Geheimnis der Ratsverhandlungen brechen oder gar dem Feinde Rat und Hülfe gewähren.«

»Habt ihr einen aus dem Rat je bestraft?« Elisabeths Becher stieß an seinen.

»Ohne Beweise ist das schwierig.«

»Und die willst du nun aber gegen einen Meuchler finden.« Ihre grauen Augen ruhten streng auf ihm, als wäre er ihr beider Sohn Johann, der einmal mehr die Honigmandeln beiseite genommen hatte. »Gefahr zieht über Westfalen zusammen, Frau. Und wir sind mittendrin. Seit Samstag nach Urbani im Januar 1445 hat der Kaiser über uns die Reichsacht verhängt. Sein offener Kaiserlicher Brief wurde ausdrücklich bei allen Feinden der Stadt von Boten überbracht, bei den Klenken, den Landsbergern, Sweder von dem Bussche. In dem Brief wurde befohlen, uns Osnabrücker als Ächter nicht aufzunehmen, sondern uns zu fangen und mit uns zu verfahren, wie mit des Reichs offenbaren Ächtern.«

»Der Graf von Hoya hat uns geplagt, nicht wir die Seinen.«

»Was nützt es, wenn wir das wissen? Der Rat hat sofort Briefe und Boten an die Genossen der Hanse im Osten und Westen gesandt und um Sicherheit und freien Handel unserer Bürger gebeten. Teuren Frieden haben wir mit manchem Ritter draußen vor der Stadt gesucht.«

»Was das genutzt hat, habe ich gesehen. Im Kirchspiel Buer ist von den Höfen nicht viel übrig geblieben nach der Brandschatzung durch die Heerschar der Grafen. Die Bauern waren kaum zurückzubringen auf die Asche ihrer Häuser.« Elisabeth nahm einen Schluck, dann rollte sie nachdenklich den Becher zwischen den Händen.

Leent lehnte sich an das Fass hinter ihm. Sein Weib sagte nur, was viele dachten. »Deshalb gab es ja im letzten Jahr den Bund von Kapitel, Ritterschaft und Städten des Bistums Osnabrück am Freitag nach Judica zur Verteidigung ihrer Rechte. Domkapitel und Stadt Osnabrück haben die drohende Gefahr, falls auch der Westen des Stifts in Fehde geriete, gebannt. Wohin und mit wem hätten wir handeln sollen, wenn alle Wege in allen Winden von Landsknechten beritten wären? Der Bischof hat bei seiner Fehde gegen Soest auf uns verzichten müssen, weil wir wie eine Mauer gegen ihn standen. Sogar sein Bruder Erich, der Erzbischof von Köln, hat es ausrufen lassen, dass er uns jegliche Hilfe mit Mann oder Ding für den Kampf gegen Soest erlassen hat.«

Elisabeth stellte den Becher beiseite und stützte den Ellenbogen auf den Tisch. »Und, was hat es genützt? Jetzt steht unser Bischof mit seinem Heer wieder vor den Mauern von Soest.« Elisabeth stützte das Kinn auf die Hand. »Was hat euer Umtun genützt? Eure Appellation an das Konzil zu Basel? Der Papst hat den Soester Friede zum 1. Dezembris 1446 verkündet. Ein bisschen Ruhe hat es auch für uns in Osnabrück gegeben, wir hatten gerade mal die Schäden aufgelistet, da hat die Fehderei wieder begonnen.«

»Wir hatten gerade den Rat neu gewählt.« Im Licht der Öllampe schien Leent sein Weib so jung. Nur ihre Haarsträhne unter der Haube schimmerte nicht golden wie früher, sondern silbern.

Elisabeth verschränkte die Arme vor der Brust. »Ich war von Anfang an dagegen, du hast schon oft genug im Rathaus gesessen.«

»Frau, diese Ehre kann ich nicht ablehnen.«

Doch ihre Hand flog, als würfe sie hier im Keller ein paar Hühnern Korn hin. »Osnabrück ist immer noch in Acht und Bann. Und du bist viele Münzen ärmer geworden, Simon. Was haben die ganzen Truhen Gold genutzt, die die Stadt den Schreibern des Papstes den Rhein hinauf nach Basel geschafft hat? Nichts. Kaum war das Korn auf den Feldern aufgegangen, hat der Papst sogar dem Kaiser nachgegeben. Da haben uns unsere Freunde bei der Hanse schlecht geraten. Der Kirchenbannspruch war nichts wert.«

»Keiner hat damit gerechnet, dass sich Graf Erich Hoya für seinen Bruder Johann in Wien beim Kaiser durchsetzt. Seit Januar sind wir in Oberacht, jeder der uns hilft, verwirkt sein Recht.«

»Ihr wart nie einig, ob es klug gewesen ist, den Grafen Johann als Geisel im Kasten im Buchsturm zu halten.« Elisabeth griff sich den Krug.

Ihr Kleid wischte über den Boden. Sie ging zum Bopparder Fass und schloss den Deckel. Die Schöpfkelle legte sie sorgsam obenauf. »Die Bürger von Soest haben mit den anderen Hansestädten einen Pakt geschlossen und einander besonderen Beistand gegen ungerechten Angriff der Herren und Grafen versichert.«

Sie legte ihm die Hand auf die Schulter. »Ich habe noch keinen unserer Schützen aus dem Tor ziehen sehen. Simon, was hältst du mir die Fehden vor? Bischof Heinrichs Amtleute geben nichts auf sein Wort. Das wisst ihr doch. Was bekümmert dich?«

»Dass bald die Truppen von Bischof Heinrichs Feinden vor unseren Mauern stehen. Um den Bund von Stadtrittern, Rat und Domherren steht es schlecht. Die Schatzung wird vertagt und vertagt.«

»Nicht nur wir haben schon viel Geld verloren.«

Er zog die Hand Elisabeths von der Schulter und fasste sie im Sitzen an der Hüfte, sie mochte es, wenn er sie so umfasste. Sie sollte sich nicht solche Sorgen machen. »Wovon sollen die Mauern repariert werden? In der Neustadt hinter der Neuen Mühle bei den Augustinern kommt jeder Brandschatzer durch, hat er nur fünfzig Mann dabei. Das weiß nicht nur ich. Das wissen auch die Hoyas.«

Elisabeth stand vor ihm. Ihr Blick wurde milde. Sie nahm seine Wangen in die Hand. »Du sorgst dich um unsere Freiheit. Wer hält einer Stadt die Treue, in der Meuchler ungestraft umgehen? Wenn noch mehr Herren und Städte sich von uns abwenden, gewinnt der Bischof wieder das Sagen. Dann zahlen wir Schatzung um Schatzung für seine Fehden. Deshalb will der Domherr der Stadt auch nicht mehr den Blutbann lassen, er wittert, dass das Unheil auf dem Rat liegt.«

»Das weißt du also schon.« Elisabeth erfuhr immer alles. Die Weiber hatten ihre Wege. Die Mägde liefen stets von Haus zu Mühle zu Markt.

»Simon, die ganze Stadt weiß das. Der Rat hat auf offener Gasse mit dem Dompropst gestritten.« Ihre Hände glitten über seine Wangen. Sie waren rau von ihrem Fleiße, Elisabeth ruhte selten.

Leent suchte den klaren Blick seines Weibes. »Nicht der Rat, der Dompropst mit uns. Er sät Streit. Sicher hat auch er längst die Gerüchte vom falsch gestempelten Leinen vernommen. Bleibt der Mord am Leggemeister ungesühnt ...

»... meiden die auswärtigen Händler die Legge. Und damit wäre es um den Reichtum der Stadt geschehen.«

Er lehnte seinen Kopf an ihre Hüfte. Der Wein hatte seinen Kopf schwer gemacht. »Und eine arme Stadt hat noch nie ihre Freiheit gewahrt. Im ganzen Reich nicht.«

12.

Weihrauch war es nicht, was in der Luft hing. Als junger Mann hatte er jedes Gewürz aus den Suppen schmecken können. Doch ein Kraut war es, das roch Leent.

»Doch nicht auf die Seite. Seid ihr blind?« Kaufmann Terbolds schmaler Kopf zuckte wie bei einem verschreckten Kitz nach hinten weg. Der helle Spitzbart zitterte.

Er kniete am Sarg, seine Knechte hatten den toten Reker unter der Schulter und den Knien gefasst. Hätten die Augustiner die Leiche nicht längst gewaschen und in sauberes Leinen gehüllt, Terbold hätte selbst mit Prügel keinen seiner Leute dazu gebracht. In den Augen der Knechte funkelte die Angst der Kinder vor dem heißen Kessel, hatten sie sich erst einmal verbrannt am Herd.

»Nicht auf die Seite, das Gesicht muss nach oben zeigen, hol's der Teu…«

Leent hustete laut, das Wort des knienden Terbolds verklang. Der Dompropst und der Augustinerabt neben ihm bekreuzigten sich.

»Da ist kein Gesicht mehr, Herr«, sagte ein Knecht.

Terbold wies mit schmalen Händen auf den Sarg. »Rede nicht. Lege ihn gerade.«

Die Mönche hatten die Wunden des Toten unter dem Leichentuch verborgen. Wie für eine Wiege hatten sie Reker gewickelt. Nun barg ihn der Eichensarg, der ihm als Mitglied der Fronleichnamsbruderschaft zustand. Das Holz roch noch frisch, aber das war nicht der Geruch, der Leent in der Nase hing. Er wartete, bis Terbold aus den Knien hochkam.

Die Gelenke des Vormanns der Bruderschaft knackten. Die Knechte hoben den Sarg an. »Bringt ihn zu seinem Haus.«

»Der Pfarrer von Marien wird die Totenmesse lesen.« Der Dompropst folgte dem Abt hinaus in den Kreuzgang.

Das Tageslicht machte ihn fast blind. Leent wartete nicht auf Terbold, der hatte ihn genug geärgert im Rat. Der Geiz würde den Kaufmann noch einmal zu Schaden kommen lassen. Terbold hatte wenig Güter draußen vor der Stadt. Er kaufte lieber Haus um Haus in der Stadt gegen Erbrenten von den Schuldnern. Wenn es in einer Stadt keine Juden gab, fanden die Schuldner eben solche Wege, sich Geld zu beschaffen.

»Wir lassen Eure Leute zum Garten hinaus, das schafft weniger Gaffer am Tor.« Der Abt rieb die Hände und trat an das Mäuerchen zwischen zwei Säulen. »Bald tritt das Leichenwasser aus. Auch hat schon die Bruderschaft nach dem Leichnam gefragt. Wir sind alle von Erde gemacht und sollen zu Erde werden.«

»Warum habt Ihr uns rufen lassen?« Im Licht des Kreuzgangs glänzte der Haarkranz des Dompropstes schwarzblau, die Augenlider hingen halb herab, der Sonnenschein blendete auch ihn.

»Wir haben den Toten doch schon untersucht.« Terbold stand hinter dem Kirchenmann und lugte um den Dompropst herum.

Leent sah, wie die Knechte hinter den Säulen des Kreuzgangs in den Quergang einbogen, der aus dem Konvent führte.

Terbold hob die Hand wie zum Gruße. »Rekers Eltern sind tot. Und sein Halbbruder lag gestern noch volltrunken zu Hause im Bett. Es ist unsere Pflicht als Bruderschaft, für eine ehrbare Beerdigung am Marienfriedhof zu sorgen.«

»Das Privileg habt ihr.« Der Dompropst nickte.

Leents Blick hatte sich im Geviert zwischen den Säulengängen gefangen. Die Mönche hatten um einen Teich ein paar Rosen gepflanzt und Kräuter gesetzt. Leent sah von weitem dünne Stängel, die Blättchen erriet er mehr. Der Duft, fast wie von Frühjahrsblumen, nur nicht so süßlich, eher wie zerriebenes Grün. Quendel war es, was er die ganze Zeit gerochen hatte. Die Mönche mochten es ins Waschwasser getan haben. Quendel half gegen Gift.

»... so haben wir den toten Reker gewaschen. Dabei haben wir etwas gefunden.« Auf der rosigen Handfläche des Abtes erschien ein Schlüssel, dessen Griff mit einer Flachsblüte verziert war.

Leent erkannte ihn sofort, solch aufwändige Schließbärte mit sieben Zargen gab es selten. Ein Ding weniger, das es für ihn zu suchen galt. »Das ist des Rekers Schlüssel zur Legge-Büchse, in der die Gebühren verwahrt werden.«

Dompropst von Schagen senkte den Kopf leicht zur rechten Schulter. »Mir scheint, Abt, das ist nicht Euer einziger Fund, Ihr blickt so sorgenvoll ...«

Die rosigen Finger des Abtes griffen unter das Gewand, in der Faust barg er etwas, was er nun auf das Mäuerchen vor dem Geviert legte. Dann ließ er den Dompropst vor. Terbold stützte die Hand auf ein Knie und lugte von der Seite. Leent sah nichts. Er machte einen Schritt vor und lehnte sich gegen die Säule des Kreuzgangs. Auf dem grauen, von feinen Flechten überzogenen

Stein des Mäuerchens lag ein heller, grüner Fetzen Stoff, nicht größer als ein Männerdaumen. »Wo habt Ihr das her?«

»Unser tumber Knecht hat den Leichnam gewaschen in unserer Gegenwart. Er hat die reine Seele eines kleinen Kindes. Als er Reker die rechte Hand aufbog«, der Abt legte die rosige Hand auf sein Herz, »da brachen die Gelenke. Es klang wie ein Seufzer fast.«

Der Dompropst beugte sich ganz nah über das grüne Stückchen auf der Mauer, dann richtete er sich auf, sein Blick lud Leent ein, es ihm gleichzutun. Die Mauer roch nach Moos, das Stückchen Stoff nach nichts. Kein Quendel, die Mönche mussten es dem Tumben aus den Fingern genommen haben, bevor er Rekers tote Hand mit dem Waschwasser benetzt hatte. »Es ist kein Leinen.«

»Leent, habt Ihr je in Osnabrück solch hellgrünes Tuch auf den Tischen ausliegen sehen? Das ist Seide, die aus dem Burgundischen oder den Rhein hoch hierher gekommen ist.«

»Ich bin nicht blind, Terbold.«

Der Kaufmann sprang zurück wie ein scheues Reh. »Ich sehe auch keinen Goldfaden darin oder einen Zierfaden.«

Leent drehte den Kopf zum Abt, dessen Augen auf ihm ruhten. »Ihr seid Euch sicher, dass das Stück in Rekers Hand gewesen ist und nicht etwa in einem Eurer Altarparamente fehlt?«

»Warum sollte ich an den Worten der Fratres zweifeln, die dabei waren? Oder an meinem Augenschein? Seidenes Tuch findet Ihr nur am Hauptaltar in der Kirche drüben. In blau und rot.«

Die Schulter des Augustiners ruckte zur Kirchenwand hinter dem Kreuzgang. »Dann muss Reker dieses Stück Seide noch zu Lebzeiten gegriffen haben.« Leent beugte sich wieder über die moosduftende Mauer. Die Seide war fein gesponnen, fast hätte man das Stückchen für den Flügel eines Schmetterlings halten können. Fäden standen an den Rändern auf zwei Seiten über, die dritte Seite war gesäumt. »Es scheint ausgerissen aus einem größeren Stück.«

Der Dompropst räusperte sich. »Ein wichtiges Beweisstück, zweifellos.«

Er wollte es greifen, doch Leent kam ihm zuvor. »So ist es, deshalb nehme ich es kraft meines Amtes an mich.« Die Hände des Dompropstes drehten sich geschickt nach außen weg, er hob sie ihm fast vor die Augen, Leent umschloss das Stück Seide mit seiner rechten Faust.

»Seid Ihr jetzt gar zum Richter bestallt? Dann hätte Euch das Domkapitel bestätigen müssen.«

»Ich bin kein Richter. Ich suche den Meuchler für die Stadt. Der Rat wird dann den Richter benennen, so wir einen Schuldigen finden.«

»Nicht der Rat, Leent, der Bischof Heinrich von Moers wird seinen Vogt senden«, sagte der Dompropst.

»Ohne einen Schuldigen braucht Ihr Euch nicht zu streiten, hohe Herren. Vertraut auf Gott, er hat Euch ein Zeichen gegeben.« Der Abt breitete die Arme wie zu einem Segen aus und nickte dabei.

Terbold verstand gleich, was der Abt damit hatte sagen wollen. »Gehen wir, streiten wir nicht an diesem heiligen Ort über den Blutbann.«

Leent verneigte sich vor dem Abt. »Die Stadt dankt Euch für die Sorge um das Seelenheil des Leggemeisters.« Von allen Klerikern in der Stadt waren die Augustiner die vernünftigsten. Sie hatten als Erste auf die unbegrenzten Zinszahlungen bei verschuldeten Häusern verzichtet, die Bürger dem Kloster im Tode schenkten. Hauskäufer konnten nun die Schuld ablösen und selber vollberechtigte Besitzer werden. Das Domkapitel verfuhr so nicht. Auch hatten die Augustiner immer von ihrem päpstlichen Privileg Gebrauch gemacht, keinen von der Messe auszuschließen, selbst wenn ein bischöflicher Kirchenbann auf seinen Schultern lastete.

»Das Domkapitel wird Eure Hilfe nicht vergessen.«

Leent schritt hinter von Schagen. Das Domkapitel vergaß nie etwas, vor allem keinen Schuldner, und war freigebig mit dem Kirchenbann gegen säumige Zahler. Doch die Augustiner scherte das wenig, ihnen war weltlicher Besitz nur bedeutsam für die Arbeit an den Kranken und Gebrechlichen. Sie speisten viele Münder mit dem Zehnten auf ihre Äcker draußen vor der Stadt.

»Geht durch den Garten. Der Vorplatz der Kirche ist voller Bettler.« Der Abt öffnete ihnen selbst die Pforte. Er nahm Leents Hände zwischen seine. Leent spürte, wie der Legge-Schlüssel in seine rechte Handfläche glitt.

»Möge der Herr mit Euch sein.«

Kräuterduft umfing sie. Leent war sich sicher, dass er Quendel roch.

13.

Die Haare des Jungen hatten die Farbe von Kamillendolden, wie sie in der Laischaft draußen am Wegesrand standen. Vielleicht war es ja ein Gänsejunge, aber was suchte der hier in der Stadt?

»Bist du die Margit Vrede?«

Er kaute an seiner Oberlippe. Sie nickte, dann sah sie, dass ihm der eine Schneidezahn fehlte. Der Junge war ihr schon länger über die Domfreiheit nachgelaufen, aber das taten neugierige Kinder oft. Manche wollten einfach nur einmal ihren Seidenrock anfassen oder eine der schimmernden Perlen an ihrem Jungfernschleier aus der Nähe sehen. »Ja, die bin ich. Und wer bist du?« Sie ging in die Knie und überlegte, ob sie den schmalen Buben schon einmal bei einer der Mägde gesehen hatte. Schuhe hatte er keine, und auch sein Leibchen war schmutzig und zerrissen.

»Ich bin der Jörg. Ihr sollt zum Bäcker Pahls kommen.«

Dorthin, wo sie nie kaufte? Sie mochte das schwere Brot nicht, dass Pahls buk. »Wer sagt das?«

»Der Mann hat gesagt, du hättest eine Perle von ihm.«

Reimer. Endlich. Wie gut, dass sie halb in der Hocke saß und der Schleier ihr Gesicht verbarg. Sie spürte die Röte aufsteigen. »Was hat er noch gesagt?«

»Dass er dort auf dich wartet.«

Margit fuhr mit der Hand unter den Gürtel, sie fasste in ihr Geldsäckchen und gab dem Jungen zwei Kupferpfennige. »Lauf vor und sag ihm, dass ich komme.« Der Junge drehte sich um, aber sie fasste ihn am fleckigen Arm. »Aber nur ihm, hörst du? Sonst bin ich dir böse.« Sie ließ ihn los.

Der helle Schopf beugte sich über den Kupfermünzen. Dann sprang der Junge auf und rannte davon, zwischen Trägern, die ein Fass schleppten, und zwei Schmieden hindurch. Die zogen einen Handwagen mit Helmen über den großen, freien Platz vor dem Dom.

Margit zwang sich, dem Kind nicht auf dem gleichen, kürzeren Wege zum Kamp in der Johannislaischaft hinterherzugehen. Sie wusste nicht, wer sie beobachtet haben mochte. Viele Frauen waren neidisch auf Margit. Sie war nicht nur reich, sondern hatte auch klare Haut und feines Haar. Ihr fehlten keine Zähne wie vielen.

Sie nickte einer Base zu, ging aber schnell an der Hökerbude vorbei. Ihr stand nicht der Sinn danach, über Hornknöpfe und Silbernadeln zu schwatzen. Die Lust war über sie gekommen, dort in dem Steinwerk, wie die Nacht über das Land kommt. Langsam, unaufhaltsam.

Jeder Tag, der ohne ein Zeichen von ihm vergangen war, hatte nur den Zweifel genährt, dass er es darauf angelegt haben könnte, dass er … Margit verbot sich den Gedanken. Hatte Reimer nicht eben den Jungen geschickt? Sie ging an den Häusern mit den schwarzen Balken vorbei, hie und da guckten Alte aus den Fenstern im Oberstock. Sie grüßte, wen sie kannte, wie sie es immer tat. *Sei freundlich zu den Leuten, selbst wenn sie dich schmähen*, das hatte sie von ihrer Mutter gelernt.

Gleich bog sie in den Kamp ein. Ihr Atem ging schneller, ein zittriges Gefühl durchströmte ihre Knie, als sei sie gar nicht jung und gesund, sondern eben erst von einer langen Krankheit aufgestanden. Margit schien es, als ginge sie zum ersten Mal durch diese Gasse, als habe sie die geschnitzten Köpfe von Eberwild und Gerstengarben an den Hauspfosten noch nie gesehen. Ein jedes Haus besaß ein Gesicht, eine andere Aufteilung der Fächer im Werk über den Türen.

Sie wich einem mit Erdkrügen beladenen Esel aus, den ein Mann vorübertrieb. Der Esel ließ seine Äpfel fallen. Dann roch sie in der Gasse das Brot.

»Guten Tag, Vrede-Tochter, was braucht Ihr für Brot?« Die dicke Bäckerin mit dem gerafften Hemd über der Brust lächelte sie an, die Strähnen hinter die Ohren geklemmt.

Margit war verwirrt, sie sah Reimer nicht. Dann hörte sie ihn.

»Sie soll vom Zuckerwerk kosten. Ich führe sie zum Backofen. Lass gut sein.«

Margit legte die Arme zusammen und drückte sich die Finger. Seine Stimme fuhr ihr in den Leib. Hinter der Bäckerin trat Reimer aus einer kleinen Kammer. Sein dunkles Haar bewegte sich ein wenig, als er um die Brotkörbe, die sich an der Tür aufreihten, bis zur Mitte des großen Raumes schlenderte. Dann hob er die Hand, streckte sie ihr entgegen. »Willst du nicht kosten?«

Sie hatte gar nicht gemerkt, dass sie ihn nur angestarrt hatte. So gern wäre sie ihm an die Brust geflogen. »Doch, sicher.«

Gesellen richteten an Trögen bei den Wänden das Mehl für den nächsten Tag. Einer hackte Zwiebeln, und wieder einer stieß Kümmel klein. Reimer fing ihren Blick auf. Margit schien es, als tauchte er in sie ein und sie in ihn. Seine Wimpern umkränzten das klare Braun seiner Augen wie auf dem Gemälde, das ihr Vater in seiner großen Stube hängen hatte. Reimers Wangen waren scharf ausrasiert wie bei dem Adelsmann, den ein Meister aus dem fernen Italien dort zu Füßen der Verkündigung Mariens gemalt hatte.

»Komm. Mein Vetter backt gerade Sonntagsbrot.« Reimer blickte über ihren Kopf.

Margit drehte sich um, aber die Bäckerin räumte gerade an der Tür einen Korb leer und schalt einen Lehrjungen faul. »Reimer, ich …«

Er fasste sie bei der Hand, sie gingen durch eine niedrige Tür, warmer Dunst zog über ihre Ohren. »Besorge dich nicht, mein Vetter ist verschwiegen. Er schuldet mir das Glück mit seiner Bäckerin.«

Statt zum Backofen zog er sie zu einer Stiege. Oben waren kleine Kammern abgeteilt, eine Katze sprang von einem Hocker im Flur. Die Tür einer Kammer stand offen.

Drinnen stand ein kleiner Tisch, frisches Gebäck, Schweinsöhrchen und Marienbild, lag in einem Korb. Ein Krug Milch, davor leuchtete weiße Butter. Sie spürte seine Hände, die sich vorsichtig um ihre Hüften schlangen, seine Brust drückte sich an ihre Schultern. Er küsste sie in den Nacken.

»Ich bin so froh, dass du gekommen bist. Margit. Verzeih mir, dass du hast auf mich warten müssen. Der Ratsherr hat sich angekündigt, ich soll die Stempel vorlegen.«

Sie fasste seine Hände, drängte sich an ihn, spürte seine männliche Kraft. »Sprich nicht davon, nicht jetzt.« Seine Finger strichen ihr sanft über die Nase, die Lippen, das Kinn.

»Ich muss bald zurück.« Immer dunkler, leiser senkte sich seine Stimme in ihr Ohr. »Aber ich wollte dich unbedingt in die Arme schließen. Ich werde dich nicht mehr warten lassen, nie mehr … Ich gehöre jetzt zu dir wie du zu mir. Die Legge steht Kopf. Und ich …«

Margit drehte sich herum, umfasste ihn, spürte ihn. Ihre Stirn rieb sich an seinem bärtigen Kinn. Sie hob den Kopf. Er küsste sie so sanft, dass die Welt hinter der Kammer in unwirkliche Ferne sank, so wie ein Land hinter dem Meer.

14.

»Ich habe doch nur aus dem Brunnen Wasser für das Pferd geholt und es getränkt, wie mich der Kölner Kaufmann geheißen hatte.«

Langsam verlor Leent die Geduld mit Albus, der ein paar Schritt zum Brunnen gelaufen war und die Ärmel fast in das Wasser des steinernen, langen Beckens hängte.

»Wer hat denn von euch Legge-Knechten den Wagen Hechtems beladen?« Jeden Tag stritten die Kutscher der Händler um die Vorfahrt, wenn sie die Ballen am Markt anlieferten. Selbst bei Ratssitzungen konnte man hören, wie die Fuhrleute am Markt einander Verwünschungen zuriefen. »Die Ballen sind doch nicht von alleine geflogen. Wo stand der Wagen genau?«

Albus zurrte sich den grauen Umhang über der Schulter fest. »Gleich vor dem Tor. Der Kutscher stand erst noch zwei Häuser weiter vor dem Hökerladen der Ertmann'schen. Aber das war uns zu weit. Der Kölner wollte mir kein Kupferstück mehr geben, so habe ich gesagt, ich trage sein Leinen nur bis zur Schwelle.«

»Du weißt genau, dass du das nicht darfst.« Die Legge zahlte die Knechte für ihre Arbeit. Die Kaufleute zahlten die Akzise für die umgeschlagene Ware, das reichte. Aber die Knechte pressten Kupfergeld, wo sie konnten. Das war in jedem Gewerbe gleich. Wenn Leent auf Handelsfahrt ging, suchte er in jeder Stadt erst die Geldwechsler auf, um kleine Münzen zu haben. Denn das Knechtsvolk bestand überall auf heimische Münzen.

Albus starrte auf seine Wadenwickler und setzte den einen Fuß hinter den anderen an die Fassung des Marktbrunnens.

Leent wich einem Ochsengespann aus, das vorbeitrottete. Einen Augenblick verschwand der Giebel der Legge hinter einer Plane. Es roch nach frischem Heu. Dann sah Leent drüben wieder die vorspringenden Balken mit dem Stadtwappen. »Lassen wir das. Wie lange, glaubst du, werde ich mit einem Knecht auf dem Markt herumstehen, wenn er nicht reden will? Soll ich dich ins Bürgergehorsam bringen lassen?«

Albus murmelte etwas, das er nicht verstand. Aus seinen grauen Augen traf ihn ein Blick, als ob ein Bogenschütze die Armbrust griff. »Der Kutscher des Kölners ist vorgerollt bis vor das Tor. Dann hat der Kaufmann mir drinnen die Ballen gezeigt, die ich aufladen sollte. Sechs oder sieben waren es, drei längs und drauf drei quer, eingeschlagen in rohe braune Leinwand, gleich neben dem Akzisetisch. Der Schreiber war noch nicht da, der kommt ja nie früh.«

Leent überlegte, ob man von der Rathausseite oder von einem der Hökerläden, die die andere Seite des Marktes säumten, etwas hätte sehen können. Aber wenn Melchiors Wagen vor dem Tor der Legge gestanden hatte, dann hatte keiner sehen können, wer drüben auflud. Die Seitenplanken des Wagens hatte Melchior mit Holzbrettern hoch aufgeführt, um die Kupferkessel daran zu befestigen. »Muss ich dich erst schlagen, damit du weiterredest?« Kupfergeld wäre dem dreisten Kerl wohl lieber.

»Was weiter? Ich habe die Ballen am Schnurband gepackt und über die Bohlen bis zur Torschwelle gezerrt. Der Kutscher hat auf dem Wagen gestanden, auf Geheiß seines Herrn hat er sich runtergebeugt. Ich habe die Ballen aufgerichtet und hochgehievt, der hat oben angepackt, ich habe geschoben, und dann hat er sie auf Fässer gerollt. Was weiß ich, was der Kölner alles auf seiner Fuhre gestaut hat?«

»Und dir ist nichts an den Ballen aufgefallen?«

»Was denn?« Albus streckte ihm seine schwieligen Handflächen entgegen. »Glaubt Ihr, ich hätte den Ballen auch nur angefasst, wenn ich geahnt hätte, dass eine Leiche darin steckt? Niemals. Das bringt nur Unglück.« Albus schüttelte das Haar, das ihm für einen Knecht ungewöhnlich gerade und sauber geschnitten bis zum Ohr hing.

»Aber der Ballen muss doch so lang wie Reker hoch gewesen sein, mindestens. Das fällt doch auf.«

Albus schnaubte wie ein Pferd. »Da sieht man, dass der Herr nicht in die Legge geht, um Tuch zu handeln. Was glaubt Ihr, was uns die Kaufleute zumuten. Mal sind die Ballen so hoch, dass ich sie kaum umfassen kann, mal so breit wie eine Dirne in der Käfergasse. Mal sind sie lang und dünn wie zehn Fahnenstangen. Mal dick wie ein Säugling, klein und fest. Nur schwer sind sie alle.«

»Waren die für den Wagen des Hansekaufmanns alle gleich schwer?«

Albus ließ die Mundwinkel fallen. »Sind meine Schultern ein Wägbalken? Schaut ins Akzisebuch. Es ist immer ein leichter und ein schwerer dabei. Ich habe mir nichts dabei gedacht. Es war noch früh. Der Prüfmeister Knuf hatte gerade die Legge aufgeschlossen und wollte die Ballen von gestern schnell aus dem Weg haben, weil es immer Händel gibt, wenn zu viele Kaufleute hier unten ihre Ballen nach dem Stempeln lagern. Da rollt schnell mal ein Ballen auf die falsche Seite.«

Wer hatte diesen Kerl nur in der Legge eingestellt? »Seit wann bis du bei der städtischen Legge?«

»Seit drei Jahren.«

»Du willst wohl sicher in der Legge als Knecht bleiben?«

Albus reckte nur das Kinn, wieder traf ihn graue Verachtung aus diesen Schützenaugen. Wahrlich kein Knecht, der vor seinem Herrn viel Angst hatte. »Wollt Ihr mir drohen, Herr? Ich habe mir nichts zuschulden kommen lassen. Ich bin Bürger der Stadt, habe vier Vorväter, die hier geboren sind. Auch wenn wir nicht Haus und Hof unser Eigen nennen, haben wir unseren Stolz.«

Daher also die Renitenz, dann arbeitete seine Verwandtschaft in den Häusern der Domherren und Adeligen. Dort hielt man auf alte Familien. »Dir ist wirklich nichts an den Ballen aufgefallen? Überlege genau, Albus, was du sagst. Ich spreche mit dir nicht als Kaufmann Simon Leent, sondern als Vertreter des Rats, der dir Lohn und Brot gibt. Gehorche deinem Herrn, sonst wird er dich lehren.«

Die Lippen zog der zusammen wie zu einem Pfiff. »Alle Ballen waren in grobe braune Leinwand geschlagen. Wie fast alle Leinenhändler es tun, wenn sie über Land fahren wollen. Die Schnur war aus grobem Flachs gedreht, wie sie die Legge zur Hand legt. Die Siegel der Akzise waren drauf.« Albus schaute auf, das Grau in seinen Augen erinnerte Leent an den Himmel vor dem Regen. »Mir scheint, ein paar Petschaftflecken waren an einem Ballen um das Akzisesiegel an der Schnur. Das passiert dem Stadtschreiber nur selten. Eigentlich gar nicht mehr, seit der Siegellack so teuer geworden ist. Aber ich irre mich vielleicht.«

»Vielleicht irre ich mich, wenn ich dich frage, worum du mit Reker noch in der Nacht gestritten hast.« Der Hieb saß, das Himmelsgrau versteinerte.

»Wer sagt das?«

Die alte Bele hatte nicht gelogen, da war sich Leent sicher. »Antworte!«

»Ich habe mit Reker nicht gestritten.« Albus blickte auf seine Lederschuhe.

Auf der anderen Seite des Rathausbrunnens äugten inzwischen drei Kinder herüber und stießen einander an. Leent war es recht, dass die Bürger sahen, dass er sich den Legge-Knecht vornahm. »Du warst bei ihm in der Meisterkammer, nach der achten Stunde.«

»Die alte Magd träumt wirr.« Albus verzog die Lippen, aber er lächelte nicht. »Ja, ich war bei Reker. Meinen überständigen Lohn holen. Reker hat ihn mir gegeben. Es gab keinen Streit.«

So dumm konnte Albus nicht sein, was er da erzählte, war unwahrscheinlich. »Mitten in der Nacht? Gar nur dir allein? Der Leggemeister zahlt euch allen auf einmal. Das weiß sogar ein Handelsherr wie ich. Du lügst doch.«

»Bezichtigt mich nicht so schnell der Lüge. Ich habe für Reker Brandholz eingestapelt in seiner Scheuer im Hof. Fragt das Gesinde in Rekers Haus, die haben mir geholfen.«

»Warum hat er dich nicht gleich bezahlt, in seinem Haus?«

»Das macht Ihr Herren nie. Ihr zahlt uns Knechte, wenn es Euch passt.«

Das Schützenlächeln war zurück. Leent würde ihm nicht beikommen. Aber jeder Schütze brauchte Ruhe unter der Brust beim Zielen. Dort würde er ihn jetzt zu fassen kriegen. »Zeig dein Geldsäckchen her.« Leent wies zum Gürtel des Knechts.

Die grade geschnittenen Haare rutschten über den Kragen, der Kiefer schob sich vor, das Grau in den Augen härtete aus.

»Zeig her.«

Wieder rutschten die Haare von Albus langsam nach vorn. »Das könnt Ihr nicht verlangen.«

»Ich lass dich vom Büttel zwingen. Du wirst sehen, auf wen der hört.« Auf offenem Markt sich seinem Wort entgegenzustellen war dreist. »Gehen wir zur Marienkirche. Dort auf den Stufen zählst du mir den Inhalt auf den Stein. Dann kannst du die Münzen wieder einsammeln.«

Die Händlerinnen steckten die flachen Hauben aus den Hökerbuden. Die Kinder folgten ihnen, doch eine Meierin mit einem Butterfass zog sie rasch zur Seite. Die Bettler vor der Kirchentür drängten sich an die Mauern. Leent setzte den Fuß auf die zweite Steinstufe vor dem Kirchenportal. »Wisch das frei.« Albus scharrte mit dem Lederschuh zwei Handbreit vom erdigen Dreck zur Seite. Sein gewickeltes Beinkleid rutschte dabei, Albus war hager, aber kräftig. Allemal kräftig genug, um Reker in einem Kampf zu besiegen. »Zähl auf!«

Albus' Finger griffen zu seinem Gürtel, er knotete das Geldsäckchen ab. Leent scheuchte mit der Linken die Bettler weg. Dann kniete sich Albus nieder und kippte aus dem hellbraunen Ledersäckchen Münzen auf die Kirchenstufen. Fünf Osnabrücker Weißpfennige, Leent beugte sich hinab. Aus den Augenwinkeln sah er, wie Albus den Lederbeutel in der Faust quetschte. Und vier gegengestempelte Silbergroschen fremder Münzherren, die vom eingehauenen Osnabrücker Rad auf der einen Seite für gültig erklärt worden waren. »Viel Geld für einen Knecht der Legge.«

»Ich bin fleißig und arbeite, was mein Rücken tragen kann.«

Leent schnappte sich mit der Linken den Arm des Knechts, mit der Rechten krallte er sich dessen Faust, in der der Lederbeutel steckte. Albus zuckte zusammen und riss den Arm zurück, aber Leent hielt mit aller Kraft dagegen. Er war alt geworden, der Knecht konnte ihn mit einer Drehung des Leibes auf die Kirchenstufen schmettern. Leent sah sich schnell nach Hilfe um. Doch unter den Augen der Bettler an der Kirchenwand und der Hökerinnen in den Buden, deren Hälse weit über die Auslagen in der Gasse gestreckt waren, wagte der Knecht keinen Widerstand. »Mach die Hand auf, du Narr.«

Dann ließen die schwieligen Hände los, und Leent nahm das Ledersäckchen. Er fühlte etwas Hartes darin. Er löste die Schnur weiter und ließ den Inhalt auf die Stufen fallen. Drei Münzen sprangen heraus. »Sieh an. Der Knecht hat böhmische Goldgulden. Wie viel Brand hast du dem Reker dafür in die Scheune geschleppt? Zehn Winter Holz? Ein Lügner bist du.« Leent sammelte die Münzen rasch in den Beutel. Dann drehte er sich auf den Stufen um und blickte zum Rathaus. Oben schaute der Bürgermeister aus einem der Fenster des Saales heraus. Leent rief: »Schickt mir den Büttel!« Er wandte sich an Albus und warf das Säckchen vor dessen Augen in die Luft wie ein Gaukler ein Wollbällchen. »Albus, das Geld verwahre ich dir. Du kommst in den Gehorsam, bis du redest. Und sei es, dass ich dir die Fußangeln anlegen lasse. Das Gold hier hast du dir nie und nimmer ehrlich erarbeitet, Knecht.«

Doch in den grauen Augen fand Leent keine Furcht. Wieder zogen sich die Lippen zusammen wie zum Pfiff. »Den Reker habe ich nicht erschlagen dafür. Der hat noch gelebt, als ich spät aus der Legge gelaufen bin.«

»Was du nicht sagst!« Albus war am Ende dümmer, als er glaubte. Wenn nur ein Kaufmann bezeugte, dass er Reker diese drei Goldgulden vorgestern gezahlt hatte, hing Albus schneller am Galgen, als eine Henne ein Ei legte. »Hast du dafür einen Zeugen?«

»Dem Dompropst von Schagen werdet Ihr doch wohl glauben.«

Ums Haar hätte Leent das Geldsäckchen fallen lassen. Einen ehrenhafteren Zeugen hätte Albus in der Stadt nicht aufbieten können.

15.

»Der hier spricht für mich, wenn Ihr es nicht tut.«

Volk war auf der Domfreiheit zusammengelaufen. Ertwin hörte die schwere Zunge, aber Jakob Rekers Lungen waren stark genug, man hörte ihn noch zwanzig Schritt weit. Selbst bei der Feinbäckerei der Kirchenleute drehten die Menschen die Köpfe. Ertwin drängte sich zwischen den Frauen hindurch. Er wollte sowieso zum Richter des einfachen Stadtgerichts. Die Erfurter Professores hatten ihm aufgetragen, möglichst vielen Streitigkeiten in der Stadt zu folgen. Wenn heimlich Grenzsteine zwischen Nachbarsgärten versetzt wurden und einer klagte oder wenn die Bäcker wieder einmal schlechten Hafer unters Mehl gemahlen hatten.

»Ich will mein Erbe. Es steht mir zu. Hat mein Bruder etwa Kinder, die ehelich von ihm erben können? Sagt, Leute.« Jakob Reker hielt sich aufrecht, hatte den Arm fest um die steinerne Figur des Löwen geschlungen, die vor dem Gogericht Wache stand.

Hinter Ertwin auf der Freiheit lachte ein alter Mann mit hoher Stimme und rief: »Seit wann hast du denn deinen Bruder so gern? Noch letzte Woche hast du in der Roten Kanne geflucht auf ihn wie ein Landsknecht.«

Der weite Mantel, dessen schöne Falten von Rekers ausgestrecktem Arm fielen, war fleckig.

»Hast du wieder die Wirtin reich gemacht, Jakob?«, schrie ein anderer.

Reker küsste den kleinen Löwen, der ihm bis zur Hüfte reichte, auf die Schnauze. Wenn Löwen nur so groß waren, hatten die Hunde wohl kaum Angst vor ihnen. In Erfurt am Dom sahen sie anders aus. Scharfe Krallen dräuten zu ihren Füßen, und lange Zähne bleckten aus dem Maul. Der Löwe am Gogericht ruhte seltsam zahm in sich. Der Richterstuhl stand für die Verhandlungen neben der Martinskapelle am Dom. Ertwin nahm es als Zeichen. Der Löwe stand für die Macht des Landesherrn, Recht zu sprechen. Aber wann sprach der Bischof in der Stadt schon Recht? Seit 1171 waren die Bürger durch das *Privilegium de non evocando* davon ausgenommen, sie brauchten nicht vor dem Gericht des Bischofs zu erscheinen, sondern traten vor Richter, die der Rat bestellte.

»Reich hat sich nur mein Bruder Tomas gemacht. Der hat mir mein Erbe entzogen, aber jetzt hat ihn der Herr dafür gestraft.«

Der Alte mit der Fistelstimme legte noch eins drauf, die ersten Lacher der beieinander stehenden Gaffer schollen in Ertwins Ohren. »Entzogen hat dir dein Erbe dein Vater noch zu Lebzeiten. Ich war Zeuge, wie er es vorm Rat beschwor. Er wollte sein Haus und Hof nicht durch deine Kehle laufen sehen.«

Eine Frau mit straffem Tuch unter dem Kinn spie aus, raffte ihr Kleid. »Jakob, du stehst vorm falschen Gericht. Vorm Rat musst du dein Erbe fordern. Oder hast du den letzten Verstand in der Roten Kanne gelassen?« Sie ging.

Ertwin hatte sich mit den Fragen des Gerichtsstands gut befasst. »Zur Pupillarkommission müsst Ihr gehen, Jakob Reker.« Doch der ließ den Löwenkopf nicht fahren.

»Bursche, wer fragt dich? Die Kommissionen dort im Rat werden mir kein Recht sprechen. Die stecken doch alle unter einer Decke. Mein Bruder Tomas hat für die Ratsherren das Leinen gelegt. Nun ist er tot. Und sie sparen seinen Lohn. Oder glaubt ihr, dass der Rat mir das Geld für des Leggemeisters Arbeit übergibt?«

Es brauchte einen klaren Spruch vom Richterstuhl. Das lernten sie in Erfurt. Selbst wie man an die Reichsgerichte appellierte.

Wie lange stritt sich Osnabrück schon mit den Grafen Hoya in Fehde herum? Ein klarer Prozess hätte allen Seiten geholfen, doch der Rat schloss Verträge, die er nicht hielt. Die Soester hatten allen Grund, die Osnabrücker Hilfe einzufordern. Doch was tat der Rat? Nichts! Ertwin hätte manchem Kaufherrn gern die Stadtsate, das Osnabrücker Recht, klipp und klar ausgelegt. Sollte der Reker nur nachdenken. »Als Bruder magst du sein Hab und Gut erben, Jakob Reker, aber nicht das Recht auf das Brot. Oder bist du etwa sein Weib oder Kind?« So hieß es, wenn die Familie versorgt werden musste.

Reker sah den Leuten nach, die sich langsam zerstreuten, fuhr mit großem Bogen mit einem Arm durch die Luft. »Die Hälfte seines Hauses gehört sowieso mir. Und die Hälfte der Renten von den Häusern, die mein Vater noch gebaut hat. Warum gibt es mir der Rat nicht? Sag, du schlauer Bursch.« Ein rot unterlaufener Blick suchte ihn zu fassen.

»Weil Ihr noch in keinem Prozess vor dem Rat habt Beweise bringen können.« Der Alte mit der hohen Stimme war Ertwin zuvorgekommen.

»Jakob Reker streitet doch allzeit um jeden Halm. Meiner Base hat er die Kohlwiese um drei Schritt kürzen wollen. Die Nachbarn haben bezeugen müssen, dass schon allzeit ihr Feld dreiunddreißig Schritt gemessen hat. Lasst den Säufer seinen Löwen küssen.« Die Frau ging weiter.

»Ein Bischofsrichter wird ihm nicht helfen. Dann müsste er ja erst einmal zahlen, um Gehör in der Vogtei zu finden«, sagte eine andere.

Hinter Ertwin murmelte der Alte Zustimmung. »Mein Junge, Recht ist eine Sache der hohen Herren. Wir Bürger können froh sein, dass die Stadtrichter bei den Brüchtengerichten mit den Gebühren gnädig sind. So bringt dich eine Rauferei, ein derbes Wort beim Bade nicht an den Bettelstab. Gelobt sei unsere Freiheit.«

Der Alte stieß ihn mit dem Stock auf den Fuß. Ertwin beugte den Kopf vor, denn der Alte flüsterte: »Mein Vetter wohnt hier auf dem Boden der Kirche hinter Sankt Johannis. Da ist der Archidiakon zuständig, wenn es Streit mit dem Nachbarn gibt.« Die Faust des Alten kreiste zittrig durch die Luft. »Die Leute regeln das lieber unter sich, als dass sie dem Kirchenrichter ihre wenigen Groschen in die Truhen stecken müssen.«

Ertwin sah ihm nach, wie er über die Domfreiheit humpelte. In anderen Hansestädten war es der Stadt gelungen, die Gerichtsbarkeit über alle Bürger zu haben. In Osnabrück mussten deren Wohnhäuser dafür auf städtischem Grund stehen. Was auf dem Boden der Kirche geschah, war dem Stadtrichter entzogen. Und des Bischofs Kirche besaß viel Grund innerhalb der Stadtmauern. Zu viel Grund. Denn wer dort wohnte, zahlte seine Steuern an den Bischof, nicht an den Stadtkasten.

Jakob Reker kraulte inzwischen den Steinlöwen zwischen den Ohren.

Arm war der noch immer nicht. Die Renten, die er von seiner Mutter Seite geerbt hatte, reichten für die zehn Krüge Bier, die Jakob Reker am Tage in sich hineinschüttete. Morgens im Goldenen Hahn und abends in der Roten Kanne. Ertwin betrachtete das dicke, aufgequollene Gesicht. Die blonden Haare hingen zottig unter der Kappe heraus. Jetzt wankte Jakob Reker langsam zum Dom hin. Er hatte nichts von der behänden Schnelligkeit seines Halbbruders. Als schleppte er eine Last mit sich, so schwankte Reker zur Martinskapelle. Sollte er beten, vielleicht half es ihm. Ertwin sputete sich, die Abendstunde rückte näher. Er hatte seiner Großmutter versprochen, sie in ihrem Marktstand abzuholen. Sie war zu eitel für einen Stock, aber seit ein paar Jahren ging sie schwer. Ob Jakob Reker auch die Hüften schmerzten? Dick genug war er.

16.

»Tomas Reker hat den Eid geschworen, daran habe ich ihn erinnert, Leent.«

Knufs Finger fuhr die Stempel in dem Holzkasten entlang, wo sie in einem Brettchen in Einkerbungen an ihren Handgriffen eingehängt waren. Leent hörte das Metall aneinander schlagen, der Ton hallte blank und dumpf im Legge-Saal wider.

»Jeder Meister hier in der Legge schwört: Dass er das schlechteste Stück des Leinens nach außen legen soll, auch dass er keine zwei Stücke ineinander legt, wenn er kennzeichnet. Dass wir kein außerstädtisches Leinen stempeln, dass wir keine bereits vorgelegte Leinwand neu stempeln. Wir schwören, dass wir die Elle nur auf einer Seite anlegen und messen, dass wir nur an den Enden des Stoffes stempeln. Weder dürfen wir Leinwand bewerten, die keines Kaufmanns Gut ist, noch einen bevorzugen. Wir setzen keine Preise fest und geben keine Auskunft über sie. Wir handeln nicht mit Leinwand oder Leinengarn. Die Gebühr fürs Leinwandlegen, schwören wir, gehört zum Wohle der Stadt schon zur Stunde des Empfangs in die Legge-Büchse.«

Während er sprach, hatte der Prüfmeister die einzelnen Stempel aus dem Kasten genommen und vor Leent auf den großen Leggetisch wie fürs Schachspiel aufgereiht. Als Figuren wären die Stempel zu groß gewesen. Sie passten einem Mann in die Faust. Das dicke Ende wölbte sich wie ein hölzerner Pilzhut, der Stiel erinnerte Leent an einen runden Schachturm mit umlaufender Furche. Das untere Ende war aus Eisen. Die Stempel wurden in Glut kurz erhitzt und dann auf das Leinen gedrückt. In einem kreisrunden Ring las man dann die Lettern OSNABRST im Kreis, zwischen dem T und dem O schlossen drei Striche wie fallende Blättchen im Wind das Rund. Die Mitte um die Nabe füllte das Stadtwappen mit dem sechsspeichigen Rad. »Was glaubt Ihr, Knuf, wie oft ich die Zeremonie schon erlebt habe, seit ich im Rat sitze? Ich war sowohl bei Eurer dabei wie bei der Rekers.«

Knuf schob ihm die Stadtbüchse hin. »Ich kann sie nicht öffnen ohne den Schlüssel von Reker.«

Leent griff in sein Wams und legte den Schlüssel auf den Tisch. Er war so lang wie ein Mittelfinger, aber so schmal wie der einer

Frau. Der Bart des Schlüssels zeigte sieben Zargen. »Nehmt diesen hier und öffnet den Kasten.«

Knuf warf das dunkle Haar nach hinten, seine Stirn furchte sich in feine Rillen ein wie ein Acker im Frühjahr. Nur hätte ein Landmann nicht in solchen Wellen gepflügt. »Was sagt das Legge-Buch, wie viel Einnahmen müssen darin sein?«

»Drei Gulden, zehn Pfennige. Zwei haben in Kölner Geld gezahlt, vier mit Münsterschem.« Knuf steckte den Schlüssel Rekers in das linke Schloss neben die eingeschnitzte Flachsblüte. Dann fasste er sich an den Gürtel. Metall klirrte, Leent sah, wie Knuf den Legge-Schlüssel vom Bund fingerte, ohne hinzuschauen. Dann steckte er den seinen in das Schloss auf der rechten Kastenseite neben das Stadtwappen. Mit beiden Händen drehte er die Griffenden der Schlüssel. Im Holz klackte es.

»Jetzt ist der Riegel frei.« Knuf schob den Riegel mit der flachen Rechten zur Seite, löste das eiserne Band und klappte die Büchse auf. »Sie ist voll.«

Leent deutete mit dem Kinn vor sich auf den Tisch.

Knuf zählte die Münzen aus der Büchse. »Zwei Gulden, drei. Und hier noch das Münstersche.«

»Ein Räuber hätte die ganze Büchse mitgenommen und im Wald mit einer Axt aufgehackt. Für drei Gulden lohnt sich kein Mord.«

»Es ist schon um viel weniger gestorben worden. Draußen liegt jede Herrschaft bald mit jeder in Fehde. Die Kaufleute erzählen allzeit von aufgespießten Landsknechten am Wegesrand, die gefleddert wie nacktes Federvieh am Baum hängen«, sagte Knuf.

Leent wusste selber, was im Land vor den Mauern der Stadt vor sich ging. Sein Verwalter schickte eine Hiobsbotschaft nach der andern von den Gütern mit. »Warum habt Ihr den Leggemeister Reker an seinen Eid erinnert?«

»Simon Leent, sprecht Ihr als Rat zu mir oder als Kaufmann?«

Hatte er den Schwur nur wiederholt, um sich jetzt auf sein

Schweigegebot zu berufen? »Knuf, ich zweifle Eure Ehrbarkeit als Prüfmeister nicht an ...«

Knufs breite Hand klappte den Deckel um. »Aber die Büchse hier habt Ihr mich ausleeren lassen wie einen diebischen Lehrling.«

Knuf war schnell in der Gilde zum Prüfmeister aufgestiegen. Er arbeitete genau. Die Speisesatzung verdankten die Gesellen ihm. Jeder von ihnen allein gegen seinen Meister hatte nichts bewirken können. Knuf wusste, dass nur Einigkeit im Widerstand etwas brachte. Er hatte die Gesellen zum gemeinsamen Feiertagsgebet am Altar der heiligen Veronika einberufen. Alle waren gekommen. Die Meister hatten die Botschaft verstanden und sich auf eine Mindestbeköstigung geeinigt. Aber manche Stimmen nannten ihn auch ehrgeil und berechnend. War er nicht schon Prüfmeister geworden, so jung wie noch keiner in der Stadt? »Ich bezweifle nicht Eure Ehrbarkeit. Aber zweifelt Ihr nicht an meinem Amt«, sagte Leent.

»Hat der Bürgermeister zu Euch auch von den Hanse-Beschwerden gesprochen?«

»Ihr meint die angeblichen Fälschungen?«

Knuf nickte, das Kinn berührte fast die Brust, dann flogen seine Haare, er stützte die Hände rechts und links neben der Geldbüchse auf. »Es gibt falsch gestempeltes Leinen, das die Güte nicht hat, die der Stempel verspricht. Reker behauptete aber, dass ich mich irre.«

»Wieso wusste der Rat nichts davon?«

»Wusste er doch. Zumindest unser Bürgermeister von Leden. Er hat Reker und mich ins Rathaus geholt.«

»Wann?«

»Vor fünf Tagen.«

Leent ballte die Faust und öffnete sie rasch wieder. Spien denn alle immer nur ein Bröckchen von dem aus, was sie wussten? »Und?«

»Er hat uns strengstes Schweigen auferlegt. Der Handel leidet sowieso schon sehr. Wenn die Stadt die Akzise sinken sähe, weil die Kaufleute Osnabrücker Leinen meiden, dann wäre es bald um die Einnahmen der Stadt geschehen«, sagte Knuf.

»Als ob gefälschtes Leinen im Umlauf uns nicht größeren Schaden bringt.«

Knuf legte die Hand an den Schlund und räusperte sich. »Ihr seid meiner Meinung, das höre ich gern. Reker hat abgewiegelt. Falsche Stempel hie und da, welche Gilde habe nicht den Betrug durch Handwerker draußen auf den Dörfern oder auf den Burgen der Hoya-Grafen gekannt. Mich hat aber beunruhigt, dass man uns schon aus der Hanse schrieb. Der Kaufmann aus Köln, auf dessen Wagen ...« Leent sah, wie Knuf seine Augen zukniff, als habe er auf etwas Bittres gebissen. »... nun, auf dessen Wagen man die Leiche gefunden hat, legte mir sogar zwei Leinwände vor ...«

Leent griff unter seinen Überwurf und holte aus dem Ledertäschchen am Gürtel das gefaltete Leinen. »Meint Ihr dieses hier?«

Knuf beugte sich rasch vor, fasste es und warf es geübt in die Luft, es fiel ausgebreitet auf den Tisch. »Das hier war aus Deventer. Zu wenige Fäden auf die Spanne. Aber schaut selbst.«

Knufs kräftiger Finger wies auf den Stempel am Ende des Leinens. Dann drehte der Prüfmeister sich schnell und holte aus einer Truhe neben dem Kamin ein weißes Stück Stoff. »Das sind die Vergleichsstücke, wenn es Streit mit den Kaufleuten gibt. Feinstes, bestes Leinentuch für einen Altar oder eine Herzogstafel.«

Leent erkannte keinen Unterschied zu dem Stück, das Knuf neben dem Tuch aus Deventer ausbreitete. »Der Stempel mag unberechtigt darauf gebrannt worden sein, aber echt ist er.«

»Ihr wollt es nicht sehen wie Tomas.« Mit verschränkten Armen stand Knuf breitbeinig am Tisch vor ihm wie ein Landsknecht am Katapult.

»So zeigt es mir und überzeugt mich.«

»Vergleicht die Stelle im Stempel zwischen dem O des Anfangs und dem T am Ende des Rings. Ihr seht die drei Striche. Dem mittleren fehlt etwas.«

Eben noch hatte Leent es für sinkende Blättchen gehalten, jetzt, so nahe an den verbrannten Fasern, glichen sie Spatzendreck. Aber auf dem weißen feinen Leinen aus der Truhe sah er wieder Blättchen schweben, der mittlere Strich dort war um ein Winziges geschwungener und zeigte am Ende ein Häkchen, fein wie ein Haar. »Die Stempel sind nicht gleich, Ihr habt Recht.«

»Reker hat es bestritten. Hat mich zum Augenbader schicken wollen. Mich, der ich von der Mauer aus noch die Vögel auf den Bäumen hinter den Gräben in den Laischaften zählen kann. Nein, mein Augenlicht ist nicht getrübt.«

»Rekers vielleicht?« Leent wollte Knufs Widerworte hören. Doch der zuckte nur mit den Schultern und sammelte die Münzen auf dem Tisch zurück in die Büchse. »Wann habt Ihr mit ihm gestritten?«

»In der Nacht vor seinem Tod.«

Leent fiel die Leinenprobe aus der Hand. »Ihr sagt es so offen?«

»Weil es ist wahr, Ratsherr. Wozu soll ich Euch belügen? Ihr seid ein ehrenwerter Hansekaufmann, der Lug von Trug unterscheiden kann.«

Leent hieb mit der flachen Hand auf den Tisch, nur das Leinen dämpfte den Schlag. Es wurde Zeit, dass wahre Worte fielen. »So sprecht endlich.«

»Am Nachmittag hat der Kölner mir sein Leinen vorgelegt, das hat unseren Zwist unterbrochen. Danach waren noch mehr Kaufleute mit ihren Stoffen in die Legge gekommen. Schließlich ist Reker zur Feier der Leinenbruderschaft gegangen.« Knuf wies auf den Tisch, er faltete, ohne hinzusehen, das weiße Musterstück wieder zusammen. »Zur neunten Stunde hat mich zu Hause Durst nach einem guten Bier überfallen und die Lust auf einen Tanz. So bin auch ich zum Fest gegangen. In der Legge hat oben Licht geschimmert. Beim Fest hatte Reker gewiss für die Bruderschaft gesammelt. Ich habe mir noch gesagt, dass er die Sammelbüchse wohl in die Legge zur Aufbewahrung gebracht hatte. Die Schlösser der Legge sind fester als jedes, das ein Bürger sein Eigen nennt. Ich bin hinaufgegangen. Dass er die falschen Stempel abstritt, wurmte mich. Die Falschheit des Stempels schreit doch zum Himmel. Auf der Treppe verstand ich plötzlich, wieso ich oben Licht gesehen hatte. Der Dompropst und der Kaufmann Terbold saßen mit Reker in der Leggemeisterkammer.«

Wenn sich von Schagen noch zur neunten Stunde zu Fuß zu jemandem begab, bewegte ihn etwas, sonst wahrte der Vertreter des Bischofs eitel seinen Rang. »Welch hoher Besuch«, sagte Leent.

»Sie verstummten, als sie mich auf der Treppe kommen hörten. Und standen auf, als ich in die Kammer trat.«

Leent hätte nicht gedacht, dass auch des nachts in der Legge solch ein Kommen und Gehen geherrscht hatte. Die alte Bele hatte nicht geträumt, viele Männer hatten im Haus geweilt. Er musste Elisabeth fragen, ob nicht der Terbold und der Dompropst mit dem Reker verwandt waren. Halt, Reker war auch Lehnsmann des Bischofs mit ein, zwei Höfen bei Borgloh. Aber was sollte Terbold, der sein Geld in gekaufte Häuser steckte, bei diesem nächtlichen Stelldichein?

»Reker wollte mit den beiden aufbrechen, aber ich hielt ihn zurück.«

»Es fiel kein Wort zwischen Euch zu vieren?«

Knuf drehte langsam das Kinn hin und her. »Nein. Einen frommen Wunsch auf den Abend noch. Ja, den gab der Domherr.«

»Und dann?«

»Ich habe Reker die Leinenstücke vorgehalten wie Euch. Er hat sie vom Tisch gewischt, gebrüllt, ich wolle nur sein Amt. Er wurde handgreiflich. Ich stieß ihn weg. Er höhnte, er sei der Leggemeister in der Stadt. Und er habe geschworen wie ich. Ich solle schweigen, sonst verriefe er mich beim Rat.«

»Das hat er nicht getan.«

»So ist es, weil ich ja geschwiegen habe. Ein Beweis allein hat mir nicht ausgereicht. Das ist alter Brauch.«

Leent war es, als ob ein Gewicht auf seine Schultern sackte, dieses galt für ihn nicht weniger. Er schüttelte sich, aber sein Kreuz wurde nicht leicht. Knuf sprach wahr. Auch er brauchte mehr als einen Beweis gegen den Meuchler.

»Dann polterte es unten im Legge-Haus. Jakob Reker kam die Treppen hochgestapft.«

»Der Halbbruder?«

»Jakobs Mutter war die beste Freundin meiner seligen Mutter. Wir haben als Jungen Frösche gefangen und Weiden geschnitten. Und die Mägde beim Waschen bespitzelt. Er war trunken.«

»Was wollte er von Tomas?«

»Geld, nehme ich an. Kein Wirt gibt ihm ohne Münze etwas zu trinken. Nicht mal die dicke Wirtin in der Roten Kanne lässt sich dazu herab, weil er anderntags immer die Zahl der Krüge ableugnet. Ich ließ Reker stehen und packte den Jakob noch auf der Stiege. Tomas hätte ihm sowieso nichts gegeben.«

Ein alter Freund konnte gut Leumund sprechen. »Und Tomas Reker?«

»Sagte nur: Schaff den Saufkopp hier raus, damit du dir einen Verdienst um die Legge machst. Er hieß mich am nächsten Tage früh erscheinen, damit wir die Akzisebüchse ins Rathaus schaffen. Am Morgen war ich da. Doch er erschien nicht.«

Da war er schon tot.

»Ich habe mich sehr gewundert, dass er nicht gekommen ist, auch dass er im Rat nicht seinen Platz eingenommen hat. Reker war nicht ohne Grund Leggemeister. Er hielt die Gilderegeln ein wie kein anderer.« Knuf legte die linke Hand auf die eigene Schulter. »Deshalb habe ich so lange an meinem Urteil gezweifelt und dem der Hanseleute, die die Beschwerdebriefe schickten. Sie versuchten vielleicht nur, Akzise zu sparen. Bis auch der Kölner mir falsche Leinwand vorgelegt hat.«

Kaufmann Melchior Hechtem hatte etwas angestoßen, das

für den armen Reker böse ausgegangen war. Die Stempel standen noch immer wie Schachfiguren auf dem Tisch. Leent zeigte auf die schwarzen Eisen. »Sind sie vollzählig?«

»Es fehlt keiner.«

Leent brauchte einen Beweis, dass Reker die Legge nicht mehr verlassen hatte. Er stand auf. »Holt die Knechte. Räumt mir alle Truhen vor und öffnet sie. Ich will jede Spanne Holzboden in dieser Legge mit eigenen Augen sehen.« Selbst der Teufel hinterließ Spuren.

Knufs braune Augen wurden groß. Dann drehte er sich wortlos auf den spitzen Schuhen um und ging nach unten. Leent hörte ihn rufen. Sogleich trippelten die Füße der Dienstleute auf der Stiege.

17.

Piet Husbeek kam die Mauerkrone entlanggerannt, das ganze Stück von der Mühlenpforte, atemlos hielt er sich am Durchgang in den Plümersturm und schrie hinein: »Schließt die Tore! Die Hoya'schen sind im Anmarsch. Dreißig oder fünfzig Mann zu Pferd, keiner weiß es. Befehl von den Wehrgeschworenen.«

Ertwin schluckte den Bissen Brot hinunter und band seinen Studiosuslederbeutel zu. »Wie weit sind die vor der Stadt?« Der zweite Mann, der mit Ertwin Wachdienst auf dem Turm versah, rieb sich die Augen. Auf Wache war nicht gut schlafen. Auch wenn sie im Turm unter der Schießscharte in einem Mauerwinkel ein wenig Stroh aufgehäuft hatten.

Der Mann neben Ertwin erhob sich. »Lass die Taschen hier mit unserem Zeug. Du warst wohl nicht auf der letzten Übung mit unserem Neustädter Wehrmeister dabei, Ertwin?«

Nein, war er nicht. In Erfurt an der Universität blieb er von solcherlei verschont.

Piet Husbeek griff schon im Winkel am Durchgang zu seiner Armbrust und schaute kurz zu Ertwin und den anderen her.

»Ja, und? Wollt ihr warten, bis die Burgleute der Grafen uns die Pfeile um die Ohren schießen?«

»Los, Studiosus.« Der andere Mann stützte sich kurz auf die Hände, dann hob er den Hintern und drückte sich hoch.

Husbeek winkte mit der Faust. »Wir laufen jetzt vor zum Martinstor und helfen dort zu schließen.«

Ertwin sprang auf, lief vor dem Goldschmied auf der Mauerkrone, vor den Scharten wagte er einen Blick hinunter in die Hase. »Im Vorwerk ist nichts zu sehen.«

»Mit so vielen Reitern kommen sie nicht schnell über den Graben, da müssten sie schon Bohlen heranschleppen.« Husbeek war dicht hinter ihm. Er trug die Armbrust, als sei sie wie ein Flügel an seiner Schulter verwachsen, stützte sie gerade mit einer Hand.

»Wissen wir das?«, fragte Erwin.

»Lasst Euren Lederbeutel hier hängen und den Spieß stehen, Studiosus.«

»Aber ...« Husbeek stieß ihn mit beiden Händen in die Hüfte und drängte ihn vorwärts. »Ich habe als Wehrherr Anweisung gegeben: Erst die Tore schließen, dann jeder zurück auf seinen Platz. Euer Platz ist heute im Turm. Am Tor sehe ich besser, wer darauf zureitet.«

Ertwin war zum einen lange weg gewesen, zum anderen hatte er sich freigekauft. So hatte er bisher keine Wehrübungen mitgemacht. Aber diesen Sommer hatte Vater kein Geld dafür geben wollen, damit ein anderer für ihn wache. Ertwin stolperte fast. Wehrmeister Husbeek hinter ihm kaufte sich selbst von den niederen Wachdiensten nicht frei, obwohl er allemal das Geld dazu hatte. Der andere Mann, der mit ihm zur Wache eingeteilt war, hatte sich aufs Stroh gestreckt und Ertwin auseinander gesetzt, warum Husbeek das nicht tat. Die Bürger sollten sich selber schützen, nie vergessen, dass einem gottesfürchtigen Mann keiner half außer er sich selbst. Wenn Ertwin seinem Vater glauben durfte, und der hatte sein Ohr als Brauer an den Stammtischen der Stadt, sollte es keinen wundern, wenn Husbeek bald als

Bürgermeister der Neustadt gewählt werden wollte. Gerade die Handwerker sammelten sich in den Schützengilden, die das Armbrustschießen übten. Husbeek scharte als Wehrherr wie als Ratsherr die Handwerker um sich.

Der Laufpfad über die Mauer war nicht ganz eben, Ertwin hielt sich an den Steinen fest. Wenn er jetzt strauchelte, stürzte der Goldschmied auf ihn drauf. »Hier bricht man sich noch die Knochen.«

»Langsam, bleibt stehen. Sie haben es fast geschafft.«

Die Mauer stieß ans Torhaus, Ertwin schlüpfte durch den Durchgang ins Oberwerk des Martinstores. Die Nachbarschaften standen schon versammelt vor der Durchfahrt und hatten den schweren Balken geschultert.

»Bleibt oben, Wehrmeister«, rief einer.

Ertwin drückte sich in einen der Erker und lugte nach draußen in das Vorfeld der Stadt hinter der Mauer und den Gräben. An dieser Seite gab es keine Häuser zwischen Mauer und Vorwerk, das nicht gemauert war wie an der Westerbergvorstadt, sondern aus Holzpfählen bestand.

»Herrgott, wartet auf uns.« Frauen kreischten von der Laischaft her, gaben Zeichen mit ihren Holzschuhen, die sie in die Hände genommen hatten. Sie rannten vom Feld, wo sie hacken oder Vieh hüten gewesen waren, über die schmale Brücke herbei.

Unter Ertwins Füßen klangen dumpf die Befehle der Torwächter durch den Boden. Das Kreischen wurde lauter und erstarb, dann spürte er einen Ruck in den Sohlen.

Piet Husbeek wandte sich zur Stadtseite, beugte sich über den Mauerrand und befahl: »Tor zu!«

Ertwin sah, wie die Männer den Balken unter das Tor trugen.

»Einlegen. Sichert das Tor und haltet hier oben Wache.«

Die Bürger johlten. Der Balken riegelte das Tor nun ab.

Der Wehrmeister stieß Ertwin an. »Worauf wartet Ihr? Euer Platz ist vorn im Plümersturm.«

Die ersten Schützen liefen die Stufen zur Mauerkrone hoch. Vor fünf Jahren erst, Ertwin sollte gerade nach Thüringen aufbrechen, hatte der Rat eine gedungene Söldnertruppe entlassen. Die fremden Kerle versoffen ihren Sold und schliefen mehr auf der Wache, als die faulsten Osnabrücker es je getan hatten. Die Bürgerschaft bildete ein freiwilliges Schützenkorps unter Husbeeks Führung. Auch Vater, dicker Bauch hin oder her, übte regelmäßig zu Hause im Hof das Schießen. Dann flogen alte Bierfässer auseinander, spätestens nach dem vierten Schuss splitterten die Dauben unter den Pfeilen.

Die Wehrherren der Stadt setzten die hundert Mann auf die Tore und Türme der Stadt nach festem Plan so, dass dort je drei, die Übrigen auf den Mauerabschnitten dazwischen sich verteilten.

»Ihr haltet Wache dort in den zwei Scharten jeweils am Durchgang. Die mittleren zwei nehmen wir Schützen.«

Ertwin sah, wie sich alle fügten. Ein Rademacher trat mit kotigem Schuh seinen Lederbeutel aus dem Weg, der noch vor dem Erker lag. »Weiß einer, von welcher Seite sie kommen?«

»Und wenn die Grafen uns belagern und den Dom mit Feuer beschießen?«, fragte ein Handwerker.

»Warum sollen sie ausgerechnet den Dom beschießen?«, meinte ein Dritter.

»Weil der Bischof es nicht schafft, den Grafen Johann aus dem Kasten zu bringen.«

18.

»Eisel, glaub nicht alles, was auf den Gassen geredet wird.« Margit reichte Eisel die durchsichtigen Schleier, die Eisel über ihren linken Arm hängte. »Packe das blaue Kleid noch nicht in die Truhe, ich will es anziehen.«

Eisel antwortete ihr nicht und packte die Tücher unten in die Truhe.

Margit rollte die Augen. »Wie oft soll ich es dir noch sagen? Wenn ein Span hängen bleibt, zerreißt es das Brüsseler Tuch.«

»Entschuldigt, Herrin. Aber die alte Sinna, die beim Domherrn von Gerstheim die Küche schafft, hat mir gesagt, der Domherr lässt seine Messgewänder aus dem Dom tragen.«

Margit setzte sich auf ihr Bett in der Schlafkammer. Eisel war doch sonst nicht so dumm. »Umgekehrt wird ein Schuh daraus. Er lässt bestimmt die golddurchwirkten Stoffe in den Domschatz bringen. Dort werden sich die Grafen nicht vergreifen, selbst wenn sie die Stadt einnehmen, plündern sie nicht den Dom. Der Kirchenbann wäre ihnen sicher wie die Feindschaft der anderen Bischöfe. Die hätten dann nur einen Vorwand, um den Grafen die Beute wieder abzunehmen, die sie in der Stadt gemacht haben.«

»Ich habe Angst, Herrin.«

Eisel sank neben sie auf das Bett und drückte eine gelöste Haubenschleife an ihr Kinn. Margit nahm ihr das Leinen weg. »Alle haben ein bisschen Angst. Aber mein Vater sagt, die Stadt ist noch nie eingenommen worden. Jedenfalls nicht geplündert worden. Schon über hundert Jahre nicht. Er hat einige Heere vor den Mauern lagern und wieder ziehen sehen.« Sie verschwieg Eisel lieber, dass Vater sie geheißen hatte, die Perlen und Steine nicht mit in die Truhe, sondern in ein kleines braunes Holzkästchen zu legen. Das stand nun unter dem Bett. Vater würde ihr zeigen, wo er es im Getreidespeicher von eigener Hand einmauern würde. Plünderer wühlten oft nur im Haus und fraßen die Speicher leer, sich aber hinter den Säcken die Wände genau anzusehen, dazu waren Kriegsmänner zu faul.

Eisel schaute sie aus den Augenwinkeln an, ohne das Kinn zu heben. »Ich habe aber trotzdem Angst.«

»Wovor? Dass dich die Landsknechte greifen?«

»Männer können einem dabei sehr wehtun.«

Hatte es wehgetan? Ein wenig vielleicht, aber da war die Begierde, die alle Schmerzen mit sich fortgerissen hatte. Margit wusste nur, wie Reimer so zart und doch so heftig mit ihr gewesen war. »Die Männer schützen uns, selbst mein alter Vater ist an der Mauer auf seinem Posten. Konrad, dein Vater, Eisel, hat nicht mal mehr Zähne und schichtet hinter der Mauer Wurfsteine auf.« Reimer würde als Prüfmeister das Natruper Tor befehligen, Margit war so froh, dass die Gefahr wohl von der Weser her drohte. Sie umarmte Eisel.

»Haben wir denn genug zu essen?«

Margit musste lachen und stupste Eisel in die Seite. »Davor hast du Angst, dass dein Teller leer bleibt. Hast du jemals im Hause Vrede gehungert? Wenn wir nichts mehr haben, wer soll dann sonst etwas zu kauen haben?«

»Und wenn sie Euch alles wegnehmen?«

»Wenn die Stadt die Tore öffnen muss, sind alle dran. Warum soll es uns mehr treffen als die Nachbarn?«

Eisel nahm eines von Margits Kleidern am Kragen und schlug es ein. Sie sprach so leise, dass Margit die Stirn kraus zog, ehe sie richtig verstand. »Weil das Volk in den Gassen das Haus Vrede am wenigsten mag.«

Margit drehte den Kopf weg und ließ die Hände in den Schoß sinken. Der Argwohn ihres Vaters war nicht umsonst. Gut, dass er ihr das Schmuckkästchen unter das Bett gestellt hatte.

19.

Den Sohn der dicken Wirtin vom Grünen Hahn kannte jeder, er war der schnellste Läufer und der geschickteste Späher der Stadt, obwohl er nur so dünn war wie ein Malvasierfässchen.

»Lasst den Korb nieder für den dünnen Johannes.« Die Männer am Tor regten sich.

Zu dritt hoben sie einen großen Korb über die Mauerkrone, der an drei Seilen hing. Dann ließen sie ihn rasch hinab.

Beim ersten Warnruf war Leent sofort aus der Legge gelaufen. Aus der Rathaustür gegenüber rannte Heinrich von Leden. Sie liefen schnellen Schritts zum Tor am Herrenteich, das ihnen die

Wehrordnung zuteilte. Geschrei und Gerenne hallte über dem Markt und der ganzen Stadt.

»Würde mich nicht wundern, wenn die Reiter über die Weserstraße kommen. Die Burgleute des Mindener Bischofs haben den Stiftsburgen schwer zugesetzt«, sagte von Leden.

»Hätten unseres Bischofs Leute nicht Hunteburg und Wittlage bekümmert, bliebe uns das erspart.«

»Nichts bleibt uns in diesen Fehdezeiten erspart, Simon Leent, das wisst Ihr selber. Das Land blutet, und in der Stadt wird gemordet. Der Himmel sendet Strafe, und ich weiß nicht einmal, wofür. Juden haben wir nicht mehr in der Stadt, in den Badehäusern geht es nicht unzüchtiger zu als überall. Spenden wir nicht genug für Klöster und Hospize? Leent, ich weiß es nicht.«

Der Bürgermeister hatte ihn am Arm gefasst und zog ihn zu einer Mauerscharte im Torhaus. »Der dünne Johannes hat hoffentlich Kunde.« Leent sah den Korb in Sprüngen die Mauer hochhüpfen. Oben zogen zwei Schmiede an den Seilen. Der dünne Johannes hielt sich an den Seilen fest und bog sich von der Mauer weg, an die der Korb stieß. Er atmete heftig, rief etwas, das Leent nicht verstand.

Der Bürgermeister ließ los, drehte sich zur Stadtseite und schaute dort hinaus.

»Stellen sich die Bürger auf?«, fragte Leent.

»Die Übungen zeigen Wirkung. Es geht schneller als sonst.«

»Jetzt werden wir die Schatzung im Rat durchsetzen können, der Schrecken wird die Kaufleute an ihre Mauern erinnern, die sie in der Not beschützen. Die Münzen im eigenen Säckel taugen dazu nicht.«

»Freut Euch nicht zu früh.« Von Leden wandte sich um. Sie gingen in das Torhaus.

Der dünne Johannes lief herein und verbeugte sich, dann holte er tief Luft. »Ich bin fast bis zur Kirche Sankt Annen gelaufen. Gut dreißig Ritter auf Pferden treiben das Vieh auseinander in der Herrenteichslaischaft. Sie haben einen an ein Seil hinter ein Pferd gebunden. Ich konnte nicht sehen, wen. Er hat nicht lange gestanden.«

»Wie sind sie bewaffnet?«, fragte von Leden rasch.

Der Junge schluckte, seine Knie waren zerschunden, auf seinem Überhemd hatten sich Klettenkapseln festgehakt. »Die Ritter tragen Rüstung, Schwert und Spieße.«

Leent musterte das wache Gesicht des dünnen Johannes, ein paar erdige Striemen zogen sich über dessen Wangen. Er war sicher durch Gebüsch geschlichen. »Haben sie Fußvolk dabei?«

Der Junge schüttelte das wirre Haar, ein Zweigstück fiel auf den Steinboden des Oberwerks im Tor.

»Es sind nur ein paar Männer in Rüstungen zu Pferd?«, fragte Leent weiter.

»Nein. Zwei trugen Banner. Aber die Pferde sahen frisch aus, keines ließ den Kopf hängen, keines schwitzte stark.«

»Sie werden nicht angreifen, Bürgermeister.« Leent war sich sicher. Die Hoyas hatten noch keinen Angriff gewagt, wenn sie nicht ausreichend Landsknechte im Feld stehen hatten.

»Eine Vorhut vielleicht? Hat der Kaiser gar ein Heer zusammengebracht, das die Reichsacht gegen uns vollstrecken soll? Der Tross mag im Walde liegen.«

»Von einem Reichsheer hätten wir Kunde. Einen Grafen wird der Kaiser kaum mit der Vollstreckung betrauen, das wäre gegen die Übung des Hofs.« Aber auch jede übrige Störung der Handelswege brachte die Stadt weiter in Schwierigkeiten.

Leent legte dem kleinen Johannes die Hand auf die Schulter und steckte ihm ein paar Kupfermünzen zu. »Der Rat dankt dir deine Kundschaft. Ruh dich aus, aber verrate keinem, was du gesehen hast.« Der Junge verbeugte sich tief und umschloss das Kupfergeld fest in der Faust. Dann lief er aus dem Torhaus hinaus.

Der Bürgermeister schlich zur Stadtseite und lugte durch die Scharte. »Was denkt Ihr, werden die Bürger ruhig bleiben?«

»Wenn ein Angriff kommt, kämpfen alle. Wenn uns die Hoyas lange mit einer Belagerung zermürben, dann kommt bald

Unmut auf. Die Speicher sind jetzt im Juni leer. Wenn die Ernte in einer Fehde untergeht, wir gar Belagerung und Brandschatzung erleiden müssten, wer hungert dann und verliert sein Haus?« Die Ratsherren besaßen fast alle Steinhäuser hinter den Holzhäusern ihrer Gassen. Dort lagen die Waren und Vorräte sicher vor Brand und ließen sich länger gegen Plünderung halten. »Wenn im Folgejahr die Ernte nicht eingebracht werden kann, steigt der Brotpreis. Dazu fehlt der Hafer für die Armen.«

»Der Beschluss des Basler Konzils hat uns wenig geholfen.« Der Bürgermeister hatte ihm nicht zugehört und wand sein Handgelenk. Leent hatte wenig Hoffnung in die Abordnung gesetzt, die die Stadt zur Kirchenversammlung den Rhein hinaufgesandt hatte. Aber der Rat hatte in seiner Mehrheit an einen wirksamen Schutzbrief durch die versammelten Kirchenleute geglaubt. »Wenn die Tote Hand mit jener, die das Schwert führt, kämpfen soll, wer wird wohl gewinnen? Die Kirche gewinnt allenfalls auf lange Sicht, der Kaiser allemal sofort. Unser Los ziehen wir Menschen nun mal für das Diesseits. Da sind die großen Fehden geradezu ein Glück«, sagte Leent.

»Ein Glück? Wie meint Ihr das?« Der Bürgermeister trat dicht an ihn heran. Die Lider über seinen Augen schimmerten dunkel, von Leden hatte wahrlich keinen Schlaf gefunden.

Leent trat zur Landseite des Torturms und blickte hinaus ins grüne Buschwerk hinter den Wiesen der Stadt. »Die adeligen Herren streiten ohne Unterlass miteinander. Selbst die Söhne, die der Adel als Bischöfe zur Kirche schickt, können das nicht lassen. Unser Bischof Heinrich von Moers steht in Rüstung vor Soest, liegt im Fehdestreit mit dem Bischof zu Minden, mit den Grafen Hoya und Ravensberg, weil er uns Bürgern nicht den Grafen Johann aus dem Bocksturm entwinden kann. Einige Domherren hat er vor seiner Wahl verprellt, deren Adelsfamilien haben ihm Fehde geschworen. Wäre der Adel untereinander einig, so wäre es bald um unsere Freiheit geschehen, aber so …«

»Ihr meint …«

»Schaut hinaus, von Leden. Die Mauern umschließen Alt- und Neustadt. Wir haben uns einen können und sind frei geblieben. Selbst die Domherren hier in der Stadt und die Ritterfamilien, die hier schon lange wohnen, halten dafür. Erinnert Euch an die Zeit, als das Kapitel den neuen Bischof wählen musste. Hätten wir nicht alle zusammen wie ein Mann den Erich von Hoya in diesem Amte abgelehnt, würde das Grafenhaus Stift und Stadt beherrschen.«

»Nur was hilft uns das?«, fragte der Bürgermeister.

»Wir müssen Einigkeit und Selbstvertrauen wahren. Der Adel verschleißt sich im Streite untereinander. Bald sind ihre Truhen leer. Welche Zölle wollen sie auf ihrem Grunde erheben, wenn niemand zum Handel in unsere Stadt zieht? Nur die Zeit dahin müssen wir überstehen.« Leent schlug ihn auf die Schulter. »Von Leden, wir müssen anfangen. Bringen wir die Leute dazu, dass sie mit ihren Vorräten an Holz und Stein die Mauern stützen. Die Vorwerke brauchen auch hie und da Ausbesserung.« Er sah draußen durch das Torfenster Bewegung.

»Ein Bote reitet heran.« Der Wächter schrie es vom Turmdach.

Der Bürgermeister sprang zur nächsten Scharte. Leent sah einen Reiter zur Brücke preschen. »O Gott.« Er presste die Hand auf den Magen.

Ans Pferd gebunden war ein Seil, das einen Ballen, nein, einen Mann hinter sich herschleifte.

»Wer …?« Die Stimme des Bürgermeisters erstarb.

Leent sah die Farben der Hoyas auf dem Schild des Ritters, der bis zum Anfang der Brücke vorritt, dort das Pferd hart wendete. Der Ballen Mensch rutschte an den Hinterhufen vorbei auf die ersten Bohlen der Brücke.

»Ein Burgmann der Grafen.« Der Kopf des Bürgermeisters verschwand in der Scharte. Auf den Mauern hielten die Schützen der Stadt die Armbrüste gespannt, Pfeile lugten aus den Scharten. Von Ledens Befehlsstimme erscholl. »Was wollt Ihr?«

»Der hier hat von Hunteburg aus Mindener Stadtgut bekümmert, für Euren Bischof gebrandschatzt. Albert von Hoya fordert Gutmachung von Eurem Bischof für die verwüsteten Dörfer.«

»So sagt es dem Bischof, nicht uns.«

»Sein Dom steht in Euren Mauern. Eure Mannen halten Wacht auf seinen Burgen. In Hunteburg hat der hier befehligt.«

»Gott im Himmel, sie haben den Strüver zu Tode geschleift«, flüsterte der Bürgermeister.

Leent wusste, was er dachte. Strüver war der beste Wehrmann der Stadt. Er hatte als junger Mann im Heer des Bremer Bischofs gekämpft, bis ihn die Familie zurück ins Handelshaus geholt hatte. Sein Vater war mit einem Schiff vor Gotland gesunken und mit ihm das halbe Erbe des Weinhändlers. Strüver hatte jedoch das Waffenwerk nicht lassen können, wenn die Stadt Schützen stellte oder wie jetzt die Bischofsburg in Hunteburg gegen die Hoyas stärkte.

»Der Bischof wird Eure Grausamkeit strafen.« Die Befehlsstimme des Bürgermeisters klang rau. Von Leden klammerte sich an die Tormauern.

»Mein Herr wird Eure Bosheit strafen. Des Bischofs Burg hat den Strüver nicht geschützt. Gebt den Grafen Johann heraus und erkennt die Lehnsforderungen an, dann werdet Ihr unsere Rache nicht fürchten müssen.«

Seit fünf Jahren schon fehdeten die Hoyas, nahmen immer wieder Beute, wenn Kaufleute zur Stadt zogen, aber dass sie Bischofsmannen zu Tode schleiften, war neu.

»Sobald die Hoyas ihre Schulden zahlen. Ihr habt uns das Vieh entführt und das Land verwüstet. Die besetzten Güter unserer Bürger im Land erstattet zurück.«

»Wir erstatten Euch Euren Schützen zurück.« Der dreckverschmierte, blutige Ballen ruckte noch einmal hinter dem Pferd. Der Ritter ließ das Visier fallen und kappte das Seil mit einem Schwertstreich. Es fiel neben die Hinterhufe, das Pferd stieg vor Schreck hoch. Dann wendete der Reiter und preschte davon.

»Die Grafen müssen stärker geworden sein, neue Verbündete haben, von Leden.«

»Wenn Strüver gefangen worden ist, sind Hemken, Kliep und Vehrens auch in ihrer Hand.«

»Hunteburg ist gefallen. Das heißt es.« Leent schalt sich dafür, dass er sofort an die Burg dachte. Dort saß ein Vetter von ihm als Verwalter. Es war schlimm, diesen in der grausamen Hand der Hoyas zu wissen.

»Und damit bleibt nur noch Wittlage. Mit etwas Fehdeglück gelingt es den Grafen, uns alle Wege abzuschneiden.« Die Stimme des Bürgermeisters war rau.

»Dann wären wir endgültig auf uns allein gestellt. Hätten wir den Soestern geholfen, hülfe uns jetzt vielleicht der Hansebund«, sagte Leent leise.

»Lasst uns großen Rat halten. Fürs Erste ist die Gefahr vorüber.«

20.

»Soll ich dir die Tasche tragen?«

Elisabeth hängte sich mit ihrem Arm unter dem seinen ein. Mit der Linken hielt sie den Ledergurt über ihrer Schulter fest. Sie schmiegte sich an ihn. »Lass nur, das Brot hast du gegessen und den Wein geleert. Du warst hungrig.«

Sie zog ihn weiter die Gasse entlang zum Domschwesternhaus hin. Leent war froh, dass Elisabeth ihm einen Happen zum Tor gebracht hatte. Er vergaß nur zu schnell das Essen über den Sorgen. Sie hatte auch gleich den jungen Knecht mitgebracht, der für sein Haus die nächtliche Wache übernahm. »Sie werden nicht angreifen. Es sind zu wenige Ritter, sagen unsere Kundschafter, sowohl die friesische Landstraße lang als auch zur Weser hin.«

»Die Wälder sind verwachsen und das Buschwerk dicht. Könnt ihr euch sicher sein im Rat?«

Vor ihnen standen drei Kühe in der Gasse, eine ließ einen Fladen in den Unrat fallen. »Weißt du, wem das Haus gehört?« Leent wich auf die andere Gassenseite aus.

»Dem Brettschneider Vaals.«

Leent, die Hand auf Elisabeths, drehte sich zum Giebel des Hauses um. »Schafft Eure Kühe aus der Gasse!« Er schaute Elisabeth an, sie lächelte nicht. Ein Fenster wurde aufgerissen, der Oberarm und Ellenbogen eines Mannes hoben ein Nachtgeschirr heraus.

»Kümmert Euch um Euren eigenen Kram ...«, rief einer von oben.

Nun erschien dessen dicker Kopf im Fenster.

Der Mann zuckte zusammen und reichte den Topf jemandem ins Haus zurück. »Mein Gott, der Ratsherr Leent. Verzeiht, ich dachte, Gelumps macht sich lustig über uns.«

»Gelumps ist der selber«, flüsterte Elisabeth.

Leent überging die Bemerkung. Die Wehr der Stadt war wichtiger. »Schafft Eure Kühe aus der Gasse in Euren Hof oder Stall. Was ist, wenn wir hier die Schützen durchjagen oder eine Wassereimerkette bilden müssen?«

»Dann kann ich die Kühe doch noch immer wegtreiben.«

»Warum seid Ihr nicht an Eurem Platz? Es nützt Euch gar nichts, Vaals, dass Euer Haus das erste auf dem Domgrund ist. Muss ich Euch erst den Wehrherrn Husbeek auf das Kreuz hetzen? Die Gasse muss frei sein.« Er spürte den festen Druck von Elisabeths Hand. »Und den Unrat lasst auch aufkehren. Sonst rutschen die Männer im Dreck aus, wenn sie rennen müssen von einer Seite der Stadt zur anderen.«

»Lass ihn einfach glotzen, den faulen Hund.« Elisabeth drehte dem Haus den Rücken zu.

Sie hatte Recht. Leent wartete nicht weiter auf eine Antwort. Sie hörten Vaals noch etwas grummeln oben am Fenster. In den Nachbarhäusern wurden Fenster geschlossen. Die Steinmetzin dort hatte sicher zugehört. Ihr Haus stand noch auf Stadtgrund. »Die Leute sind so eigensüchtig.«

»Heute rennen sie noch und sind wachsam, morgen beschweren sie sich über die lange Nacht, und übermorgen wollen sie ihren Geschäften nachgehen. Das werden die Hoyas auch wissen. Heißt es nicht, dass der Fuchs so die Gänse jagt?«

»Bis sie die Wachsamkeit sein lassen, weil er immer nur am Wiesenrand entlangschnürt?« Elisabeth strich über seine Hand. »Mann, dabei ist doch schon genug geschehen. Ob die Hoya'schen die Hand im Spiel haben bei der Bluttat an Reker?«

So weit hatte Leent in all der Aufregung noch gar nicht gedacht. Aber Elisabeth war eine kluge Frau, die sich die Lettern hatte beibringen lassen und in der Bibel las. Sie blickte den Menschen ins Herz. »Du meinst, sie haben einen Meuchler gedungen?«

»Sie haben genug Spione in der Stadt. Weiß du noch, wie sie versucht haben, die geheimen Botschaften des Grafen Johann aus seinem Gefängniskasten im Bocksturm schmuggeln zu lassen? Ein dummer Lehrling hat sich bestechen lassen mit vier Sack Mehl. Nachricht nach Köln hat Graf Johann geben wollen, dass er lieber eine Feile im Käse finden wollte, als auf einen Zauberer vom Rhein zu hoffen.« Sie lachte und legte den Kopf an seine Schulter.

Leent grüßte mit einem Kopfnicken den Domherrn von Broer, der gerade in seine Präbende trat. Das prächtige Haus schmückten Schnitzereien vom Martyrium des heiligen Sebastian. Zwischen den Fenstern des Oberstocks hing der Heilige geschnitten in ein Holz, den Kopf zuunterst, von Lanzen durchbohrt. Rot leuchtete das gemalte Blut im Grün des Hintergrunds.

»Vielleicht steht der ganze Leinenbetrug auf dem Kopf.« Und der Betrug am Leinenstempel hatte nichts mit dem Mord zu tun. »Die Leinenbüchse ist nicht geraubt worden. Aber hätten sich die Hoyas nicht das Geld in die Hände gebracht? Der Meuchler hat vielleicht längst die Stadt verlassen können.«

»Es ist klüger, die paar Münzen einer Tageseinnahme stecken zu lassen. So säen sie leicht Verwirrung und Zwietracht.«

Zwietracht hatte es allerdings genug im Legge-Haus gegeben. Leent bog auf die Domfreiheit ein. Auf Rollwagen schafften Knechte kleine Packen vor den Dom, fünf Domherren standen dabei und überwachten das Abladen.

»Die Kirchenmänner schaffen ihr Silber in den Dom. Dort würde ich unseres auch gern verwahren, wenn ich dürfte«, sagte Elisabeth.

Leent musste dringend mit dem Dompropst von Schagen sprechen. »Streit hat es in der Mordnacht genug gegeben. In der Nacht nach dem Fest bei der Leinenbruderschaft hat Reker viel Besuch gehabt. Reimer Knuf stritt mit ihm, der Dompropst war dort, seinen Halbbruder hat man dort gesehen.« Sie blieben stehen, weil zwei Wagen vorbeiwollten. »Und Albus, den Legge-Knecht nicht zu vergessen, der hat sich auch mit Tomas Reker rumgestritten.«

»Ach, Mann, gib nicht viel drauf. Der Albus streitet mit jedem, nie ist ihm ein Wein frisch genug, wenn er ihn für die Herren in der Legge bei uns einkauft. Dem färbt die grüne Galle doch das Gesicht.«

Sie bogen in die Kornstraße, die kleine Elisabeth winkte oben aus dem Fenster. Die hellen Haare hatte sie von ihrer Mutter, die blauen Augen von ihm. Und den träumerischen Geist von ihrer Großmutter. Auch wenn Elisabeth sie mit dem Enkel von Melchior Hechtems Ohm nach Köln verheiraten wollte, die kleine Elisabeth würde er Nonne werden lassen, so ihr der Sinn danach stand. Seine Söhne hatte er gut mit Kaufmannstöchtern verheiratet. Ein Kind Gott dem Herrn zu überlassen, was war daran falsch?

21.

Der Kirchendiener führte ihn durch den Dom. Leent hörte irgendwo ein Hämmern wie von Steinmetzen, die ihre Meißel vorantrieben, wahrscheinlich ließen die Domherren loses Mauerwerk sichern. Solch große Kirchen wurden niemals fertig, weil der Teufel wie bei jedem Menschenwerk seinen Fuß im Spiel hatte. Aber galt nicht Gleiches für die Stadtmauer? Seitlich vom Altar hinter einer großen Strebe führten schmale Steinstufen hinunter zu den Grablegen.

Drunten verneigte sich der Kirchendiener. »Verzeiht, Dompropst, Ihr habt Besuch.«

»Wie kannst du … Ach, Ihr seid es.« Von Schagen winkte den Kirchendiener davon.

Der Ärmel seines schwarzsamtenen Gewandes bauschte sich in Falten. In der Schatzkammer flackerten große Leuchter, golden schimmerten Kreuze, aufgereiht auf schlichten Brettern, die meisten Stücke des Kirchensilbers waren in weißes Kirchenleinen eingeschlagen.

Zwei Kelche lagen auf ihrem Schalenrand vor dem Dompropst, der den Stoff faltete. »Was führt Euch zu mir, Ratsherr Leent? Die Wehr wohl sicher nicht.«

»Wie man es nimmt.« Die Aufregung hatte sich gelegt. Gefahr einer Belagerung drohte nicht von den Grafen, so schien es, dennoch hatte der Rat Schreiben an die Räte in den befreundeten Hanseorten abgesandt. Jeder Bürger, der draußen Gut und Höfe hatte, sollte seine Meier befragen, ob Kriegsleute gesehen worden waren. Die Wälder waren tief genug, wenn einer ein Heer verstecken wollte. Doch Heersleute hatten Hunger und noch mehr Durst. Marketendergut heimlich zu beschaffen gelang keinem. Wieder hatte der Rat gestritten, wieder hatte es keinen rechten Ratschluss für die Schatzung gegeben. Wenn das offene Wort nicht mehr half, blieb nur das Gespräch im Stillen. Der Rat verrannte sich unter der Führung des Bürgermeisters. »Wie lange wollt Ihr Bürgermeister von Leden folgen?«

Der Domherr hob die Nase etwas und legte das Kirchenleinen langsam über die Kelche. »Er hat die Stadt bislang in den Fehden gut behauptet. Der Bischof würde sich allerdings mehr Unterstützung seitens der Stadt wünschen, jetzt, wo er im Kampf mit Soest liegt. Aber dem Rat bindet die Hansefreundschaft die Hände, das weiß ich wohl.«

»Den Strüver hat man uns vor die Tore geschleift. Die Nachricht hat Euch wohl ebenso beunruhigt, oder warum hüllt Ihr Euren Schatz ein? Die Prunkkelche stehen sonst auf dem Altar.« Wie ein Blütenstand fast, so fein waren die ziselierten Füße geschmiedet.

»Wir müssen wachsam sein. Auch wenn die Hoya'schen kein Heer haben. So viel wissen wir«, sagte der Dompropst.

Leent hätte beinahe laut geschnaubt. Es ärgerte ihn einfach. Die Kirche wusste immer mehr als sie. »Ihr habt Eure Spione überall.« Mal war's ein Priester, mal ein Adeliger, der sich seinem Bruder Domherr anvertraute. Es war Zeit, eine Entscheidung herbeizuführen. »Was sagen sie Euch über die Fehden im Land? Keine Grenze ohne Unrast mehr hat das Stift. Die Landstraßen sind voller vergrämter Bauern, die niedergebrannte Höfe und Volk beweinen. Der Handel leidet schwer. Euer Kirchenzehnter bekümmert Euch nicht?«

Von Schagen rollte im Leinen Kelche ein. »Natürlich bekümmert uns das im Kapitel. Seht diesen Tragaltar.« Der Dompropst zeigte mit schmalen Fingern darauf. Ein Silberblech lief als Schmuckband um den Altar. »An den Seiten halten Kain und Abel ihre Gaben hin.«

Leent beugte sich näher heran. Abels Opfer nahm die aus den Wolken erscheinende Rechte Gottes nach rechts weisend an, Kains Ährenbündel wies sie ab.

»Unterhalb seht Ihr, wie Gottes Hand Abrahams Opfer verhindert. Und oben trägt das Lamm die Sünde der Welt«, sagte der Dompropst neben ihm.

Leents Finger fuhren über die Reliefs aus Walrosszahn. Zwei Männer in Tunika und Sagum, dem römischen Heeresmantel, hoben zum Himmel blickend ein Lamm auf einem Ährenbündel empor. »Wollt Ihr mir sagen, wir sollen uns in unser Schicksal fügen?«

»Ich will Euch sagen, Leent, dass die Hoya'schen Grafen nicht

Gottes Gnade finden. Sonst hätten wir Johann nicht hier im Bocksturm sitzen.«

»Rüstung und Ritterschaft, weder die eine noch die andere Farbe ist in einer Schlacht gottgefällig. Warum packt Ihr das Kirchensilber in den Schatz, wenn Ihr so gar nichts fürchtet?«

Der Dompropst schloss wortlos die Truhe über den Kelchen.

»Ihr wisst ebenso wie ich, dass ohne Strüvers Anleitung unsere Schützen wenig wert geworden sind«, sagte Leent.

»Husbeek ist kein schlechterer Wehrmeister als der Strüver«, sagte der Dompropst.

»Wo hat der Goldschmied Kampferfahrung gesammelt? Mag er noch so gut die Männer auf den Mauern verteilen. Angriff ist Kriegswerk, das lernt man nicht in der Stube.«

»Was wollt Ihr, Leent?«

»Steht Euch der Stolz vor den Augen, von Schagen?« Leent blickte zum Dompropst, der sein Kinn nur weiter heben mochte. Leent wollte ihn nicht schonen. »Seid Ihr blind vor Eitelkeit geworden? Wenn die Grafen dem Bischof noch mehr Burgen schleifen, haben wir nichts mehr als unsere Mauern zur Verteidigung. Wollt Ihr drei Jahre in Belagerung liegen wie die Soester? Die Laischaften verwüstet, die Kinder mager oder tot? Ihr habt den Bürgermeister doch gehört. Sichere Kunde haben wir davon, dass der Kaiser uns im Januar in Oberacht genommen hat. Dreht sich das Kriegsglück gegen den Bischof nur ein bisschen, und da steht der Teufel für, dass das geschehen kann, dann müssen wir den Grafen Johann aus dem Kasten lassen und die Fehde mit den Hoya'schen beenden. Dann gewinnen wir freie Wege nach Westen und nach Norden zu.« Leent wusste, dass genug Leinen in der Legge für die Holländer gestapelt war. »Ist die friesische Straße erst wieder sicher, steigt die Akzise schnell wieder an. Dann haben wir Geld für die Mauern oder bestechen die Freunde der Feinde des Bischofs, Fehderuhe zu geben.«

»Ihr wollt den Grafen Hoya also wirklich aus dem Kasten lassen?« Der Dompropst klang fast überrascht.

»Besser jetzt, als dass ein Sieger über die Stadt ihn dort befreit. Dann nimmt der Graf schwere Rache an der Stadt.«

»Ihr meint?« Der Dompropst fasste seinen linken Daumen.

»Er brennt sie nieder. Auch Eure Präbenden können brennen, wo Ihr so prächtig wohnt.« Leent wies auf eine Reihe silberner Trinkbecher, die am Boden standen, die sicher aus des Kirchenmanns Haus stammten. Von Schagen hatte dort auch flämische Wandbehänge und geprägtes Leder an den Wänden. »Selbst der Dom widersteht einer Feuersbrunst schwer.«

»Warum sollen die Grafen uns gefälliger sein, wenn wir den Johann jetzt freilassen?«, fragte der Dompropst leise.

»Überstellen wir ihn, wüstet kein Heer die Altstadt. Dann wird die Reichsacht vom Kaiser aufgehoben, und die Stadt findet wieder sichere Bündnisgenossen rings im Land. Ihr kennt die Ritterfamilien besser als ich, die unsere Osnabrücker Handelswagen zurzeit gern wegen der Acht von den Straßen holen. Selbst die Hansestädte lassen uns nur noch unwillig auf ihre Märkte. Und weilt gar ein kaiserlicher Lehnsmann in den Mauern, dürfen wir unsere Waren nicht aufschlagen.«

»Der Hoya, als er frei war, hat der Stadt und dem Domkapitel schwer geschadet«, sagte von Schagen.

»Ich habe genug Zehnten wie Ihr draußen im Stift verloren, mir braucht Ihr damit nicht zu kommen. Überlegt, was Eurem Bischof besser nutzt. Ausgleich mit den Hoyas und einen Vorwand für des Bischofs Feinde weniger, in seinem Stiftsland zu wüten. Nutzt Eure Spione an den Grafenhöfen und Bischofssitzen. Wägt die Stärke der Feinde ab.«

»Wir wissen immer noch nicht, wie sie Strüver haben schlagen können.« Der Dompropst strich mit der Hand über den Tragealtar.

Leent blickte auf die schmale Hand und lächelte. Er deutete auf die Verzierungen. »Seht hier die Front zu Seiten des dargestellten Rundbaus. Es soll wohl Jerusalem sein, da kauern zwei Wächter. Mit Schild und Lanze.« Links oben stand der Osterengel, von rechts kamen drei Marien mit Spezereien herbei. In der Mitte hielt sich der auferstandene Christus mit einem Kreuzzepter in der Linken aufrecht. »Schart um Euch die Domherren, wie auf dem Altar die Apostel sich um den ungläubigen Thomas.« Der rührte auf dem gehauenen Stein mit seinem Finger an die Wunde des Herrn.

Der Dompropst legte seine Hände auf den schwarzen Haarkranz und betrachtete das beinfarbene Altarbild. »Leent, ich verstehe, was Ihr meint. Gebt mir ein paar Tage Zeit.«

»Hoffen wir, dass wir sie haben.« Der Bürgermeister hatte Boten zur Hanse ausgeschickt. Je mehr sie über die Bewegungen der Landsknechte im Land wussten, desto besser war es. Leents Blick blieb an einem funkelnden Karneol hängen. Wie ein frischer Blutstropfen leuchtete der Stein auf dem Altarkreuz. Die kleinen Steine säumten grün und blau wie Engelstränen die Balken. »Warum habt Ihr mir nicht gesagt, dass Ihr in der Nacht bei Tomas Reker in der Legge wart?«

Der Dompropst hob schnell den Kopf und ließ dann das Kinn zur Brust sinken. »Weil unser Gespräch des Bischofs Angelegenheiten berührte.« Von Schagen hob ein weißes Kirchenlinnen von einem Stapel. »Der Reker lebte noch, als ich ging. Wenn Euch das beruhigt.«

Der leise Spott in der Stimme des Domherrn war Leent nicht entgangen. »Das hat der Zeuge schon gesagt.«

»Ihr meint den Prüfmeister Knuf, der uns begegnete. Nun«, der Dompropst faltete ein Leinentuch zwischen den Armen auf, es fiel auseinander wie ein Frauenzopf, »wir hörten die beiden heftig streiten, Terbold und ich.«

»Worüber haben sie gestritten?«

»Die Worte versteht man nicht unten in der Diele des Legge-Hauses, die beiden haben oben in der Leggemeisterkammer gestritten. Reimer Knufs Ehrgeiz ist doch bekannt in der Stadt.«

»Seine Genauigkeit auch.«

»Darin stand ihm Tomas Reker aber nicht nach. Die Gilde hat Reker nicht umsonst zum Meister erkoren.« Über das Gesicht des Dompropstes flackerte der Kerzenschein, so sehr spiegelte ein silberner Taufbecher in seiner Hand.

»Warum habt Ihr Reker nicht zu Euch kommen lassen, Ihr seid der Ranghöhere«, sagte Leent.

Auch das Lächeln verzweifachte sich im Spiegelglanz des Silbers. »Ich habe Terbold einen Gefallen getan. Seine Schwester ist die Äbtissin bei den Franziskanerinnen, wir saßen zu viert beim Essen in Terbolds Haus. Er hat mich darum gebeten.«

»Das ist sicher ein Teil der Wahrheit.«

Der spiegelnde Becher verschwand im Tuch. Der Dompropst raffte die Ärmel. »Die Wohlreden in der Stadt, dass uns da ein neuer Bürgermeister heranwuchs, muss ich Euch nicht wiederholen. Es ging um eine gottesfürchtige Stiftung, die Reker tätigen wollte.«

Dieserlei Gerüchte waren allerdings durch Elisabeths Mund an Leents Ohr gedrungen. Er nickte wortlos. Die Weitsicht Rekers leuchtete Leent ein; wenn er das Amt anstrebte, musste er solches tun. »Und Terbold sollte wohl die Münztruhe dafür öffnen und ihm das Geld dafür vorstrecken.«

»Fragt Terbold selbst, es ist seine Sache gewesen.«

So leicht, wie der Dompropst die Schultern hob, lag Leent richtig.

»Terbold verleiht sein Geld nur teuer.« Es war bekannt, dass der Kaufmann seine Schuldner schnell vor Gericht oder gar den Rat zog, wenn einer im Zahlen säumig wurde. »Er gilt als misstrauisch.«

»Warum sollte er denn dem Leggemeister nicht trauen? Das öffentliche Amt sichert seine Einnahmen«, sagte der Dompropst.

Eine der vielen Kerzen verlosch vor Leents Augen. »Hat Reker denn nun Schulden bei Terbold gehabt?«

Durch den Schmauch hindurch sagte der Dompropst: »Das zu erhellen, Ratsherr, ist wohl ein Teil Eures Auftrags vom Rat, meint Ihr nicht?«

22.

Mehr Menschen als sonst zum Abend hin wohnten der Messe bei. Ertwin hörte dem Priester kaum zu und betrachtete die kleine Holzstatue über dem Altar. Die Heilige hielt ein ausgebreitetes Tuch in den Händen, auf dem das Antlitz Jesu abgebildet war. Ertwin erblickte plötzlich das Blut des Toten auf dem ausgerollten Leintuch, als der Priester Tomas Rekers Namen wiederholte. Ertwin schüttelte sich vor Schreck. Veronikas Tuch wandelte sich wieder ganz in Holz, und Ertwin sah wieder nur die Heilige vorn am Altar.

Veronika war eine der Jüngerinnen Jesu, die ihn auf seinem Weg zum Kreuz begleitet hatten. Sie hatte ein Schweißtuch gereicht und ihm damit das Gesicht getrocknet. Später hatte der schwer kranke Kaiser Tiberius von Jesus gehört und seine Boten zu ihm gesandt. Wie er die Kunde von dessen Tod vernahm, ließ er Pilatus absetzen und rief Veronika zu sich. Als die Heilige dem Kaiser das Tuch mit dem Gesicht Jesu zeigte, wurde der kranke Mann auf der Stelle gesund. So ließ er sich taufen.

Die Messe kam zu ihrem Ende. Ertwin folgte der Gemeinde. Vom Altar der heiligen Veronika von Jerusalem drängten sich die Bürger durchs Portal hinaus zum Markt.

Ertwin sah seine Großmutter an, die die Finger an die dicke Wange presste. Sie hatte früh ihren Verkaufsstand verlassen und stand ganz vorn zwischen den Gläubigen. »Wenigstens hat der Jakob seinem Bruder die Messe lesen lassen, wie es sich gehört. Und dem Altar hat er auch zwanzig Kerzen gespendet. So hat er wohl seinen Verstand doch nicht ganz versoffen.«

Wachs war teuer. Die Eltern spendeten jedes Jahr den Augustinern zwei Kerzen. »Warum besorgst du dich so um den Reker, Großmutter?« Zwar war sie neugierig, aber sie hielt sich mit Fragen zurück. Die Frauen erzählten von selbst an ihrem Krämertisch, wenn Großmutter Seidenbänder und Nähzwirn vor ihnen ausbreitete. Ihr Rock schleifte über die Fliesen auf dem Kirchenboden. Sie traten unter dem zweiten Spitzbogen vor und reihten sich ein.

Sie stützte sich an seinen Arm. Bald würde sie lahm sein und am Stock gehen müssen. »Komm rasch, Ertwin, am Friedhof ist wenig Platz. Der Leggemeister tut mir halt Leid. Er hat das Beste gewollt, hat das Leinen gelegt, wie es recht und billig ist. Seit er Leggemeister geworden ist, haben sich die Karren der Leinenhändler nicht mehr im Markt gestaut. Er war fleißiger als sein Vorgänger.«

Sie machten kleine Schritte hinter den Leuten her. Ertwin fühlte, wie schwer sich seine Großmutter auf ihn stützte, als sie die wenigen Stufen hinaustraten. Eng drückten sich die Bürger auf dem wenigen Platz, der auf dem Marienkirchhof zwischen den Grablegen zum Stehen blieb. Die Kirchenwand ragte hinter ihnen hoch in den Himmel und warf ihren Schatten auf die Gräber. Drüben im Rathaus sah Ertwin Gesichter an den Fenstern. »Reker muss Feinde gehabt haben.«

»Der Jakob war ihm schon nicht hold. Denkt Ihr auch, Ertmann'sche, er war's?« Die Quindt vom Salzmarkt war eines der größten Klatschmäuler der Stadt, kein Wunder, dass sie in der zweiten Reihe an der ausgehobenen Grube stand.

Doch Ertwins Großmutter wandte sich ab und tat, als hätte sie nichts gehört.

»Als Leggemeister hat er das Privileg, hier auf dem Kirchhof zu liegen. Seht, wie sein Halbbruder Jakob am Grab steht und betet.«

Alle reckten die Hälse. Ertwin sah den Priester aus der Kirche kommen, hinter ihm folgte die Fronleichnamsbruderschaft, sechs Männer trugen den einfachen Holzsarg. »Ob er sich jemals hat träumen lassen, wenn er drüben aus den Fenstern der Legge auf die Kirche geschaut hat, dass er so bald hier liegen würde?«

»Hat er was geahnt?« Die Quindt stieß Ertwin mit dem Ellenbogen an, sie drückte das Kinn weit vor. »Er soll ein Teufelszeichen auf dem Leib getragen haben. Ich sage Euch, er ist verhext worden. Die Jungfrauen waren alle hinter ihm her. Er hat bestimmt bald heiraten wollen, jetzt, wo er im dritten Jahr Leggemeister war. Habt Ihr die Kellerin gesehen und die Gonthard'sche, wie die beim Leinenbruderschaftsfest ihm schöne Augen gemacht haben? Der Tomas hat es nicht einmal bemerkt.«

»Was hätte er sich auch die Kellerin nehmen sollen, deren Mitgift könnt Ihr in einer Stunde zu zwein davontragen«, sagte Ertwins Großmutter.

Keller schuldete seinem Vater Geld, seit dem Frühjahr schon.

»Seht, der Sarg.« Ertwin bekreuzigte sich mit allen und neigte das Haupt vor dem Kreuz, das die Bruderschaft vorantrug. Die Leinenkaufleute hatten sich versammelt, der Prüfmeister Knuf ging als Zweiter im Range voran, wo sonst Reker selber die Gilde angeführt hatte. Kurz bevor Ertwin gen Erfurt gewandert war, hatte Knuf als junger Handelsmann beim Vater Gerste für Bier ins Lager bringen lassen. Inzwischen war er zum Prüfmeister berufen worden, der mit Feder und dem Ehrenmantel der Zunft hinter dem Sarg herging. Der grüne Umhang war mit Pelz eingefasst, das Hemd und die Huttücher waren aus weißem Löwentlinnen, das in der Sonne strahlte. Ertwin fiel in das Gebet mit ein, das die Gemeinde murmelte. »... denn deiner Allmacht sei anheim die arme Seele, schenke unserem Bruder Tomas Reker den ewigen Frieden, o Herr.«

Der Priester machte ein Kreuzzeichen, der Sarg wurde an Seilen hinabgelassen. Ertwin konnte nicht sehen, wer die Ehre übernommen hatte. Zu viele Köpfe hatten sich dazwischengedrängt.

Der Wind trug die kräftige Stimme Knufs davon. Die Quindt stand schon halb auf seinem Fuß. »Könnt Ihr verstehen, was der Knuf spricht?«

»Schweigt doch still«, sagte einer hinter ihnen.

Die Gilde stimmte ein Ehrenlied an. »Das Linnen wirft der Meister hier, das Linnen gibt ihm seine Ehr, des Meisters Leib verlasset uns. Zu Gottes Acker traget ihn, des Meisters Ehr verbleibet uns, zu Gottes Lohn wir betten ihn.«

»Wer vom Rat steht dabei, Ertwin?« Seine Großmutter drückte seinen Ellenbogen.

»Der ganze Rat, soweit ich sehe.« Neben dem Ersten Bürgermeister stand der besonnene Simon Leent, den Kopf zur Grube gesenkt. »Dahinter gehen ein paar Basen, und der Greis dort ist von Rekers Mutter der Ohm.«

»Ob Reker sein Vermögen gestiftet hat?«

»Ertmann'sche, wo denkt Ihr hin? Das macht allenfalls ein alter Mann, doch kein junger, der auf Freiersfüßen wandelt. Fragt Euch eher, wie Jakob Reker es anstellen will, das Erbe zusammenzuhalten.«

Ertwin mochte die süßliche Stimme der Quindt nicht. Immerzu tat sie freundlich wie eine Nonne, die Osterlieder singt. Sie lullte einen ein mit ihrem Getue und fragte einen aus. »Niemand bestreitet sein Recht, auch wenn er es glaubt. Er wird sein Erbe kriegen.«

»Seid still.« Seine Großmutter neigte sich vor dem Kreuz, das vom Grab in die Marienkirche zurückgetragen wurde.

Die Gildeleute rückten aneinander, dann langsam vor. Sie warfen wohl Erde auf das Grab. Jakob Reker stand im braunen Rock am Rand. Die widersträubenden Haare flatterten im Wind, seine Mütze hielt er vor dem dicken Bauch in den Händen, er rührte sich nicht. Ertwin sah ihn zum ersten Mal ganz bleich, nicht rot erhitzt wie sonst. Täuschte er sich, oder lief da ein Tropfen über die Wange? Er stand zu weit weg, um zu unterscheiden, ob es Schweiß oder eine Träne war. »Weint der Jakob etwa?«

»Grund genug hätte er, der Tomas hat doch das Vermögen zusammengehalten, von dem Jakob nur die Renten auf ein paar Häuser bezog. Er wird alles verschleudern, wie es der weise Vater der beiden vorausgesehen hat. Gott ist gnädig, dass er dem alten Reker diesen Anblick erspart. Ihr habt den alten Reker doch auch gekannt, Ertmann'sche?«

»Jaja, lasst die alten Geschichten an einem Grabe ruhen.«

Doch das störte die Quindt nicht, Ertwin versuchte über sie wegzuhören. Und wollte die eifrige Unterlippe der Alten nicht sehen. Doch um ihn herum ging es nicht weiter, man ließ dem Rat den Vortritt zum Markt hin.

»Die einen sagen, die zweite Frau hat an dem Jakob, als er noch ein Knabe war, nicht recht getan mit ihren holden Küssen bei Nacht. Tändeleien, die mancher Mann nicht mit seiner Frau eingeht. Wer weiß, ob sie ihn … Ihr wisst, was ich meine. Der Vater hat jedenfalls erst in Tomas seinen Sohn gesehen. Die gleichen spitzen Augenbrauen, die gleiche helle Haut.«

Ertwin hielt den Unterarm steif, Großmutter stützte sich schwer darauf. »Willst du das Grab noch sehen?«

»Ich gehe morgen hin. Lass der Familie den Platz.« In wenigen Schritten waren sie an den Gräbern vorbei auf der Gasse. Großmutter drehte sich halb um. »Nun schau dir das an.«

Die Quindt drückte den Jakob Reker an sich und mimte Schmerz, doch der antwortete ihr nicht. Er starrte nur in das Grab, mit verzerrtem, reglosem Gesicht, wie man es an den geschnitzten Menschen an den Altären sah. Auch die Salzhändlerin hatte Wasser in den Augen. Und Ertwin war sich nicht sicher, ob Jakobs echter war als ihres.

23.

»Wer hat hier geräumt? Die Ballen sollten doch nicht angerührt werden.«

»Der Albus hat die alle an der Wand entlang gestapelt. Ich habe ihm die Schaffe freiräumen müssen und die Waagen alle da drüben auf den Tisch packen sollen.« Die alte Bele schlug die Arme vor der Brust zusammen und lehnte sich mit dem lahmen Kreuz an die Tür zu ihrer Schlafkammer.

Leent drehte sich im unteren Raum der Legge um. Frischer Brotgeruch mischte sich mit dem grasigen Geruch der Leinwände. »Es riecht etwas feucht. Hast du kein Feuer im Herd, Bele?«

»Doch, immer. Die Herren nehmen gern noch eine Suppe. Ich habe nur vorhin das ganze Haus gewischt.«

Das durfte nicht wahr sein, Leent schlug sich mit der Faust an die Stirn. »Ich habe dir doch ausdrücklich befohlen, in der Legge nichts zu verändern, Bele, wie kommst du dazu?«

Sie schrie schon, obwohl er nicht den Arm gegen sie geführt hatte. Eine alte Magd schlug er nicht. Wenn ein faltiges Gesicht noch nicht begriffen hatte, was es der Herrschaft schuldete, war es eh zu spät.

Ihn dauerte Beles Stammeln. »Wenn der Prüfmeister mich heißt, muss ich es doch tun. Fragt den Knuf. Herrgott, hört das denn nie auf? Ich will doch nur tun, was man mich heißt. Wenn die Herren nicht einig sind, straft mich nicht dafür.«

»Was sagst du da?«

»Der Reker und der Knuf haben sich fortwährend gestritten. ›Trag die Suppe auf. Nein, später. Hörst du nicht, Bele? Gib Brot herauf und Wein jetzt. Nein, lass alles stehen.‹ So ist es oft gegangen. Ich habe dann den Herren das Essen oben an die Treppe gestellt. Einmal hat es mir der Leggemeister die Treppen hinuntergeworfen. Der ganze Brei hing auf den Stufen. Die Schreiber hier haben nur gelacht.«

Die jungen Männer waren sich nicht grün. Leent gab es auf, die Leinenballen anzuglotzen. Er konnte kaum die braunen von den grünlichen Leinwänden unterscheiden, die mit farbigen Schnüren und Knoten zusammengebunden waren. Wer weiß, ob die Kaufleute ihre Ballen damit kennzeichneten? Leent hieb an die Holzsäule, die den Hauptbalken stützte. »Knuf wusste doch, dass ich wiederkomme.«

»Er meinte, weil die Bruderschaft heute den Leichnam zu Grabe trägt, dass aller Dreck hier heraussollte.«

»Hol mir den Albus.« Die alte Bele würde nur wieder vor Angst ins Stottern kommen. Doch sie blieb an der Tür zu ihrer Kammer stehen. »Worauf wartest du?«

»Er ist fort.«

»Wohin?« Das durfte Albus nicht einfach so, der Legge-Knecht hatte seinen Dienst zu versehen.

»Er wollte wohl zu Rekers Hof auf der großen Heide, die Totenspende von den Bauern für ihren Herrn holen«, sagte Bele.

Wenn Elisabeth Recht hatte, spendete Albus dort eher einer Lebenden Trost. Leent hatte nicht übel Lust, den nächstbesten Ballen an Albus' statt in den Hintern zu treten. »Wo steckt der Prüfmeister Knuf?«

»Wart Ihr nicht bei der Beerdigung? Die Fronleichnamsbruderschaft hält das Leichims. Jakob Reker hat dem Andenken seines Bruders zwei Ochsen gestiftet. Nachher darf ich auch gehen, wenn die Anne mich hier ablöst. Der Prüfmeister wollte nicht, dass das Haus leer ist, solange nebenan die Fleischer und Bäcker die Auslagen offen halten.«

»Geh rüber und hol mir den Ratsknecht Heinz. Soweit kommt es noch, dass ich die Bänke selber rücke.«

Bele wischte sich die Hände an der Schürze, drehte sich kurz um, wohl nach dem Feuer, dann richtete sie ihr Kopftuch. Sie blieb vor ihm stehen. »Was soll ich ihm sagen, Herr?«

»Sag, der Ratsherr Leent braucht ihn in der Legge, und zwar sofort. Sollte einer meiner Ratsherren dort sein, bitte ihn herüber. Das kannst du ruhig machen. Sie wissen alle, warum ich hier bin, keiner wird dir den Kopf abreißen. Er soll gleich hinauf in Rekers Stube kommen.«

Leent sah Bele nach, wie sie mit krummem Rücken durch die Tür auf den Markt schlüpfte. Dann stieg er langsam nach oben. Er würde sich auf Rekers Stuhl setzen und lauschen. Hörte er den Knecht auf der Stiege, hätte ein Dieb Reker nicht überraschen können. Und dass Reker geschlafen haben könnte, war unwahrscheinlich. Die gefälschten Stempel mussten ihn beschäftigt haben, vielleicht hatte er Knuf gegenüber aus eitlem Stolz nicht zugeben können, dass die Stempel falsch waren, weil der es vor ihm entdeckt hatte.

Und mit Terbold um Geld zu verhandeln, der, misstrauisch wie der war, den Dompropst als Zeugen der Absprachen mitgebracht hatte, wühlte einen stolzen Mann ebenso auf. Leent schaute sich um.

Am Treppenabsatz geradeaus gelangte man in den großen Saal der Legge, nach rechts und links gingen die Kammern ab, ein Fenster ließ Licht herein.

Die Dächer der umliegenden Häuser waren alle mit Ziegel gedeckt, Stroh war schon lange verboten. Als Kind hatte Leent noch Strohdächer gesehen. Hatte es früher Meuchelmord in der Stadt gegeben? Elisabeth würde kühl aufzählen, wie viel Kindsmörderinnen, Giftmischer und Diebesgesindel sie hatten am Galgen hängen sehen. Leent hatte die Gesichter vergessen. Es war besser, wenn man sich des Bösen nicht erinnerte. Es lauerte in den Ecken und sprang von allein die nächste Seele an.

Er wandte sich zur Kammer des Leggemeisters. Die Tür war verschlossen, er riegelte auf. Am glatt gehobelten Tisch standen zwei Stühle, Truhen an den Seiten, auf einem Schaff standen zwei Waagen für Münzen. Das Buch auf dem Tisch war zugeschlagen, eine Feder lag darauf, Tinte sah Leent nirgends stehen. Aber das besagte nicht viel. Tinte war teuer, vielleicht hatte Reker sie in einer der beiden großen Truhen verwahrt.

Leent setzte sich. Ihm war, als ob ein Schleier über sein Haupt gezogen würde. Hier also war es oder drüben im Legge-Saal, wo der Tod in Rekers Leib gefahren war und seinen Lebenshauch fortgenommen hatte.

Ein schwerer Schritt, ein Stiegenbrett ächzte, der Stadtknecht Heinz sagte irgendetwas zu Bele. Reker war ein junger Mann, sein Gehör sicher besser als seines. »Heinz, hier herein.«

Der Stadtknecht war klein, aber von feinem Muskelwerk, seine braune Joppe reichte ihm bis zu den Knien, die in sauberen, engen Beinlingen steckten. Er ließ die Tür hinter sich offen, doch Bele erschien nicht. Sie hatte wohl zu viel Angst.

Dafür tauchte der zweite Stadtknecht Gonte auf. »Der Bürgermeister hat mich mitgeschickt, Herr.«

»Auch gut. Zieht die Truhen vor.« Leent wies auf die beiden großen Truhen.

Heinz wandte sich nach links, packte an, schob die unverzierte Truhe mit leichter Hand von der Bretterwand. Gonte sah dahinter und kratzte sich dabei am Hintern an der weißroten Bruch.

»Nichts als Staub und Dreck, Herr. Tote Fliegen, zwei Spinnen. Soll ich …«

Leent winkte ab. »Rückt sie zurück.« Er hob die Lade, in der Truhe auf der hohen Kante stand die Tinte in einem kleinen Tonfässchen, daneben frische Gänsekiele und einige Brenneisen mit Lettern. Leent nahm eines davon zur Hand. Es hatte Rostspuren. Alte Stempel, die keiner mehr brauchte.

Leent wandte sich zur gegenüberliegenden Wand. Die zweite Truhe der Leggemeisterstube war mit Schnitzwerk verziert. Flachsblüten und Liliensterne zierten die Vorderwand. »Rück sie von der Wand ab.«

Heinz setzte an, doch das Holz gab nicht nach.

»Mir deucht, die haben Stein darin …«

»Du bist doch sonst kein Hänfling.« Gonte zog die Brauen zusammen und trat hinzu.

Heinz holte Luft, er ging in die Knie, seine kleinen Hände griffen die Truhe unten. Gonte packte an der anderen Seite an, sein Gesicht lief rot an, dann knackte etwas im Holz, und der Kasten hüpfte fast um drei Spann von der Wand. Heinz kippte auf seinen Hintern vor Leent. Matthias, sein Jüngster, machte gern solche Purzelbäume, wenn er sich über einen Fettkringel freute. Leent trat zur geschnitzten Truhe, auf der Weinblätter und Reben die Seitenteile zierten. Dahinter lag Staub, und zwei Käfer krabbelten zwischen einen Dielenritz. Dann erst sah er es unter dem Rand der Truhe, ein stumpfes Schimmern, schwarzbläulich. »Zieht die Truhe noch etwas weiter vor.«

Der nächste Ruck der beiden Knechte brachte es zum Vorschein. Ein Griff, dick wie drei Finger eines Mannes, lief dünn aus. Wie ein Daumen lang vielleicht, ebenso ehern wie das ganze

Stück, fügte sich etwas daran, das von oben wie eine Knospe aussah, nur nicht rund, sondern spitzig. Leent beugte sich vor und hob es auf. Es war nicht schwerer als ein Steinmetzmeißel. Er wendete das spitzige Ende von Eisenstäben, nein, flachen, ineinander gesetzten Blechen zu sich hin. Als er es langsam weiterdrehte und die stärkste Spitze mit der kleinsten daneben langsam nach unten sank, da erkannte er die Zacken. Fünf an der Zahl.

Die brüchigen, dunklen Flecken auf dem Eisen waren Rekers getrocknetes Blut. Das Werkzeug entglitt Leent auf den Tisch. Seine Brandwunde am Unterarm schmerzte, als hätte er an einen Topf über Feuer gerührt.

»Was ist, Herr, Ihr seid ja so bleich. Soll ich Euch einen Stuhl holen und Wein bringen?« Gonte sprang herbei.

»Nein, nein. Sage mir lieber, was du siehst.«

Auch Heinz beugte sich über die eiserne Gerätschaft. »Ich sehe einen hölzernen Griff für eine Männerfaust. Das Ende aus Eisen ist bestimmt verbogen, da sehe ich kein vorne oder hinten, vielleicht war es ein Brenneisen für einen Stern?« Heinz schrak zurück. »Da ist ja Blut dran. Genauso dunkel sehen die Messer am nächsten Tag aus, wenn ich für Bele die Hühner absteche. Ist das von«, der Knecht bekreuzigte sich, »von unserem Leggemeister?«

Gonte hielt sich die Kehle und starrte bloß tumb.

Leent wiegte den Kopf. Es sprach alles dafür. »Kennt ihr dieses Werkzeug?«

Heinz ließ die Kinnlade fallen.

Gonte schüttelte das Haupt. »Wüsste nicht, was die in der Legge damit wollen. Gesehen habe ich solch einen Meißel hier noch nicht. Eigentlich überhaupt noch nie. Weder bei den Kupferschmieden, wie mein Großvater einer war, noch bei den Hufleuten.«

Das Eisen da auf dem Tisch hatte die Wunde an Rekers Leib geschlagen, die Wunde, die wie des Teufels Fuß auf dem Leintuch sich abgedrückt hatte.

»Ein besonderes Zeichen der Steinmetzen vielleicht? Die haben doch Namenssiegel.« Gonte kratzte sich die Brust.

»Bele soll dir ein sauberes Leintuch geben. Gonte, geh wieder ins Rathaus.« Für Stein war das gezackte Eisen zu dünn, zu fein gearbeitet. »Wenn es zum Schlagen diente, dann eher einem Bildner, der aus Lindenholz einen Heiligen schneidet.« Wie stickig es auf einmal in der Kammer war! Leent öffnete rasch das Fenster und sog die Luft ein. Was gäbe er jetzt darum, wenn er auf dem Landgut die Wiesen entlangwandern und die Bauern beim Sensen beobachten könnte. Die Stadtluft roch nach Schweinegülle aus irgendeinem Koben in einem der Nachbarhäuser, nach Backwerk und nach rottendem Mist. Das Dach vor dem Fenster lief fast flach zur Traufe hin aus. Leents Blick wanderte zu den Giebeln, zu Dachreitern, Schornsteinen.

Wie friedlich die Stadt von oben aussah, wenn man keine Menschen werken sah. Die Türme des Doms lagen im Licht und wachten über den Dächern. Zum Markt hin sanken und stiegen die Firste wie ein geordneter Chor, zur Mitte des Straßengevierts hin herrschte die tollste Unordnung, Scheunen, Nebenhäuser, hohe Steinhäuser, kleine Schuppen standen kreuz und quer, zirkelten Höfe ab, manch Dachlinie verlief krumm. Kein Wunder das es so oft Grenzstreitigkeiten in der Altstadt gab. Eine Amsel hüpfte vor das Fenster und störte sich nicht an ihm. Er sollte besser an seinem Fenster sitzen und den Meisen im Käfig zuhören, das brächte ihn auf klare Gedanken. Die Amsel pickte in den Ritzen zwischen zwei gebrochenen Ziegeln nach Mücken. Stimmen drangen von unten herauf. Leent wandte sich vom Fenster ab. Auf der Stiege knarzte ein Brett.

»Wir haben Euch beim Leichims vermisst, Ratsherr.« Der grüne Mantel mit dem schwarzbraunen Fehsaum gab Knuf fast die Würde eines Grafen. Die Farbe des Pelzes war auf seine Haare abgestimmt. Gestriegelt hatte er sie unter den hochkrempigen Hut gebracht.

»Ich gedenke Tomas Rekers hier an seinem Platze.«

Der Blick von Knuf fiel auf den Meißel auf dem Tisch. »Was

ist das?« Knuf machte eine Handbewegung, als bedeute er einer Magd, einen Kübel, der im Wege stand, hinauszutragen.

»Das wollte ich Euch fragen. Kennt Ihr dies Werkzeug?«, fragte Leent.

Der Mantel schlug schwere Falten, als Knuf einen Schritt auf ihn zuging. Er beugte sich weit vor, trat aber nicht ganz an den Tisch heran. Sein Blick umspielte das Werkzeug, bei den Flecken des Fünfzacks weiteten sich seine Augen kurz. »Nein. Es ist keines aus der Legge, sicher nicht. Die Werkzeuge sind alle unten in einem Kasten bei den Schreibern verwahrt. Manchmal bringen Händler das Leinen auch in Kisten, oft lockert sich ein Holznagel.«

Das Blut schien ihn nicht zu stören. »Es klebt Rekers Blut daran.«

Die Augenbrauen Knufs hoben sich. »Aber Reker soll doch mit der Flachshechel erschlagen worden sein?«

»Kennt Ihr die Hechel?«

Die schweren Falten in Knufs Mantel zogen sich glatt. »Es war wohl jene, die im Legge-Saal fehlt. Wir haben mit ihr manchmal die Festigkeit geprüft oder Flachsstränge zum Wiegen geglättet, wenn ein Händler den Flachs der Garnspinner begutachten lassen wollte. Es kommt nicht häufig vor.«

»Wo wurde die Hechel aufbewahrt?«

»Hier in der Truhe mit dem Schnitzwerk außen, meine ich. Drüben im Legge-Saal haben wir eine Lade mit Schermessern und Scheren. Der Platz der Hechel ist auf der Seitenkante hier.« Knuf trat nach rechts, sein Mantel verdeckte die Flachsblüten im Holz der Vorderseite. »Lasst sie uns gemeinsam öffnen. Der Deckel ist sehr schwer, verschlossen ist er nicht.« Knufs Hand fasste die eine Ecke der mit Schnitzwerk gezierten Truhe.

Leent griff die andere, der Deckel hob sich, die Angeln greinten spitz. »Hier … Herr im Himmel.«

Leent wurde der Deckel schwer. Aus der Truhe stieg ein widerlicher Geruch, wie an den Ablaufrinnen der Schlachter, wenn sie Gedärm ausspülten. Der Ratsherr zwang sich hineinzusehen,

Fliegen stürzten sich auf das wirre Leinen, suchten die Blutflecke ab, die ganze Kiste war voll davon. »Klappt zu, um Jesu willen.« Leent ließ los, der Deckel schwankte ein wenig, doch Knuf hielt ihn noch fest genug, langsam senkte er das Holz zurück auf den Truhenrand.

»Mit dem Leinen hat man das Blut gewischt. Ist dort auch …« Knuf deutete auf die andere Truhe.

Doch Leent schüttelte den Kopf.

»Dann hat der Meuchler hier das Blut nass aufgewischt. Ich wunderte mich schon, warum Tomas den Wasserkübel im Legge-Saal geleert haben sollte«, sagte Knuf.

In Gedanken schalt sich Leent töricht. Er hätte längst daran denken sollen, dass Blut gespritzt haben musste. Selbst wenn der Meuchler zuerst den Fünfzack tödlich in die Flanke Rekers gerammt hatte, Blut war geflossen. »Wozu braucht Ihr das Wasser?«

»Es steht immer ein Kübel bei den Prüftischen. Wenn wir den Verdacht haben, dass zu lange gebügelt worden ist, nässen wir es. Schmal gewobenes Leinen wird oft so gebügelt, dass es der Mindestbreite gleichkommt. Aber beim Trocknen schrumpft es. Dann messen wir neu.«

Leent trat zur Tür der Kammer und rief die Stiege hinunter: »Heinz, bring grobes Tuch hoch und dir einen Lumpen mit.« Kurz sah er Beles Gesicht am Fuß der Stiege um die Ecke blicken, dann das Haupt von Heinz.

Leent nahm ihm das saubere Leinen ab und warf es über den Meißel mit dem Fünfzack-Ende auf dem Tisch und wickelte das seltsame Werkzeug darin ein. Er steckte das Päckchen in seinen Beutel am Gürtel. »Erschrick nicht, Heinz. Pack uns das Leinen aus der geschmückten Truhe hier auf den Tisch.« Leent nahm das Prüfbuch vom Tisch. »Knuf, schaut, ob der Reker noch einen Eintrag vorgenommen hat.«

Knuf brummte etwas. Er setzte sich auf die unverzierte Truhe auf der linken Seite und blätterte das Buch auf.

Heinz hob den Deckel der Truhe mit dem Schnitzwerk außen. Es stank wie am Abfluss der Fleischerbänke. Leent war froh, dass er vorhin das Fenster geöffnet hatte. »Nimm den Lumpen.« Heinz schluckte, zog die Fäuste zur Brust, ging dann aber frisch ans Werk.

»Der letzte Eintrag ist meiner. Zwei Kaufleute aus der Neustadt haben vor fünf Tagen ihr Leinen gelegt, bevor Reker die Legge geschlossen hat.«

Heinz hob mit ausgestreckten Armen zwei große Leintücher voller Flecken aus der Truhe auf den Tisch, sie sanken über die Kante halb zu Boden. Er drehte sich zurück. »Hier ist eine Art Ballen drunter.«

Leent trat an die Truhe, Knuf lugte Heinz über die Schulter. »Ein Stapel Tücher.«

Heinz beugte sich vor dem Prüfmeister und hob den Stapel aus der Truhe heraus auf den Tisch. Gut die Hälfte des Leinens war mit einer Blutkruste überzogen. Leent zählte vier oder fünf Tücher aufeinander.

»Sonst ist nichts darin.« Heinz ließ die Hände mit dem Lumpen sinken.

Knuf stützte den Arm an die Hüfte, der Fehsaum wand sich wie ein pelzbesetzter Wurm, als die Falten auseinander glitten. Leent wich einen Schritt zur Seite. Das Tuch war getränkt mit Blut. »Kein Wunder, dass wir hier kein Blut gesehen haben. Das Leinen hat es aufgesogen. Heinz, dreh den Stapel zur Längsseite des Tisches hin.« Der Knecht tat wie ihm geheißen. »Setz dich davor auf den Schemel. Los, keine Angst. Du musst nichts anfassen.« Heinz hielt den Rücken sehr gerade. Wenn Leent sich aber vorstellte, der Körper wäre auf den Tisch gesunken, weil jemand Heinz von der Seite in den Leib gestochen hatte, dann wäre der Kopf auf den Leinenstapel gefallen. Dann hätte der Meuchler aus einer vielleicht noch von Reker selbst geöffneten Truhe die Hechel nehmen und zweimal zuschlagen können. Damit hätte er den Verdacht auf die Leggeleute lenken können. Dann hätte er die Leintücher genommen, die jetzt halb zu Boden gesunken waren, und das Blut abgefangen von der Seite, am Kopf. Im Legge-Saal drüben hatte der Meuchler einen Ballen gesucht. Dann hätte er das Leinen hier auf dem Boden ausgebreitet, den armen Reker vom Schemel zu Boden gekippt. Ihn schnell wieder eingewickelt und verschnürt wie einen bereits geprüften Ballen. Aus dem Legge-Saal hatte dann der Knecht Albus anderntags den Ballen hinausgetragen, und, weil es zufällig Melchiors Leinenstoff gewesen war, draußen auf den Wagen des Kölner Kaufmanns aufgeladen.

»Was starrt Ihr so, Ratsherr Leent?« Knuf verschränkte die Arme.

»Warum habt Ihr befohlen, dass hier die Böden gewischt werden?« Leent erschrak über seine eigene raue Stimme.

»Wegen der Beerdigung. Ich wollte Sonntag einen Priester kommen lassen, der mit Weihrauch die Legge reinigen soll.«

»Ihr wusstet, dass meine Untersuchungen noch nicht beendet waren.«

»Aber wenn hier Blutspritzer gewesen wären oder drüben im Saal«, Knuf lockerte das Kragenband des Umhangs, »die Bele hätte es doch gesehen.«

Noch waren Leents Augen nicht so schlecht wie die der alten Magd. Er sah etwas blitzen. Grün, unter dem weißen Kragen von Knuf. Helles Grün, das er so wenig vergessen konnte wie den Quendelduft im Garten des Augustinerklosters.

Leent trat langsam auf den Prüfmeister zu. Heinz schob ihm mit dem Fuß das blutige Leinen aus dem Weg. Knuf schaute nur aus dunklen Augen, seine Lippen öffneten sich einen Spalt.

»Was habt Ihr da für ein Halstuch?« Leents Finger zitterten.

Knufs Daumen schob das Schmuckband vor. »Was besorgt Euch mein Halstuch, Ratsherr?«

»Fragt nicht. Zeigt es mir.«

Die kräftigen Finger Knufs lockerten das Schmuckband, eingestickte Perlen leuchteten weiß auf rotem Grund, ein Goldfaden lief wie ein Bächlein zwischen blauen Vierecken her. Dann glänzte es grün, immer mehr seidiges Grün schlüpfte unter dem Kragen vor.

»Nehmt.«

Es war noch warm von Knufs Hals. Leent wagte nicht, den Stoff zwischen den Fingern zu wenden. Doch was half es, die Wahrheit dräute in seinem Kopf wie ein Gewitter, der Donner grollte dumpf. Leent fasste eine Ecke und warf es in der Luft über der ungeschmückten Truhe, die die Tinte barg, auseinander. Die Seide glitt sanft wie ein Hauch auf das Holz. Am hinteren Ende verlor das Rechteck die Form, bog sich ein, als habe ein großer Mund ein Stück der Seide ausgebissen. Leent spürte den Saum in den Fingern, hob ihn ans Licht vorm Fenster. Die Seide flatterte wie ein Banner unter seinen Händen. Grobe Stiche, nicht so fein wie der sonstige Saum, hatten die Kante umgelegt, den Riss genäht. »Wo ist das fehlende Stück Seide, Knuf?«

Heinz beugte sich zu Boden und legte den Lumpen ab. Mit großen Augen stand er einfach da.

Knuf deutete auf den grünen Seidenstoff. »Tomas Reker war schwer handgreiflich geworden an dem Abend, er hat mir dabei ein Stück aus dem Tuch gerissen. Ich habe ihn abgewehrt, ließ ihn hier sitzen und bin gegangen. Meine Magd hat mir anderntags den Saum gerichtet.«

»Ihr sagt das so frei?« Leent rollte das grüne Tuch ein. Knuf erschien ihm auf einmal seltsam groß und weit entfernt, das schwarze Feh am Mantel heller als das Haar seines Kopfes. Die ganze Pracht des Festkleids schien ihm plötzlich eine Hülle für die übelste Sünde. In der Kapelle bei den Augustinern hatte der bleiche Reker wie ein Engel ausgesehen, den der Teufel in den Schmutz gerissen hatte. »Das fehlende Stück hatte der tote Reker in der Hand.«

»Wie? Das glaube ich Euch nicht.« Knuf schlug die Augen auf und zu. Dann lag sein Blick dunkel und tief wie ein Brunnen auf ihm.

Leent wandte sich ab. »Bele!«, rief er aus Leibeskräften. »Heinz, du bleibst hier.« Knuf durfte nicht entkommen. Der Knecht war stark genug, zu zweien würden sie den Prüfmeister notfalls bändigen. Die alte Magd trat in die Tür.

»Renn zum Rat. Hole, wen du findest. Wir haben den Meuchler.« Beles Schrei fuhr Leent ins Mark. Die Alte starrte Heinz an. Doch der drehte sich zu Knuf. Sie wandte sich zu Leent. »Lauf endlich!« Doch die Magd tastete sich nur nach draußen. Leent beeilte sich. »Heinz, nimm die Flachsschnüre aus der Truhe und binde ihn.«

Knuf hob die Arme in der Luft weit auseinander. »Simon Leent, seid Ihr von Sinnen? Als ich Reker verlassen habe, hat er noch gelebt. Das schwöre ich bei allen Heiligen. Ich habe ihn nicht erschlagen!«

»Wie soll dann ein Fetzen Eures Halstuchs in die Hand des Toten gelangen?« Leent tat das Herz weh. Wie konnte einer wie Knuf, der so klug im Rat redete, so ehrsam war, sich so verleiten lassen? Welch Sünde, welch Gelüst hatte ihn so verblendet? »Fügt Euch, oder ich wende Gewalt an.«

»Ich habe Reker nichts angetan.«

»Geprügelt habt Ihr Euch, Ihr sagt es doch selbst.«

»Er hat mich angegriffen, weil er von den falschen Stempeln nichts hat hören wollen.«

»Das sagt Ihr.« Leent schauderte. »Was aber, wenn Reker nur Eure Missetaten aufgedeckt hat? Wir werden ja sehen, ob die Legge nun wieder ehrsam und gerecht die Stempel drückt, wenn sie Eurer Hand entzogen werden.«

Knuf senkte den Blick auf seine leeren Hände. »Ich bin unschuldig. Gott wird mir helfen«, sagte er langsam.

»Beruft Euch nicht auf Gott, gegen den Ihr so schwer gesündigt habt.«

Unten liefen Menschen zusammen, Geschrei erscholl. Die Tür der Kammer wurde aufgestoßen. Der Erste Bürgermeister stand im Raum, dahinter lugten die Gesichter Terbolds und Husbeeks.

»Ratsherren, Wehrherren, seid meine Zeugen. Knuf, wie konntet Ihr nur!«

»Ich bin unschuldig.«

Der Gestank des blutigen Leinens schnürte Leent die Luft

ab. »Stadtknechte, bindet ihn und schafft ihn in den Bocksturm.«

»Da hat er gute Gesellschaft. Der Graf Hoya sitzt im Kasten oben, aber für Euch, Knuf, reicht das kalte Verlies.«

Terbolds Kopf verschwand wie Husbeeks, sie gingen voraus.

Knuf wiegte nur stumm sein Haupt. Leent sah die dunklen Haare, doch sein Gesicht war fahl. Die Arme Knufs zitterten nicht, er hob sie fast gelassen hin, schnell wand Heinz ihm ein Lederband um die Gelenke. Gonte zog sie fest. Verstand der Prüfmeister überhaupt, was ihm geschah?

»Ich bin unschuldig«, sagte Knuf mit einem seltsamen Ton.

Leent hörte ein Schwingen in der dunklen Stimme, ein Schwingen wie bei einem inbrünstigen Gebet, fromm und standhaft. So falsch hatte ihn die Sünde gemacht. So hatte Leent als junger Mann einen Kirchenschänder auf dem Scheiterhaufen stehen sehen, bevor die prasselnden Flammen seine Schreie verschluckten.

»Führt ihn ab.«

Der Bürgermeister riss Knuf den prächtigen Umhang von der Schulter. Das Feh fiel auf die blutige Leinwand unter dem Tisch. Die Härchen glänzten schwarz über den rostigen Blutflecken.

24.

»Hörst du das Geschrei?« In der ganzen Gasse hinunter zum Pilgergasthaus beugten sich immer mehr Frauen und Mägde aus den Fenstern. Ertwin hielt den mit einem Lederschurz ausgeschlagenen leeren Korb am Griff schräg von sich weg. Kaspar hatte die andere Seite gepackt und eilte vor ihm durch die Gasse. Sie hatten eine Fleischspende von Kaspars Meister beim Pilgerhaus abgeliefert.

»So laut auch die Beile am Fleischertisch fallen, taub haben sie mich noch nicht gemacht.«

»Siehst du etwas?« Wenigstens dazu könnte es ja gut sein, dass Kaspar ihn einen Kopf überragte. Er sah Kaspars Nacken, als der sich auf die Zehenspitzen stellte.

»Die Leute rennen vorn, alle Richtung Sankt Marien.«

Ertwin hatte Mühe, so schnell zu laufen wie sein Freund. Als Fleischergeselle war Kaspar es gewohnt, den viereckigen Korb am ausgestreckten Arm über die schmutzigen Gassen zu tragen. Ertwin hatte die letzten Jahre mit Büchern verbracht. Vom Schreiben wurden allenfalls die Finger gelenkig, es machte aber die Arme schwach. »Kaspar, nicht so schnell, du bringst mich ins Stolpern.«

Aus einem Fenster rief ein Knabe herab: »Was ist denn los?«

Die Leute in den Türen rangen die Hände. »Herrgott und Sankt Anna, sind die Hoya'schen Ritter schon wieder vor der Stadt?«

»Nachbarin, wo denkt Ihr hin, die Sturmglocken haben doch nicht geläutet.«

»Die Ratsherren ...« Über ihren Köpfen in den kleinen Fenstern der Holzhäuser der Gasse Beim Gasthaus schwirrten Stimmen durcheinander.

Kaspar verlangsamte den Schritt, Ertwin drehte den Griff des Korbes von sich weg, damit die Blutreste vom Fleisch darin ihm nicht den Rock verschmierten.

»Der Ratsherr Leent schreitet in der Mitte zwischen den Stadtknechten«, sagte Kaspar.

Ertwin rückte auf. Sie hatten das Ende der Gasse erreicht. Die Gassenmündung vor der Kirche Sankt Martin hieß Beim Löwen, nach der Steinfigur, die vor lauter Menschen nicht zu sehen war. Die Knechte und Mägde waren aus den Häusern gekommen, die Bettler vor der Kirche einfach hocken geblieben. Von allen Seiten liefen die Leute herbei, verstopften den Weg zur Domfreiheit an der Kirche vorbei oder nach rechts in die andere Gasse zur Marienkirche hin.

»Reimer Knuf in Fesseln!«, sagte ein Mann vor ihnen mit ungläubiger Stimme.

»Da wird mein Bruder aber lästern.«

Ertwin sah zu Kaspar hin. »Welchen Bruder meinst du?« Kaspar vergaß immer zu sagen, von wem er sprach, obwohl er deren vier hatte, drei älter als er und einer jünger.

»Paul, der ist so alt wie Knuf. Leiden hat der ihn noch nie können. Angeblich hat Knuf ihn immer beim Würfelspiel betrogen und war Schuld an der Schlägerei in der Grünen Dahl, für die mein Bruder hat in den Bürgergehorsam einziehen müssen.«

Paul hatte Kaspars Leuten Schande gemacht, mehr als einmal. Ertwins Vater war Zeuge gewesen, dass Kaspars Bruder der trunkenste von allen Raufbolden gewesen war und damals wie in der Grünen Dahl wie besessen die Tische und Bänke zertrümmert hatte.

Ein breitschultriger Böttchergeselle verstellte Ertwin die Sicht. »Ist es wirklich Knuf?«

»Ich weiß es nicht«, sagte Ertwin.

»Auf der anderen Seite von Sankt Martin, an der Domfreiheit, regen sich die Menschen und bilden eine Gasse. – Stell den Korb ab, Ertwin, hier kommen wir sowieso nicht weiter.«

Sie setzten den Korb leicht schief auf einen Haufen alter Kohlblätter, die einer aus dem Eckhaus, an dem sie standen, geschafft hatte. Von hinten drückte jemand Ertwin den Korbrand ans Schienbein.

»Macht Platz für den Dompropst!«

Die Leute rückten noch dichter aufeinander. In der Gasse vor der Kirche entstand ein Freiraum, gerade so viel, dass zwei Wagen hätten umeinander herumfahren können. Dem Dompropst folgten der Priester vom Sankt-Simon-Altar und Domherr von Broer. Sie hoben ihre schwarzen Gehröcke etwas über den Gassendreck, die weißen Krägen leuchteten.

Links ragte das Portal von Sankt Martin hoch auf, gegenüber in den Häusern waren alle Fenster voll neugieriger Gesichter. »Hätte dein Arm drei Ellen, Kaspar, könntest du Knuf fast berühren.«

»Ich fasse doch keinen Meuchler an. Das bringt Unglück.«

Ertwin hatte vor solchen Dingen wenig Furcht. Ein aufrichtiges Gebet vor einem Altar im Angesicht Gottes war allemal stärker als dunkle Kräfte. Auf dem freien Raum in der Gassenmitte hob der Ratsherr Leent die Hand. Die Stadtknechte blieben stehen, zwischen ihnen stand gebunden Knuf. Die Mütze hatte man ihm wohl längst vom Kopf gezerrt, so ungeordnet fielen seine Locken herab. »Er lässt nicht mal das Haupt hängen.«

»Besessene Sünder tun das nie. Der Schwabenknecht, der die Nonnen beraubt hat, der hat noch mit dem Strick um den Hals gelacht.«

Ertwin hatte noch keinen am Osnabrücker Galgen baumeln sehen. Seine Mutter erzählte immer nur, dass weiße Tauben auf den Gräbern der Gemeuchelten gesessen hätten. »Da war ich schon in Erfurt.«

»Lass uns den Korb umdrehen. Er ist ja leer.« Kaspar bückte sich.

Ertwin bückte sich zum Griff und drehte gleichzeitig wie Kaspar. »Hält der uns aus?«

»Wenn du einen halben Ochsen darin schleppen kannst, wird er dein Gewicht wohl halten.«

»Ihr nehmt uns die Sicht!«, schrie einer von hinten.

»Runter da.« Die Frau keifte umsonst.

»Schweigt, der Dompropst will reden!«

Ertwin umfasste Kaspar, der schon auf den Korbboden aufgestiegen war, an der Hüfte. Die Griffe sackten in den Gassendreck, das Bodengeflecht bog sich etwas unter seinen Schuhen ein, aber er kippelte kaum. Kaspars rechte Hand stützte sie an dem Wandbalken des Eckhauses. Die Menschen rückten nach, begierig, den Dompropst zu hören.

»Wo wollt Ihr mit dem Prüfmeister hin, Ratsherr Leent?« Der Haarkranz des Dompropstes glänzte schwarz wie Ebenholz. Die weißen Hände hatte er wie zum Gebet gefaltet.

Ertwin war sich sicher, dass der Dompropst nicht ohne Grund in der Mitte der Gasse stand, das Portal von Sankt Martin genau im Rücken, und an Leent vorbei zu Reimer Knuf schaute.

»Ich habe ihn des Meuchelmords an Tomas Reker überführt«, rief der Ratsherr.

Die Menge stöhnte wie die Greise in einem Hospiz der Augustiner, jedenfalls schien es Ertwin so.

Der Dompropst bekreuzigte sich. »Der Herr segne Euch. Der Bischof wird es Euch vergelten, dass Ihr ihm den Meuchler vors Blutgericht bringt.«

Der Ratsherr Leent stellte einen Fuß vor, so dass der Mantel etwas auseinander fiel und den Blick freigab auf den reich verzierten Gürtel Leents. »Ich führe ihn zu seiner Schande durch die Stadt und dann in den Bocksturm. Die Stadt wird das Blutgericht halten über ihren Prüfmeister.«

»Straft ihn, Leent!«, gellte es aus der Menge.

Doch der Dompropst hob nur etwas die Stirn. »Niemand außer dem Landesherrn darf den Blutbann sprechen. So ist es von alters her.«

»Wir sind die Stadt, nicht das Land, Dompropst.«

»Auch in der Stadt hat der Bischof die Gerichtsbarkeit über Leben und Tod inne.«

»Abgetreten hat er sie längst an uns, das wisst Ihr.«

Der Dompropst hob beide Zeigefinger wie zum Schwur hoch. »Geteilt hat er sie mit der Stadt, nicht abgetreten. Geteilt heißt aber nur, dass er Euch hat mitsitzen lassen über die bluttätigen Knechte und Mägde, einfaches Volk. Nun aber steht ein Prüfmeister der Stadt selbst zu richten. Ich sage Euch, der Bischof teilt den Blutbann in diesem besonderen Falle nicht, er wird ihn selber ausüben. Schafft den Knuf in den festen Kasten bei den Archidiakonen drüben am Domgericht.«

Doch Leent missachtete den ausgestreckten Arm in Schwarz, er ließ den Blick über die versammelten Bürger der Stadt schweifen. Irgendwo bellte ein Hund ins tiefe Schweigen über der Gassenkreuzung hinein. Dann zerrten die Arme der Stadtknechte den Gefangenen an den Fesseln empor.

Mit einem Mal erscholl die tiefe Stimme Knufs über der Menge. »Bürger Osnabrücks, was immer man Euch erzählt, ich schwöre vor Gott: Ich bin unschuldig am Tode des Leggemeisters Rekers.«

Schon schlugen ihm die Knechte mit dem Büttel in die Seiten. Knuf sackte auf die Knie in den Schmutz, schwankte, fiel aber nicht vornüber.

»Schwört nicht vor dem, dessen Stellvertreter Euch richten müssen.« Der Dompropst war um Knuf herumgetreten und stand vor Leent.

Der Ratsherr rührte sich nicht von der Stelle. »Über seine Sünden mögt Ihr richten, Dompropst, über sein Leben richtet das Stadtgericht, so wie es vom Bürgermeister einberufen wird.«

Wenn man vom Teufel sprach. Ertwin wandte den Kopf wie alle. Die Leute traten auseinander, vom Markt her kam von Leden gelaufen. Die Ratskette blinkte bunt im Sonnenlicht, die gestickten Bänder am Amtshut flatterten.

»Das werde ich, Domherr, noch heute«, rief der Erste Bürgermeister.

»Dann schicke ich zur selben Stunde Nachricht an den Bischof. Er steht gerüstet vor Soest, sein Bundesgenosse, der Erzbischof von Köln, hat Ritter geschickt. Es ist ein Leichtes für ihn, sein Recht in der Stadt durchzusetzen. Oder wollt Ihr Eurem Bischof wegen eines Meuchlers den Zugang zur Stadt versperren? In Reichsacht seid Ihr schon. Wollt Ihr noch den Kirchenbann dazu?«

Vom Rathaus liefen fünf weitere Ratsherren herbei.

Der Kopf des Bürgermeisters rötete sich. Von Ledens Stimme zitterte. »Auch der Bischof vermag uns nicht das freie Gericht über unsere Bürger zu nehmen, das uns von alters her zusteht.«

»Euch steht das Burgericht, das niedere Gericht, zu. Daran zweifelt keiner. Doch das Blutgericht wird durch des Bischofs Vogt, der in seinem Namen richtet, ausgeübt. Der wird binnen drei Tagen in der Stadt sein, sobald ich ihn rufe.«

Der Bürgermeister ballte die Fäuste, Leent trat dazwischen. »Des Bischofs Vogt ist ein Lehnsmann des Kaisers. Das wisst Ihr so gut wie ich. Die Stadt wird keinem kaiserlichen Getreuen die Stadttore öffnen, solange wir in Reichsacht stehen.«

Der Bürgermeister hob den Zeigefinger. »Der Vogt ritte hier mit dreißig bewaffneten Landsknechten ein. Ebenso gut könnten wir dann unsere Mauern schleifen und den Froneid schwören.«

Der Dompropst wurde lauter. »Wenn Ihr das Recht des Bischofs missachtet und den Knuf abführt, reiten die Landsknechte des Bischofs gegen Eure Mauern, seid dessen gewiss. Unterschätzt den Bischof Heinrich nicht. Soll er sich mit Euren Feinden vor den Mauern versöhnen und mit ihnen zusammen Eure Stadt erstürmen?«

»Man müsste ihn teeren und federn, den Pfaffensack.«

Ertwin sah sich um, ein alter Knecht murrte, und die Umstehenden zogen die Genicke ein wie unter einem Hagelschauer im Feldschutz.

»Das wollt Ihr nicht einmal selber, von Schagen.« Leent deutete mit der rechten Hand auf die Brust des Kirchenmanns. »Was wird aus Eurem schönen Kirchgut, wenn die Hoya'schen Grafen im Land wieder mehr zu vermelden haben als Euer Bischof? Die Steuern in der Stadt zahlt Ihr nicht, die Abgaben in seiner Grafschaft wird er Euch nicht erlassen.«

Der schwarze Haarkranz glänzte im Sonnenlicht. »Es geht um eine Bluttat, Leent, vergesst das nicht. Das Blutgericht steht Herren zu, nicht Bürgern.«

»Der Bischof ist nicht der Herr der Stadt. Wir sind frei.« Eine Hufschmiedsfrau schrie es aus dem Fenster herab, fast über den Köpfen der Ratsherren.

Der Dompropst faltete die Hände zum Gebet und richtete die Augen gen Himmel. »Wagt es nur, und der Bischof wird Euch Eure Freiheit wieder nehmen.«

Der Bürgermeister, rot vor Zorn, verschränkte die Arme. Leent blickte in die Menge.

Kaspar wechselte das Standbein, so dass der Korbboden schwankte. »Er muss doch etwas antworten.«

Aus der Menge trat ein Herr im grünen Mantel mit Lederbesatz.

»Wer ist das, Kaspar?« Ertwin konnte sich nicht entsinnen.

»Der Edle von Kaltenhusen.«

»Dem die große Watenburg gehört?« Ertwin konnte das hohe Dach der Watenburg von seiner Kammer aus sehen. Der größte Wohnhof in der Stadt stand an der Grenze zur Neustadt. »Geht der nicht mehr auf die Jagd auf seinen Gütern?«

»Wenn jeder Ritter mit dem Nachbarn in Fehde liegt, wie gerade eben? Ertwin, du bist doch sonst so schlau.«

Ertwin betrachtete den Edlen. Von Kaltenhusen legte die linke Faust an die Brust zum Rittergruß, er verneigte sich vor den Kirchenmännern und dem Bürgermeister. Dann sagte er: »So wie die Stadt den himmlischen Schutz der Kirche vor den Sünden, so braucht die Kirche den weltlichen Schutz der Stadt vor ihren Feinden. Um unser aller Sicherheit Willen, verzankt Euch nicht. Der Bischof mag bedenken, ob eine Versöhnung mit den Hoyas der richtige Schritt ist, deren Sündenspiegel ist lang genug. Die Stadt mag bedenken, ob sie selbst das Blutgericht über das Leben eines Mannes vor Gott tragen möchte.«

Der Dompropst vergrub die Hände am Saum der Tasche seines Mantels und schwieg. Der Bürgermeister starrte auf den Boden.

Nur Knuf, noch immer auf Knien im Dreck, blickte wie entrückt zum Kirchenportal von Sankt Martin.

Ratsherr Leent fuhr sich mit der Hand am Mützenrand entlang. »Edler Herr, jeder kennt Eure hohe Gesinnung. Die Hospitäler der Stadt danken Euch die regelmäßigen Spenden. Die Altäre von Sankt Katharina wären schmucklos ohne Eure Zuwendungen in Geschmeide und gefasstem Schnitzwerk. Der Rat ist bereit, Euch anzuhören.«

Der Bürgermeister nickte, noch immer den Blick in den Gassendreck versenkt. Der Dompropst hob nur die Nase.

Von Kaltenhusens Stimme reichte bis zum letzten Ohr in der Gasse. »Wir Ihr alle wisst, hat mir der Kaiser den Freibrief bestätigt, der meine Familie der Steuerzahlung und der Gerichtsbarkeit enthebt. Gleichgestellt bin ich mit den Familiaren des Kaisers. Deshalb verschafft mir Grund und Boden das Recht, Asyl für wen auch immer zu gewähren, solange er sich nicht gegen den Kaiser selbst versündigt hat. Gebe ich einem Flüchtling Asyl, darf ich ihn nur an den Kaiser oder den Bischof ausliefern. Die Stadt hat ihr Gerichtsprivileg einst vom Kaiser, der Bischof seinen Blutbann ebenfalls von ihm erhalten. Übergebt mir den Knuf. Ich setze ihn zu meinen Kosten in meinem steinernen Keller in eisernen Ketten fest. Sobald Ihr Herren Euch geeinigt habt, wie nun am besten schlimmer Schaden von Stadt und Dom abgewendet werde, gebe ich den Bluttäter wieder demjenigen heraus, den Ihr gütlich zum Richter bestimmt. Darauf habt Ihr mein Ehrenwort als Edler, der mit der Familie des Bischofs verwandt ist, und als kaiserlicher Freimann.«

Der Dompropst verschränkte die Arme vor seinem Bauch, dann rief er aus. »Eure Worte sind hold …«

Leent fiel ihm ins Wort mit einem Seitenblick auf den Bürgermeister. »Der Rat zeigt sich dankbar und nimmt an.«

»Der Bischof ist ein Mann des Friedens. So geschehe es.« Der Dompropst trat zum Edlen hin und reichte ihm die Hand, sie schlugen ein.

Dann tat dies der Bürgermeister mit dem Edlen. Aber Dompropst und Bürgermeister gaben einander nicht das Einvernehmen. »Führt ihn ab zur Watenburg.«

»Meine Knechte werden Euren städtischen nicht nachstehen«, sagte der Dompropst.

Das Volk wich an der Kirche Sankt Martin auseinander, der Edle von Kaltenhusen schritt voraus. Die großen Herren folgten ihm, die Stadtknechte zerrten Knuf grob auf die Füße. Aber Knuf war schneller, schritt kräftig aus, Ertwin schien es, als ob Knuf die beiden zöge. Ein gebrochener Mann war der Prüfmeister nicht, sosehr er nun in Schimpf und Schande geraten war.

Kaspar ließ seine Hüfte los und sprang vom Korb. »Was soll das, Studiosus? Warum führt man ihn nicht gleich zum Galgen, wenn seine Schuld bewiesen ist?«

»Recht haben und Recht bekommen ist die eine Schwierigkeit vor Gericht, jemanden schuldig wissen und der gerechten Strafe zuführen die andere.«

»Du redest ja schon so quer wie die Herren. Strebst du in den Rat? Wir Fleischer fragen lieber: Ist das Fleisch frisch oder faul, finnig oder fest? Das schlechte werfen wir fort, das gute kommt auf die Schlachtbank. So einfach ist das. Los, pack an.«

Ertwin griff zum schmutzigen Griff des geflochtenen Korbes. So einfach war es in Rechtsdingen eben nicht. »Wer den Henker für Knuf bestimmt, ist weit mehr als nur der Richter von Knufs Schuld.« Der hatte die Macht über Leben und Tod in der Stadt. Und war Gott und dem Kaiser näher, als Kaspar oder er es jemals sein würden.

25.

Margit rannte durch die Gassen an den Leuten vorbei, die zum Löwen drängten, so schnell, dass sich der feine Wollschleier auf ihre Wangen presste und hängen blieb, feucht von ihrem Atem.

Da stieß sie die Müllerin an, die die Gasse entlangeilte. »Entschuldigt, Nachbarin, mir ist übel.« Doch die Frauen nickten nur. Ihre neugierigen Augen leuchteten glasig vor Vorfreude auf das Spektakel. Margit scheute vor den Gesichtern zurück, wie wilde Mähren kamen sie ihr vor, wie Stuten, die hitzig aus ihrem Stall ausbrachen. Gefährlich für alles, was ihnen in den Weg trat.

Reimer, dessen Hände sie so zärtlich berührt hatten, die ihren Busen, ihren Bauch liebkost hatten. Diese Finger sollten meucheln können …? Margit starrte in Gräser, die an der Hauswand durch den Kehricht drangen. Eine Träne netzte ihren Handrücken. Sagte man nicht, der Teufel sei sanft wie ein Engel, wenn er die Seelen verführte?

Margit stieß die Tür ihres Hauses auf.

»Herrin, Ihr seid ja schon zurück? Was …«

Sie antwortete der alten Magd nicht, die den Herd hinten bei der Stützsäule versorgte. Immer zwei Stufen der Holztreppe hoch auf einmal. Sie riss im Gang den Wandbehang mit, es war ihr egal.

In ihrer Kammer sank sie mit dem Rücken zur Tür, starrte ins Halbdunkel an die Nürnberger Täfelung. Gedrehte Stäbe markierten Felder, helle und dunkle wechselten wie der Unglaube und das Entsetzen in ihr. Mit der linken Hand riegelte sie die Tür zu.

Dann warf sie sich auf das englische Tuch, die bunten Vierecke, die ihr Bett am Tage zum weichen Sitz machten.

Reimer war so sorgsam mit ihr umgegangen. Als habe eine Kraft sie gegen seinen Willen auf ihn gehoben, an ihn gedrückt. Hatte sie nicht ein Sträuben seinerseits gespürt, das ihrem in nichts nachstand, bevor sie beide fortgerissen wurden von Begierde und Lust?

»Aber Leent ist ein Mann von Ehre, nie würde er lügen.«

Margit erschrak vor ihrer eigenen Stimme, sie hatte die Fenster angeflüstert, ihr gelber Erlenzeisig sprang in seinem Käfig umher und tschilpte. Ihr kleiner Liebling. Ihr war, als schaute der Himmel nun auf sie wie sie auf den Vogel.

Der Schmerz in den Knöcheln machte sie wacher, nein, sie durfte sich die Finger nicht blutig beißen. Eisel durfte nichts ahnen. Niemand durfte das. Sie hätte sie in der Menge verloren, ja, das musste sie Eisel nachher sagen. Blind vor Schreck war sie davongelaufen, als ein Weib am Gassenrand die schreckliche Wahrheit kundgetan hatte – Knuf hat den Reker gemeuchelt, aus Gier, hieß es, weil er selber Leggemeister hatte werden wollen. In der Nacht hätte er's getan, nachdem er sich mit dem Halbbruder in der Roten Kanne zum Schein getroffen habe.

»In der Nacht hat er's getan.« Margit lauschte ihrem eigenen Flüstern hinterher. »In der Nacht ...«

Sie strich über die roten und grünen Vierecke im englischen Tuch. »In der Nacht ...«

Ihr Finger fuhr die farbigen Kanten entlang. Sie hatten es die ganze Nacht über getan, liebkost hatten sie einander, immerzu, als sie schon längst ihre Jungfräulichkeit hingegeben hatte. Reimer war erst mit dem Stundenschlag um elf mit ihr vom Bruderschaftsfest hinausgegangen, und davor hatten sie doch so lange getanzt ...

Margit glitt vom Sitz hoch, tastete hinter sich am Tisch nach der Lade. Sie fasste den Gebetskranz aus den rosafarbenen Steinchen, in die je eine Rose geritzt war.

»Heilige Jungfrau Maria, vergib mir meine Sünden, rette Reimer vor dem Galgen, er kann es nicht getan haben, Maria, er war die ganze Nacht bei mir, du weißt es ...«

Margit ließ den Gebetskranz über ihren Knien kreisen. War es die Stimme ihrer toten Mutter, die aus fernen Kindertagen mahnte, oder gar die Heilige Mutter selbst? Ein Zittern erfasste sie, sie kniete vor dem Bett, barg die Wangen auf dem Wolltuch, immer lauter rief die mütterliche Stimme in ihrem Kopf: *Wenn er verrät, wo er war, bist du mit Schimpf und Schande entehrt. Du hoffst, dass man einem Meuchler vorm Galgen glaubt. Ja, die Herren werden ihn auslachen, weil du sie doch alle abgewiesen hast. Die Geringen werden dich für die sündige Buhlerin halten, die du bist, für die Hure, die vorher die Röcke für ihn gehoben hat. Das Volk wird dich verachten.*

Margit schrie stumm gegen die Stimme an: Aber schweige ich, so richtet man mit ihm den Falschen. Er ist doch ... »Unschuldig!« Der Widerhall von den Täfelungen vertausendfachte sich in ihrem Kopf zu einem unendlichen Dunkel.

26.

»Mir scheint, es erlischt gleich, das Talglicht brennt heut so schlecht.« Leent legte sein Untergewand auf den kleinen Hocker neben dem Bett. Elisabeth nahm den kleinen Tiegel am Ohrgriff und hielt ihn vor ihr Gesicht. Die Flamme flackerte, ihre Nase schien vor- und zurückzuspringen.

»Ich sollte nicht mehr zur Sybille kaufen gehen, sie spart immer an den Dochten, dreht vier Fasern statt sechsen ein …« Elisabeth reichte ihm das Talglicht zurück.

Leent sah seinen Schatten an der Wand der Schlafkammer, ebenso nackt wie er selber. Ratsherr und Kaufmann war er und doch nur eine arme Seele, die nicht recht wusste, was der Herr ihr auferlegte.

»Komm ins Bett, Mann, dir wird sonst zu kalt.«

Leent stieg über den Tritt hoch ins Bett und kroch unter die aufgeschlagene Daunendecke, Elisabeths Arme legten sich um seinen Bauch. So sparsam Elisabeth war, an den Federn für die Betten hatte sie nie Mangel werden lassen. Sie hatte die Bretter hochlegen lassen, Lederbänder unter den strohgefüllten Säcken spannen lassen. Er lag gern weich, an sie geschmiegt. »Was für ein Tag, was für eine Last.« So schmal seine Frau war, sie war immer von Wärme erfüllt, selbst im Winter. Kaum unter den Daunen, spürte er das Blut in Hände und Füße zurückströmen.

Elisabeth streichelte sein Gesicht, dann seine Brust. »Ich habe Knuf seine Unschuld beschreien hören. Fast hätte ich geglaubt, er singe in der Osternacht. Fest und wahr.« Ihr Blick verlor sich im Talglicht, das mit schwachem Licht die niedrige Kammer erhellte.

»Frau, wie oft mahnst gerade du mich, das Schlechte im Menschen nicht zu vergessen, wenn wir mit den Kaufleuten der Hanse um Preise und Güte der Waren streiten.«

»Simon, so schwere Schuld dem Bösen zu entreißen ist dir als Prüfung auferlegt.«

»Die Beweise sprechen gegen Knuf. Stoff aus seinem Halstuch fand sich in der Hand des Toten.«

Elisabeth drehte sich auf den Rücken und streckte ihr warmes Bein an seines. »Mich wundert, dass er keine Reue zeigt. Manche halten ihn für klug, andere gar für verschlagen. Er schaffte, bevor er Prüfmeister wurde, besseres und billigeres Wollzeug bei als mancher gewiefte Kaufmann. Er soll einige Weber in den Dörfern gehabt haben, bevor es den Kaufmännern verboten wurde.«

»Sind das wieder Geschichten, die du von den Frauen an der Mühle gehört hast?«

»Alles kann wichtig sein, des Herrn Wege sind wundersam. Wissen wir, warum er einen fröhlichen, beliebten Leggemeister wie Reker sterben lässt?«

Leent drehte sich um und strich mit der Hand über den Bauch seiner Frau. Die Leinentücher rochen frisch nach Korianderkraut. Elisabeth schwor, dass es gegen Ungeziefer half. »Frage lieber, warum der Teufel ausgerechnet den klugen, gerechten Knuf zu dieser Tat treibt.«

»Ich kannte seine Mutter gut, bevor sie im Kindbett gestorben ist. Sie beschwerte sich nie über etwas, war folgsam, selbst ihrem Mann gegenüber, der beim geringsten Ding in Wut überschäumte, ihr die irdenen Töpfe zerwarf. Doch eines Tages wurde sie, als eine junge Magd einen Korb Eier, noch dazu nur Taubeneier, fallen ließ, so rasend, dass die Knechte sie halten mussten, sonst hätte sie sich mit dem Messer auf das dumme Kind gestürzt. Sie war wie von Sinnen.«

Leent drückte sein schwellendes Geschlecht an Elisabeths Hüfte. »Und dann?«

»Es war seltsam. Sie nahm aus dem Korb die heil gebliebenen Eier und warf sie auf den Boden hinterher. Dann hieß sie die Magd aufwischen. Nun, sie ging schwanger mit Reimer, die Weisfrauen rieten ihr zu Marienkrauttee und Fenchelbädern.«

»Ich wüsste nicht, dass wir Reimer Knuf einmal jähzornig gesehen hätten.«

»Dazu ist er zu klug. Wer in den Gilden aufsteigen will, muss sich beherrschen, den Ausgleich suchen. Hast du je einen herrschsüchtigen Kaufmann erlebt, der in der Hanse einen guten Leumund erworben hätte?«

»Aber ein kluger Mann tötet keinen anderen, die Strafe Gottes und der Welt ist ihm gewiss.«

Elisabeth drehte ihm ihr Gesicht zu und flüsterte, fast rührte ihre Nasenspitze an seine. »Ein kluger Mann beteuert auch nicht seine Unschuld vor dem Volk der Stadt, sondern reut.«

»Wie meinst du das?«

»Simon, wenn Knuf so verschlagen ist, wie manche meinen, warum reut er dann nicht vor aller Augen? Und bietet dem Trunkenbold Jakob nach altem Fehdebrauch das Blutgeld an?«

»Du meinst das alte Sühnerecht.«

»Ja. Vergiss nicht, Jakob hasste seinen Bruder, seit er damals die Klage um das Erbe verloren hat.«

»Der Wille seines Vaters war vor dem Rat bezeugt.«

»Ich weiß schon. Aber ist es nicht auffällig, dass er nun das Erbe doch bekommen wird? Wer ist denn übrig von der Familie Reker? Keiner. Tomas Reker hatte noch keine Frau und Kind.«

Leent genoss die Wärme seiner Frau trotz der bittren Gedanken. »So bleibt nur der Halbbruder, der den Blutzoll einklagen kann.«

Elisabeth drehte sich und legte ihre Hand auf seine Brust. »Falls Jakob Reker überhaupt so viel Entschädigung fordern würde, Reimer Knuf könnte er nach diesem Recht vor dem Galgen retten. Vergiss nicht, Jakob und Reimer sind Freunde.«

Wäre Elisabeth ein Mann, sie säße längst an seiner statt im Rat. »Der Jakob Reker war nicht gut auf seinen Bruder Tomas zu sprechen, das ist wahr.«

»Zudem braucht Jakob Geld. Jeder weiß, dass er nicht das Geschick und die Weitsicht seines Vaters geerbt hat. Der wusste schon, warum er dem jüngeren Sohn Tomas das Erbe hinterließ.«

»Hat er Tomas' Mutter vorgezogen?«

»Selbst wenn, die Kehle des dicken Jakob liegt ewig trocken. Was würdest du tun, wenn unser Johann schon mit zwölf söffe wie ein Landsknecht vor der Schlacht?«

Elisabeth hatte Recht, er zog sie fest an sich. »Wir haben Glück mit unseren Kindern.«

Sie lächelte ihn an. Ihre Brüste berührten seine Haut.

Leent fasste die Hand seiner Frau. Sie war halb so groß wie seine, fast wie die eines Kindes. Auch so zart und weich. Sie verriet es ihm nicht, aber er hatte den Tiegel mit der teueren welschen Salbe, die nach Rosen duftete, in ihrer Truhe bemerkt. »Vielleicht ist er doch nicht so klug und hat einen Fehler gemacht. Den Blutzoll kann man nach alter Sitte nur bei Totschlag fordern, nicht bei Meuchelmord. Und auch nur vor einem Ratsgericht.«

Elisabeth strich ihm über die Bartstoppeln. »Und wenn nun Knuf behauptet, dem Reker die Hechel im Streit entwunden zu haben? Das alles bloß ein schrecklicher Unfall sei? Keiner war dabei. Auch ein Blutgericht vor dem Bischof müsste den alten Brauch gelten lassen.«

»Nein. Der Bischof spricht nach geschriebenem Recht wie alle Kirchenleute. Die sind viel zu stolz darauf, dass sie das Lateinisch der alten Urkunden lesen können. Gewohnheitsrecht gilt ihnen nichts. Erinnere dich, was wir mit unserem Hof bei Quakenbrück für einen Ärger mit dem bischöflichen Vogt gehabt haben, als wir den Zehnt für das kleine Wäldchen haben ablösen wollen.«

»Die Kirche kann schlimmer sein als jeder Graf.« Sie barg ihren Kopf an seiner Schulter. »Doch selbst dann brächte Knuf doch ein Reuebezeugnis einen Vorteil. Einem reuigen Sünder erspart man den Scheiterhaufen.«

»Und wenn es ihn nicht reut, er auf die Hilfe des Bösen hofft, wenn er verbohrt weiter lügt und alle Sitte fahren lässt?«

»Mag sein. Ich hatte ihn für klüger gehalten.« Elisabeths Seufzer klang schläfrig.

»Er ging gebunden wie ein Dieb hinter mir, aber so aufrecht wie der heilige Sebastian zu seinem Martyrium, wie ich es im Dom zu Gent einst gesehen habe ... Vielleicht verstehen wir nur die Abgründe der Sündhaftigkeit nicht.«

»Das ist auch besser so, Mann, für unser Seelenheil«, flüsterte Elisabeth.

Ihre Stimme war ganz sanft geworden, ob Engelsworte so klangen?

27.

Leent lachte still in sich hinein, der Erste Bürgermeister hatte sogar die dralle Aufwärterin aus der Roten Kanne ausgeliehen. Gundis verstand es, ehrbar zu tun und doch allzeit wie zufällig die Schnur am reinweißen Hemdchen entknotet zu lassen. Nicht nur Melchiors Blick verlor sich dann an diesen prangenden Brüsten, rosig und zart. Jeder Mann sah das gern.

»Noch Wein für den Kaufherrn?« Gundis hielt die silberne Ratskanne am geschwungenen Griff und stützte sie mit einem feinen Leinentuch.

Keinen einzigen Rotweinfleck hatte sie auf das Tischtuch fallen lassen, rot waren darauf nur die gestickten Bordüren aus Äpfeln und Waldfrüchten.

»Nein. Aber vom Fasan kannst du mir noch reichen«, sagte Melchior.

Leent freute sich an dem Hunger, den der Kaufmann an den Tag legte. »Sosehr ich des Zufalls gewiss war, der den Leichnam dir auf den Wagen geführt hat, so sehr bin ich froh, dass wir schon so bald hier in lustiger Runde sitzen können.«

»Hechtem, auf Euren Handel und Wandel!«

Von Leden hatte den Pokal erhoben, Leent konnte sich nur an eine Hand voll Festmahle erinnern, bei dem der Rat das Silber aufgedeckt hatte.

Sein alter Freund Melchior genoss sichtlich die Ehre, sein

runder Kopf glänzte vom heißen Essen. Terbold und er selbst hatten den samtenen Überwurf angelegt. Terbold trug gar seinen breiten goldbestickten Gürtel und hatte drei Perlen an den Aufschlag gesteckt. Auch Leent hatte seinen bereits angelegt, doch Elisabeth hatte ihm den Schmuck wieder abgenommen, er solle den Gast nicht herabsetzen, schließlich habe Melchior auch keinen dabei.

Taubensuppe und Zimmetbrei hatten sie schon gehabt, in Kraut geschletztes Kalb, und vorneweg einen feinen holländischen Hering in frischer Sahne.

Melchior erhob seinen Becher. »Auf Euch und Osnabrück, von Leden. Möge der Herr die Legge weiter schützen!«

Kaum hatte Leent Knuf binden lassen, hatte Melchior aus der Bewachung im Rathaus gehen dürfen. Elisabeth hatte dafür gesorgt, dass es ihm an nichts gefehlt hatte, Federbett zum Schlafen in der schmalen Ratskammer, Werglichte und Tinte zum Schreiben samt Pergament hatten sie ihm bringen lassen. Und nun hatte Leent dafür gesorgt, dass der Bürgermeister Fasan in Burgundersud auftragen ließ. Melchiors Leibspeise.

Gundis legte mit dem langstieligen Messer vor, in dessen Griff das Stadtwappen eingehämmert war. »Die ganze Brust für den Herrn«, sie hob noch duftenden Sud mit einem Perlmuttlöffel aus einem Henkelbecher.

»Da verschenkst du aber viel, eine halbe von deiner kann einen Mann schon fröhlich machen.« Melchior kniff Gundis in die Falten ihres blauen Rocks.

Sie drehte rasch den Hintern weg. »Noch Fasan, die Ratsherren?«

So fröhlich ging kaum eine darüber weg. »Geh, bring nachher wieder die Kanne.« Der Tisch, an dem sie zu viert saßen, war an den Fenstern im Ratssaal aufgebaut. Die Täfelungen verschwammen im Halbschatten, nur die prächtigen Wandbehänge zeigten stolz ihr Rot und das Wappen.

»Ihr sagtet, Ihr habt Nachrichten aus Köln, Hechtem?«, fragte der Bürgermeister.

Die Boten hatte man passieren lassen.

Melchior nickte. »Der Erzbischof rüstet ein neues Heer. Es heißt, er habe mehrere bewaffnete Ritter zum Kaiser nach Wien geschickt.«

»Will sagen, er hat dem Kaiser Truhen mit Gulden geschickt.«

Melchior griff sich ein Stück helles Brot und tauchte es in den Burgundersud. »Ganz recht. Der Kaiser zieht mit den Böhmen gegen Braunschweig, so weit ist das von Eurer Stadt nicht. Aber mehr Sorgen machen solltet Ihr Euch über die falschen Stempel.«

»Das wird ja nun aufhören, Hechtem.« Terbold legte mit spitzen Fingern ein Stück Fasan auf eine Brotscheibe und biss in beides zugleich.

»Ein guter Freund in Köln, für den ich Kirchenlinnen beschaffen sollte, mahnt mich, genau auf die Schlagzahl zu achten. Der Gereonsaltar in Köln hat ihm fünf Laken wieder zurückgebracht, die ich im Frühjahr von hier mitgenommen hatte. Die Mönche haben ja Zeit genug, die Schläge im Leinen unter ihren Beryllsteinen nachzuzählen, die schreiben ja allzeit unter diesen Vergrößerern die Heilige Schrift ab.«

»Weil der Knuf falsche Stempel gedrückt hat, läuft halt noch Leinen um.« Der Bürgermeister beugte sich vor und berührte Terbold am Arm.

Der senkte das Stück Brot über dem Silberteller, damit ihm der Sud nicht in den weißen Aufschlag unterm Samt lief.

»Was haltet Ihr davon, dass Melchior Hechtem in Köln den Hansekaufleuten im Vertrauen steckt, dass die Legge für jedwedes falsch gestempelte Leinen die Stempelgebühr erstattet und einen halben Gulden für das Hertragen dazu für jedes Pfund Stoff?«, sagte der Bürgermeister.

Terbold kaute und kaute, Leent war sich sicher, dass er den Bissen Fasan längst geschluckt hatte. Melchior ließ den dicken Kopf von einer Schulter zur anderen rollen. Dann leerte er seinen Becher und stieß genüsslich auf.

Terbold schluckte hinunter. »Wer zahlt den halben Gulden, Bürgermeister?«

»Ihr in der Leinengilde, wer sonst? Die Stadt erstattet schon die Legge-Gebühr.«

»Knuf, dächte ich. Vermögen hat er«, gab Terbold zurück.

Melchior lachte auf. »Das macht Euer lübischer Vater, Terbold. Bevor ein Pfennig aus der Börse springt, sieh zu, ob ihn ein andrer bringt. Ihr lübischen Gotland-Fahrer habt das im Blut ...«

Terbolds Lippen zogen sich schmal zusammen, dann trank er dem Rheinländer lächelnd zu. »Die Lübecker sind die reichsten Kaufleute in der Hanse, vielleicht drum.«

»Oh, Ihr wart schon lange nicht mehr in Köln, wie mir scheint.« Von Leden hob seinen Becher.

Leent tat ihm gleich. Geplänkel brachte sie nicht weiter.

»Nur ist es mit den Kölnern nicht getan. Auch die Ijsselstädte beschweren sich bei mir in Briefen über falsche Stempel. Aus Dortmund droht man, uns beim nächsten Hansetag offen anzuzeigen. Ein verrufener Stempel ist das Eisen nicht wert, aus dem er geschlagen wird. Das weiß die Gilde auch«, sagte der Bürgermeister.

»Schon, aber verfällt nicht das Vermögen eines Meuchlers nach altem Brauch zur Hälfte den Leuten des Opfers und zur Hälfte der Stadt?«

Leent wusste, wie leer der Stadtsäckel geworden war, seit die Reichsacht die Landstraßen unsicher für die Osnabrücker Händler machte. Die Markttage waren schlecht besucht. Selbst Hansekaufleute von den Ijsselstädten, die sonst treu und brav jedes Jahr ihr Tuch und ihre Töpfe ausgestellt hatten, waren fortgeblieben. Die Hoya'schen Burgmannen schwärmten zu oft aus und missachteten so manchen Schutz- und Geleitbrief. »Solange wir kein Urteil haben, haben wir auch kein Recht auf Tisch und Stuhl des Knufs.«

Melchior bohrte sich in den Zähnen herum.

Terbold pochte mit der Hand auf das rot bestickte Tischtuch.

»Ich verstehe sowieso nicht, wie Leent hat nachgeben können. Hättet Ihr den Knuf nur zum Bocksturm geschleppt, so hätten wir heute schon den Galgen aufschlagen können.«

»Sonst folgt Ihr gern dem Domkapitel, wenn es im Rat etwas vorschlägt.«

»Was hat das mit dem Blutgericht zu tun? Mein Vater noch hat die Schatzung mitgezahlt, mit der der Rat das halbe Gericht vom damaligen Bischof erwarb. Die Falschspieler, die frechen Pferdediebe hängt die Stadt selbst an den Galgen, nun soll alles anders sein?«, fragte Terbold.

»Sagt es dem Dompropst, Eurem Freund. Ihr sitzt in seiner Präbende zu den Feiertagen oft genug am Tisch.«

»Weil ich das beste Linnen der Stadt handele und die Kirche den feinsten Stoff für die Altäre kauft, das wisst Ihr, Simon Leent. Soll ich Euch vorhalten, dass Euer Weib bei den Nonnen ein und aus geht, als wäre sie die Mutter Vorsteherin?«

Der Bürgermeister wandte sich Melchior zu, der den letzten Rest Burgundersud aus dem Silberteller tunkte. »Wie würde man in Köln auf dies Angebot eingehen? Ihr seid ein wichtiger Handelsplatz für unser Leinen. Erst die letzten Jahre haben wir es den Rhein entlang bis nach Straßburg handeln können, wo ich als Knabe einmal war. Den besten Wein lässt der Herr übrigens im Elsass wachsen, Ihr kostet gerade davon, Melchior.«

»Ich weiß ihn zu schätzen. Ich habe viele Jahre gutes Geschäft mit Euch gehabt. Das soll wieder so werden. Nun – einigt Euch, ich will es gern weitertragen. Euer Wille, reinen Schild zu behalten, wie man so sagt, wird sich schnell verbreiten.«

Leent war sich sicher, wenn Melchior seine Gildebrüder im Weißen Hahn zu Köln treffen würde, wüsste es bald auch ganz Aachen, Brügge und Gent, dass Osnabrück sich nicht beschmutzen ließ.

»So sei es. Sprecht im Vertrauen, nicht auf dem Markt«, sagte der Bürgermeister.

Leent erhob den Becher, wie von Leden es tat.

Terbold starrte auf die Krumen auf dem Silberrand seines Tellers. Dann seufzte er. »Der Streit zwischen Kapitel und Stadt wird nicht ewig dauern. Ich werde mich beim Dompropst für die Stadt verwenden.« Auch er erhob den Becher.

Von Leden kannte ihn auch so gut wie Leent und setzte nach. »Dann wird die Gilde also den halben Gulden aufs Pfund vorschießen.«

Terbolds schmaler Mund öffnete sich, er holte laut Luft. Die lübische Ader in ihm verstand des Bürgermeisters Wort, die Gilde hatte somit das Vermögen Knufs als Pfand. »Wohlgetan. Dass wir uns einig sind.«

Kaum waren die Becher geleert, sprang Gundis in den Saal. Sie musste gelauscht haben, mit den Ratsknechten. So war das immer. »Trage ich den Malvasier Euch in venedischem Glas auf?«

Melchiors Blick fing sich in Leents. »Ihr habt solche Gläser im Ratsschatz?«

Gundis beugte sich weit vor, die Kordel ihres Hemdchens berührte den Tisch. »Ich soll Euch damit Ehre erweisen von Kaufherr Vrede, dem Ihr so sicher die Ware ins Lager gebracht habt.«

Leent griff wie die andern vorsichtig zu den rot spiegelnden Gläsern. Nichts blieb geheim in ihrer Stadt. Süß netzte der Wein seine Zunge, Terbold leckte sich sogar den Mundwinkel, und Melchior nippte wie eine Nonne. War es die Süße, die wie Sünde schmeckte, die ihm jetzt die Augen öffnete? Vieles war geheim geblieben, erstaunlich lang. Wenn schon im Frühjahr Leinen in Köln gewesen war, das Knuf falsch gestempelt hatte, dann ging der Betrug schon geraume Zeit.

Noch sündiger als der malvasische Wein schienen Leent Gundis' runde Brüste.

28.

Ertwin sah seine Base aus dem Martinstor kommen. Sonst lief Margit keinen Schritt ohne ihre Magd, geschweige denn, dass sie einen Korb selber trug, wie jetzt. Aber es hatte ja unbedingt hier am äußeren Graben sein müssen. Das hatte Eisel ihm eingeschärft, als sie ihn vor der Braustube abgefangen hatte.

Margit trug eine lange Schürze über dem schlichten Rock. Sie winkte ihm von weitem zu. Um die Mittagszeit liefen wenig Leute die Straße entlang, nur ein Kirchenknecht zog einen Handwagen gen Stadt, auf dem ein alter Mönch saß und in einer Schrift las. Die Räder hüpften über jeden Stein des Weges, davon ruckelte der Kopf des Greises, als wäre er von Sinnen. Ertwin sollte auch lieber weiter die Schriften der Universität studieren, statt mit seinem Vater das Bier auszuliefern, das die Mutter braute, mal mit Kräutern, mal dunkel. Sonst vergaß er noch alles.

»Studierst du den Sonnenlauf, Vetter? Bringt man dir das in Erfurt bei?«

Margits Lachen riss seinen Blick zu ihr hin. Sie trug keinen Schmuck außer zwei Perlohrringen, sonst nichts. Sie hatte wohl Angst, ihn auf den Wiesen zu verlieren.

»Nein, mir tat der Mönch Leid. Ich glaube kaum, dass er eine Zeile zu Ende bringt.«

Versessen, geradezu wie eine Badewärterin, war Margit auf Bänder und Ringe, meinte seine Großmutter. Aber sie verkaufte ihr trotzdem alles, was seine Base begehrte. Auch Großmutter Taleke liebte den Glanz. Das lag wohl in der Verwandtschaft. Verbunden waren er und Margit eigentlich über ihre Großmütter, die Schwestern gewesen waren.

»Der kann das sicher alles auswendig.«

»Wo hast du Eisel gelassen?«

Margit reichte ihm schon den Korb und zupfte sich das mit kleinen Vierecken bestickte Tuch zurecht. »Sie musste im Haus helfen, die Federn stopfen.«

Die Eisel und Federnstopfen? Das wäre das erste Mal. »Warum wolltest du nicht zu uns in die Braustube kommen? Dann hätte Vater uns jetzt ein frisches Bier aufgestellt.«

»Ich habe uns einen versiegelten Krug mit Melissensud machen lassen, der erfrischt in der Hitze besser. Ich habe Brot und Schinken mitgebracht. Du magst doch Schinken?«

Sie zog ihn von der Landstraße weg hin zum Pfad, der den äußeren Graben entlangführte. Enten flogen auf, auf der Laischaft saßen Kuhjungen am Wiesenrand unter einem Birnenbaum. Hie und da blühte Kraut am Wasser. »Die vielen Binsen hier passen dem Wehrmeister Husbeek bestimmt nicht, schau, da verbergen sich sogar Enten drin.« Ertwin kniete nieder und stellte den Korb ins Gras.

Margit blieb stehen. Er sah zu ihr hoch. Ihr Mund war dünn, doch die Wangen waren voller als noch vor ein paar Wochen nach seiner Rückkehr aus Erfurt. Aber er hatte sie nur kurz bei der Messe zu Pfingsten im Dom gesehen. »Jeder Angreifer kann sich hierin verbergen, des Nachts ins Wasser steigen und am Morgen mit hundert Mann aus dem Wasser kommen.«

»Sieht man das denn von unseren Türmen dort nicht?« Ihr Arm wies auf die Mauern, die die Neustadt umlief, auf der das Sonnenlicht lag.

»Erst wenn es zu spät ist. Husbeek hat das bei einer Übung vormachen lassen. Ich selbst bin für den Plümersturm eingeteilt.«

»Lass uns weitergehen zur alten Eiche.«

Diese stand zwischen zwei Hauptwegen der Neustädter und der Martinilaischaft, ziemlich genau gegenüber dem zweiten Turm, hinter dem die Gärten der Neustadt lagen. Dort zog auch seine Mutter Gemüse. »Sitzt du noch immer gern unter der Eiche?«

»Als ich klein war, sind wir oft hierher gekommen.«

Ertwin hatte kaum Erinnerungen an Margits Mutter, eine schlanke Frau mit goldenem Haar. Wenn Margit zu Besuch bei ihnen gewesen war, hatte ihr Vater sie allzeit an der Hand geführt. »Warum hat dein Vater eigentlich nicht mehr geheiratet?« Dem Gewicht nach konnte das Essen im Korb vier Mann ernähren.

»Meine Mutter hatte doch zwei Jungen geboren. Haubert und Johann, die mit vier und sieben gestorben sind. Und dann war sie auf einmal nicht mehr da. Der Blutsturz hat sie von einem Tag auf den anderen dahingerafft.« Margit knickte einen Halm ab. »Ich weiß nicht, ob eine Stiefmutter mich gemocht hätte …« Sie lächelte schwach. »Vater sagte einmal, der Herr strafe ihn so für seinen Reichtum, er könne nicht alles im Leben haben. Eben keinen Sohn. So hat er es sein lassen.«

Er trug sein Geld wohl lieber ins Badehaus zu den Schafferinnen.

»Erzähl mal«, sagte Margit. »Wie sind die Thüringer Maiden, noch heller von Haut und Haar als ich? Die heilige Elisabeth, sagt man, habe dort die Sonne überstrahlt mit dem Glanz ihrer Schönheit.«

Ertwin mochte die glänzenden Schenkel der Thüringer Frauen, noch mehr aber ihre Augen. »Sie haben statt Augen grüne Steine im Gesicht, wie an Kirchenkreuzen.« Er neckte Margit mit Zeige- und Mittelfinger vor der Nase. »Nicht so blau wie deine.«

»Solche Possen bringt man dir in Erfurt bei?«

»An der Universität gibt es nur strenge Repetitoren und alte Bücher, die staubig riechen.«

»Ich glaube dir kein Wort. Vater lässt mich vieles lesen. Das Pergament riecht eher nach Leder.«

Unter der alten Eiche hatten die Leute, die auf den Feldern arbeiteten, grob gehobelte Bänke aufgestellt, ein Kreis mit Feldsteinen umschloss einen Aschenhaufen. »Wenn die Knechte eine Ente fangen, braten sie sie gleich.« Ertwin stellte den Korb ab und hob die Decke. Zwei mit Wachs versiegelte Krüge aus Holz, ein Laib Brot und geschnittener Schinken lagen darin auf einem reinen Tuch.

»Ertwin, ich muss mit dir reden.«

Er blickte auf. Margit saß auf der Bank, die Knie aneinander gedrückt. Sie knetete den Zipfel ihres Schößchens. »Ich brauche deinen Rat. Du ... du bist doch Studiosus, weißt viele Dinge, vielleicht ... Aber nimm dir erst. Ich mag nichts.«

»Ausgerechnet von mir, den du seit Jahren kaum gesehen hast?« Er schnitt rasch zwei Stücke Brot ab mit dem Messer aus dem Korb und auch etwas vom geräucherten Schinken. Feiner Salbeiduft entströmte dem Fleisch, bei Vredes wurde immer gut gespeist.

»Ich ... ich weiß nicht, wem ich es sonst sagen soll. Vater hat so viel im Geschäft zu tun und ist dauernd in den Lagerhäusern ... Ich bin nur eine Frau. Wie soll ich mich an den Rat wenden?«

Das grüne Band in ihrem Haar baumelte vor ihrer Wange. »Einfach hingehen. Der Vrede-Tochter wird man nicht die Tür verschließen, wenn du wirklich etwas Wichtiges vorbringen willst.«

»Ich habe einen gesehen ... in jener Nacht«, flüsterte sie.

Er hörte sie kaum. »Margit, sprich lauter.«

Sie drückte die Brüste vor, sprach deutlicher. »Ich war doch auf dem Fest bei der Bruderschaft der Leinengilde. Und habe dort einen ... eine silberne Steckspindel an meinem Gürtel verloren. Weißt du, ich tanze doch so gern. Ich habe es erst zu Hause bemerkt. Es hatte schon die elfte Stunde geschlagen. Eisel war schon schlafen gegangen, man hätte die Magd ja auch nicht in den Saal gelassen. So bin ich noch einmal zurückgegangen und habe rasch zwischen den Bänken gesucht.«

»Wegen eines verlorenen Schmuckstücks wird dich der Rat nicht hören wollen, oder kennst du die Finderin? Hat sie es sich angesteckt und tut, als sei es ihres?«

»Nein, ich habe die Spindel unter dem Platz gefunden, an dem ich neben Vater gesessen habe. Aber als ich dann nach Hause gelaufen bin, da habe ich noch am Brunnen vor dem Rathaus die Hände ins Becken gehalten, um sie abzuwaschen. Du weißt, spät auf den Festen verschütten viele ihr Bier. Die Bänke waren klebrig. Und als ich vor dem Rathaus am Viehbrunnen meine Hände in das Wasser getaucht und gen Himmel zu den Sternen gesehen habe, da ist einer aus der Tür der Legge gesprungen und davongerannt. Einen schlichten grauen Umhang hatte er um, wie sie die Aussätzigen tragen sollen, aber er war viel zu schnell den Markt entlanggelaufen, zum Dom hin.«

»Aber warum sagst du das deinem Vater nicht?«

»Ich habe Furcht, dass er mir nicht glaubt.«

Weibsen hatten viel Einbildung, was wollten die Hausmägde nicht alles von ihm, dem Studiosus, wissen, ob er die Sterne lesen könne oder die Weistümer der Ägypter. »Aber das kannst du ihm doch ruhig sagen.«

Sie blinzelte und biss sich auf die Unterlippe. »Auch dass der Mann im grauen Umhang viel kleiner war als der Knuf, den sie gebunden haben?«

»Du meinst …?« Ertwin schluckte rasch den Bissen Schinken hinunter.

»Wer anders als der Meuchler verbärge sich in eines Aussätzigen Gewand?« Sie packte seine Hände, und er merkte, dass ihre Lidränder rot die blauen Augen säumten. »Der Knuf hat doch vor aller Ohren geschrien, er sei unschuldig. Und wenn es nun doch der kleine Mann in Grau gewesen ist? Ein Dieb vielleicht, der den Leggemeister bestohlen hat? Ertwin, geh du für mich zum Rat. Einen Studiosus wird man eher anhören als mich.«

»Du zitterst ja.« Er beugte sich vor und griff zum Krug. »Hier, trink einen Schluck Melissensud.« Er sprengte das Wachs zwischen Holzdeckel und Rand. Margit fasste das Gefäß mit beiden Händen. »Aber der Rat würde fragen, wie du bei Dunkelheit so viel hast sehen können. Du bist dir ganz sicher?«

Sie nickte bloß und starrte in den Krug. »Hilf mir, Ertwin. Hätte ich einen Bruder, würde ich dich nicht darum angehen.«

Doch vor den Rat treten, weil ein Weib, das die Nacht durchtanzt und Bier getrunken hat, was gesehen haben wollte, das konnte Ertwin nicht tun. »Ich werde dem Ratsherrn Leent davon berichten und seinen Rat erbitten. Er ist rechtschaffen.«

»Versprochen?«

Er drückte die Hände in ihrem Schoß. Das Fahle aus ihren Wangen wich rasch einer Röte. Schnell nahm er die Finger weg. »Versprochen.«

Sie streckte die Beine aus und bewegte die roten Lederschuhe, die vorn rund wie eine Muschel waren. »Erzähle mir von Erfurt. Den Kirchen. Die Stadt soll dreimal größer sein als unsere.«

Leent würde ihn wenigstens nicht auslachen, höchstens wegschicken. Jetzt war es Zeit für seinen Krug. Wenn er von Erfurt anfing, hörte er vorm Abendläuten nicht mehr auf. In Erfurt sangen die jungen Männer und Frauen gemeinsam in den Bädern lose Lieder.

29.

In der Stiege klirrten Kannen aneinander, die die beiden Mägde barfuß an ihm vorbei aus dem Laden trugen.

Die kleine Braunhaarige zierte ein Leberfleck unter dem linken Auge. »Der junge Herr Ertwin erkennt mich nicht mehr. Ich war noch ganz klein, als wir bei Eurem Oheim gedient haben.«

Ertwin konnte sich nicht erinnern. Mägde wechselten manchmal das Haus, man ließ die Weiber zu den Knechten ziehen, wenn die ihnen Kinder gemacht hatten. Sein Onkel beschäftigte auch lieber ganze Familien, er schwor auf die Ruhe, die das im Hause brächte. »Wärst du damals schon so groß gewesen, hätte ich dich nicht vergessen.« Ertwin haschte nach ihrer Hüfte, die beiden Mägde kicherten nur und machten sich rasch über die Schwelle nach draußen.

»Was wollt Ihr, Herr? Wir haben alles da, Kräuterwein, weißen, roten, schweren, süßen.« Der alte Knecht war dürr, die blauen Äderchen um die Nase zuckten wie sein Lid.

Im Laden standen an den Seiten aufgebockt die Weinfässer, große und kleine, in der Tiefe des Raumes auf einem Schaff sah

Ertwin fünf oder sechs bunt verzierte Fässchen. Schwere, süße Malvasier aus dem Land noch hinter Wien gab es darin. Sein Vater trank die gern, so teuer sie auch waren. »Ist Euer Herr da?«

»Ich soll ihn nicht stören. Wollt Ihr nicht einen Schluck Feuerlay kosten? Vor einer Woche erst vom Rhein heraufgekommen ...«

Ertwin richtete sich auf und legte die Hand an den gepunzten Ledergürtel. »Sagt ihm, der junge Studiosus Ertmann ist hier und bittet um sein Ohr.«

Der dürre Alte ließ nur die Mundwinkel fallen und drehte sich um, langsam schlurfte er zur Holzstiege hinten bei den Fässchen. Jetzt erst bemerkte Ertwin eine Bäckersfrau, die sich von Leents Magd hinten in der Ecke eine Kanne füllen ließ. Die beiden tuschelten. Die großen Fässer waren mit Eisenbändern umschlungen, aber jede Gegend hatte ihr eigenes Maß. Es gab längliche, gedrungene, sie unterschieden sich wie die Leiber des Volkes.

»Ertmann, kommt.« Der Knecht winkte.

Ertwin sah aus den Augenwinkeln, wie die Bäckerin den Kopf hob. Die verkaufte ihr schlechtes Brot vor Sankt Katharinen. Mutter ging dort nie kaufen. Er folgte dem Alten zu einer Kammer, mit dürrem Arm wies der hinein, dann schlurfte der Knecht wieder nach unten.

»Kommt herein, Ertmann. Wie geht es Eurem Vater? Mag er wieder ein Fässchen Tokai gegen Bier eintauschen?«

Leent stand an einem Schreibpult vor dem Fenster der Kammer. Ertwin hörte ihn auf einer Tafel kratzen. Der Kaufmann hatte das Pergament im Fensterrahmen zur Seite geschoben, Licht fiel auf seine Tafel. Ertwin sah Kreidespuren an seinen Fingern, er rechnete wohl etwas ab. Leent wandte ihm noch immer den Rücken zu. Was sollte er lange zaudern? »Da müsst ich ihn erst fragen. Ich bin wegen des Knuf hier.«

Ein Kreidestückchen klirrte auf der Tafel. Dann rutschte der schlichte braune Umhang vom Arm des Kaufmanns. Er drehte sich langsam um und entstaubte sorgfältig die Finger an einem

Läppchen, doch die Augenbrauen zogen sich zusammen. »Treibt die Neugier den Studiosus zu mir? Wartet ab, wie alle anderen, was der Richter sprechen wird.«

»Der Richter spricht nach dem Gesetz. So lehrt man es mich in Erfurt. Und nach dem, was die Zeugen sagen. Ich bringe Euch Kunde.«

»Wie das?« Der Kaufmann verschränkte die Arme und trat näher. »Ich schätze Euren Vater als ehrlichen Kaufmann. Er wird keinen dummdreisten Sohn gezeugt haben. Sprecht, aber stehlt mir nicht die Zeit.«

Ertwin hatte keine Angst vor den Ratsherren, wie oft schon hatte er die Herren lallend auf einer Wirtshausbank gesehen oder brünstig über Schenkeln im Badehaus keuchen. »Der Richter sucht das Recht. Auch beim Jüngsten Gericht wägt, was in den Waagschalen liegt.«

»Ihr sprecht hoch. Was habt Ihr vorzubringen?« Leent lehnte sich an das Stehpult.

Ertwin trat einen Schritt vor. »Versteht mich nicht falsch. Ich will nur keine Sünde auf mich laden. Ich soll Euch Kunde bringen, dass man in der Nacht von Rekers Tod einen kleinen Mann im grauen Mantel der Aussätzigen kurz nach der elften Stunde aus der Tür der Legge hat schleichen und dann hinfortrennen sehen. Bis der Knuf seine Unschuld vor aller Ohren beschrie, gab die Zeugin dem keine Bedeutung.«

»Die Zeugin …« Leent rieb sich das Kinn. »Warum kommt das Weib nicht selber?«

»Sie fürchtet, dass Ihr sie nicht anhört.«

»Ein kleiner Mann im härenen Grau …« Leent trat zum Fenster und blickte nach draußen, dann schob er das Pergament in seinem Rahmen wieder zu. »Weibergeschwätz. Sie will sich wichtig tun.«

»Das hat sie nicht nötig.«

»Wer ist es?«

»Meine Base, die Vrede-Tochter.«

Leent lachte trocken. Sein Finger zeigte auf ihn. »Ertmann, du bist noch nicht alt genug, die Finten der Weiber genug zu kennen. Gerade die eitlen und reichen Frauen tun allzeit wichtig. Macht es dich nicht wundern, dass sie nicht selber hier steht? Als ob ich der Tochter Vredes nicht Gehör schenken würde, das gebietet mir allein schon die Achtung vor ihrem Vater. Lass dich von den schönen Augen nicht blenden.«

Das hatte Ertwin nicht, beinahe wäre er gar nicht zu Leent gekommen. Nur hatte er auch den Knuf vor Sankt Martin auf Knien vor den Stadtknechten liegen sehen, wie er seine Unschuld beteuerte und den Blick in den Himmel um Hilfe wandte. »Man lehrt mich, alles zu bedenken in einer Causa, die Niedertracht und Ehre von Zeugen wohl zu wägen. Weder ist Margit Vrede übel beleumdet, noch war es Knuf bislang. Eine Meucheltat passt allemal besser zu einem aussätzigen Dieb als zu einem Prüfmeister der Legge.«

Leent klopfte mit der flachen Hand auf das Stehpult und sah ihn an. »Reden hat man Euch schon gelehrt. Das höre ich wohl. Das Denken aber übt besser noch. Glaubt Ihr, ich hätte nicht überall herumgefragt, mir Knechte und Mägde kommen lassen? Alle Häuser um die Legge bin ich selber abgelaufen und habe die Leute ausgefragt. Niemand hat solch einen kleinen Kerl laufen sehen. Und die Stadt hat tausend Ohren und Augen, das wisst Ihr selber. Kein Ehebruch, kein Diebstahl bleibt hier lang verborgen.« Wieder schlug Leents Hand auf das Holz, nur wandte er den Blick zum verschlossenen Fenster.

»Ja. Nur die falschen Legge-Stempel«, sagte Ertwin.

Leent drehte sich so schnell herum, dass sein Mantel wehte. Dann stand er schon vor ihm und packte ihn an einer Schulter. »Ertmann, weder will ich meine Seele mit unschuldigem Blut beflecken noch den Richter irre machen. Ich habe Beweise, die dem Knuf das Genick brechen, die werden vor Gericht bestehen.«

Ertwin zuckte nicht. Beweise, was waren schon Beweise? Ein Stückchen Silber öffnete manche Tür, verdrehte manche Zunge. »Des Teufels Wege sind verschlungen.«

»Ihr glaubt der Jungfer?« Die Hand Leents sank von seiner Schulter.

Margit war stolz, sich ihres Standes wohl bewusst, doch selbst die alten Muhmen warfen ihr nichts Schlimmeres als ein wenig Hoffart vor. »Ja.«

»Nun an, so sammelt Wissen aus dem täglichen Geschäft. Irgendwohin muss er ja gelaufen sein. Fragt herum, erkundigt Euch. Bringt mir den kleinen Mann oder noch einen Zeugen. Nichts wäre dem Rat lieber. Einen kleinen Dieb lässt der Bischof allemal von uns hängen. Aber Ihr müsst herausfinden, was der Dieb gestohlen hat. Die Münzen der Legge sind allesamt noch in der Büchse.«

Ertwin verbeugte sich vor dem Ratsherrn. »Ich will tun, wie Ihr mich geheißen habt.«

»Aber macht es heimlich, wir haben schon genug Aufruhr in der Stadt. Und nun geht.«

Ertwin zog die Mütze und verbeugte sich wieder. »Ich danke Euch.«

»Dankt lieber Eurem Vater, dass ich ihn schätze. Und sagt ihm, dass ich neuen Tokai aus Nürnberg bezogen habe.«

30.

Niemand konnte sich an einen kleinen Mann in härenem Grau erinnern. Nicht einmal die Bettler vor Sankt Martin, Sankt Paul und dem Dom hatten Jaja gesagt, hatten bloß auf die Kupferpfennige gestarrt, die er ihnen in die grindigen Hände gedrückt hatte. Dabei wäre ein graues Gewand zwischen all den mit Lumpen bedeckten Leibern sicher aufgefallen. Ertwin betrachtete die Hauswand des Pilgergasthauses vor dem Hegertor. An den Türpfosten erkannte er den heiligen Jakobus. Er musste schmunzeln, so rastlos wie der Heilige war er selbst durch die Stadt gelaufen.

»Ertwin, du stehst vorm falschen Haus. Da drinnen herrscht

nur Trübsal. Müde Beine liegen auf Stroh.« Vom Tor her schob Kaspar einen Karren heran und winkte, indem er die flache Hand über dem Kopf kreisen ließ, wie er es schon früher beim Klettern auf den Obstbäumen gern getan hatte.

»Was treibt dich hierher?«

»Wer nicht studiert wie du, muss hart arbeiten. Die Gesellenordnung lässt uns grad mal den Tag des Herrn frei, wenn der Meister kein Einsehen hat. Würste habe ich dem Pfarrer von Sankt Elisabeth und Barbara gebracht. Ich kann mir nicht vorstellen, dass er so viele alleine isst.« Kaspar zwinkerte und schob sich mit dem Handballen die Mütze aufs Ohr. »Du wirst doch nicht zum heiligen Jakob pilgern wollen, Ertwin? Du glotzt auf das Fachwerk wie eine Kuh in den Schober.«

»Ich ... ich soll dem Twente-Hospital eine Spende bringen.«

»Die können es brauchen. So viele Sieche wie dort findest du nirgends in der Stadt. Aber viele werden wieder gesund, der Heilmischer dort soll in Brügge gelernt haben. Er hat für jeden ein Kraut.«

»Du weißt aber auch alles.« Doch Kaspar kratzte sich nur im Schritt und griff zum Lenkbügel des Karrens. »Wenn du Würste lieferst, kommst du herum. In jedem Haus ist es anders. Ich zeige dir gern eines, wo du eher Possen und Treiben vernehmen kannst als bei den ewig betenden Pilgern.«

Ertwin übersah nicht die Geste, die Kaspars Daumen zwischen Zeige- und Mittelfinger der Hand vollführte. Kaspar drückte mit den starken Unterarmen gegen den Lenkbügel, der Karren rollte voran. »Heute liefere ich aus, lass uns morgen losziehen.«

Ertwin sah Kaspar hinterher, der geschickt an den Leuten und Fuhrwerken vorbei seinen Karren in die Schweinestraße lenkte. Aus den Fenstern wurde hier mal Abfall geworfen, dort mal nach einem Knecht gerufen. Er hörte es irgendwo hämmern.

Der Torwächter saß auf der Schwelle zum Torhaus und schnitzte einen Löffel. Ertwin ging durchs Tor über die Hase zur Westerbergvorstadt. Von der Brücke aus konnte er das Bergstiegentor am Ende des Außengrabens schon sehen. Von hier lief die Hohe Mauer um die Vorstadt herum bis zum Judengraben, der am äußeren Natruper Tor begann. Manche in der Stadt hätten auch hier lieber einen Graben gesehen, aber die Vorstädter Bürger selbst hatten die Mauer immer höher gezogen, schließlich hatte man sogar das Zeughaus in den Zwischenraum zwischen Stadtmauer und Vorwerk gesetzt. Die Vorstadt mit ihren engen Gassen beherbergte Leute, die nicht Geld genug hatten, in der Alt- oder Neustadt ein Haus zu bauen. Auch das Twente-Hospital war erweitert worden. Wenn ein Aussätziger in grauem Gewand irgendwo Zuflucht gefunden hatte, dann hier.

Ertwin bog nach der Brücke rechts ab, hinter dem dritten Häuschen hämmerten Kupferschmiede, dann war das Tor des Hospitals weit geöffnet.

Im Hof ruhten Kranke auf Hockern oder saßen auf Stroh. Triefige Augen, grindige Gesichter drehten sich zu ihm. In der großen Diele plapperte es von allen Seiten, Frauen mit weißen Hauben saßen beieinander auf Bänken, mal lag ein dickes Bein auf einem Schemel davor, andere hatten eingebundene Hände. Männer in schlichtem Braun lehnten an den Wänden in der Hocke, knobelten mit Holzstäbchen. Ertwin brauchte eine Weile, in all dem Hin und Her suchte er einen Knecht des Hospitals. Aber die Menschen hier warteten alle. Ab und zu stöhnte einer auf, aber das unterbrach das Geschnatter nicht. Da. Ertwin sprang über eine Krücke und das ausgestreckte Bein einer alten Frau. Der Knecht trug ein Uringlas vor sich her.

»Wartet, eine Frage.«

Der Knecht im schlichten braunen Überhemd mit hellen Beinlingen blieb stehen. »Der Arzt hat keine Zeit. Stellt Euch hinten an.«

Ertwin fasste ihn an der Schulter, der Urin im Glas schwappte rötlich.

Der Knecht zeigte die Zahnlücken. »Der Arzt macht seine Runde, Ihr müsst warten wie alle anderen auch.«

»Ich will nur wissen, ob Ihr hier auch Nachtquartier gebt im Hospital.«

»Hier dürfen nur die bleiben, die zu krank sind. Die anderen müssen gehen.«

Es war sinnlos, nach einem kleinen Mann im grauen Gewand zu fragen. »Was wird mit dem Urin?«

»Der Arzt sagt, ich soll ihn dem Apotheker zeigen, damit er Treibsud so bereiten kann, wie es der alte Monken braucht.« Der Knecht hob seine Füße über die Krücke, unter einem Durchgang zog er den Kopf ein und senkte das Glas.

Ertwin beugte sich hinunter zu einem dicken Mann, der sich mit der groben Hand die geschwollene Backe hielt. Das Auge darüber troff. »Kennst du in der Vorstadt eine Schlafstatt, wo ein Büßer Quartier bekommen könnte?«

Der Mann nahm die Hand von der Wange und blinzelte das Wasser aus den Augen. »Du Jungspund. Für Büßer sind die Kirchenstufen da und Gottes freier Himmel. Schleich dich.« Die Lider zuckten, die Augen tränten, der Mann hielt sich wieder die Wange und wiegte den dicken Oberkörper.

Der Dicke hatte Recht. Ertwin blickte über die Kranken. Hier fand er keine Gesunden, genauso wenig wie Margits grauen Mann.

31.

Margit war sich sicher, dass Ertwin ihr geglaubt hatte. Sie schob mit dem Holzlöffel das letzte Stückchen Hühnerfleisch in den Gerstenbrei auf ihrem Teller. Nichts schmeckte ihr so recht. Ertwin müsste doch längst mit dem Ratsherrn Leent gesprochen haben. Sie ließ den Löffel ruhen und stützte das Kinn auf die Hand. Der Wein roch säuerlich, der Widerwille sank ihr in den Magen. Was sollte sie hier herumsitzen, Vater würde beim Kaufmann Terbold speisen. Sie verhandelten eine Fahrt nach Dortmund im nächsten Fehdefrieden.

Margit nahm den Krug. »Eisel!« Es tat sich nichts. »Eisel, wo steckst du?« Es dauerte, Margit hörte die Dielen im Flur knacken.

Dann stand ihre Magd in der Tür. Ein paar Krümel Brei im Mundwinkel verrieten, dass sie aus der Küche kam, den braunen Rock zierten ein paar helle Sudflecke. »Der Wein ist sauer, was ist mit dem Fass?«

Eisels Augen wurden groß. »Euer Vater hat doch davon zur Hühnerbrust getrunken. Er hätte mich bestimmt gescholten.«

Sie griff sich schon frech den Krug, bevor Margit hätte es befehlen können, und hängte die Nase über den irdenen Rand. »Der riecht wie immer, Herrin.«

Margit wehrte den Krug in Eisels Hand ab, dem das Saure entstieg. »Probiere ihn.« Sie reichte Eisel ihren Becher.

Eisels Augen rollten, der Mund war angespitzt, dann schluckte sie den Wein wie einen Riesenkloß. »Er schmeckt wie … wie feiner Apfelwein … nur aus Trauben.«

Margit lachte, so ernst blickte Eisel in den Zinnbecher, als wären dort die Geheimnisse der Welt verborgen. »Aus Trauben macht man Wein, das hätte ich auch noch gewusst. Hebe ihn für meinen Vater auf.«

»Wollt Ihr den Teller leeren?« Eisel deutete auf den Rest Brei und die Scheibe Brot auf dem Tischtuch.

»Nimm alles weg. Bringe mir etwas klares Wasser.«

Eisel wischte mit der Zungenspitze den Krümel aus ihrem Mundwinkel. »Nur Wasser?«

Margit wusste selbst, dass sie das sonst nicht trank. »Ja.« Herrgott.

»Fühlt Ihr Euch nicht wohl, soll ich einen Kräutersud machen?«

»Tu, was ich sage, und geh.«

Eisels Brauen zogen sich zusammen, sie packte die Brotscheibe auf den Brei, griff den Teller und den Krug. Der Becher blieb auf dem Tischtuch stehen. An der Tür drehte sie sich um, ein Mundwinkel hob sich wie bei einem schmollenden Kind. Aber sie sagte nichts. Eisel wusste immer, wann es besser war, dass sie schwieg.

Margit erhob sich und ging zum Fenster, das auf den Hof hinausging. Die frische Luft tat ihr wohl. Sie hätte sich mit einem Kissen auf den Stuhl setzen sollen, es zog ihr über den Rippen bis in die Brüste. Margit blickte hinunter, der Knecht Hein trug gerade vier Schinken an einer Stange ins Haus. Fleisch hätte sie jetzt nicht essen mögen.

Ertwin hatte der Schinken geschmeckt. Morgen würde sie Eisel schicken, wenn sie nichts hörte. Oder besser übermorgen. Sie durfte keinen Verdacht erregen, wenn sie Reimer helfen wollte. Es klopfte. »Ja.«

Eisel blieb in der Tür stehen.

»Komm schon rein.«

»Das Wasser ist ganz frisch aus dem Brunnen, ich habe es selbst heraufgezogen und gleich hier eingefüllt.«

»Gib mir davon.« Eisel war richtig ängstlich, so wie sie zögerte. »Gieß schon ein.«

»Ihr habt doch gesagt, dass ich unten mit den anderen die kleinen Flügel essen darf. Ich habe Euch wirklich nicht gleich gehört.« Eisel goss in den Becher ein und reichte ihn her.

»Ich bin dir nicht böse. Vielleicht sollte ich nicht aus dem Zinnbecher trinken.«

»Euer Vater schwört drauf, dass der Wein darin länger frisch bleibt.«

Margit überlief es, sie mochte gar nicht an Wein denken. Dieser säuerliche Geruch. »Richte mir das Bett. Ich bin müde.« Sie wollte Eisel los sein. »Nimm den Weinbecher mit.« Wenn Eisel es mit der Angst bekam, dann drehte sich alles in ihrem Kopf, dann war es nicht weit, und sie musste Eisel sagen: Setz den einen Fuß vor den andern beim Gehen.

»Das Bett ist gleich aufgeschüttelt.«

Die Dielen knarrten. Vom Fenster zog frische Luft herein. Margit blickte hinunter in den Hof. Der alte Knecht räumte Zaumzeug in den Stall. Ein Pferd wieherte darin.

Was er dort wohl hörte, im Steinwerk von Kaltenhusens? Das war sicher noch nicht so schlimm wie das Verlies im Bocksturm. Margit hatte es noch nie gesehen. Frauen sollten nicht auf die Wehrmauern gehen, wenn die Männer dort arbeiteten. Das taten nur die losen Weiber bei Nacht. Eisel wusste von einem Knecht, der dort Wachdienst gehalten hat, dass das Verlies dunkel war, nur ein Loch in der Decke hatte, durch das man den Gefangenen Wasser und Brot reichte. Wenn man ihnen denn zu essen gab.

Aber auch beim Adeligen von Kaltenhusen würde man Reimer grob behandeln. Margit schauderte, Reimer würde auf bloßem Stein liegen müssen. Kalt und hart. Seit so vielen Tagen, ja Wochen schon. Wenn sie nur wüsste, wen sie bestechen könnte, damit man ihm zu essen gab. Aber der Adelshof wurde streng geführt, hieß es.

Draußen setzte sich eine Meise auf den Fensterrand und pickte in den Ritzen. Reimer würde ihr verzeihen, sobald er erfuhr, was sie in Umlauf gesetzt hatte. Vielleicht waren Rat und Bischof froh, wenn sie einen Bettler belasten konnten. Davon liefen doch etliche auf den Landstraßen herum, mit schwerem Schicksal beladen oder diebisch.

Nein, sie würde selbst zu Ertwin gehen. Eisel war zu ängstlich. Und nicht dumm genug. Eisel dachte sich ihren Teil. Sie guckte manchmal so seltsam. Wie vorhin, als sie den Wein weggetragen hatte.

32.

»Ich weiß nichts, Herr.« Die alte Magd kauerte sich vor der Holzschüssel zusammen und schabte gelbe Wurzeln.

»Du bist doch immer hier.« Die Wurzeln fielen in das Wasser. »Die Bettler wissen, dass sie nicht in die Legge dürfen. Was soll denn auch ein Büßer hier wollen?« Die zahnlose Magd deutete mit dem Schabemesser über ihren Rücken. »Die Kirche ist da drüben. Der Herr kann ihnen vergeben, nicht die Leggemeister hier.«

»Und wenn er etwas vorbeigebracht hat, wenn ihn jemand beauftragt hat für ein paar Münzen?« Ertwin zog einen Schemel herbei und setzte sich neben die Magd.

»Die Schreiber und Knechte verscheuchen arme Leute schon an der Tür. Hier drinnen soll kein Gassendreck sein. Das Leinen soll rein bleiben. Die hätten ihm bestimmt schon an der Tür alles abgenommen.«

»Und wenn er sehr spät gekommen wäre?«

Sie antwortete nicht, sondern griff zur nächsten gelben Wurzel.

»Wenn die Legge geschlossen wird, wer ist dann noch hier?«

»Fragt die Schreiber.«

»Ich frage dich.«

»Ich weiß nichts.«

»Du wirst doch wissen, wer hier im Hause bleibt, wenn die Legge nach dem Abendläuten schließt.«

»Ich kümmere mich nur um das Essen für die Herren. Ich weiß nichts.«

»Der Legge-Knecht bleibt doch mindestens im Haus?« Vielleicht sollte er lieber den fragen, statt seine Zeit mit dieser bockigen alten Magd zu vertun.

»Albus schließt immer ab.«

Wer abschließt, kann auch einem späten Gast aufschließen. »Wo ist der Albus?«

»Ich weiß es nicht.«

»Aber er müsste doch hier sein, er ist der Legge-Knecht.«

»Seit der Reker«, sie bekreuzigte sich, »gemeuchelt wurde, ist doch hier alles verschlossen. Der Albus ist weg.«

»Wo ist er denn hin?«

Wieder fielen die gelben Wurzeln in das Wasser, das auf dem Feuer zu köcheln begann. »Antworte«, sagte Ertwin.

»Quält die alte Bele nicht, Ertmann.«

Die alte Magd barg das Messer an ihrer Brust und fuhr herum. Erwin drehte sich auf dem Schemel. Der Ratsherr Leent stand auf den zwei obersten Stufen, die zur Küche und dem Herd von dem Legge-Saal herabführten.

»Ist gut, Bele. Mach uns den Wurzelbrei mit viel Würzkraut, und gib drei Scheiben helles Brot dazu. Und bring dazu einen Krug leichtes Bier für zwei. Ihr kommt mit nach oben, Ertmann.«

Ertwin stand auf, Bele nickte nur dem Ratsherrn mit ihrem zahnlosen Mund zu.

Oben im Legge-Haus ging Leent an der Tür des Prüfmeisters vorbei und öffnete eine andere Kammer. Auf den Schaffen standen Waagen und Schreibzeug, Fässchen mit Tinte und säuberlich eingerollte, gesiegelte Pergamente.

Leent setzte sich an einen Tisch, der schwere dunkelgrüne Übermantel schlug Falten, der Ratsherr legte die Hand auf die weiße Tischdecke. »Sprecht. Habt Ihr den geheimnisvollen Mann gefunden?«

»Ich habe mich hier am Markt durchgefragt, war bei den Bettlern, den Armenhäusern, sogar in den Spitälern. Niemand hat einen Mann in Grau gesehen. Jedenfalls keinen kleinen, in einem Gewand, das zu Boden reicht.«

Der Ratsherr nahm die Hand vom Tisch. »Das heißt?«

»Graues Gewand tragen viele. Aber die Bettler gehen in Lumpen, nackt ist ihr Fuß und Bein. Büßer gehen in Gewändern, die zu Boden reichen. Doch solch einen hat keiner gesehen.«

»Es ist ja wahrlich nicht die Zeit der Prozessionen, Ertmann.«

»Drum hatte ich Hoffnung, ihn zu finden.«

»Ich sollte dem alten Vrede sagen, wie wichtig sich seine Tochter im Angesicht von Meuchelblut macht. Wäre es meine, so schlösse ich sie zwei Wochen bei den Beginen zum Beten ein. Eine Schande ist das.« Der Ratsherr nahm die Arme vor die Brust und schüttelte das Haupt.

Ertwin blieb nichts anderes übrig. »Verzeiht mir, dass ich

Euch die Zeit gestohlen habe. Margit hat so klar gesprochen, so voller Angst ...«

»Ach was, Ihr seid auf den Liebreiz klarer junger Augen hereingefallen. Umgarnt hat sie Euch mit Schöntun. Lasst es Euch eine Lehre sein. Wenn sie zu säuseln beginnen, werden sie zu den Töchtern ihrer Stammmutter Eva. Und reichen uns verdorbene Äpfel auf weißen Lilienhänden.« Leent schlug mit der flachen Hand auf den Tisch.

Ertwin war sich nicht sicher, ob er etwas erwidern sollte. Margit würde von ihm das hören, was ein Bruder seiner Schwester sagte. Das hatte sie doch von ihm gewollt, den brüderlichen Gefallen. Züchtigen sollte sie ihr Vater allein.

»Ertmann, grämt Euch nicht. Alle Männer haben das erlebt. Setzt Euch. Esst mit mir.«

Ertwin nahm den angebotenen Platz ein und drückte mit den Knien die Tischdecke von der Bank weg.

»Mir hat gefallen, dass Ihr Euch nicht habt schrecken lassen. Die Wahrheit zu finden ist eine heilige Pflicht beim Blutgericht. Ihr habt in Erfurt studiert?«

»Vier Jahre. Ich bin jetzt Baccalaureus geworden.«

»Ein klarer Kopf wie Eurer kommt mir gerade recht. Ihr habt vom Streit mit dem Dompropst gehört?«

Die ganze Stadt sprach davon, Ertwin nickte nur.

»Ich will, dass Ihr mir zur Hand geht. Wälzt Eure Bücher und redet mit den Richtern hier. Der Reimer Knuf soll einen Prozess vor der Stadt kriegen. Wir dürfen keinen Fehler machen, den der Bischof ausnutzen kann.«

Die alte Bele trug den dampfenden Wurzelbrei herein. »Das Bier bringe ich Euch gleich.«

»Greift zu«, sagte der Ratsherr und schob die dunkelgrünen Armschöße zurück. »Stärken wir uns, danach verhören wir den Knuf bei von Kaltenhusen mit allen Mitteln. Er soll gestehen.«

33·

Hätte er nur all die Steuern, die er in seinem langen Leben an den Stadtsäckel entrichtet hatte, in sein Haus stecken können! Hinter den Mauern des Adelshofs war der kleine freie Platz vor den Gebäuden mit festem hellem Sand bedeckt. Kein Unflat lag in den Ecken. Die Nebengebäude waren zwischen den Balken frisch geweißelt. Sogar über dem Tor der Scheune prangte das geschnitzte, farbig gefasste Wappen der Familie von Kaltenhusen. Das Steuerprivileg machte reich.

Leent verneigte sich mit dem Dompropst vor dem Hausherren. Der Sand war so glatt gekehrt, dass er kaum den Mantel heben musste.

»Ihr seht, ich habe die kleine Scheune für Eure Wachleute räumen lassen«, sagte von Kaltenhusen.

Der Dompropst trat hinüber und reichte dem Kirchenbüttel ein paar Münzen, während der Stadtknecht sich den Helm aufsetzte und nickte.

Der Hausherr schritt voran, am großen Haus vorbei. Über ihren Köpfen zirpten gelbe Vögel in kleinen Käfigen, die im Wind schaukelten. »Eine kleine Tollerei meiner jüngsten Tochter. Sie ist ganz närrisch auf das Pfeifen.«

Sie warteten am Eingang des Steinhauses auf den Dompropst. Leent hatte dem Ertmann befohlen, das Schweigen zu hüten. Der junge Mann sollte seine Obacht halten auf alles, was er sah und hörte. Elisabeth hatte Leent verraten, dass von Kaltenhusen die Schnitzer aus Flandern hatte kommen lassen. Leent rieb sich die Nase. Die Pracht der gedrechselten Fensterrahmen erinnerte ihn an die Häuser in Brügge. Das Glas in den Fenstern oben schien ihm sogar aus dem Welschland zu sein. Die Bleifassungen waren so fein wie Frauenfinger.

»Ich lasse Euch warten, dabei haben wir Wichtiges vor. Verzeiht.« Der Dompropst schloss zu ihnen auf.

Von Kaltenhusen klopfte mit dem Ring zweimal an die schwere Bohlentür. »Tut auf!«

Leent hörte den Riegel drinnen gehen. Dann wehte kühle Luft heraus, die einen Hauch nach Essig roch.

»Wir lagern sonst den Fisch hier und alles, was kalt stehen soll«, sagte von Kaltenhusen.

Leent setzte die Füße seitlich auf die breiten Stufen nach unten, er hätte nicht die leichten Stoffschuhe mit den Spitzen anziehen sollen. Der Dompropst hielt sich mit der bleichen Hand an der Bohlentür fest. Der junge Ertmann folgte ihnen ohne ein Wort.

Der Wächter drinnen trug eine kleine Ölfackel in der Hand, das Steinwerk war viel höher, als Leent es erwartete hatte. Er hätte seinen Jüngsten auf die Schultern stellen können, dann hätte der noch immer nicht die Decke erhascht.

»Kommt weiter, Herren.«

Die Truhen im ersten Raum waren mit schweren Ketten von Schloss zu Schloss gesichert. Ein Knecht Kaltenhusens saß auf der ersten und sprang auf, als sein Herr vorbeiging.

»Sag der Lunda Bescheid, sie richte Essen für uns in der großen Stube. Sag ihr, der Rat und der Dom ist zu Gast. Sie soll nicht sparen am welschen Wein.«

Im hinteren Raum lösten sich Schatten von der Wand, Leents Augen gewöhnten sich an das Fackellicht, das über die rauen Steinwände flackerte.

Vor der breiteren Wand kauerte Knuf, er wandte ihnen den Rücken zu. Vor dem Gefangenen, in der Höhe einer Manneslänge, war ein Ring in der Wand eingelassen. Von dort fiel eine Kette herab, die bis zu Knufs Handgelenken reichte. Er war mit den Händen angekettet wie ein Ochs im Stall.

»Der Schmied aus der Neustadt hat ihn ins Eisen geschlagen, wie Ihr es einig wolltet«, sagte von Kaltenhusen ruhig.

Der Dompropst hatte in den letzten zwei Wochen um jede Einzelheit geschachert. Nur weil die Kirche keinen Schmied in ihren Gewerken beschäftigte, durfte es einer aus der Neustadt sein. Dafür hatte Leent darauf bestanden, dass die Stadt das Brot und das Wasser herbeischaffen ließ.

»Hast du immer vorgekostet aus seinem Krug?« Leent winkte mit der Hand, der Stadtwächter trat aus dem dunklen Eck hervor.

Sein schmaler Leib schien sich zu entfalten, aber es war nur ein Speer, den er auf den Boden neben seine Holzschuhe setzte. »Ratsherr Leent, bin zur Stelle. Wie Ihr es befohlen habt. Aus jedem Krug habe ich getrunken und von jedem Brot gegessen.«

Es gereichte Leent zur Genugtuung, dass der magere Kerl am Leben war. Es wäre nicht das erste Gericht gewesen, das wegen eines Quäntchens Gift nicht stattfinden würde.

Die Hände in den Ketten, kniete Knuf, das Gesicht zur Wand, den Rücken ihnen zugedreht, auf Stroh.

Von Kaltenhusen wies seinen Knecht nach draußen. »Das habe ich beibringen lassen, auch den Kübel. Schaff ihn raus.«

Der steckte die Fackel in eine Halterung an der Wand und griff sich den Kübel mit Knufs Abschlag. Dann verschwand er.

Der Dompropst legte die Hand auf die freie Stelle über seinem Haarkranz, als wollte er sich kratzen, doch bewegte er die Finger nicht. Dann schaute er erst nach von Kaltenhusen, dessen goldener Gürtel schwach auf dem roten Wams leuchtete, dann blickte er ihn an. »Leent, ich rede zuerst mit dem Sünder.«

»Das steht Euch freilich zu.«

Jetzt erst reckte Knuf den Kopf über die Schulter. Sein Gesicht war von einem braunen Bart bedeckt, die Kraft der Schulter noch immer nicht gebrochen. Ja, fast schien es, als kniete Knuf noch nicht lange auf dem Stroh. Dabei waren schon viele Tage vergangen seit dem Streit auf dem Markt.

»Ich habe alles gesagt. Ich bin unschuldig«, sagte Knuf mit fester Stimme.

Der lange schwarze Rock des Dompropstes wellte sich bei jedem Schritt, er hatte die Hände gefaltet, wie vor einem Beichtenden trat er dicht an Knuf heran. »Verschlimmere deine Lage nicht, Knuf. Wir haben dein Halstuch wieder auftrennen lassen, du hast es nähen lassen von deiner Magd. Das Stück in den

Händen des Toten passt genau in den Riss hinein. Häufe nicht Sünde auf Sünde.«

»Ich habe mit Reker gestritten, dabei hat er mir das Tuch zerrissen. Aber als ich ging, lebte er noch.«

»Worüber hast du mit ihm gestritten?«, fragte Leent.

»Ihr wisst es bereits, über die falschen Stempel auf unserem Leinen.«

Leent hatte sich noch einmal mit dem Bürgermeister beraten. Weitere Beschwerden von Hansekaufleuten waren eingegangen. Die Gilde hatte tatsächlich begonnen, jedes Stück, das vorgelegt wurde, zurückzukaufen mit einer Entschädigung von einem Zehnten des Preises.

»Er hat dich erwischt, als du falsch gestempelt hast«, sagte der Dompropst.

»Ich habe meinen Eid immer befolgt.«

»Oho, wo hast du die gefälschten Stempel versteckt?«

»Ich? Nein. Die Fälscher müssen anderswo stecken, es anderswo tun. Wenn Ihr den echten neben den falschen Stempel auf Leinen legt, könnt Ihr die Abweichung erkennen.«

Leent hatte das fehlende Blättchen im Stempelabdruck gesehen.

Doch der Dompropst unterbrach Knuf. »Selbst wenn ich dir glauben wollte, Knuf, im Angedenken an deine ehrbaren Eltern, die bei den Heiligen ein Wort für dein Seelenheil einlegen mögen, selbst wenn ich dir glauben wollte, dass du also den Reker bei lebendigem Atem verlassen hast: Wo warst du in der Nacht? Zu Hause warst du nicht. Das haben deine Magd und deine Knechte vor dem Heiligen Kruzifix geschworen.«

Leent ballte die Faust im Mantel, hatte er es sich doch gedacht. Die Domherren hatten selber den Leuten die gleichen Fragen gestellt. »Ihr hattet zugesagt, die Nachforschungen dem Rat zu überlassen, Dompropst.«

Der dunkle Haarkranz wandte sich nicht herum. »Die Leute sind von selbst zu uns gekommen, Simon Leent. Der Pfarrer hat sie geschickt. Sie wollen keine Blutschuld auf sich laden.«

Und den Pfarrer hatte der Dom auf die richtige Bahn gelenkt.

»Knuf, rede, wo warst du in der Nacht?«, fragte der Dompropst.

»Ich ... mich dürstete nach einem Bier. Ich blieb nicht mit Jakob Reker in der Roten Kanne, weil er so spät am Abend gewiss trunken war, sondern ging lieber zum Fest der Leinenbruderschaft. Auf dem Nachhauseweg dann schlug ich in einer Gasse mein Wasser ab. Dort übermannte mich der Schlaf, das Bier war zu stark. So schlief ich bis zum ersten Hahnenschrei auf einer Hausschwelle.«

Das Lachen des Dompropstes hallte von den Wänden, hell und hämisch wie ein Bauer, der dem Nachbarn die räudige Kuh vergönnt. »Welche Hexe hat dir diese Lügenmär eingeflüstert? Welcher Teufel reitet dich? Bist du schon so verblendet? Wer soll dir glauben? Die Bürger trinken ihr Bier und schaffen es alle ins Gemach, nur du nicht. Nicht einmal bei den verrufenen Weibern warst du!«

Der dünne Finger des Dompropstes richtete sich auf Knufs Nase, der aber den Kopf abwandte.

»Ratsherr, meine Seele ist rein. Ihr seid ein Mann des klaren Verstandes. Ich schwöre Euch, ich verließ den Reker, und er lebte noch.« Die Stimme Knufs klang fest und klar, nach all den Tagen im Keller.

Leent glaubte fast an einen Zauber. Wie passte das zum rostroten Fünfzack, der in den Leib des Leggemeisters gestochen worden war? »Knuf, der Dompropst spricht wahr. Du junger Mann willst vom Bier übermannt worden sein? Die Krüge bei der Bruderschaft können es nicht gewesen sein. Viele waren dort.« Leents Blick fiel auf den jungen Ertmann, der sich aber im Schatten hielt. Nur die Schuhe unter den braunen Beinlingen waren zu erkennen. Gegenüber flackerte das Licht an der Wand neben dem Kettenring. »Sag die Wahrheit, sonst müssen wir dich mit der Folter dazu zwingen.«

»Ich bin unschuldig, Herr.«

Leent winkte dem Stadtwächter. »Nimm deine Tresse und versetze ihm zehn Schläge auf den Leib.«

Der Wächter nestelte die eisenberingte Lederschnur vom Waffenrock ab. Der Dompropst sprach ein Gebet, dann trat er zurück. Die Tresse surrte in der Essigluft, das fleckige Hemd auf Knufs Leib rutschte. Knuf stöhnte, die Kette zur Wand rasselte unter den Schlägen, doch er fiel nicht um.

»Sprich, Knuf, wo warst du in der Nacht? Du warst in der Legge, dann beim Fest, dort hat man dich bis zur elften Stunde tanzen und trinken sehen. Wann bist du zur Legge zurück?«

»Ich bin nicht zur Legge zurück.«

»Gebt ihm noch zwanzig.« Leent spreizte die Finger beider Hände zweimal.

Die Tresse surrte, die Ketten klirrten, das fleckige Hemd färbte sich rot, doch das Leinen von Knufs Hemd riss nicht.

»Wo warst du, Knuf?«, fragte Leent.

»Dein Schweigen bringt dich um dein Seelenheil«, sagte der Domherr.

»Du willst es nicht anders.« Leent würde ihn foltern lassen müssen, wie es der Rat im Gesetz gebot. »Wir lassen die Streckbank holen und brechen dein Schweigen wie dein Bein.«

»Aber nicht hier in meinem Haus.« Die tiefe Stimme von Kaltenhusens hallte von den Wänden wider, er stand inmitten seines Kellers. »Mein Haus ist frei von Knechtschaft und Leibstrafe, so steht es in meinem Privilegium geschrieben. Ich breche nicht selbst mein eigenes Vorrecht. Wollt Ihr ihn auf die Streckbank bringen, Leent, so einigt Euch mit dem Bischof.«

»Der Bischof hat seinen Vogt, der wird ihn im Keller der Vogtei schon zum Sprechen bringen.«

Das hatte sich der Dompropst fein ausgedacht. Leent drehte sich zum Kirchenmann um. »Die Folter übt die Stadt aus, daran ist kein Zweifel, die Streckbank steht bei dem Verlies im Bocksturm.«

»Wo Ihr auch den Grafen Hoya haltet. Seid bedacht, dass Euch nicht bald beide abhanden kommen, Simon Leent.«

Der schwarze Rock des Kirchenmanns rutschte über den Steinboden, dicht trat er heran, Leent hätte die Falten unter den dunklen Augen zählen können. »Droht Ihr der Stadt oder seid Ihr nur des Bischofs Mund?«

»Das bleibt sich gleich, von wem Ihr die Kunde erfahrt. Bischof Heinrich von Moers wird nicht zögern, Euren Unwillen zu bestrafen, wie er es Euren Hanse-Helfern in Soest gerade beibringt. Die Mauern dort wanken. Das Heer des Bischofs wird guter Laune sein, wenn er zu seiner Stadt Osnabrück weiterzieht. Eine Stadt, die sich weigert, einen Meuchler aus ihren Reihen von seinem Vogt am Galgen hängen zu lassen. Glaubt nur nicht, Leent, dass der Graf, Eure Geisel, noch so viel Wert ist, wie er es einmal war. Es ist wie mit dem Vieh, je älter es wird, desto weniger taugt es auf dem Markt. Fragt Eure Magd, wenn Ihr es nicht glaubt.«

Leent fühlte sein linkes Lid zucken, was erdreistete der Kirchenmann sich? »Mich zu meiner Magd um Rat schicken? Seht zu, dass Ihr Euren Fastenkasten voll stopft, bevor Euch die Bürger die Tore Eurer Präbende schließen und keinen Weinknecht mehr hineinlassen. Den Messwein werdet Ihr wohl kaum trinken wollen, wenn kein Fass mehr über Eure Schwelle rollt. Da ist selbst beim größten Durst die Sünde allzu groß.«

Die Nasenflügel des Dompropstes bebten. Alle Welt wusste, dass er trunken über die Johannisfreiheit getorkelt war, im schmutzigen Hemd. Einmal, zweimal im Jahr suchte ihn das Laster heim. »Des Bischofs, was des Bischofs ist, der Stadt, was der Stadt ist. Euer Bischof hat unsere Rechte besiegelt, bricht er sein eigenes Wort, so strafe ihn der Himmel. Das Blutgericht liegt beim Rat, und der wird es ausüben.«

Die Falten im schwarzen Rock des Kirchenmanns schoben sich über ein glattes Unterwams, der dünne Arm zeigte auf die Wand. »So bleibt der Knuf eben hier. Leent, Ihr habt eingeschlagen, ohne meine Zustimmung geht der Knuf nicht von dieser Kette dort am Wandring. Und draußen vor den Toren wird es heißen, die Osnabrücker lassen selbst die Meuchler leben. Die

Kunde wird von Hansestadt zu Hansestadt dringen. Die Händler werden den Markttag meiden, wo Leinen falsch gestempelt wird und Meuchler leben bleiben. Wer ist sich da seiner Ware sicher und des Werts der Münze? Wartet es nur ab, Leent. Die Kirche hat allemal mehr Zeit als Ihr Händler mit Eurer Lust an Geld. Was ist uns ein Jahr angesichts der Ewigkeit? Euch quält schon ein kurzer Mai.«

»Stellt Ihr Euch in den Weg der Gerechtigkeit, Dompropst?«

Das bleiche Gesicht wich zurück. »Nein, wahrlich nicht. Im Wege steht Ihr und die Stadt und lasst den Herrn nicht richten.«

Das Böse war in der Stadt, Leents Blick fiel auf den Gefangenen.

Knuf reckte den Kopf über die linke Schulter. »Ja, Leent, ruft den Allmächtigen an.«

Leent sah die entschlossenen Augen, die wach, nicht fiebernd in dem schweißnassen Gesicht sie alle der Reihe nach anblickten.

Der Dompropst schreckte zurück. »Fordert Ihr einen Gottesbeweis?«

Leent legte die Hand ans Ohr. Knuf galt als klug, manche hielten ihn für gerissen. »Halten wir ihn zu lange hier fest, kann er das nach altem Recht fordern. Wir haben nicht nur das Recht, sondern auch die Pflicht, ihn zu richten.«

»Wenn er so davonkäme, wozu ihm schon der Teufel helfen müsste, wem schadete das mehr? Es kann gut sein, dass der Bischof dem Gottesbeweis am Ende zustimmen würde«, sagte der Dompropst.

Die Stadt hätte für einmal das Recht über Haupt und Leib verloren, um das sie von Urvater zu Vater gerungen hatte. »Mag Knuf fordern, was er will. Er bleibt hier.«

Und Leent würde mit dem Bürgermeister beraten, was die Stadt tun könnte. Tatsachen schaffen, den Galgen bauen und das Volk anschüren, das Gericht zu vollziehen. Vor grölenden

Horden hatten die Domherren noch die meiste Furcht. Was waren ihre wenigen Knechte gegen Hunderte lechzende Mäuler, die gierig mit Händen nach dem Kaltenhusen'schen Hause drängten und die Herausgabe Knufs forderten!

»Bedenkt Euren Streit über Nacht. So lasst uns zur Tafel schreiten«, sagte von Kaltenhusen.

Leent nickte dem Hausherrn zu, der dem Knecht ein Zeichen machte. Die Fackel wurde aus der Wandhalterung genommen. Der Dompropst folgte nach, der junge Ertmann sprang aus dem Schatten und kniete kurz vor dem Knuf. »Was tut Ihr da?«, fragte Leent.

»Ich schaue in seine Augen.«

»Ich bin unschuldig.« Knuf sprach leise und drängend, wie zu einem Bruder.

Leent schauderte, der Essiggeruch drang in seinen Kopf. »Macht Euch davon, Ertmann, wir haben genug gesehen.«

Leent konnte nicht anders, am Durchgang zum Vorraum drehte er sich um. Knuf kniete, die Hände in der Kette gebunden, die vom Wandring herabhing. Er hatte den Kopf nieder auf die Brust gedrückt.

Knuf flüsterte Worte, inbrünstig, wie es kein Verstockter, kein Teufelsbündner so über die Lippen brächte. »Mutter Maria, gebenedeit unter den Töchtern, hilf deinem sündigen Sohn ...«

34.

»Bei allen Heiligen, wie lange will die Kaufmannschaft denn noch zaudern und geizen? Nach Flandern hin sperren uns die Ravensberger die Landstraßen, nach Hessen hin reiben sich die Ritter die Hände über jeden Osnabrücker, seit wir in Reichsacht gesetzt sind.«

Leent rieb sich bei Piet Husbeeks Worten den Unterarm, die Brandnarbe juckte. Aber der Handwerkerführer war noch nicht zum Ende gekommen.

»Bald wird dieser stolze Rat über gar nichts mehr zu reden haben, wenn die Mauern nicht halten. Soll ich Euch die verrutschten Steine zeigen? Die faulen Wehre?«

Das Atmen fiel Leent schwer, draußen nieselte es, aus den feuchten Kleidern stieg Geruch auf, von den Essen oder Schlachttischen. Ihm wurde übel. Die Handwerker, die Händler, an die dreißig Männer des Großen Rats standen im Saal, verstellten die Wandbehänge. Nur die Domherren und der Bürgermeister saßen an der langen Ratstafel. Von Leden rechts vor ihm stützte den dicken Kopf in seine Hände und schwieg. Auf der anderen Seite des Tisches zupfte der Dompropst nur an seinem glatten Kinn. Leent war es leid. »Husbeek, wir kennen Eure Ansicht. Ihr beaufsichtigt doch schon die Verstärkung an der Neustädter Mauer.«

»Das reicht aber nicht.« Husbeek stand vor den Handwerkern beim Eingang zum Saal. Seit Knuf in Ketten lag, war der Goldschmied zum Wortführer geworden.

»Was wollt Ihr noch?«

»Die Stadt muss alle Mauern und Tore verstärken.«

»Ihr redet, als wüsstet Ihr nicht, was das kostet.« Von der Fensterseite her trat Terbold auf den Goldschmied zu, doch zu viele standen im Weg hinter den sitzenden Domherren.

»Euch Getreidehändler kümmern allzeit nur die Preise auf dem Markt. Das Dreifache zahlen wir jetzt fürs Brot, Ihr macht Euch jetzt die Säckel voll. Zahlt einen gerechten Anteil an der Schatzung.«

Die Händler lachten Husbeek ins Gesicht.

Terbolds Spitzbart zitterte. »Als ob Ihr Euer Gold und Geschmeide billiger verkaufen würdet, wenn Fehde im Land herrscht!«

Es war zu viel Unfriede im Land. Wieder hatte Leent eine Fuhre Wein verloren, weil sich ein Dienstmann der Herren von Berg auf die Reichsacht berufen hatte. Der Melissengeist, den ihm Elisabeth vor der Sitzung noch eingeschenkt hatte, milderte den Schmerz in seinen Schläfen kaum. Sie hatte ihm den letzten Tropfen auf den Lippen verstrichen, dann das kleine blaue Fläschchen verkorkt.

Der Bürgermeister von Leden hob den Kopf, er hieb mit der Faust auf den Ratstisch. »Spart Euch das Geplänkel. Zur Weser hin stehen wir jetzt auch noch in Fehde mit den Mindenern. Sie brennen Gehöfte nieder.«

»Mir haben sie vier Bauernhöfe geschleift.« Der Domherr von Flechtenhain redete immer nur, wenn es um seine Pfründen ging. Leent rieb sich die Schläfen. Was hatte, oder besser, wer hatte nur die Amtleute des Bischofs zu Wittlage dazu gebracht, Stadtgüter der Mindener zu bekümmern? Als ob es nicht reichte, schon in drei Himmelsrichtungen in Fehde zu liegen.

»Mir zwei.«

»Uns das Vieh gestohlen.«

»Im Wald geholzt.«

»Die Mägde entehrt.«

Husbeek rief über die Köpfe: »Denkt lieber an Eure Frauen und Töchter. Glaubt Ihr, die Landsknechte machen einen Unterschied, wenn sie die Stadtmauern einnehmen? So viel könnt Ihr in Euren Steinhäusern nicht einkellern, als dass man es Euch nicht heraus schleppen könnte. Ich fordere eine gerechte Schatzung.«

Sofort brach ein Rufen und Schreien aus, dass Leent die Hände auf die Ohren legte. Sie würden es nie lernen. Der Säckel, der Säckel, als ob das Seelenheil darin läge.

Der Bürgermeister reckte den Arm, die Stimmen erstarben.

»Wovon? Am Markt sieht man kaum Händler von draußen. Die Legge liegt still, die Hansekaufleute machen lieber den weiteren Weg bis nach Bremen oder Köln, lassen uns auf ihrem Wege aus.«

»Unser Leinen war immer das beste. Schafft Knuf an den Galgen, dann schreibt es der Hanse.«

»Der Bischof hat das Blutgericht, Ihr wisst es. Der Rat möge endlich nachgeben.« Im schwarzen Haarkranz des Dompropstes glänzten Schweißperlen auf der kahlen Stelle.

Leent fühlte den Blick des Bürgermeisters auf sich. »Weder Rat noch Stadt geben nach, wenn es um ihre Freiheiten und Rechte geht.« Und so hielt es die Kirche.

Wieder hatten sie alle einen Tag und Abend vertan, es würde wieder nichts beschlossen werden.

35.

»Ich bin nicht gewiss, ob ich dich allein zu deiner Muhme gehen lassen soll. Die Wege nach Belm führen weiter nach Minden, auch der Bischof dort befehdet jetzt unsere Stadt.« Vater stand auf dem Altan, das linke Bein hatte er nach seiner Gewohnheit hinter das rechte gestellt. Er kratzte sich mit dem Spann die rechte Wade. Die Spitze des gelben Lederschuhs wackelte schlapp.

»Aber Belm ist doch gar nicht weit, mit zwei Pferden vorm Wagen fährt der Knecht nicht einmal einen ganzen Tag.« Margit versuchte es noch einmal. Sie konnte hier nicht bleiben. Denn sie hätte bluten müssen, doch sie hatte es nicht getan. Genauso wie sie hätte schwitzen müssen mit den Füßen im heißen Kräutersud des Zubers, den Eisel aus dem dampfenden Wassertopf angefüllt hatte.

Sie trat zu dem Käfig mit den drei Meisen. Doch beim Baden gestern hatte sie gefroren, auch wenn ihre Haut unter ihren Fingern sich weich, glatt und warm angefühlt hatte. Als wäre es gar nicht ihr Leib gewesen, den sie gestreichelt hatte. Ihren runden, so weißen Bauch, um den sie alle Freundinnen beneideten, diese Brüste wie große rosige Äpfel, deren Gewicht sonst nie gespannt hatte, aber nun seltsam fühlbar war. Sie bückte sich rasch zu einem kleinen Holzbecher vor dem Hauptbalken des Altans. Daraus griff sie mit drei Fingern ein paar Körner. Sie stellte sich auf die Zehenspitzen, dann schob sie die Gerste durch die Gitterhölzchen.

Vater wandte sich ihr zu. »Wenn draußen Reiter aufziehen

wie vor zwei Wochen hier vor der Stadt, was dann? – He, Fibus, trag das Fuder Heu gefälligst mit zwei Harken. Da fällt ja die Hälfte in den Hof.«

Er sah ihr zu, wie sie den Meisen die letzten Körner zusteckte, die heftig herumflatterten. »Sie nehmen dich als Geisel, spätestens wenn sie erfahren, wer du bist.«

Weiß und golden war sie. Ihr Haar, das geflochten beim Bad auf ihrer Schulter geruht hatte, ihre Scham, die Reimer so sanft gefasst hatte.

Nun war er unerreichbar für sie, lag in Ketten. Reimer in Ketten. Wie dieser feste Rücken, diese Kraft gebändigt in Eisen steckten, diese festen Arme mit dem dunklen, dichten Haar, es schien ihr, als sprengte er damit die Fesseln wie von selbst, so sicher hatte er sie davongetragen, weit hinweg.

Nass waren ein paar kalte Perlen aus ihrem geflochtenen Zopf hinab zwischen den Brüsten gelaufen, über die Hüften. Sie waren in das heiße Wasser getropft, im warmen Kräuterdunst vergangen. Das weiße Leinen auf dem Hocker hatte Eisel sorgfältig gefaltet in einen Fächer, nur Margits Blick war verschwommen, die Stoffkanten hatten sich unnatürlich gerundet, ihr war ein wenig schwindlig als hätte Starkbier ihren Sinn verdunkelt.

Die Meisen kämpften um die Körner, obwohl für jede genug auf dem sauberen Käfigboden lag. Eisel war sorgsam, nichts Schmutziges klebte dort. »Ich werde es den Rittern kaum verraten, wer ich bin.«

Vater hatte den dunkelgrünen, leichten Mantel mit dem Fehbesatz übergeworfen, den er für gewöhnlich zu Ratssitzungen trug. Er sah über die Schulter nach Fibus, der im Hof drunten das Heu zum Stall schaffte. »Kind. Nein, so einfach entgehst du nicht der Gier der Feinde.«

Seine Feinde waren ihre Feinde. Reimer in Ketten, verhöhnt, dem Tod geweiht. Bei Wasser und Brot, wenn man ihm nicht gar das noch verweigerte.

Und sie stand hier im teuren roten Kleid mit grünen Bändern, statt ihn zu retten. Die Wahrheit, nein, die Wahrheit würde ihr keiner glauben, selbst wenn sie den Mut hätte …

Es musste doch einen anderen Ausweg als den der Schande geben. Sie hatte genug von den Münzen beiseite gelegt, die ihr der Vater für den Markt gab. Von nun an keinen Tand mehr, keine Bänder, keine Schleifen, wozu auch, wenn sie Reimer nicht sehen durfte. Von Kaltenhusens Knechte waren gewiss bestechlich wie alle Dienstleute, warum sollten sie auch anders sein. Sie würde Reimer Käse und Bier bringen, einen Bissen Fleisch dazu, gutes Brot. Er brauchte Kraft. Wie ihre Meisen hier.

»Man sieht schon am Geschirr der Pferde, dass du aus einem reichen Hause stammst.«

Margit rührte an den Käfig, die Meisen flogen auf. Aber der Adelshof war bewacht, zu gut bewacht. Selbst wenn sie alle Perlen verkauft hätte, so viel Gold würde sie nicht erlösen. Könnte sie doch Reimer freikaufen …

»Wer hat schon Silberbeschläge auf dem Leder? Ein paar große Herren und wir.«

»Du hast Recht, Vater.«

Die Trinkschalen? Die Goldteller aus dem Haus kannte jeder Goldschmied, Vater hatte sie zu oft bei Feiertagen aufstellen lassen. Niemand kaufte ihr die ab. Und außer den Goldschmieden hatte keiner genug Münzen, außer den Domherren vielleicht. Aber als Frau ohne Nonnenschleier konnte sie kaum zum Domkapitel gehen. Die Domherren würden sie nur auslachen, ihren Vater rufen lassen, sie durch die Straßen jagen. Seht, die närrische Vrede-Tochter.

Sie rückte näher zu ihrem Vater. Wenigstens war er nicht ganz dagegen, dass sie zur Muhme fuhr, die Kräutersude für sie alle braute, wenn einer krank wurde. Welchen Rat Margit bei ihr holen wollte, durfte Vater nie erfahren.

Der duftende Sud aus ihrem Badezuber hatte Margit hellsichtig gemacht. Das weiße Leintuch war sanft über den Leib geglitten, über den Nabel, hatte die Tropfen Kräutersud von ihrer Scham getrocknet. Ein Zipfel des Tuchs war über ihre Schenkel gestrichen, Reimer schien so nah. Sie hatte ganz still gehalten, den Kopf in den Nacken gelegt. Ein paar Tropfen waren aus ihrem feuchten Zopf in den Zuber gefallen.

Plötzlich waren die Wandteppiche mit dem bunten Vogelbaum wieder da gewesen, das englische Tuch über ihrem Bett, das Tageslicht, das Rufen der Knechte im Hof, die einen Esel bändigten, die Hitze des Wassers, in dem sie nackt gestanden hatte, bis sie die Hände vor den Mund geschlagen und den Schrei des Begreifens hineingebissen hatte.

Ihr Vater vor ihr auf dem Altan leckte an der Unterlippe. »Das Heu reicht für die Gänse allemal. Der Fibus soll nachher noch den Hof rechen.«

Drunten im Hof trug Eisel gerade Kannen zum Brunnen. Träumte wohl ein bisschen, so langsam, wie sie lief. Er sprach leise und legte die breiten Hände auf den Rand des Altans. Das brachte sie auf einen Gedanken. »Der Hof um die Kirche in Belm ist doch befestigt mit einer langen, hohen Mauer, die die Speicher verbindet. Muhme Agnes kann von ihrer Stube fast hinüberspringen.«

»Was sind denn ein paar Speichermauern! Margit, du hast noch kein richtiges Heer gesehen, Dank sei dem Herrn. Wenn die Ritter vorwegreiten und die Steinschleudern von wildem Pack auf groben Karren hinterhergezogen werden, können wir froh sein, wenn unsere starken Stadtmauern halten.«

»In einen Kirchhof werden sie nicht eindringen.«

Vater stand schon halb an der Tür in die große Stube, die Meisen zwitscherten plötzlich in wildem Streit. Er sah in den Käfig hinein und doch durch ihn hindurch in den fernen Himmel über der Scheune, hinter der das Hämmern der Schmiede in der Nachbarschaft leise klirrte.

»Ach Kind. Wäre es bloß so, dass die Gottesfurcht die Menschen von der Sünde abhielte. Wenn ich alles Gut zusammenzähle, das uns schon aus der einen oder anderen Kirchenverwahrung geraubt worden ist, du hättest manchen goldenen Armreif mehr mit schweren Steinen. Wir hätten überall Pelzdecken, wie sie von den Lübischen aus Gotland mit der Hanse kommen. Nein, Kind, die Wege sind zu unsicher.«

Margit schlug die Augen nieder und ließ ihre Stimme hell werden. Vater durfte nicht nein sagen. Nicht diesmal. »Muhme Agnes würde mich sicher gern wieder sehen.« Ihre Stimme zitterte sogar mehr, als sie wollte.

»Du vermisst sie, nicht?«

»Sie hat mir beigebracht, was eine Herrin beachten muss, wenn die Mägde nicht wie Mäuse das Schaff leer fressen sollen.«

»Wäre nur deine Mutter noch hier.« Sein Blick verlor sich auf den Dielen des Altans. »Sie könnte dir leichter etwas abschlagen als ich. Du hast nicht nur ihren Namen, auch ihren Kopf geerbt.«

Das Seufzen kannte sie. Schon als Kind hatte sie es gehört, wenn sie ihm den dritten Fettkringel hatte abschwatzen wollen. »Du lässt mich fahren?«

Doch er hob die Hand mit dem Siegelring. »Nicht so schnell, Tochter. Allein, nur mit einem Knecht, auf keinen Fall.«

Er zog sie an den Schultern an sich. Der Fehkragen drückte sich an ihre Wange. »Ich will doch mein teuerstes Stück nicht verlieren.«

Dann berührte er sie mit den Fingern an der Stirn. »Terbold will nach seinen Gütern vor Ostercappeln sehen. Ich muss sowieso mit ihm um einen Preis verhandeln. Er soll mir zehn Ochsenhäute dorthin mitnehmen zu einem, der sie mir nach Bremen weiterschafft. Er soll dein Beschützer sein. Terbold hat einen Schutzbrief des Bischofs und fährt mit drei Landsknechten. Wenn er dich auf halber Strecke als Gesellschaft hat, lässt Terbold mir vielleicht etwas nach.«

»Ich werde ihn schon zu unterhalten wissen.«

»Sing für ihn, er schätzt das. Seine Töchter krächzen wie die Raben.«

»Eher wie eine Elster, die Geredis ist so dünn wie ihr Vater.«

Er gab dem Käfig einen kleinen Stoß, die Meisen kreischten. »Wie gut, dass du nicht so dick bist wie deiner.«

Vaters Mantel rutschte über die Schwelle ins Haus. Ihr Leib wusste es längst. Wie lange würde es dauern, bis man es sah, bis die ersten Weiber die Augen verdrehten, bis die ersten Finger auf sie zeigen würden? Muhme Agnes würde ein Mittel wissen, das sie davor rettete. Sie wusste immer einen Ausweg, immer.

Margit beugte sich über den Balken und rief in den Hof hinab: »Eisel, was träumst du dort am Brunnen? Komm herauf, ich brauche dich.«

36.

Leent zeigte auf zwei Lehrlinge, die Würste auf einer Stange aufgereiht auf den Schultern aus dem Herrenteichstor heraustrugen. »Wenn die Wurst frisch ist, soll man sie essen. Wollt Ihr eine, Ertmann?« Er winkte den beiden, sie mussten nur das kurze Stück über das Inselchen bis zu ihnen am Graben aufschließen.

»Die sind bestimmt vom Fleischer Görg, so prall, wie die Ringe hängen. Der spart nie am Gewicht.«

»He, ihr zwei, bleibt stehen. Ich kaufe euch zwei Ringe ab.« Die barfüßigen Lehrlinge trugen Hemden aus ungebleichtem Leinen, wie es die Gilde vorschrieb, und dunkelbraune, knielange Hosen. Die Milchbärte blickten einander an. Der vordere traute sich dann. »Der Pfarrer von Sankt Annen wird uns strafen, wenn welche fehlen.«

»Sagt ihm, der Ratsherr Leent hatte Hunger und spendet ihm zum Dank diese Pfennige. Die vier Kupferstücke sind für euch.«

Der hintere hob die Stange. Ertmann sprang hinzu und griff so in die Stange, dass der Lehrling die ersten zwei Wurstringe herabziehen konnte. Dann nahm Ertmann die Würste in die andere Hand, der Lehrling lud sich die Stange wieder auf die Schulter. Leent drückte dem vorderen Lehrling die Münzen in die Hand.

»Dank Euch, Herr.«

»Lasst sie vorbei, sonst fällt der Kirchenmann vom Fleische, auch wenn's der erste wäre.« Leent nahm den einen Ring aus Ertmanns Hand und roch daran. »Frische Wurst macht einen Mann lustig und stark. Wie mir Euer Vater sagt, fehlt es Euch weder an Witz noch an Stärke.« Das stimmte wohl, der Studiosus kaute schnell wie ein junger Hund auf der Jagd die Beute. Der alte Ertmann platzte vor Stolz auf seinen Sohn, dem er das Studium in Erfurt hatte zahlen können, wohin auch der Herr von Kaltenhusen seinen Jüngsten geschickt hatte. Leent gefiel, dass der Adelsdünkel nicht auf den jungen Ertmann abgefärbt hatte.

»Vater übertreibt gern.«

»Nein, nein. Ihr wisst die Worte wohl zu setzen. Das kann Euch weit bringen.« Leent tat einen Schritt, am besten dachte es sich beim Gehen. Die Mönche in den Klöstern gingen ja auch tagein, tagaus im Kreuzgang umher und ergründeten dabei die Geheimnisse der Schöpfung. Und er suchte nur einen Weg, das Blutgericht dem Bischof zu entwinden, doch fand er ihn nicht. »Wo waren wir?«

»Ob man dem Domkapitel ein Nachgeben abringen kann, wenn ein Frieden mit den Hoyas geschlossen wäre.«

Leent hatte Ertmann beim Kirchgang mit seinen Eltern in der Reihe stehen sehen. Das hatte ihn auf den Gedanken gebracht, statt allein einmal um die Stadt zu wandeln, ihn als Begleiter an diesem Sonntag mitzunehmen. Von Sankt Marien bis zum Wehrgraben hier hatte Ertmann beim Zuhören nur hin und wieder genickt. Leent räusperte sich. »Wenn wir den Domherren ihre verlorenen Zehnten von den durch die Grafen besetzten Gütern wieder verschaffen können, haben wir gut tauschen. Volle Scheunen und Kammern sind den Domherren allemal wichtiger als ein Bluturteil. Dann können sie wieder, was sie vom Zehnten nicht selber aufzehren, zu Geld machen. Der Altar der Domheiligen Crispin und Crispinian soll schon länger ein neues Altarbild bekommen.«

»Doch, Herr, bedenkt, die Gelegenheit, die Stadt nachhaltig zu schwächen, bekommt der Bischof so schnell nicht wieder. Setzt er das Blutrecht durch, lässt er das übrige Hohe Recht bald folgen.«

»Er hat die Sate mit unseren Rechten bestätigt wie seine Vorgänger.«

»Der Dompropst scheint zu wissen, dass manches Recht nur Gewohnheit ist.«

»Lehrt man Euch das in Erfurt?«

»Ja. Auch wenn ich wohl weiß, dass man sich hier im Land gern nach der Weisheit der Vorväter richtet.«

Leent betrachtete das glatte, offene Gesicht. In diesen jungen Augen lag nicht der freudige Glanz anderer junger Männer, die noch nicht ahnten, wie Gebresten einen starken Mann zum jammernden Weib erniedrigen konnten. Dort lag eine kühle Stille im klaren Weiß der Augäpfel, als hätte der Herr im Himmel eine alte Seele in diesen geschmeidigen, schlanken Leib gesenkt. »Was schließt Ihr daraus?«

Ein Karren rollte an ihnen vorbei, sie traten zur Seite auf das Gras.

»Warum wendet Ihr den Dompropst nicht gegen ihn selbst? Was geschähe, wenn Ihr jetzt gleich nachgäbet? Das Domkapitel selbst darf nicht richten, nur der Bischof. Aber selbst der muss als Mann der Kirche einen Vogt ernennen, der das Bluturteil fällt. Doch der Bischof und seine Mannen, denen dieses hohe Amt überhaupt zusteht, liegen vor den Mauern unserer Hanse-Schwester Soest gerade im schweren Kampf, wie man hört. Wenn er uns binnen kurzer Frist keinen Vogt schickt, wird alle Welt verstehen, dass die Stadt einen Meuchler nicht lange in ihren Mauern dulden kann.«

Die Juristerei brachte einen wohl dazu, Wahres und Wahrscheinliches auseinander zu halten. Leent lachte in sich hinein. Allerdings hätte das auch sein Weib Elisabeth vorschlagen können. Sie handelte manchem Küfer billigere Fässer ab, weil sie von der Magd am Waschtrog wusste, wie viel Stämme Holz im Hof des Küfers lagen, ob viel oder wenig zu tun war beim Meister. »Und dann, Ertmann?« Leent biss in seine Wurst. Sie schmeckte fleischig, frisch und schön gesalzen.

»Dann duldet der Rat der Stadt den Meuchler nicht länger auf ihrem Gebiet, dann richtet der Rat selber, damit der Teufel nicht zu langes Spiel auf Erden hat. Der Bischof kann dafür nicht ernstlich grollen.«

»Das wäre eine Möglichkeit.« Ertmann hatte Recht. »Falls der Bischof nicht doch die Stadt lieber erniedrigt. Unter seinem Gericht kann er ganz anders über die falschen Stempel in der Legge sprechen.«

»Wartet.«

Ein Viertel Wurst lag noch in Ertmanns Hand. Sie hatten die kleine Kirche Zu-den-11000-Jungfrauen erreicht. Ertmann sprang ein paar Schritte zu den Kirchenstufen hin. An der Seite lungerten ein Lahmer und ein Blinder. Ertmann gab jedem die Hälfte des Wurstrestes. Leent rief ihm zu: »Lasst uns vor dem Priesterhospital den Pfad nach rechts nehmen. Wir gehen um die Neustadt herum.« Ein paar Federn lagen weiß im platt getretenen Gras, die Gänsejungen trieben hier morgens die Tiere entlang.

Ertmann wischte sich mit dem Handrücken über den Mund und folgte. »Fragt Ihr Euch nicht, warum Knuf Euch gezeigt hat, was an dem Stempel der Legge gefälscht war?«

»Wenn es der Leggemeister Reker und die Hansehändler entdecken konnten, hätten wir es früher oder später auch gesehen.«

»Eben. Allerdings eher später. Dann hätte Knuf Zeit zur Flucht gehabt.«

Leent drehte sich um. Im Graben flog aus dem Schilf eine Ente auf. Der glatte Mund mit den Jünglingslippen lächelte, doch Ertmanns Augen blickten alt und kühl. »Wie meint Ihr das?«

»Als Fälscher des Leinens, von Reker aufgedeckt, die ersten Beschwerden lagen beim Rat ja schon vor, musste Knuf sich doch ausrechnen, dass der Verdacht auf ihn fallen würde.«

»Knuf wollte das Amt von Reker. Es ist einträglich und ehrbar. Vergesst das nicht.«

»Das Fälschen muss ihm Geld eingebracht haben. Viel Geld sogar. Mehr als er in der Legge hätte verdienen können.«

»Ihr seid wohl ein guter Jurist, aber kein guter Kaufmann, Ertmann. Als Leggemeister hätte er am besten das Leinen fälschen können, weil er die beanstandeten Ballen prüfen würde.«

»Leent, Ihr seid Kaufmann. Wie lange würdet Ihr auf den Lübecker Wachsstempel etwas geben, wenn Ihr Zweifel von mehreren ehrbaren Hanseleuten hören würdet?«

Leent folgte dem Pfad, der etwas am Ufer anstieg, weil das Wasser im Graben eine Sandkuhle ausgewaschen hatte. »Nicht lange. Da sprecht Ihr wahr.«

»Der Fälscher muss das auch wissen. Warum nimmt er nicht, einmal entdeckt, sein Geld und verschwindet?«

»Der Rat würde ihn verfolgen lassen, die ganze Hanse wüsste darum.«

»Und wenn er den Rhein hinunter nach Süden ginge? Sich eine Vergangenheit erfindet, ein ehrbares Haus- und Bürgerrecht kauft, Häuser vermietet und davon lebt? Dann fragt keine Gilde, keine Zunft nach dem Woher und Wohin.«

Die Erlen raschelten über ihren Köpfen, träge floss die Hase zwischen Schilfinseln an Sträuchern und Gras entlang. Auf der anderen Seite stand die Mauer der Neustadt, hellbraune Steine im Sonnenlicht. Dahinter lag das weite Vorland. »Worauf wollt Ihr hinaus, Studiosus?«

»Mich wundert wirklich, dass Knuf das grüne Halstuch getragen hat.«

Davon einen Fetzen Stoff hatte der Abt aus der starren Hand des Toten geborgen. Leent betrachtete die Turmspitze der Augustinerkirche, die hinter den Mauern der Neustadt aufragte, dort in der Kapelle hatte er geglaubt, der Odem des Teufels streife ihn, dieser seltsame Geruch, der dann doch nur vom Quendel aus dem Klostergarten herrührte. »Er hat nicht gemerkt, dass Reker den Fetzen gekrallt hat.«

»Wie das? Dann hätte wohl kaum die Magd das Tuch genäht.«

»Vielleicht hat es die Magd selber gesehen und gerichtet.«

»Nein, Knuf hat sogar selber zugegeben, er habe mit Reker gekämpft. Er muss gemerkt haben, dass ein Fetzen fehlt.«

»Knuf ist vom Bösen verblendet.«

»Er liegt in Ketten und fleht die Heilige Jungfrau mit vollem Gebet an. Das könnte er nicht, wenn der Satan wirklich in ihm steckt.«

Leent drehte sich auf dem Pfad um. Knuf hatte mit der Inbrunst gebetet wie ein Sünder an einem Karfreitag. »Ihr habt es also auch gehört ...«

Ertmann hatte die Hände ineinander gelegt und hielt sie vor dem Gürtel über den engen Beinlingen. Ein junger Mann, der weder lächelte noch selbstherrlich dreinschaute, die steile Falte zwischen den Brauen gab ihm viel vom Gesicht seines Vaters. Und der war ein vernünftiger Mann.

»Er schwört zudem, er sei unschuldig«, sagte Ertmann.

»Das tun sie alle vor dem Galgen.«

»Knuf gilt als klug und weitsichtig, er hätte ein anderes Halstuch umgelegt, den Kampf verschwiegen, den falschen Stempel abgestritten.«

»Glaubt Ihr immer noch an den kleinen Mann im Pilgergrau, den Euch Eure Base in den Kopf gesetzt hat?«

»Nein, seid unbesorgt. Aber was ist, wenn Knuf wirklich die Wahrheit sagt, Ratsherr Leent? Dann lügt ein anderer.«

Leent starrte auf die zertretenen Gräser auf dem Pfad. Wenn es wirklich mit dem Teufel zuging, dann konnte der junge Ertmann Recht behalten. »An wen denkt Ihr?«

»Albus ist verschwunden.«

Der aufmüpfige Legge-Knecht hatte ihn schon bei den Münzen belogen, die er bei sich führte. Leent griff die Ellenbogen mit den Händen, auf der Hase spiegelte sich weiß der Himmel, nur ein Stück Ufer an der Stadtmauer lag im Schatten. »Es gibt kaum eine größere Sünde, als einem Unschuldigen das Leben zu nehmen. Aber es ist auch Sünde, den Meuchler nicht zu strafen.« Wenn er nicht Obacht gab, sündigte er gleich zweimal. »Der Knuf liegt in Ketten. Er entkommt uns nicht. Sucht mir den Albus.«

»Er soll auf einem Hof vor der Stadt sein.«

Der Ertmann hatte sich also schon umgehört. Je eher Leent den Zweifel in seiner Brust tilgen konnte, desto besser. Der junge Studiosus würde nicht sonderlich auffallen, wenn er ihn schickte. »Horcht die Leute dort aus. Sucht ihn, folgt ihm. Aber kein Wort Eures Verdachts darf verlauten. Wer weiß, was der Dompropst sonst daraus dreht. Auch Albus ist ein Bürger der Stadt.«

Ertmann hob die Hände nicht vom Gürtel, sah ihn an, schlug dann die Augen nieder. »Noch etwas scheint mir seltsam. Aber Ihr habt Recht, ich bin kein Kaufmann. Vielleicht verstehe ich nicht recht …«

Vorgespielte Bescheidenheit stand ihm schlecht. »Sprecht.«

»Ihr sagt, die Hansekaufleute aus Dordrecht, Brügge, gar vom Stalhof in London hätten Beschwerden und Warenproben geschickt. Dann muss das Fälschen schon länger gehen.«

Leent kniff die Augen zusammen. Noch immer regte sich der Jüngling nicht. Stand er so vor seinen Doctores? »So scheint es.«

»Damit ging wohl das meiste gefälschte Leinen an Hanseorte, die weiter entlegen sind, die nicht dem Kölner Hanseviertel zugehörig sind.«

»Das stimmt.« Leent folgte dem Pfad, der ein paar Biegungen um Weiden herum vollführte, zum Entensteg hinter der Mühlenpforte.

»Der Betrüger mag gehofft haben, dass die Beschwerdeführer also den weiten Weg zur Klage scheuen mögen, wegen ein paar Ellen schlechteren Stoffs. Das hat sich jemand ausgedacht, der im Hansehandel bewandert ist.«

Sie gingen über den Wassergraben hinüber zur Johannislaischaft. Den gleichen Verdacht hatte Leent auch schon gehegt.

»Das spricht nicht gerade für den Albus, den Ihr eben suchen wolltet, sondern für Knuf.«

»Jedenfalls nicht für den Albus allein.«

Leent ballte die Faust und führte sie ans Kinn. Sie roch noch etwas nach Wurst. Wie der Bauer den Fleischer, der das Vieh schlachtete, so brauchte der Fälscher den Händler, der das Leinen unter das Volk brachte. Dass es mehr als einen Meuchler in der Nacht gegeben haben könnte, das hatte er überhaupt noch nicht erwogen.

37·

Ertwin sprang vom Ochsenkarren, der ihn auf dem Weg am Westerberg aufgelesen hatte, nicht weit vom alten Judenfriedhof, der unter Brombeerhecken verfiel. Ertwin hatte Glück gehabt, Fahren war besser als Laufen.

Der Bauer zügelte die Tiere und beugte sich zu ihm herab. »Lauf den Bach entlang, am Eichenwäldchen noch vorbei, dann siehst du schon den Sönkes-Hof.«

»Dank Euch«, sagte Ertwin.

Das braune Schlagtuch des Bauern um den Kopf wackelte zum Gruß, drunter hingen rötliche Haare vor, drei Zähne fehlten ihm im Mund. Der Ochsenwagen, hoch bepackt mit Mehlsäcken, zuckelte den Weg weiter zum übernächsten Dorf.

Hinter dem Hügel war die Stadt verschwunden. Auf den Laischaften weidete das Vieh.

Der Bach führte eine hochstehende Wiese entlang. Entweder waren die Bauern faul, oder sie leisteten zuerst auf den Herrenwiesen die Frondienste ab. Ein paar Kühe grasten weit entfernt, Ertwin sah keine Menschen. Aber die Kuhhirten lagen meist im Gras und dösten.

Ertwin hatte nicht gezaudert, Leents Auftrag sogleich anzugehen, sosehr ihn noch Mutter für die Kesselschwemme einspannen wollte. Sie schwor darauf, dass nur die Hände von ihrem eigen Fleisch und Blut die Kessel scheuern durften. Selbst wenn das Ertmann'sche Bier wirklich seltener als anderswo sauer werden mochte, hatte Ertwin diese Arbeit immer gehasst. Die Braukessel wurden mit Brunnenwasser ausgeschwemmt, bis das Abwasser rein und klar schmeckte. Dann hatte er sich die Kinderhände wund gerieben mit dem Zinnkraut für den Glanz.

Das Eichenwäldchen säumte den Bach, kurz tauchte Ertwin in den hellfleckigen Schatten der Bäume. Noch lag nur trockenes Laub vom Vorjahr herum. Wildschweine hatten am Bach gegründelt, tiefe Furchen zogen sich durch den Schlamm.

Ertwin schritt kräftig aus, die weichen Wanderstiefel waren fest besohlt, kaum spürte er die Feldsteine unter dem Fuß. Vaters Worte, der damit die Mutter gescholten hatte, klangen in seinen Ohren: *Dein Sohn ist ein Mann des Rats, halte ihn nicht ab, sich bei den Herren bekannt zu machen.* Vater hatte Gesche einen Beutel packen lassen mit Schinken, Brot und einem Beutelchen Haselnüsse, die er so mochte. Zum Weiler hin gab es genug Quellen. Ertwin konnte Durst gut ertragen. An der Universität durften sie auch nur zu den Mahlzeiten trinken. Dann erblickte er den Sönkes-Hof.

Die Scheune war nach alter Art mit Stroh gedeckt. Auch aus dem Dach des Bauernhauses ragten Stangen hervor. Als hätte man eine Strohschleife darumgeschlungen, hielt das Stroh über frisch geweißeltem Fachwerk wie bei einem Schopf zusammen. Eine wenigstens, wenn nicht zwei Großfamilien hatten hier Platz. Irgendwo hörte er es schlagen wie beim Holzmachen.

Das also war Tomas Rekers Hof, den nun der versoffene Bruder erben würde. Hühner liefen herum, hätte er die Arme in die Höhe gerissen, wäre ein ganzer Schwarm aufgeflattert.

Ein großer Hund knurrte und kam auf ihn zu. Ertwin blieb lieber stehen, wo er war, und …

Langsam ließ er seinen Beutel von der Schulter rutschen. Der Hund war erstaunlich zottig und fletschte weiße Zähne.

Ein Pfiff. Der Hund machte einen Satz zurück, knurrte aber wie sonst nur drei um einen Knochen.

»Was willst du?«

Ertwin erkannte den Legge-Diener sofort. Er hatte ihn manches Mal Leinenballen auf die Fuhrwerke der Händler laden sehen. Albus rieb sich mit den Fingern über die faltigen Wangen, er hielt einen Dengelhammer in der Hand.

»Ratsherr Leent sucht dich.«

Der Hammer beschrieb einen Kreis, der Hund wich davor zurück und rückte hinter seinen Herrn.

»So?« Albus drehte den Kopf. »Ich sehe keinen Ratsherrn.«

Ertwin schulterte seinen Beutel. »Nimm es nicht so leicht. Er will dich sehen. Der Rat hört auf Leent. Warum bist du nicht in der Legge und tust deinen Dienst?«

»Bist du etwa der neue Leggemeister, Ertmann? Du bist doch bloß ein Brauerssohn.«

Bloß ... Ertwin spürte, wie sein Blut in die Wangen schoss. »Aber von einem, der es zu etwas gebracht hat und nicht sein Lebenslicht in einem Armenhaus ausgehaucht hat.« Wie Albus' Vater. Mutter hatte ihm alles erzählt, was sie über die Leute des Knechtes wusste.

»Was will der Kerl, Albus?«

Hinter dem Bauernhaus kam eine Magd herangelaufen, ihr Haar war von einem schmutzig grauen Tuch gehalten. In der Hand hielt sie einen langen Holzlöffel, wie sie bei der Wasserröste des Flachses gern genommen wurden. Jetzt sah er auch den Rauch, dort hinten kochte ein großer Kessel.

»Nichts hat der zu wollen, Susanne. Der steht auf Rekers Grund. Der ist nicht sein Herr, sondern unserer. Soll er verschwinden.«

Die Magd war schön. Ein wenig rund, richtige Backen, aber ein schmales, spitzes Kinn. Wie ein Herz sah ihr Gesicht aus, denn schwarze Strähnen hingen unter dem Tuch hervor und teilten die Stirn in zwei Bögen. Die Augen saßen wie braune Kiesel darunter. Nur einige grüne Striche wie von verdrücktem

Gras störten das Ebenmaß ihrer Wangen. Sie stellte sich hinter den Hund, legte ihm die Hand auf den zottigen Kopf. Das Tier sank auf alle viere nieder und stellte die Ohren auf.

»Du kommst besser mit nach Osnabrück, Albus.«

Kinder kreischten. Ein barfüßiges Mädchen lief aus der Scheune, hinter ihm ein Junge, der ein drittes Kind auf dem Rücken schaukelte. Schmutzige Gesichter, ein paar Halme im Haar, der Junge lud das Kleinste zwischen Hund und Magd ab. Es wackelte beim Gehen und hielt sich mit den Händen am Knie seiner Mutter fest, ein schmutziges Hemdchen reichte fast bis zum Boden. Sie legte ihm die Hand auf den dunklen Hinterkopf. Kaum hatten die Kinder den Dengelhammer bemerkt, den Albus immerzu in seine Linke fallen ließ, wurden sie still. Der Junge legte seinen Arm um den zotteligen Hals des Hundes und kraulte ihn.

»Sag dem Leent, dass bei geschlossener Legge sogar die Legge-Knechte freimachen dürfen. Er sieht mich früh genug.«

Ertwin sah ihm fest in die Augen. Graue Schützenaugen, die nicht das Ziel vergaßen. Die blassen Lider waren halb geschlossen. Der Junge machte es Albus nach, mit graugrünen Augen im herzförmigen Kindergesicht. Seine Mutter dahinter lächelte nicht, ihr Blick galt dem Hammer, den Albus wieder kreisen ließ.

»Schlag ihn nicht. Die Herren rächen sich bloß an uns«, sagte die Magd.

»Schweig.«

Das Mädchen stand vier Schritt weg, die Hand am Saum ihres Hemdchens. Schmal wie ihr Vater, mit demselben Haar. Dahinter liefen die Hühner und pickten im Gras, sorgten sich um nichts. Ertwin fing den Blick von Albus auf.

»Verschwinde.«

Die schöne Magd beugte sich vor und hob das Kleinkind, das auf einmal plärrte und kaum allein stehen konnte, auf ihren Arm. Sie strich ihm zärtlich die dunklen Locken aus dem Gesicht. Herzförmig wie ihres, aber mit blauen Augen unter dunklen, zarten Brauen. Bei dem kleinen Kind sah es lustig aus, wie die Brauen zur Nase hin breiter wurden, aber oben spitz endend aufeinander zuliefen. Bei dem großen erwachsenen Mann, dem Leggemeister, hatte es fast verwegen gewirkt.

Die Magd trug ihren Bankert von Tomas Reker auf dem Arm. Wenn es Ertwin erkannte, musste es Albus längst wissen, genauso wie es deshalb die Leute in der Stadt nicht sehen sollten.

»Reize den Ratsherrn nicht. Sonst lässt er dich holen.«

»Der Grundherr hier ist nicht mehr die Stadt. Da muss schon der Bischof seine Leute schicken.«

»Du müsstest das besser wissen, Albus. Ein Wort von Leent zu von Schagen, und die Schergen des Bischofs holen dich.«

»Noch ein Wort von dir, und der Hammer prügelt dich auf den Weg.«

Ertwin trat rückwärts, der Hund sprang auf, der Junge purzelte ins Gras. Die Magd lächelte das Kind an. Albus verzog den linken Mundwinkel, dass Ertwin die schlechten Zähne sah.

Tomas Reker hatte den Hof für seinen Bankert neu herrichten lassen. Wen hatte das schöne Herzgesicht wohl mehr betrogen? Ertwin war sich nicht sicher, ob Reker wirklich die schöne Magd mit Albus hatte teilen wollen.

»Fass.«

Der zottige Hund sprang auf und rannte los, Ertwin rutschte der Beutel von den Schultern. Das Gras im Hof war rutschig. Die Kinder lachten hell auf. Ertwin fuhr herum, schwang den Beutel wild im Kreis, traf den Hund auf der Schnauze. Ein Jaulen, das Tier schreckte zurück.

Ein Pfiff. Ein zweiter. Dann stürzte der Hund zurück zu seinem Herrn.

Das wirst du mir büßen, Albus.

38.

»Dein Garten ist ein kleines Paradies.« Margit beugte sich zu den Rosen vor der Gartenmauer. Vorsichtig nahm sie den dornigen Stiel zwischen die Finger. Zarter Duft stieg in ihre Nase und ließ sie für einen Moment vergessen, warum sie hierher geflüchtet war. »Ich habe noch nie solch goldenrote gesehen.«

Ihre Muhme Agnes schlug die Schlinge des Haubenbands zurück, die ihr der Wind in das Gesicht gedrückt hatte. »Der Domherr Peternelle hat sie mir zum Dank mitgebracht. Ihm gehört der Speicher da hinter der Mauer, wo er sein Korn aus Kleinhaltern hinschafft. Seine Mutter hatte Wasser in den Beinen, das habe ich weggebracht.«

»Wo findet man denn solche Rosen? Vater hat mir mal ein winziges Duftfläschchen aus buntem Glas mit Rosenöl mitgebracht.«

»Oh, weit weg, weit, weit im Süden. Der Domherr war über ein Jahr in Mailand und Florenz. Die kleine Rose neben deinen Knien blüht weiß. Sie hat sogar viele Blütenblätter, nicht nur einen Kranz. Schau.«

Margit folgte den kleinen Händen ihrer Muhme, die eine erste Blüte unter den grünen Blättern hervorzog. Wenn Agnes über ihren Garten sprach, klang sie sehr ernst. Ihr Mund, der Margits fast glich, zog die Lippen schmal, die linke Braue hüpfte dann bei jedem dritten Wort nach oben.

»Schau hinein in die goldenen Härchen, in dieser Rose verwandeln sie sich in weiße Blätter. Der Domherr erzählte mir, die Schwestern der heiligen Ursula züchten diese Rose in Italien, weil eine Nonne von den Schwestern zu Unrecht verstoßen worden sei. In der Messe am Sonntag sei die heilige Ursula jener Oberin erschienen und habe verlangt, dass zur Sühne eine hundertblättrige weiße Rose auf den Altar gelegt werden solle.«

Im Wind flirrten die zarten weißen Blättchen. Die Muhme ließ die Rose fahren und lief weiter am Beet entlang. »Nun, vierundvierzig davon haben die Nonnen schon erreicht.«

Zehn oder zwölf Beete, alle gut zwanzig Schritt lang, reihten sich zwischen den gekalkten Mauern. Vorn am Holztürchen gab es vier mit Kohl und Wurzeln, danach gab es welche für Kräuter, hohe, niedrige, blühende. »Es ist so ruhig hier.«

»Hier singen nur der Wind und die Vögel.«

»Magst du deshalb nicht mehr in der Stadt leben?«

Agnes schob den weiten Ärmel ihres blauen Kleides zurück und hängte sich bei ihr ein. »Kind, was soll ich dort? Mein Johannes ist lange tot, wie alle meine Kinder bis auf den Winfried, der die Schmiede weiterführt. Auch wenn es die meisten Leute anders halten, es ist nicht gut, wenn die Witwe am Herd bei der jungen Frau sitzt. Oder wenn gar noch die andere Mutter dabeihockt.«

Agnes freier Arm schwebte über einem Beet. Frische zog in Margits Nase, ihr Knie streifte die üppig wuchernden Minzen.

»Deine Mutter hat sich nicht groß für die Heilkunde begeistert, ihr lag mehr das feine Fingerspiel, sei es auf der Laute oder am Spinnrocken. Dabei hat schon unsere Großmutter viel um die Heiltränke und Salben gewusst. Schau die Beete hier, die Augustinermönche haben mir geholfen. Ein Bruder ist mit einem großen Buch gekommen und hat mir genau gesagt, welches Kraut am besten neben welchem andern gedeiht. Wann man es pflückt und wie man es trocknet.«

Die Muhme drückte Margits Arm fest, dann zog sie sie auf die Knie neben das Bilsenkraut. Margit schaute in die winzigen Schlünde der blauroten Blüten.

»Der Herr ist voller Wunder. Manches Kraut ist sowohl Gift als auch Heilung, den Gesunden bringt es um, den Kranken zurück auf die Beine. Ich bin immer sehr vorsichtig, wenn ich Kräuter für die Salben reibe. Dies hier darf man nur zu Vollmond zupfen. Jenes dort gerade nicht, weil es sonst zu stark wirkt.«

»Du hast uns immer gesund gemacht, sogar den bösen Schweiß weggebracht, der Vater erfasst hatte, als ich noch so klein wie das Kraut hier war. Und meinen trockenen Husten immer.«

Der Blick ihrer Muhme verlor sich am Wurzelwerk auf der trockenen Erde. »Meiner Schwester, deiner Mutter, habe ich nicht helfen können. Als wären wir Weiber nicht schon genug geplagt, so schickt uns der Herr fast immer das Fieber ins Kindbett. Ich habe sie gebadet in Kamillensud, gesalbt mit Liebstöckel. Gekühlt die hitzigen Wangen mit Minzöl. Geholfen hat es nichts. Aber dafür hat uns der Herr dich nicht gleich wieder fortgenommen.«

Margit folgte Agnes die Beete entlang. So klein und dünn die Muhme war, sie kannte keinen müden Abend. Schon am frühen Morgen hatte sie die Mägde an den Bach zur Wäsche gescheucht und die Knechte aufs Feld geschickt. Keine Hacke blieb in den Scheuern unbewegt. Sie würde Hilfe wissen.

Die Rückwand eines Speicherhauses gab dem Garten Schutz nach Norden. Zwischen zwei jungen Kirschbäumen war eine schlichte Bank aufgestellt, ein breites Brett lag auf zwei groben Feldsteinen.

»Setz dich her, Margit. Was betrübt dich eigentlich so?«

Das kleine gezaddelte Band flatterte vor der weißen Haube, ihre Muhme schob es rasch unter den Rand mit einer schwarzen Strähne. Die klugen Augen suchten in ihrem Gesicht. Margit spürte, wie ihr warm wurde, das Blut vom Hals in die Wangen schoss.

»Im Sommer kommen doch die Spielleute in die Stadt, keine junge Frau will die Spektakel missen. Auf den Festen der Bruderschaften wird zum Tanz aufgespielt. Sag, ist dein Vater nicht gut zu dir?«

Margit schüttelte heftig den Kopf. »Vater hat mir nie ein Leids getan.«

»Das hätte ich auch kaum glauben können, er hätschelt dich wie seinen Augapfel.«

Die Hände ihrer Muhme waren warm. »Ich weiß nicht, es ist …«

»Deine Finger sind ja eisig. Fühlst du dich nicht gut?«

»Ich bin nicht krank.« Sie richtete sich auf und drückte die

Brust durch. In den Kirschbäumen raschelten die Blätter, noch waren die Früchte grün. Der Blick ihrer Muhme forschte sie aus, warme Finger streiften über ihre Wangen, hielten ihr Kinn ins Sonnenlicht.

»Du weinst, Margit. Warum?«

Die Lippen ihrer Muhme waren dünn geworden, die Stimme ruhig, so wie sie mit Kranken sprach. Margit war nicht krank, sie würde vielleicht krank werden, wie alle Frauen im Kindbett, in das sie nicht kommen wollte. Warum musste das alles nur geschehen? Wäre Reimer nicht in Ketten, er hätte sie längst gefreit, bestimmt, und Vater hätte ... im Schoß ihrer Muhme barg sie ihr Gesicht, die weiche Wolle drückte sich an ihre Wangen.

»Will er dich verheiraten?« Die Hand streichelte ihre Haare.

Margit schüttelte den Kopf.

»Wenn du nicht so weintest, dächte ich, du seist verliebt.«

Der Stoff verschluckte ihre Worte, sie schauderte wie im Fieber, nur die Arme um sie gaben ihr Halt.

»Ist ja gut«, flüsterte Agnes.

»Ich ... ich habe ... er war einfach da und hat ... es war, es war so ...«, die Kirschblätter rauschten über ihr, »so sanft, und ich wusste auf einmal nicht mehr ... er hat mir nicht wehgetan ... es war einfach ...« Die Arme rissen sie hoch, packten sie an den Schultern und zerrten sie auf die Füße.

Eine steile Falte stand zwischen den dunklen Brauen ihrer Muhme, der Mund ein Strich. »Du hast dich doch nicht etwa eingelassen?«

Margit biss in ihre Hand, die Steinbank, die Kirschen, alles verschwamm vor ihren Augen.

Die Finger von Agnes umklammerten Margits Handgelenk, rissen sie fort. »Dir hat wirklich meine Schwester gefehlt.«

Agnes schritt aus, Margit sah kaum, wohin sie zwischen den Beeten trat. Das Türchen flog auf, knallte gegen die Gartenwand.

Hühner flatterten auf, doch ihre Muhme zerrte sie quer über

den Hof zum Haus, sie stolperte, trat auf ihren Saum, doch der Zug an ihrem Arm war unerbittlich. Agnes wandte nicht einmal den Kopf. Die Steinstufen, die Schwelle, drinnen die Dielen, schon stürzte sie mit dem Knie auf die Stiege, die Hand zog und zog.

Dann flog die Kammer auf, in der sie wohnte. Agnes schleuderte sie herum, sie sank gegen eine Truhe. Die Tür flog zu.

»Hebe den Rock.«

Margit sah die braunen Augen, die sich wie von Nusssaft geschwärzt verdunkelten, die Lippen fein nach unten gebogen in den Mundwinkeln.

Agnes herrschte sie an wie eine fremde Magd. »Tu, was ich sage. Sofort.«

Margit schluckte. Aber schon hatte sich Agnes gebückt und raffte ihr Kleid über die Knie, drückte sie auseinander, zerrte am Unterhemd. Margit sank halb auf die Truhe, die Muhme gebeugt vor ihr. Margit schloss die Augen. Ein Saum riss, sie lag bloß.

Sie zuckte zusammen wie von einer Flamme berührt.

»Halt still.«

Doch die Finger ihrer Muhme waren vorsichtig, verletzten sie nicht. Schoben die Falten ihrer Scham auseinander, dann rutschte rasch der Stoff darüber.

Die nussschwarzen Augen schauten auf sie herab. Die kleinen Hände lagen ineinander vor dem blauen Wollkleid.

»Ich hätte dich für klüger gehalten. Du hast einen Mann eingelassen vor der Zeit. Habt ihr nicht Mägde genug im Haus? Du weißt doch, was danach den Weibern geschieht. Du hättest einen reicheren Hansekaufmann haben können, als selbst dein Vater einer ist. Selbst einen Adelsmann hätte er dir verschaffen können. Und du wirfst das alles einfach weg. Schande über dich!«

»Hilf mir, bitte. Du kannst doch …«

Die Hand der Muhme versetzte ihr eine Ohrfeige.

»Kein Wort mehr davon! Versündige dich nicht noch mehr.«

Ein kurzer Seufzer entfuhr der Muhme. »Dass du so hoffärtig bist, hätte ich nicht geglaubt. Was jetzt geschieht, entscheidet dein Vater.«

Das blaue Kleid rutschte über die Dielen, Agnes drehte sich weg. Die Tür zur Kammer flog zu, kaum dass Margit sich auf der Truhe aufgerichtet hatte.

Dann hörte sie Eisen über Holz gleiten. Ihre Muhme hatte sie eingeriegelt.

39.

Das Klopfen des Messers an der Kanne riss Leent aus seinen Gedanken. Seine Schwester Gerhild schüttelte ihr Haupt, so grau wie ihre Beginenheuke. Seit sein Schwager an der Auszehrung verschieden war, hatte Gerhild sich ganz zurückgezogen. Das Erbe hatte sie dem Sohn überlassen und ihr Witwengut ins Beginenhaus eingebracht.

»Bruder, du isst nicht, du hörst mich nicht, du stierst in deinen Brei. Dabei ist er voll Butter und Ei. Trink doch etwas Wein.«

Gerhild schob ihm die Kanne hin. Seit seine Schwester lahm geworden war, schleppte sie sich nur zu hohen Feiertagen aus ihrer Stube. Leent hatte es sich zur Gewohnheit gemacht, dass er Donnerstag nach der Messe im Wederinger Beginenhaus bei ihr aß.

»Was bekümmert dich, Simon?«

»Bete für mich, dass ich den Schuldigen finde.«

Sie schaute auf, den Breilöffel in der Hand. »Aber du hast doch den Knuf festgesetzt.«

»Wenn er es denn ist.« Auf dem Boden wiederholte sich endlos ein aufsteigender Löwe im roten, gebrannten Ton, in jede zweite Fliese war sein Abbild eingeprägt.

»Ich verstehe dich nicht. Simon, der Boden hier wird dir keine Antwort geben.«

Wie der Zweifel in ihm aufstieg, wie eine Übelkeit nach schlechtem Fisch.

»Du hörst schon wieder nicht, Simon. Rede oder geh.«

Sie hatte Recht. Ihr sollte er alles erzählen. Gerhild war verschwiegen, das hatten sie beide von ihrer Mutter geerbt. »Der junge Ertmann hat mir den Zweifel in die Brust gesetzt. Aber das allein ist es nicht.« Er griff in sein Wams und holte ein Stück Leinwand heraus, das er vor seine Schwester legte. Vorsichtig faltete er die Enden auseinander. Der Fünfzack mit dem Griffende lag dunkel auf dem grauen Leinen. »Schau hier. Nicht schwerer als ein Steinmetzmeißel.«

»Und nicht länger als ein Breilöffel.« Gerhild beugte sich über den drei Finger langen Griff. »Ist es das Meuchelwerkzeug?« Ihre Nase deutete zum spitzigen, ineinander gesetzten Ende von flachen Blechen.

»Die dunklen Flecken auf dem Eisen sind Rekers getrocknetes Blut.«

Sie bekreuzigte sich.

»Ich habe alle Leinenhändler gefragt, sogar einen Weber aus der Westerbergvorstadt holen lassen. Solch ein Werkzeug benutzt niemand, wenn er Leinen machen oder legen will.«

»Das muss doch nichts heißen.« Sie beugte das Haupt und besah den Meißel von allen Seiten. »Ein Werkzeug ist es gewiss. Vielleicht hat Knuf in seinem Haus einen Knecht, der an einem Ledergeschirr für einen Ochsenkarren Kerben nachgestanzt hat. Oder ein Schnitzer braucht es für das Auskratzen.«

»Ich habe alle meine Knechte kommen lassen. Keiner kennt so etwas.«

»Frag nicht die Knechte, Bruder. Frag die Meister der Gilden. Am besten zuerst die Feinschmiede, die den Handwerkern die Gerätschaften aus dem Eisen schlagen.«

Leent ertrug den Anblick des Blutes auf dem Metall nicht länger, er klappte die graue Leinwand wieder darüber. Er wiegte den Kopf.

Gerhild fing seinen Blick auf und ließ die Lider halb über

ihre Augen fallen. »Das hast du also auch schon. Vielleicht hat es Knuf«, sie winkte gleich mit den gichtigen Händen, »oder ein anderer, wenn du an seiner Schuld zweifelst, nur einmal benutzt. Warst du schon bei den Waffenschmieden? Vielleicht kennt man es dort? Die Gegner Gottes im Heiligen Land sollen böses Eisenzeug haben. Bedenke, Simon, es war nicht der Stich, der Reker ums Leben gebracht hat.«

Gerhild war klug wie ein Mann, oft hatten sie als Kinder gestritten, wer schneller die verkauften Fässer und Fuder in Vaters Keller errechnete. »Das ist es ja, was mich umtreibt. Die Flachshechel hat dem Reker den Hinterkopf zertrümmert. An dieser Marter ist er gestorben, kein Zweifel. Aber was wollte dann der Meuchler mit diesem Stich unters Herz an der Seite, vielleicht hat er gar zweimal zugestochen.«

»Du hast es unter der Truhe gefunden, nicht wahr?«

Leent nickte und goss sich Wein aus der Kanne nach.

Seine Schwester lehnte sich zurück und legte die Hände auf ihr braunes Wollgewand. »Wenn unsere Eltern aus dem Haus waren und die Mägde stritten, sich an den Haaren zogen, wie sah dann die Küche aus, Simon? Die Kübel verrutschten und kippten um. Die Blasebälge wurden von Knien und Füßen ohne Absicht getreten, pusteten die Flammen auf, die Milch verbrannte. Messer rutschten von den Brettern, Becher fielen von den Schaffen. Stell es dir vor.«

»Du meinst …«

Sie hob die Hände zur geweißelten Decke, ihr Rosenkranz baumelte von den Fingern der Rechten. »Es scheint mir einfach. Zwei Männer kämpfen, nun nicht wie Mägde, härter, wilder, schlagen sich. Einer greift zum Meuchelwerkzeug, das er wie Judas schon mit sich führt. Sticht zu, trifft, aber im Gegenschlag fällt es ihm aus der Hand und springt weg. Was nun, wenn der arme Reker nicht gleich tot war?«

Der Schluck aus dem Becher schmeckte nach feinen Kräutern. Gerhild würzte ihren Wein gern. »Dann nahm der Meuchler das Nächstbeste, was er fand, und machte ihm den Garaus.«

»Gewollt hatte er aber den Stich, Simon.« Ein Rosenkranz glitt durch Gerhilds knotige Hand.

Ihre Augen waren geschlossen, Leent sah die Lider zittern. Langsam wanderten die Perlen durch die verkrümmten Finger.

»Dann hätte er den armen Reker auch nicht ins Leinen winden wollen.« Der Zweifel bohrte in Leent. »Oder gerade doch.«

»Der Reker war von einem Fünfzack gezeichnet, flüstern die Leute überall.« Gerhild legte den Rosenkranz neben die Kanne. »Der Meuchler wollte wohl, dass alle glauben, der Teufel habe den Reker geholt. Was hättest du gedacht, wenn die Legge-Magd ihn am Morgen auf einem Tisch auf Leinen ausgestreckt gefunden hätte, den Fünfzack als Mal im Fleisch unter dem Herzen? Zumal keiner jemanden hat kommen oder gehen sehen.«

»Der Knuf war aber in der Nacht noch bei ihm.«

»Aber das heißt nicht, dass er wirklich der letzte bei Reker gewesen sein muss. Wenn Knuf unschuldig wäre, wie er beteuert, dein Zweifel benagte dich zu Recht. Dann hast du mir die entscheidende Kunde noch nicht gebracht.« Gerhilds Blick band sich an den Rosenkranz.

Sie würde ihm gleich verraten, was sie von ihm zu erfahren trachtete. Leent tat ihr den Gefallen wie zu Kinderzeiten und legte die leeren Hände auf den Tisch. Das hatte er immer getan, wenn sie bei einem Kinderspiel gewonnen hatte.

Gerhild lächelte. »Wenn es nicht Knuf getan hat, weil er den Leinenbetrug hat verbergen wollen, sondern im Gegenteil selber nicht weiß, wie ihm geschieht, dann hat ein anderer den armen Reker gemeuchelt, aus einem anderen Grund. Du musst wissen, weshalb er hat sterben sollen, Simon. Weshalb. Sonst findest du den Meuchler nie.«

»Vielleicht sollte er doch gar aus dem gleichen Grund sterben, Schwester. Gefälschtes Leinen braucht nicht nur die Hand, die den Stempel führt, sondern auch die, die das falsche Leinen auf den Markt bringt.«

Sie wiegte ihr graues Haupt. »Das Leinen steht dir so vor Augen, Bruder. Vergiss nicht, jede Leinenbahn wird letztlich dazu gebraucht, etwas zu verbergen. Im Bett das Stroh, bei Tisch die nackte Tafel, beim Leib die Brust.«

»Und in der Legge barg es den toten Reker bis zum langen Tag.«

»Gott der Herr hat es aber nicht zugelassen, dass die Leiche darin eingerollt davongeschafft wurde. Er ließ die Pferde scheuen noch im Alten Tor. Wer weiß, was aus dem Ballen geworden wäre. Bei der nächsten Nachtruhe deines Freundes Melchior schleicht sich ein gedungener Dieb an, nimmt ein paar Ballen fort. Und für uns in Osnabrück sieht es aus, als sei Reker verschwunden. Man wirft seine Leiche in den Wald. Reker verschwindet. Irgendwann will ihn einer in Flandern gesehen haben oder zu Bremen ... Es war fein ausgedacht. Alle Welt hätte geglaubt, der Leggemeister Reker sei geflohen, weil er als Leinenbetrüger seinen Gewinn eingestrichen habe. In Wirklichkeit hätten sich andere das Geld eingesteckt. Sie hätten nur mit der Fälscherei aufhören müssen und wären nie entdeckt worden.«

»Solch Weitsicht passt zu Knuf.« Und zu Gerhild, das sagte Leent aber lieber nicht, sonst zürnte ihm seine fromme Schwester.

»Das ist wahr, wie es wahr ist, dass Gott der Herr auch andern Menschen diese Gabe geschenkt hat. Simon, was hilft es, über die Hanse-Beschwerden zu zetern, als fiele der Leinenbetrug wie Pech aus einem blauen Himmel? Denk an unseren Vater, er hat dich zum ehrbaren Kaufmann gemacht. Denk an all die üblen Schlechtigkeiten, vor denen er dich gewarnt hat. Du weißt so gut wie ich, dass nicht alle Kaufleute mit Treu und Glauben und ihrem Wort reich werden. Sieh dich lieber genau um. Dann wirst du sehen. Das Geld der Betrügereien muss irgendwem den Säckel füllen.«

Leent strich sich über den Hals und streckte das Kinn. »Vielleicht Knuf.«

»Vielleicht aber auch dem Erben von Reker, diesem zum

Betbruder gewendeten Säufer.« Gerhild legte den Rosenkranz auf den Tisch. »So viel Gottesfurcht, nun, ich würde es gern glauben.«

Sie hatte wie immer Recht. Wer so lange den Betrug am Leinen hatte verbergen können, der war klug genug, sein Geld nicht gleich zu zeigen. Leent durfte nicht nur auf den ersten Anschein achten. »Bete für mich, Gerhild, dass ich nicht den Falschen zum Gericht schaffe.«

40.

Der Chor sang das Te Deum. Leent beugte sich zu Elisabeth, die seine Hand gefasst hatte. Ihre weiße Haube hatte sie zum Festgottesdienst mit den drei Rubinen geschmückt, die ein goldener Ast wie Äpfel trug. »Das Te Deum scheint mir kräftiger als sonst.«

»Die Domherren haben die Franziskaner geholt, damit deren Stimmen den Dom gewiss ausfüllen. Sie tun das allweil an Festtagen, Mann.«

Vor den Altären flackerten die Kerzen, der goldene Widerschein tanzte über die dunklen Köpfe der Menge. Leent konnte den Blick nicht vom Hauptaltar wenden. Die Reliquien der Domheiligen wurden gerade von den einfachen Priestern auf dem Altar abgesetzt. Die kleinen Kästen schimmerten, Leent schienen die wie ein krauses Kräuterblatt verästelten Verzierungen in jeder Einzelheit sichtbar, doch war es nur der Wunsch, sie zu erkennen, der ihm das vorgaukelte. Er hatte sie schon oft von Nahem gesehen, ihre wundersame Kraft gespürt.

Der heilige Crispin und sein Bruder Crispinian waren Söhne einer vornehmen römischen Familie und mit einem römischen Senator ins Welschland gekommen, dort hatten sie als Glaubensboten gewirkt. Ihren Lebensunterhalt verdienten sie sich als Schuhmacher, und den Armen sohlten sie unentgeltlich die Schuhe, wodurch sie viele zum rechten Glauben brachten. Der

Rictiovarus, Büttel des römischen Kaisers, hatte sie verhaften und foltern lassen. Er ließ ihnen Pfrieme unter die Fingernägel stecken. Man übergoss sie mit flüssigem Blei, warf sie ins Feuer und in eiskaltes Wasser, schließlich wurde ihnen die Haut bei lebendigem Leibe abgezogen. Seit Jahrhunderten nun spendeten ihre Reliquien Heil im Osnabrücker Dom. Leent flehte mit stummem Gebet, sie möchten den Zweifel in seinem Herzen zum Schweigen bringen.

»Gleich kommt der Kantor.«

Ein paar Kinder rannten mit ausgestreckten Händen auf den Altar zu. Messdiener zogen sie dort weg zur Seite ins Dunkel.

»Was für ein Gestank.«

Die Donckerin rümpfte die Nase. Der Geruch verbrannten Haares verpestete die Luft. »Die Jungen treiben den üblichen Unfug.« Deren leichtfertiges Gelächter hallte aus den Seitenkapellen wider, doch der Chorgesang übertönte sie gleich. Leent rückte an den Rand der Reihe.

»Dass der Vrede sich das entgehen lässt, hätte ich nicht gedacht.« Elisabeth folgte ihm nach.

»Im Rat gestern hat der alte Vrede wie immer im Stuhle gesessen, den einen Arm auf der Lehne, den andern auf dem Tisch abgestützt, das rechte Ohr nach vorn. Er wird doch nicht krank sein? Seltsam, die Margit hätte er bestimmt gehen lassen, so neugierig, wie seine Tochter ist.«

»Sie ist schon seit Tagen bei der Heilerin Agnes in Belm«, sagte die Donckerin.

Elisabeth rollte die Augen zur hohen Halle des Doms. Leent ahnte ihren Gedanken, die Donckerin wusste immer alles über jeden. Es gab keinen Tag, an dem sie nicht in ihrem Erker an der Ecke zur Domfreiheit saß und mit den Leuten redete.

»Der alte Vrede ist auf seinem Ross davongeritten. Nicht mal die Knechte wissen, wohin«, sagte die Donckerin.

Wenn man als Kaufmann den Knechten alles verriet, war man verloren. Ein guter Handel machte sich in Stillschweigen, das wusste der alte Vrede wie kein anderer in der Stadt.

Der Chorgesang schwoll an, Leent nickte ihr zu. »Der Succentor weiß den Ton zu führen.«

Die Donckerin hörte ihm kaum zu, reckte den Hals, drängte heran und lächelte falsch wie immer.

Die drei Rubine in Elisabeths Haube schwankten ein wenig. Die Nachricht von der großmögenden Stiftung Rekers an den Dom hatte jeden in der Stadt überrascht. Weder seine Elisabeth noch ihre Weiber von der Mühle, selbst die Donckerin hatten keine Gerüchte gehört über Rekers Stiftung, die den Osnabrücker Domschatz so bereichern würde, dass selbst reichere Hansestädte neidisch werden konnten.

Darum also war es in der Todesnacht im Gespräch zwischen dem Dompropst, Terbold und Reker gegangen. Es nahm ihn nicht Wunder, dass von Schagen davon nichts verraten hatte, bis er den Kantorenstab sicher dem Domschatz gestiftet wusste.

Leent hatte sich wie ein jeder nach seinem Stand für die feierliche Messe auf das Kostbarste gekleidet. Die Gildezeichen wurden weit sichtbar von den Gildemeistern hereingetragen, die Riemenschneider, die Fassmaler, die Ochsenhändler hielten teure Stangenkerzen in den Händen. Nur die Leinenhändler, die noch immer keinen neuen Gildemeister gewählt hatten, behalfen sich nach altem Brauch. Der jüngste Lehrling, klein wie ein Kind, trug, gehüllt in ein schlichtes weißes Hemd, die Kerze.

Vom Portal her schritten nun die Ordensleute, die Franziskaner, Augustiner, selbst die Mutter Oberin der Benediktinerinnen vom Gertrudenberg erschien im Dom. Ihnen voran strebte eine große Schar der Witwen, die sich mit eigener Hand ernährten, zum Altar. Sie waren ganz in Weiß gekleidet, in Tücher, die bis zum Boden reichten.

Elisabeth stieß ihn an, und Leent wandte den Kopf. Nach den Ordensleuten schritt der Stifter in einfachem Pilgergewand durch den Dom. Ein brauner, wollener Umhang fiel von seinen Schultern. Das sonst so wirre gelbe Haar war gezügelt worden zu einem schlichten Strang wie der gestriegelte Schwanz eines Rosses. Jakob Reker hielt die Hände zum Gebet gefaltet und den Blick gesenkt. Nun hatte der an seines Bruders statt den Stab gestiftet.

Die Menge verstummte, der Chorgesang drang in Leents Kopf, es schien ihm, als erhebe sich der Boden, auf dem er stand. Übermannsgroß war dieser Stab und mit einer dicken Ampel in der Höhe der Hand des Kantors verziert. Die schlichte *Virga cantoris* war verschwunden, nun trug der Kantor keine Vorsängergerte mehr, sondern besaß einen Stab aus Gold. Welch ein Geschenk ans Domkapitel.

Leent stand außen an der Reihe, wie es ihm als Ratsherrn gebührte. Einen Augenblick blieb der Kantor direkt vor ihm stehen, die rot behandschuhten Finger hielten den Stab. Leent sah blaues Email in den Nischen der Laterna, hieß nicht so diese Ampel im Stab dicht über der Hand? Hinter Märtyrerkränzen trugen Madonna und Christkind ein Zepter in den goldenen Händen, der Apostel Petrus den Schlüssel zur Welt in der Linken. Elisabeth hatte noch am Nachmittag von den Frauen am Markt die Kunde gebracht, dass der Goldschmied Husbeek auf besonderen Wunsch des ursprünglichen Stifters, des toten Tomas Reker, Cäcilia, die Patronin der Kirchenmusik, in Gold hatte fügen und in die sechseckige Laterna noch deren Mann, den Valerius, hatte einsetzen lassen. Genau vor Leents Augen hielt Valerius ein winziges goldenes Buch, wie es dem Mann der heiligen Cäcilia bei seiner Bekehrung erschienen war.

Die Kunstfertigkeit Husbeeks war bekannt. Die abgetreppten Strebepfeiler um die Heiligen trugen gar krabbenbesetzte, von einer Kreuzblume gekrönte Wimperge, so fein war alles gearbeitet.

Da hob der rote Handschuh den Stab, der Kantor schritt weiter. Elisabeth drückte Leent. Er hatte ihren Worten nicht glauben wollen, Mühe gehabt, als der Dompropst die feierliche Messe angekündigt hatte. All das hatte seine brennenden Zweifel angefacht. Was wendete den Säufer Jakob Reker zum Büßer, wenn nicht das Wissen um Schuld? Was brachte den ewig in Geldnöten steckenden Jakob dazu, den vom toten Bruder Tomas geerbten Kantorenstab zu stiften? Doch wozu hatte ein Leggemeister, noch jung an Jahren wie Tomas Reker, solch eine Stiftung an den Dom und das Domkapitel gemacht? Der Kantorenstab musste ihn sein halbes Vermögen gekostet haben.

»Der Husbeek hat den Stab gemacht. Das sieht man. Nur er vollbringt solch ein Meisterstück.«

»Blaues Marienglas soll drin sein ...«

»Sieben Heilige ...«

»Nein, sechs ...«

»Was der Reker nur von den Domherren dafür hat haben wollen ...«

»Ganz selbstlos stiftet keiner einen Kantorenstab, das ist wahr.«

»Die Bremer sollen keinen größeren haben. Nicht mal zu Lübeck.«

Leent achtete nicht sehr auf das Geflüster. Die Domherren schritten vollzählig hinter dem Kantor zu ihren Plätzen im Chorgestühl hinter dem Altar. Dann hob der Kantor den Stab. Der Chor setzte an, Leent holte Luft, Elisabeth hustete neben ihm, die Gemeinde fiel ein. »Nun singet und seid froh ...«

41.

»Was für ein Geschenk an den Dom! Wie habe ich den Jakob Reker verkannt. Er hätte das Gold allemal verkaufen können.« Leent legte den Arm um Elisabeth, die Menge drängte sie von der Domfreiheit den Markt hinunter.

»Täusche dich nicht, Simon. Ich glaube eher, dass der Rausch ihm noch nicht den letzten Verstand geraubt hat. Besser ein halbes Vermögen als keines. Die Richter hätten ihm vielleicht doch das Erbe wegen des letzten Willens seines Vaters verwehren können. Vergiss nicht, Simon, der Vater der beiden Reker-Söhne wollte ausdrücklich nicht, dass Jakob Geld in die Finger bekommt. Nun, einen besseren Verbündeten als die Domherren hätte Jakob kaum finden können. Die Herren haben Wege und Mittel genug, die Richter in ihrem Sinne zu bewegen.«

Leent schaute Elisabeth an, sie wiegte die Festtagshaube, im schwachen Licht der Fackeln konnte er den Schmuck nur ahnen. »Elisabeth, warum erwägst du allzeit das Schlechteste?«

»Solltest du das nicht besser auch, Simon?«

»Jakob hat doch gar nicht klagen müssen. Niemand hat ihm letzten Endes das Erbe abgesprochen.«

»Es waren sicher nicht die Tauben, die dem Großneffen von Rekers Vater zugetragen haben, woher der Wind zu Osnabrück weht. Er ist der Einzige, der hätte Klage erheben können. Der alte Mann wohnt zu Quakenbrück, er hat nur einen Hof und ein paar Fluren eines Klosters in Pacht. Selbst wenn er nicht nur auf Grund und Boden sein Auskommen hätte, das der Kirche gehört, wie hätte er einen Prozess führen sollen, wenn das Osnabrücker Domkapitel mit seinen Truhen voller Gold hinter der Gegenseite steht? Selbst wir würden das nicht wagen.«

»Du hast wohl Recht.« Leent schob Elisabeth an einem Burschen vorbei, der in den Rinnstein sein Wasser abschlug. »Doch so schmückt der Kantorenstab nun unseren Dom.«

»Jakob Reker, wer hätte gedacht, dass der Tod seines Bruders ihn zum Gebet in der Kirche und nicht in die Arme der Badeweiber treibt. Man sieht ihn fast tagein, tagaus nur auf den Knien.«

Auch Reimer Knuf lag noch immer auf den Knien, in Ketten im Adelshof, und betete. Noch immer standen die flackernden Kerzen vor Leents Augen, der goldene Widerschein von den Heiligen im Dom. Von ihnen war Kraft ausgegangen und neues Vertrauen in ihn eingeströmt. Was waren seine Zweifel gegen die Qualen der Märtyrer? Nichtig, klein. Er wollte sich dem Willen des Herrn fügen, noch morgen würde er Jakob Reker befragen, die Zweifel in seinem Herzen ausmerzen.

»Das fahrende Volk lässt sich die Gelegenheit nicht entgehen. Komm rasch vorbei, bevor die Menge uns die Gasse nach Hause versperrt.«

Am Markt waren über den Köpfen ein paar Bretter aufgeschlagen, bemalte Tücher hingen von Stangen, zeigten Fels und Schluchten. Fackeln erleuchteten die Dielen. Schausteller sprangen mit Teufelsmasken umher. »Sie geben ein Höllenspiel.« Christus hatte gerade die Pforten gesprengt und die Vorväter befreit. Alle auf der Bühne liefen im Kreis hinter die bemalten Tücher und wechselten die Masken. Leent sah halb zwischen den Stoffbahnen hindurch. Luzifer wollte noch immer das Werk Christi vereiteln und schickte seine Teufel auf Seelenfang aus.

Laut krächzte die Maske über den Markt: »Bringt mir viel Kumpane, bringt mir allzumal den Papst und den Kardinal, Patriarchen und Legat, die den Leuten geben bösen Rat, König, Kaiser, Grafen, Fürsten, den Pfaffen mit der Blatten, den Mönche mit der Kappen.«

Der aufgezählten Standesleute war kein Ende. Leent zog Elisabeth durch die Menge.

Auf dem Dielengerüst sang ein Schausteller mit heller Knabenstimme. »O Luzifer, ich bin gewesen auf Erden Richter. Ich habe in vielen Landen meinen Preis. Denn ich künde Recht wider Recht und mache krumme Sache grad, wie manche grade krumm. Welche Seite mir Geldes schenkt und Schmeicheln tat, der sprach ich das Recht trotz meinem Eid und Rat.«

Die Menge drängte heran. Elisabeth fasste seinen Rücken, zu zweit gelang es ihnen, in den Sack abzubiegen. Die Gasse nutzten viele, denen der Abend schon lang genug geworden war.

Hinter ihnen sang ein Mädchen spitz von seinen Sünden. »Keines Burschen stolzen Hahn hab' ich können wenden, hatt' sie alle ganz und gar zu Händen.«

Luzifers Lachen hallte in den Gassen wider, die Kirchenmauern von Sankt Marien ragten hoch darüber auf. »So, Maid, das versteh ich wohl, dass dich's nicht länger quäle, kehr zurück zur Erden mit weißem Leib und schwarzer Seele.«

Irgendwer briet Fleisch zu später Stunde. Die Gasse vor ihnen war fast menschenleer, Leent schritt rasch aus.

Dem Buhle, der sich danach meldete, johlte schon die Menge hinter ihnen zu. Noch konnte Leent den Schausteller nicht überhören.

»Gnade, Herr Luzifer, ich war ein großer Bock, ich nahm jede Maid um eines Bieres Lot, die Frauen um ein einzig Brot.«

Elisabeth eilte ihm voraus. Hie und da schimmerte Licht hinter den Läden hervor.

Luzifer grollte schon leiser. »Hört ihr, Teufelsgesell'n, solch einen brauchen wir nicht in meiner Höll'n, kommet rasch in die Tiefe mein, sonst müsstet ihr alle Kebskinder sein.«

»Eine Schande ist das. Warum verbietet der Rat solch Geschrei nicht an solch einem Tag?« Elisabeth lenkte ihre Schritt nach links zur Turmstraße.

Der Rat hatte aus den Aufständen in Leents Jugendzeit gelernt. Das Volk war wie ein Kind, glaubte gern, dass es Futter ohne Mühe gab. Es musste seine Hitze austoben, wie ein Junge einen Baum zum Klettern brauchte. »Besser, das Volk spottet der ehrlosen Schausteller auf der Diele als der ehrbaren Bürger.«

42.

Sie hörte Pferdehufe schlagen, die Stille zerstob. Margit streckte die Beine auf den Dielen aus, rollte sich halb über die Seite. Sie hatte im Winkel der Kammer gekauert, die Sonne schwinden sehen und wiederkommen. Das waren Pferdehufe, drunten im Hof. Ihre Knie knackten, für einen Augenblick blitzten winzige Funken vor ihren Augen, dann hielt sie sich am Fenster.

»Ruhig«, rief ein Knecht.

»Wo ist sie?«

Vater! Margit zuckte vom Fensterrahmen weg. Sie hörte nicht, was ihre Muhme antwortete. Sie stolperte rückwärts zum Tisch, die Ecke rammte ihren Schenkel, sie taumelte auf die Truhe.

Draußen war wieder die Ruhe des Dorfes über alles gefallen. Eine Fliege summte, krabbelte über die Wände und den Boden, kreuz und quer.

Der Riegel wurde vorgeschoben, die Tür aufgerissen.

»Margit, dass du das deinem Vater …«

Dunkel wogte der Stoff um ihn, flog auf sie zu, breitete sich aus.

Die erste Ohrfeige brannte auf ihren Wangen, sie kippte halb von der Truhe, fing sich mit der linken Hand. Die zweite warf sie herum. Dann packten sie des Vaters Hände und schüttelten sie wie einen leeren Sack Mehl.

Ihr Leib schien schier zu brechen.

»Du verhurtes Stück Weib, du …« Er hustete und stieß sie zu Boden.

Blauer Wollstoff streifte über sie. Die Muhme stand hinter ihr. Margit schluckte bitter und schloss die Augen.

»Wer hat dir den Jungfernkranz gepflückt?«

Margit spürte die Dielen auf der Wange, die Fliege ertastete sich ihre Hand. Seltsam, es kitzelte kaum wie sonst.

Ein Stoß von der Muhme traf sie in der Hüfte.

»Wirst du wohl mit deinem Vater reden?« Er schlug mit der Faust an ein Holz. Der Zorn in Vaters Stimme klang wie beim Züchtigen der Knechte im Stall. Sie sah sich am Boden liegen, ihre wirren Locken. Sie war da und doch nicht da. Sie war bei ihm, der litt wie sie. *Reimer. Hörst du mich?*

»Ist sie von Sinnen, Agnes?«

Kaltes rutschte über ihr Gesicht. Agnes zerrte sie hoch, wrang ein Tuch über ihren Wangen.

»Sprich mit deinem Vater, wenn noch ein Funken Achtung in dir steckt!«

Margit spürte die Truhe in ihrem Rücken. Sah die schwarzen Reitstiefel des Vaters vor sich. Die Reithosen, den braunen Reisemantel mit Fehsaum. Die Hände lagen auf seinem Gürtel. Sein Kinn zitterte, die Augen, sie wagte es nicht.

Er packte ihr Kinn, riss es hoch. »Sieh mich an, Kind!«

Seine Augen waren kalt. Und schon voller Wasser. »Wer hat dir das angetan?«

Ein Tropfen lief ihr aus dem Tuch, das Agnes über ihr Gesicht rieb, hinunter zwischen die Brüste. Die Fliege saß auf dem Reitstiefel am Schaft und nährte sich am Dreck.

Schlimmer, als einen Bankert zu tragen, war nur, den Bankert eines Meuchlers zu gebären. Sie würden Reimer töten. Sie durften es niemals erfahren, dass er der Vater ihres ungeborenen Kindes war. So würde man es vielleicht ins Waisenhaus geben, statt es aus der Stadt zu jagen. Denn von solch verrufenen Eltern, was soll da anderes daraus werden als böses Gezücht?

Margit schüttelte den Kopf. Und schwieg.

»Sprich.«

Sie schwieg, sah in das Auge ihres Vaters hinein, das im Wasser verschwamm. Sein Mund, seine Brauen, alles kreiste um die Augen herum wie auf einer Spindel gedreht.

Er schlug sie wieder, mit der flachen Hand auf den Kopf. Der Schmerz verlor sich zwischen den Armen irgendwo an ihrem Herzen.

»Ich hätte dich zur reichsten Frau in Bremen machen können. Der alte Gerrit hat schon mit mir verhandelt für seinen Sohn. Oder Freifrau hättest du werden können, mit Burg und Land. Die Grafen Holter haben für ihren dritten Sohn bei mir geworben.«

Sie wollte keine Burg und keinen Bremer.

»Und du? Du wirfst dich dem erstbesten Knecht an die Brust oder einem Schausteller oder sonst einem dreckigen Hurenbock.«

Sie hatte immer schon Reimer gewollt, lange bevor er sie berührt hatte. Sie hatte ihn beim Tanz gesehen, seinen stolzen Schritt, sie hatte ihn auf dem Markt die Händler maßregeln sehen. Mit festem Wort, als einer gegen viele. Jetzt wusste sie es, so deutlich wie noch niemals zuvor, dass sie ihn liebte.

Die Muhme schalt sie. »Der Herr straft uns für unsere Sünden.«

Die Reitstiefel des Vaters machten kehrt. »Was nützt mir all mein Geld, wenn ich keinen ehrbaren Enkel dafür an meine Brust drücken kann? Du wirst gehorchen, Margit, und das Schweigen lernen.«

Margit spürte Reimers Seele, wie er in seinem Kerker an sie dachte. Sie war wieder in seinen Armen.

Agnes zerrte sie auf die Truhe. »Hör mich an, Schwager. Lass mich mit ihr nach Wismar reisen, zu meinem Vetter Konrad. Er ist so verschwiegen wie ich. Dort in seinem Haus wird sie den Bankert zur Welt bringen und bis dahin niemanden sehen. Er spendet viel für das Waisenhaus dort am Hafen, dort schaffen wir den Balg unter.«

Sie würden ihr das Kind wegnehmen, ihr Kind von Reimer.

»So viel Nachsicht hat meine Tochter nicht verdient.«

»Ihr Schoß ist fruchtbar. In der ersten Nacht tilgt ein trunkner Bräutigam rasch den Fehler, ohne ihn zu merken. Schwager, höre auf meinen Rat. Du brauchst ehrbare Enkel. Konrad kennt die Kaufherren in Gotland und Riga, er handelt mit Pelzen und Bienenwachs.«

Nicht wegnehmen, das Einzige, was ihr bleiben würde von ihm.

»Willst du etwa der Schwiegervater eines Lumpen werden? Oder deines Knechts?«

Die Reitgerte knallte auf den Tisch. »So also sei's. Ich schaffe dich so weit fort, wie ich kann, Tochter. Konrad kauft bei den Hanseherren zu Nowgorod.«

Im Norden war es kalt, viel zu kalt.

»Im dunklen Norden wird nicht lang gefragt. Die nehmen jede hübsche Braut für ihre lange Winternacht.«

Agnes nahm ihr das feuchte Tuch von der Schulter.

Das durften sie nicht tun. Nicht Reimers Kind. Vater stierte zum Fenster hinaus, seine Faust ballte sich am Gürtel. Dann sackte er mit der Stirn gegen den Rahmen und hieb gegen den Balken.

»So werde halt Kaufmannsfrau im Norden, leb mit Zobelfeh und säuerlichem Met.«

Nein.

Agnes ließ ihre Schultern fahren. »Sie wird sich fügen.«

Nein.

»Sie muss. Das ist sie nicht nur mir, sondern auch deiner Schwester schuldig.«

Er beugte sich zu ihr herab. Stieß sie kurz an. Spindelkreisend sein Gesicht, die Augen fest. Er flüsterte ihr zu: »Deine Mutter habe ich so sehr geliebt, dass ich keine andere Frau mehr haben wollte. Wozu hat sie bei deiner Geburt ihr Leben hingegeben für deines, wozu?«

Agnes zog ihn weg.

Der Riegel rutschte.

Mutter. Hilf.

43.

»Da wird die Ertmann'sche stolz auf ihren Sohn sein.«

Elisabeth schob seinen Ellenbogen weg, drehte sich halb vor Leent und schaute ihn an. Ihre klaren grauen Augen lagen milde auf ihm.

»Aber was schickst du den jungen Mann laufen? Lass ihn anderes tun.«

Leent hob den rechten Fuß aus dem Waschtrog und legt ihn auf den Schemel. »Das habe ich, Weib. Mit meinem Schlüssel habe ich ihm das Tor am Legge-Haus aufgetan. Der Studiosus geht für mich die Legge-Bücher durch. Ich will wissen, wie viel Leinen von Reker und wie viel von Knuf geprüft worden ist. Welcher Kaufmann es vorgelegt hat, wohin es geschafft wurde.« Elisabeth tupfte seinen geschwollenen Knöchel ab.

»So dumm werden die Fälscher nicht sein, mit eigenem Namen die Leinwand legen zu lassen. Mir scheint, auch du läufst zu viel in der Stadt.«

Sie stand auf und holte einen hölzernen Tiegel vom Schaff. Leent zuckte zusammen, wiewohl sie mit sanften Fingern über die Haut strich.

»Die Gänsesalbe mit Huflattich und Ringelblume wird dein Bein abschwellen.« Sie lächelte ihn an. »Wie wenig du dem Geschwätz der Leute lauschst, lieber Mann. Tauch den anderen Fuß auch ins Wasser.«

»Der ist doch nicht dick.«

»Auf einem Bein steht man nicht, sagt der Apotheker, man soll die Salbe auf beide Füße streichen. Sonst drängt das Wasser hinüber.«

»Mit dem Wasser hast du es ja.«

Elisabeth drohte ihm mit dem fettglänzenden Zeigefinger. »Weil ich zur Mühle gehe und unser Korn fürs täglich Brot mahlen lasse?«

Sie zog das Leintuch unter dem dicken Fuß fort und breitete es auf ihre Knie. Leent hob den anderen Fuß aus dem Bottich und legte ihn darauf. Er sank halb hintenüber, stützte sich auf die Ellenbogen. Elisabeths feine Nasenspitze zuckte ein bisschen. Sie blinzelte in den Dampf.

»Du brauchst nur einmal zur Mühle zu gehen und dem Rad zwölf Drehungen zuzuschauen, dann würdest du nicht darob rätseln, wo der Albus steckt.«

Sie fasste in den Tiegel, nahm nur wenig Salbe. Jetzt spottete sie seiner ein wenig, Leent nahm es ihr nicht übel. Er war sich sicher, dass sie schätzte, wie wenig er auf die Schmiedefeuer in der Stadt gab. Was den Frauen die Mühle, war den Männern die Bank beim Schmied.

»Mann, es ist ganz einfach. Der Albus hat die Bankertmaid genommen, die in der Legge als Weißbüglerin gedient hat.«

Fremde Kaufherren konnten gegen geringe Gebühr ihr Leinen glätten lassen, wenn sie es zum Verkauf auslegten an Markttagen oder für die Legge selbst. Der dicke Fuß wurde heiß unter der Salbe.

»Die Susanne war fleißig und beliebt. Nicht nur bei den Kaufleuten. Auch der Leggemeister Reker soll sie zu sich in die Stube genommen haben. Alle Welt weiß, wie solche Mägde sind. Wenn sie schon auf der Bank in der Küche gezeugt worden sind, bleiben sie später selten ehrbar.«

Elisabeth war streng in solchen Dingen. Sie duldete keine Kebsweiber unter den Mägden. Ihre Söhne sollten auch nicht zu früh um die Badeweiber streichen.

»Dem Albus hat sie auch schöngetan, aber ein Leggemeister kann eher mal einen Teller mit gebratenen Hühnchenschlegeln kommen oder einen Krug mit süßem Wein neben das Lager stellen lassen. Es kam, wie es immer kommt, wenn die Herren vergessen, was sie vor dem Altar geschworen haben.«

»Reker war doch noch nicht verheiratet.« Elisabeth rieb das überschüssige Fett mit dem Tuch von seinen Füßen. »Er war noch nicht lange Meister und eheberechtigt.«

»Ein Grund mehr, sich nicht mit einer Magd einzulassen. Noch dazu einer, die nicht mal in der Stadt geboren ist. Was bringt es einem Mann, wenn er mit den Mägden Bankerte zeugt und keinen Samen mehr für das Ehebett hat? Schau dich doch um, wie viel Gildemeister und Kaufherren nur ein oder zwei Kinder in der Ehe haben. Der Vrede hat gerade mal die schöne Margit zustande gebracht.«

Leent hatte Elisabeths Leib immer gereicht; als sie jung war, fand er kein Badeweib schöner als sie. Und jetzt rann das Blut in seinen Adern nicht mehr so glutig, dass er hätte mehr als seine Frau besteigen wollen. »Wir haben der Kinder fünf.«

»Und davon drei Söhne.« Einen Augenblick schimmerte das Rund ihrer Wangen unter den Falten hell und rosig, wie er es am Altar vor dreißig Jahren geküsst hatte. »Du hast mir nie Schande gemacht und den bösen Spott der Nachbarinnen eingebracht, Simon, ich weiß. Aber die Welt ist nicht in ihrer Mehrheit so. Deshalb lehrt uns ja das Evangelium den rechten Weg. Wiewohl ein jeder sehen kann, wohin es führt. Der, der die Flachshechel in Tomas Rekers Kopf gestoßen hat, ist der Sünde Sklave längst geworden.«

Knuf hatte sich nicht mehr in den Badehäusern umgetan als jeder junge Bursche. Die heißen Füße trieben ihm den Schweiß auf die Stirn. Er musste seine Zweifel ausmerzen, rasch.

»Ist denn Albus übel beleumdet?«

»Nicht schlimmer als jeder Knecht. Die Weißbüglerin Susanne sah man immer wieder aus Albus' Kammer kommen, dickwangig und gut im Futter. Dann war sie plötzlich verschwunden, es hieß, sie sei zurück in ihr Dorf. Warum, ist ja wohl keines Nachfragens wert. Und der Albus ist nun oft auf den Sönkes-Hof von Reker auf die Große Heide geschickt worden. Unsere Viehhüter drüben in der Laischaft haben ihn einige Male auf dem Ochsenwagen Rekers fahren sehen. Das Dorf der schönen Susanne liegt eine Meile vom Hof. Kein Wunder, dass sie der junge Ertmann dort hat sitzen und stillen sehen.«

»Aber warum hat dann bloß Albus mit Reker gestritten?«

Elisabeths Hände klatschten vor seiner Brust, sie war aufgestanden. »Ja, hast du denn nur die großen Händel der Herren um Land und Burgen im Kopf? Der Reker hat dem Susannchen doch was geben müssen für den Balg. Und dem Albus dafür, dass er sich als Vater des Kindes nennen ließ. Immerhin war der Reker Leggemeister und kein einfacher Handwerker oder Trageknecht. Was weiß ich, was das kostet? Frage unter der Hand deine Männer im Rat, die werden das schon wissen.«

Wen sollte er da fragen, da machte er sich doch in seinem Alter lächerlich, wenn er das nicht selbst schon einmal geregelt hatte. Den Preis für das Vergnügen, hieß es, handelt man im Badehaus vorher aus. Er würde sich den Albus noch einmal vornehmen. »Aber wenn er die Goldgulden von Reker dafür bekommen hat, muss sein Stolz sehr groß sein, dass er mir das verschwiegen hat.«

»Die Stadt würde ihn kaum länger in der Legge Knecht sein lassen. Aber vielleicht war der Tomas Reker geizig geworden, der Kantorenstab kostete ihn bestimmt sein halbes Vermögen.«

Und dem Albus wäre im Streit die Hechel in die Hand gekommen. »Reich mir die Beinlinge. Ich muss aus dem Haus.«

Elisabeth schob den Waschbottich zur Seite, bückte sich. Sie hielt sie ihm hin, die Stirn kraus, widersprach aber nicht.

»Nimm einen Kienspan mit, Mann.«

44.

Es ergab keinen Sinn. Schon das dritte Talglicht hatte er angesteckt, seit ihn Ratsherr Leent in die Legge eingelassen hatte. Ertwins Finger fuhren die Eintragungen in den Legge-Büchern entlang. Wann immer Knuf oder Reker Leinen von Händlern aus den Hanseorten geprüft hatte, die sich beim Rat beschwert hatten, machte er einen Kreidestrich auf einer Tontafel.

Mal lag Knuf vorn, mal der Reker.

Hier hatte der Leggemeister in jener Nacht gesessen. Ertwin klappte das Buch zu. Falls der eine den anderen Leggemeister verdächtigt hatte, an den Aufzeichnungen allein hatte es keiner der beiden merken können, dass ab und an ein falscher Stempel auf die Stoffbahnen gedrückt wurde.

Ertwin nahm das Talglicht am irdenen hohen Handgriff, der es gegen den Luftzug schützte. Er ging damit aus der Leggemeisterkammer und zur Stiege nach unten. Still war das große Haus. Bis zur Wahl eines neuen Meisters blieb es geschlossen. Bele, die alte Magd, hatte Leent ins Rathaus geschickt, damit sie versorgt war, bis ein neuer Herr ihre Dienste brauchte.

Ertwin schritt die Stiege hinunter. Legge- und Prüfmeister hatten sich abgewechselt. Die einzige Möglichkeit, einem Verdacht nachzugehen, wäre gewesen, das vom andern geprüften Leinen selber nachzuprüfen. Aber die meisten Kaufleute von außerhalb schafften ihre Ballen so rasch als möglich aus dem Legge-Haus, damit sie keine Stapelgebühr entrichten mussten. Nur die Leinenhändler aus der Stadt konnten sich das leisten, für sie galt die Gebühr nicht.

Ertwin erkannte in der Dunkelheit kaum die Tische der Schreiber in der Diele.

Der falsche Stempel wurde auf minderwertiges Leinen gedrückt, das sofort hinweggetragen werden konnte. Und der Kaufmann war notwendig eingeweiht, denn jeder Händler wusste um die Beschaffenheit seiner Ware.

Leent und der Rat mussten herausfinden, von wem die beschwerdeführenden Hanseleute ihre Ware gekauft hatten. Das war schwierig, wurde Leinen doch oft weiterverkauft. Ertwin setzte sich auf die unterste Stufe der Stiege. Leinwand wurde nicht nur an den Stapelplätzen gehandelt, die das Recht dazu besaßen. In den fehdereichen Zeiten war jeder Kaufmann froh, sein Zeug loszuwerden.

Die Dielen über seinem Knopf knarrten.

Schritte.

Ertwin blies das Talglicht aus und sprang von der Stufe, einen Augenblick lang stand er in tiefstem Schwarz. Dann ahnte er Umrisse der Schreiberbänke und Hocker. Ertwin tastete sich die Wand entlang, stieß mit den Unterschenkeln an einen Sitz, der aber nicht rutschte. Ein Lichtschein flackerte oben an der Stiege, Ertwin duckte sich unter eine Schreiberbank. Vorn dagegen geschoben stand ein Fässchen, verdeckte nicht ganz einen Schlitz. Der Lichtschein wurde heller. Zwei Windlichter schwebten die Treppe herab, getragen von zwei Kerlen. Eng anliegende Beinlinge, knappe Gugeln über den Köpfen und Schultern, wie sie die Schützen auf der Stadtmauer trugen, damit ihre Hände beim Pfeile ziehen nicht am Kragen hängen blieben.

»Die Ballen dort sollen es sein.«

»So viel gehen nicht drauf.«

»Doch nur die in braune Leinwand gehüllten. Die mit der grünbraunen Kordel.«

Die beiden leuchteten über die Ballen. Einer stellte das Licht auf den Boden und rollte Leinenpacken zur Seite. Ertwin duckte sich tiefer hinter das Fässchen. Neben der Schreiberbank lagen nur Gerätschaften, leere Wässerungsbottiche waren ineinander gestellt. Alles Übrige verschwamm im Dunkel.

»Hier sind vier.«

»Wie viel suchen wir?«

»Zwölf.«

Der größere Kerl räumte vorn bei der Tür, der kleinere kam auf die Schreiberbank zu. Ertwin fasste seine Knöchel, legte die Wange aufs Knie, machte sich so klein es ging. Irdenes tockte auf das Holz über seinem Kopf. Der Kerl hatte das Licht dort abgestellt.

»Da sind noch sieben.«

»Fehlt einer.«

»Schau in den Stapel neben der Stiege.«

Wieder tockte es kurz. Ertwin wagte es, hob den Kopf. Durch den Schlitz zwischen Fässchen und Bank konnte er beide erkennen. Kräftige Burschen, Träger bestimmt oder Feldknechte.

»Da ist er. Wie schaffen wir sie fort?«

»Immer zwei auf den Rücken, dann gehen wir bloß dreimal. Pack zu.«

»Ich trag erst das Licht hoch. Lass das andere noch hier.«

Die Dielen knarrten.

»Ich pack dir auf. Und ab mit dir.«

Der Größere schulterte zwei Ballen rechts und links, die Arme des Kürzeren griffen helfend zu, dann schritt er tief gebeugt die Stiege nach oben. Der Erste kniete und rollte sich halb einen, dann den zweiten Ballen auf die Schultern und folgte nach oben.

Jetzt oder nie. Ertwin rutschte vorsichtig unter der Bank rückwärts hervor, stand auf und huschte ins Dunkel. Ein Besen. Ertwin sprang im letzten Augenblick darüber, sonst hätte er ihn umgerissen, fing sich an einem Stützbalken der Decke. Er hörte die Schritte oben weiter in die Tiefe des Hauses ziehen.

Mit drei Sprüngen war er die Stiege oben. Im Gang, der vor der Tür zum Legge-Saal abzweigte, stand ganz hinten eine Gesindekammer offen.

»Los, die nächsten.«

Ertwin sprang hinter einen Türpfosten und presste sich in den Schatten. Die Kerle stapelten die zwölf Ballen in der Gesindekammer. Erst huschte der Schatten des Größeren über die gegenüberliegende Wand, dann der des Kleineren.

»Hilf mir die Ballen auf.«

Sie standen jetzt unten. Die knarrenden Dielen durfte er nicht treffen. Ertwin setzte seine Füße ganz außen gleich vor den Wänden entlang, beugte sich dabei weit zur Seite, damit er nirgends hängen blieb, lief bis zur Gesindekammer. Dort stand eine Leiter in der Luke zum Dach.

Hinter ihm polterte es gegen die Wände.

»Pack fester zu, sonst verlierst du noch den zweiten Ballen.«

»Gleich habe ich ihn wieder.«

Ertwin erklomm rasch die Sprossen, schlüpfte durch die Fensterluke und presste sich draußen auf die Ziegel.

»Noch einmal runter, dann hieven wir sie hinaus. Vergiss das Licht nicht.«

Hätte der Mond nicht scheinen können? Ertwin fluchte innerlich über die Wolken. Er riet mehr, als er sah. Die beiden Kerle waren nicht von den Straßenseiten gekommen, so viel war sicher. So blieb nur die Ecke zu den Fleischern hin, dort hinter dem Nachbarhaus gab es einen Hof. Ertwin rutschte auf Händen und Fußspitzen über die Ziegel. Er hoffte, dass sie ihn nicht hörten.

Sein linker Fuß spürte das Firstholz zuerst, dann spürte er eine Leiterstange. Griff sie mit den Händen, schwang das linke Bein, dann das rechte, fasste Tritt. Der Widerschein aus der Dachluke wurde heller.

Ertwin kletterte die Leiter hinab. Hoffentlich wartete dort kein dritter Mann. Unter seinen Füßen spürte er Holz durch die Schuhsohlen. Es schwankte etwas. Er stand auf einem Wagen. Er spürte rundes Fassholz an den Knien. Holzkästen. Es roch nach Ochsen. Die Kerle würden die Ballen hier aufladen, das war klar. Neben der Leiter war noch Platz genug auf der Wagenfläche. Ertwin tastete sich weiter. Wollene Hüllen … Hier lagen schon Ballen locker aufeinander.

Auf dem Dach rutschte ein Ziegel.

Ertwin kniete sich rasch hin, streckte die Füße rückwärts zwischen die Ballen, robbte auf den Ellenbogen darunter, schaffte sich Raum. Sie drückten kaum auf ihn, so verpackte man Wollgarn für die Weber. Der Schoß seines Wamses rutschte unter seinen Bauch, Ertwin drückte sich so tief in die Wolle hinein, bis er mit den Füßen an ein Wagenbrett stieß.

Die Leiter vorn auf dem Wagen ruckte.

Mit den Fäusten zog er die Wollhüllen vor seinem Gesicht zusammen.

Leinenballen fielen schwer mit einem dumpfen Schlag auf die Ladefläche. Drei, fünf, neun. Die Wolle über ihm drückte sich auf einmal schwer herab.

»Die Leiter«, zischte einer der Kerle.

Dann klapperte Holz gegen Holz. Eine Gerte knallte, ein Ruck, der Wagen zog an. Undeutlich hörte Ertwin ein Holztor in der Angel drehen, bei den Metzgern schliefen jetzt sogar die Lehrlinge.

Der Wagen rollte los. Allzu lange würde er nicht hier liegen, die Stadttore waren mitten in der Nacht geschlossen.

45.

Leent hatte lange im schwachen Abendlicht geklopft, dann tat im Nachbarhaus die Salzhändlerin den Laden auf.

»So gebt doch Ruhe! Ach, der Ratsherr ...«

Sie raffte schnell die losen Haare um die Stirn, verschwand kurz, dann erschien das hohlwangige Gesicht wieder unter einem blauen Kopftuch.

»Ihr seid es.«

»Wo ist der Jakob Reker?«

»Da ist keiner. Der Reker hat sein Gesinde ins Haus seines Halbbruders geschickt. Er beschaut dort den Hausstand, prüft, was überzählig ist, weil er es schon hat. Das will er dann den Armen im Hakenhof spenden.«

»Das ist dem Herrn zu Wohlgefallen.« Leent hörte weitere Läden drehen.

Hinter ihm rief die Zieglersfrau herunter, ohne dass man sie sah. »Das fällt ihm früh ein, über dreißig Jahr hat er gesoffen und gehurt.«

»Wisst Ihr Weibsen, wo ich den Jakob finden kann?«

Die Salzhändlerin wackelte mit dem blauen Tuch auf dem Kopf.

»Er wird in Sankt Johannis sein. Seit sein Bruder tot ist, betet er jeden Abend dort, bis die Nacht einfällt.«

»Dank Euch.« Das war nicht weit, die wenigen Schritte an der Faulen Brücke vorbei und dem Sankt-Annen-Gasthaus zur Johannisfreiheit konnte er noch in der Dämmerung ohne Licht gehen.

Vor der Kirche spielten Kinder mit einem Lumpenball, nur noch zwei Bettler saßen auf den Stufen. Leent warf ihnen zwei Kupfermünzen zu.

»Vergelte es Euch Gott.«

Weder war ein Markttag noch ein Feiertag, doch hing der dumpfe Geruch alten Weihrauchs und von Menschenausdünstungen schwer im dunklen Kirchenraum.

Im schlichten Wollüberwurf mit einfacher Mütze murmelte Jakob Reker vor dem Johannesaltar Gebete.

Leent winkte den Priester zu sich, der die Talglichter vor einem Nebenaltar versorgte. Leent nahm aus seinem Beutel ein paar Münzen. »Holt mir den Reker her.«

»Er ist im Gebet, Herr.«

»Kauft drei Talglichter davon, der heilige Johannes wird Euch vergeben.« Der Priester warf einen raschen Blick auf die Münzen, dann wandte er sich um. Er stellte sich an die Kniebank und bekreuzigte sich vor der kleinen gefassten Holzstatue des Heiligen. Dann tippte der Priester im weißen, langen Hemd dem Reker auf die Schulter.

Der schrak hoch, wandte sich um. Sonst fielen die gelben Haare in Strähnen unter dem Mützenband heraus, Leent konnte sich kaum erinnern, dass er den ewig trunkenen Jakob Reker je anders erblickt hätte, doch jetzt trug er es als gebundenen Strang. Er wartete am Pfeiler, doch Reker ließ sich Zeit.

Schließlich drückte er den schweren Körper von der Kniebank hoch. »Warum stört Ihr mein Gebet?«

Das ehedem so rot gedunsene Gesicht war eingefallen, schimmerte fast weiß im schwachen Licht, wie bei einem Kirchenmann lag es glatt unter dem gelben Bart. Rekers Atem roch weder nach Bier noch nach Wein. Leent dämpfte seine Stimme. »Der Rat muss wissen, woran er mit Euch ist.«

Die Augen Rekers weiteten sich. »Mir mir?«

»Es geht um Eure Absichten. Was würdet Ihr antworten, wenn Euch Knuf ein Blutgeld zahlte nach altem Brauch?«

Jakob Reker wich vor ihm zurück. »Solch Münzen bringen den Tod, den sie zu begleichen scheinen.«

»Knuf ist reich, Ihr lebt nur von dem Zins auf Eure Häuser. Was Ihr von Eurem Bruder erbt, wird bald verbraucht sein.«

Jakob drehte den Kopf vor ihm weg und beäugte ihn von der Seite. »Seid Ihr wirklich der Simon Leent oder ein Geschöpf der Nacht, das mich versuchen will?«

»Jakob Reker, Ihr seid von Sinnen. Wie soll das gehen, auf geheiligtem Boden, hier in Sankt Johannis? Habt Ihr Euren Verstand versoffen?«

»Ich trinke keinen Tropfen mehr. Ich schwor es der Heiligen Mutter vor dem Hauptaltar in der Marienkirche.«

»Habt Ihr deshalb, wie Tomas es wollte, den Kantorenstab im Dom gestiftet?«

»Wie könnte ich dem Herrn diese Gabe meines Bruders entziehen, wenn er unseren Namen so straft? Nicht mal einen Boten ließe ich über meine Schwelle, sofern der Meuchler überhaupt einen findet.«

»Ihr tut gut daran, Eure Ohren zu verschließen.« Die Schultern Rekers hingen schwer in dem schlichten Mantel. »Ihr lasst die Gerätschaften Eures Bruders wichten?«

Reker griff in den Aufschlag seines Mantels am Hals und hob

das Kinn. »Sein Hab und Gut gehört nun mir nach dem Recht der Stadt. Er hat kein Weib, kein Kind.«

»Aber einen Bankert mit der Weißbüglerin Susanne.«

»Hat er sie etwa anerkannt? Das sind Kinder der Sünde!« Der gelbe Bart zitterte.

Des Leggemeisters Lenden mochten stark gewesen sein, so dass er gleich mehrere Bankerte gezeugt hatte. Leent schalt sich einen Narren, Elisabeth hatte Recht gehabt. »Wollt Ihr sie darben lassen? Ihr werdet doch wissen, wie viel Münder Ihr nun auf Euren Höfen habt draußen im Stift.«

»Das ist jetzt nicht wichtig.«

Reker wandte sich schon wieder halb zum Altar. Leent berührte ihn an der Schulter und zog ihn ins Kerzenlicht. Er wollte das Gesicht sehen. Leent verstellte dem Priester rasch den Blick auf Reker und flüsterte ihm zu: »Kennt Ihr dies?« Leent griff in sein Wams und holte das Leinenbündel heraus. Mit der Rechten entfaltete er vor Rekers Augen das Tuch. Im Eisen des Fünfzacks spiegelten sich die hundert Kerzen des Altars.

»Oh Gott, was prüfst du mich schwer.« Rekers Hände flogen auf seine Brust unter das Herz. Er wich zurück und starrte auf das spitze Eisen. Jakob war wie gebannt. »Tomas war ein unschuldiges Opfer.«

Jakob Reker bekreuzigte sich. Seine Handflächen wiesen nach außen, versperrten seinen Blick gegen das Eisen. Er nickte ohne Unterlass wie ein Veitstänzer. Mit einem leisen Ächzen kniete er nieder und kroch auf Knien zum Altar des heiligen Johannes.

Leent bekreuzigte sich in seinem Rücken. Was sollte er von so viel Inbrunst halten? Mochte Jakob Reker im Gebet verharren, die Stadt konnte nicht warten mit dem Gericht. Der Dompropst hatte genug Kirchenmünder, die an seiner statt Gebete sprachen. Das machte von Schagen nur frei genug, dem Bischof in Wort und Tat zu gefallen.

Der dumpfe Geruch alten Weihrauchs und schmutziger Menschen schlug ihm langsam auf den Magen. Die Albe eines Priesters leuchtete vor einem der Altäre aus dem Dunkel.

Vor der Kirche waren die Kinder und Bettler verschwunden, nur der Lumpenball lag halb zerfleddert mitten auf der untersten Stufe. Leent hätte beinahe hineingetreten, so dunkel war es geworden. Er schalt sich, dass er nicht auf Elisabeth gehört hatte und kein Licht mit sich führte.

Dann würde er sich behelfen wie alle, in der Mitte der Gasse laufen und auf den Widerschein der Herdfeuer hinter den Läden der Häuser hoffen. Leent bog in die Große Straße. Früher hatte er des Nachts mehr gesehen, doch mit dem Alter war es ihm, als wäre er des Abends fast blind. Er könnte beim Silbernen Hahn um einen Kienspan fragen, das war nicht weit, an der Ecke zur Rosenstraße.

Leent stieß mit dem Fuß an Unrat. Wie oft hatte der Rat verboten, Unrat mitten auf die Gasse zu werfen? Aber wer richtete sich schon nach dem Gesetz? Der Teufel hatte leichtes Spiel mit den Menschen.

Leent setzte die Füße vorsichtig. Gab es eine bessere Vermummung für einen Mitwisser, als sich vom Säufer zum Frommen zu wandeln und noch das unreine Erbe zu Teilen der Kirche zu stiften? Es war schändlich, das zu denken. Der Jakob war der größte Säufer der Stadt, bislang zumindest, der hatte sein halbes Vermögen die Kehle hinuntergestürzt. Wie sollte der mit trunkenem Kopf solches ausgeheckt haben?

Etwas rutschte schmierig unter seinem Fuß. Leent ärgerte sich. Er hasste stinkende Schuhe im Haus. Doch was half's?

Nein, Jakob hätte allenfalls aus Wut gehandelt, doch seinen Halbbruder zu Fall zu bringen, dazu fehlte ihm die Kraft. Leent rieb die Schuhsohle zwei Schritte weiter an einer Hausschwelle ab.

Aber wie er zwei Füße, so hatte Tomas Reker vielleicht zwei Gegner gehabt.

Er hörte etwas, jemand huschte mit raschem Schritt hinter ihm. Leent drehte sich um. »Was …« Eine Gestalt warf sich auf ihn. Leents Schulter prallte gegen etwas Weiches, seine Beine schlugen längs auf dem Gassendreck auf, dann die Ellenbogen.

Schweißstinkender Stoff rutschte über sein Gesicht. Schwer drückten Knie auf seine Brust. Er rang nach Luft. Hände rafften seinen Mantel auseinander, fingerten an seinem Gürtel, nahmen den Säckel. Drangen in sein Wams. Er hörte keuchenden Atem, Finger krallten sich durch sein Hemd, fassten den Leinenbeutel.

Der Fünfzack, Herr im Himmel.

Eine Faust schlug auf ihn ein, traf sein Ohr, seine Gurgel, der Schweißgestank auf dem Gesicht erstickte ihn.

Dann flog das Gewicht von seiner Brust. Leent richtete sich auf, riss den stinkenden Sack vom Gesicht. Er saß im Unrat. Um ihn herum war alles schwarz, nur oben am Himmel blinkten drei einzelne Sterne.

46.

Ein Funken sprang aus dem Holzscheit im Herdfeuer. Leent hörte es in dem kleinen Kesselchen zischen, das Elisabeth auf den Dreifuß in die Glut gestellt hatte. Seine jüngste Tochter Katharina hatte die langen schwarzen Haare unter den Kragen ihres Kleides gesteckt.

»Wie lange muss die Ringelblume sieden, Mutter?«

»Bis die Stängel aufschwimmen. Sieh, sie kommen schon hoch.«

Elisabeth sprach wie immer ruhig mit Katharina, die sich sehr für die Salben und Heilsude begeisterte, auf die sich ihre Mutter verstand. Leent streckte sich auf der Sitzbank auf dem weichen Kissen aus, das Katharina herbeigeschafft hatte.

»Es ist gleich fertig, Vater.«

Leent winkte ihr zu. Als er in verdrecktem Mantel zur Tür hereingekommen war, hatte der Knecht, der noch am Herdfeuer saß, erst zum Schürhaken gegriffen. Die Magd war noch nicht die ganze Stiege nach oben gerannt, da war Elisabeth schon im Hemdchen, ein Talglicht in der Hand, in die Diele herabgekommen.

»Hol mir kaltes Wasser.« Elisabeth wies Katharina zu den Bottichen. »Und du meinst, Simon, es waren keine gewöhnlichen Diebe? Sie stülpen den Rechtschaffenen doch oft einen Sack über den Kopf, wenn sie sie ausrauben.«

»Auch wenn der Sack stank wie ein Schweinekoben«, Leent wies auf das Schaff, wo Elisabeth seinen Gürtel abgelegt hatte; die Kleider hatte Elisabeth der Magd zum Waschen in die Arme geworfen, »kennst du einen Dieb, der einen vollen Säckel wie meinen am Gürtel hängen ließe?«

Elisabeth rührte im kleinen Kessel und nahm ihn mit einem Lappen vom Dreifuß. »Nein, auch der Gürtel selbst und dein Besteckfutteral sind schon wertvoll genug.«

»Der Überfall galt den Beweisstücken, dem Fünfzack und dessen Abdruck auf dem Stück des Leintuchs, in dem der tote Reker vor dem Wagen an der Augustinerkirche gelegen hatte.«

Elisabeth legte den Rührlöffel auf einen Holzteller, sie zog ihr Schultertuch fester um die Brust. »Mir gefällt das nicht. Am Tage erst die müden Füße, nun salbe ich dir den Kopf. Wo soll das hinführen? Warum hast du diese Unheil bringenden Dinge auch mit dir genommen?«

»Weil ich sie Jakob Reker hatte zeigen wollen.«

»Wer hat sie noch gesehen?«

Katharina kam vom Brunnen, sie trug den Bottich mit beiden Händen. »Wo soll ich den abstellen, Mutter?«

»Hier, neben der Bank. Der Sud darf nicht mehr kochen, sonst verbrühen wir Vaters Gesicht und Ohr.«

Leent sah Elisabeth mit dem Lappen nach dem heißen Kesselchen greifen, es zischte, als sie es in den wassergefüllten Bottich eintauchte, wurde ruhig.

»Jetzt rühre ich so lange, Katharina, bis der Sud keine Blasen mehr wirft. Wenn du den kleinen Finger hineintun kannst, ohne dass es schmerzt, dann ist er fertig. Dann reiben wir Vater damit ein.«

Elisabeths Blick streifte sein geschwollenes Auge und sein Ohr. »Wem hast du den Fünfzack noch gezeigt?«

»Niemandem außer dem Reker. Mag sein, dass der Priester hinter einer Säule zugeschaut hat.«

Seine Tochter hob das abgekühlte Kesselchen aus dem Bottich. Sie trug es zu ihm an die Bank, setzte sich an seine Hüfte und stellte es auf dem Rock zwischen ihren Knien ab.

»Gib mir ein reines Leintuch, Katharina.«

Elisabeth tauchte das Tuch ein. Leent schloss die Augen. Der Sud war noch sehr warm, brannte auf der geschwollenen Haut.

»Wird Vaters Ohr dann grün und blau?«

»Wenn der Sud gelungen ist, schwillt alles über Nacht ab. Tupfe ihm das Ohr.«

Katharina nahm den Platz ihrer Mutter ein. Sie war sehr vorsichtig. Leent legte die Hand auf ihr Knie und tätschelte es. »Du kannst ruhig die Haut reiben. Ich sage schon, wenn es schmerzt.«

»Der Priester wird dich kaum überfallen haben.« Elisabeths Stimme klang zögerlich.

Sie zweifelte wie er, so wie sie die Worte dehnte. »Aber warum sollte Jakob Reker den Verdacht auf sich lenken?«

»Wenn er es wirklich war, der dich überfallen hat.«

»Sachte, Kind.« Sein Ohr brannte vom Sud. »Aber wer sonst? Mir scheint das alles wider den Verstand.«

»Simon, die ganze Stadt weiß, dass du ermittelst. Das Leintuch und der Fünfzack verraten vielleicht dem, der zu sehen weiß, mehr als dir. Was ist, wenn Knuf Mitwisser hatte, die sich verbergen wollen?«

Katharina betupfte seinen Hals. Er spürte einen Tropfen des Suds den Hals hinabrinnen. »Selbst wenn, was nützt es mir? Wo ich das Werkzeug nicht mehr in Händen halte. Aber es nützt dem Dieb wenig. Es gibt genug Zeugen dafür.«

»Wir werden ja sehen, woran sie sich erinnern, wenn es zum Schwur kommt.«

Wie kam es nur, dass Elisabeth so oft aussprechen konnte, was er nur dumpf fühlte?

47·

Das Drücken seiner Blase quälte ihn. Ertwin konnte die Beine nicht anziehen, die Wollpacken lagen eng an, von oben drückte das Gewicht der Leinenballen auf sie. Wenigstens bekam er genug Luft.

Mittlerweile schimmerte etwas Tageslicht zwischen den Ballen hindurch. Ertwin hatte nicht schlafen wollen. Was, wenn er geschnarcht hätte?

Der Ochsenkarren konnte nicht weit gerollt sein. Er musste irgendwo in den Gassen gestanden haben. Lange hatte sich nichts gerührt. Ein Besoffener hatte gepöbelt. Die Kerle auf dem Bock hatten nur gelacht und müde Zoten gerissen.

Doch dann hatte Ertwin die ersten Hähne schreien hören, der Ochsenkarren war in Bewegung geraten. Der hohle Ton unter den Rädern war ihm so vertraut erschienen, sie waren durch eines der Stadttore und über die Brücke, über den Graben gerollt. Da es nicht rasch danach bergan gegangen war, keiner der Ballen nach hinten gerutscht war unter einem Anstieg, rollten sie entweder nach Sonnenaufgang oder gen Mittag.

Das gleichförmige Schütteln versetzte ihn fast in Schlummer.

Wenn es noch lange ging, würde ihm nichts anderes bleiben, als sein Wasser in den Wollhaufen vor ihm rinnen zu lassen.

»Ohee«, wieder hörte er den großen Kerl rufen. Die Ochsen zogen etwas an. Die Ballen rutschten leicht nach vorn, es ging abwärts.

Der Karren bog nach links, nach rechts, bald danach hörte er hohles Radreiben auf Holz wie auf einer Brücke. Das Schütteln wurde stärker, unter den Wagenrädern rieben Steine über die Eisenreifen. Der Schimmer Tageslicht wurde schwächer. Dann war ringsum Stille.

»Spannt die Ochsen aus, die Fahrt war weit.«

Der große Kerl musste kaum zwei Ellen vor ihm auf der Wagenfläche zwischen den Ballen stehen.

»Gleich in den Speicher. Aber das Gewerk räumt ihr noch ab.«

Ertwin konnte die Männerstimme vor dem Wagen nicht verstehen. Entweder waren sie in einem großen Herrenhof oder in einer Burg. In den Dörfern gab es keine Steinauffahrten zwischen Scheunen und Haus.

Das Gewicht über ihm wurde leichter.

»Fang auf, du Schlapphans.«

Der große Kerl lachte mit fisteliger Stimme, hell und heiser. »Und zehn und elf und zwölf. Wir haben uns einen Krug verdient.«

Wieder antwortete die Männerstimme vor dem Wagen länger, ohne dass Ertwin sie verstand.

»Die Torwächter haben nicht mal die Plane gehoben.«

Ein Wollballen über ihm geriet in Bewegung, das Licht blendete Ertwin, doch rutschte alles nur so weit, dass er den dreckigen Lederstiefel des Kerls hinter einem Weinfass vorlugen sah.

»Ein paar Bauern auf dem Weg, ein übellauniger Spielmann, ohne schönes Weib, leider.«

Wieder lachte der heiser. Dann war der Stiefel verschwunden. Die Stimmen entfernten sich.

Ertwin wartete noch, zählte bis hundert. Dann robbte er vorsichtig unter dem Ballen vor.

Den Leib halb hervorgeschafft, drehte er sich unter den Planen auf den Rücken, sah über sich die Balken der Scheune. Sauber gekalkt mit gemauerter Seitenwand, solche Scheunen besaßen nur hohe Herren. Ertwin wendete sich auf die Knie und erhob sich ganz langsam. Das Tor stand offen, neben dem Karren standen zwei weitere, aber abgeräumte. Vor sie war das Joch niedergelegt, unter das man die Tiere spannte. Das Zaumzeug lag auf einem Haufen neben dem Wagen, ein Ochsenziemer hing an einem Nagel an der gekalkten Wand.

Ertwin streckte die schmerzenden Waden, draußen riefen Leute. Er sprang vom Wagen, hielt sich hinter dem Karren, den

Blick zum Tor. Er schlug sein Wasser ab. Nahm das denn gar kein Ende? Dann fühlte er sich besser.

An der Torangel lugte er durch einen Schlitz zwischen den Balken nach draußen.

Eine Burg. Im Hof tummelten sich Knechte, die Schilde von einem Wagen luden und zur Schmiede trugen. Ertwin verlagerte sein Gewicht, beugte sich vor einen anderen Schlitz. Das Haupthaus war prächtig, drei Stock hoch, auf dem Dach saßen Gauben. Über dem geschnitzten Eingang prangte ein Wappen. Ertwin blinzelte, doch es blieb, was es war. Das Wappen des Bischofs leuchtete dort in der Sonne.

Er war auf einer Bischofsburg.

Kein Wunder, dass der Schmied eifrig zu tun hatte mit all den Schilden, lag der Bischof doch mit seinem Heer vor Soest.

Die beiden Kerle, schmutzig in ihren eng anliegenden Kleidern, folgten einem glattwangingen, gut genährten Glatzkopf, dessen feiner grüner Mantel ihm bis zum Knie reichte. An der hohen Kappe steckte eine Fasanenfeder, wie sie die Landadeligen zur Jagd trugen. Sie hielten auf die Scheune zu. Ertwin blickte sich rasch um. Er hätte wieder unter die Wolle klettern können, aber dann hätten sie ihn durch das Tor vielleicht auf den Wagen steigen sehen.

Zu seinem Glück blieben die drei draußen vor dem Tor stehen. Der Glatzkopf holte einen Säckel und einen Brief aus seinem Mantel.

»Das ist für euch, verschwindet jetzt wieder nach Osnabrück. Und versauft euer Geld nicht gleich. Gebt ihm diesen Brief.«

Ertwin wollte gar nicht recht glauben, was das bedeutete. Ein ehrbarer Hansekaufmann ließ also heimlich Leinen aus der Legge wegschaffen in eine Bischofsburg. Wo doch der Rat beschlossen hatte, gegen den Bischof einig zu stehen.

»Dafür wird er euch das Gleiche noch mal geben. Lasst euch hier nicht vor dem Winter blicken. Geht nach Iburg, sagt dem Verwalter Osselang, ich habe euch als Jagdknechte geschickt.«

Jetzt griff er in seine Jagdtasche und holte ein Messer heraus. »Hier, an der Punze wird er wissen, von wem ihr kommt.«

Der Kleine hatte das Säckchen aufgepackt und auf seiner Hand ausgeschüttet. »Danke, Herr.«

Der Glatzkopf im grünen Jägerwams ließ sie stehen und ging hinüber zu den Schildehaufen vor der Schmiede.

»Sack's ein. Wir holen uns noch das Fässchen vom Wagen«, sagte der mit dem Messer.

Ertwin klebte die Zunge am Gaumen. Gleich würden sie zum Wagen gehen.

»Bist du ein Narr? Der Kaufmann wird's merken.«

»Der weiß gar nicht, was auf seinem Wagen liegt, so rasch, wie der uns auf seinem Hof die Zügel für den Wagen gereicht hat. Komm, Tosse, das Fässchen Wein brauchen wir nicht zahlen. Bist doch sonst kein Hasenfuß.«

Der Kleinere sah sich um, steckte dann den Säckel an seinen Gürtel. »Wohin damit?«

»Wir bergen es unter Streu in der Scheune und holen es heut in der Dämmerung.«

Ertwin beugte sich zum Zaumzeug neben dem Tor am leeren Wagen. Er warf es sich über die Schulter. Er schluckte, aber es half nichts. Seine Zunge klebte im ausgetrockneten Mund.

Er ließ den Kopf nach vorn kippen wie ein müder junger Knecht, den man schon am Morgen geprügelt hatte. Vier Schritte vor den Dieben trat er heraus, ließ das Zaumzeug ein wenig auf dem Boden schlurfen. Er ging mit Absicht quer an ihnen vorbei, so dass sie kaum sein Gesicht erkennen mochten, hielt auf die Schmiede zu, als ob er dort die Ringe neu ins Leder schlagen lassen sollte.

Aus den Augenwinkeln sah er, dass sie hinter ihm herschauten. Das Zaumzeug stank nach Ochsenschweiß, aber mit jedem Schritt wurde Ertwin leichter. Die Diebe verschwanden in der Scheune. Gelobet sei der Wein. Das Fässchen war ihnen allemal wichtiger als ein junger Ochsenknecht.

Am Brunnen holten Mägde Wasser in Bottichen, eine Schwarzhaarige mit hoher Stirn äugte zu ihm her. Er konnte schlecht wegschauen, das war noch verdächtiger. Sie stieß die andere an. Die war um vieles älter, das Hemdchen barg kaum die üppigen Brüste, als sie vom Bottich aufschaute, in den sie aus dem Zugeimer des Brunnens Wasser goss.

»He, Sinkert! Kennst du den da?«

Die Magd zeigte auf ihn. Drüben vor der Schmiede reckte ein gelbhaariger Hüne den Kopf. »Trudis? Wen?«

»Seit wann haben wir einen jungen Ochsenknecht? Was will der mit dem Zaumzeug?«

Der Hüne warf einen Schild auf den Haufen zurück und rannte los.

Ertwin ließ das Zaumzeug fahren, trat fest an. Der Pflasterstein unter seinen Sohlen war hart. Hälse reckten sich, die Schmiede starrten. Die Mägde johlten irgendwas.

Das Tor zum Burghof stand offen.

»Haltet den Dieb!«, brüllte der Hüne über den Platz. Vor dem Tor tauchte ein Mann auf. Ein zweiter, drei.

Ertwin zog einen Bogen zur Mauer hin. Dort war eine Treppe in den Steinen. Oben auf der Mauerkrone war keiner zu sehen. Er nahm je zwei Stufen auf einmal. An der Mauerbrüstung war es vorbei. Von beiden Seiten kamen sie gelaufen. Ertwin sah den schwarzen Mundstein einer Pechnase, gleich zu seiner Seite. Er trat mit dem Fuß an dessen Rand, schwang sich auf die Mauerkrone.

»Fitzerbube, du entkommst mir nicht.«

Tief drunten im Graben schwammen Enten. Ertwin sprang. Schlug furchtbar hart auf, erbsgrünes Wasser.

Ertwin sog und sog. Keine Luft, sein Bauch ein einziger Schmerz, alles wurde schwer, die Hosen zogen ihn nach unten in die Dreckbrühe. Die Enten flogen auf. Ertwin ließ die Arme kreisen, wie es ihn sein Großvater am Herrenteich gelehrt hatte, schwamm mit aller Kraft gegen das Gewicht an Armen und Beinen an. Grünes Wasser spritzte. Weit über ihm scholl vielstimmiges Rufen über den Graben. Da vor ihm, grünes Gezweig,

Ertwin fühlte schlammigen Grund, griff sich die ersten Stängel, erwischte ein Ästchen, zog, es brach, das nächste hielt, sein Fuß glitschte weg, einmal, zweimal. Endlich Halt.

Ertwin packte die Pflanzen am Ufer, fiel aufs linke Knie. Er krallte sich in das Gras am Grabenhang, zog sich weiter, fand Tritt und lief los.

Da wagte er den ersten Blick zurück. Oben auf der Mauer stand viel Burgvolk und johlte. Auf der Brücke winkte der Glatzköpfige in Grün ein Pferd heran. Ertwin hörte Hundegebell.

Sie ließen die Meute auf ihn los.

Dem Pfad, der den Graben säumte, konnte er nicht folgen, jeden Moment konnte da ein Burgmann herbeilaufen. Über die Wiese, aber das gab dem Pferd freien Lauf, besser über den Acker, die Furchen zwangen das Tier zu langsamerem Schritt. Den Hunden war es gleich.

Weit hinter dem sonnig gelben Acker lag ein Haag, dort begann dunkelgrün der Wald.

Ertwin rannte, das Wasser lief ihm aus den Ärmeln, die Luft kühlte sein Gesicht, aber ihm war heiß, unendlich heiß vor Angst. Auf den Feldern würden sie ihn bald einholen. Das Hundegebell dröhnte in seinem Schädel.

Die Seite begann zu stechen, Ertwin rang nach Luft. Auf die Furchen, er musste auf die Furchen achten, wenn er jetzt fiele, dann … Die Gerste war im Juli schon halb reif, es schien ihm, als mähte er die Halme wie ein Sensenblatt mit seinen Füßen.

Das Gebell scholl weit über den Acker, wurde lauter. Bloß nicht umschauen, keine Zeit vertun, laufen, laufen.

Der Haag rückte näher, dann sah er den breiten Bach. Gelb leuchteten Blumen wie Fackeln im Grün, durchs Wasser musste er hindurch, auf die andere Seite. Er rannte, auf die linke Seite gekrümmt, weiter, zwischen die gelben Blüten. Sein Fuß glitt auf Schlamm weg, sein Bein grätschte so weit aus, dass ein jäher Schmerz ihm ins Becken fuhr.

Ertwin stürzte vorwärts ins Wasser, es gurgelte bis zur Brust hoch. Seine Schuhe fassten Halt im tiefen Bach.

Langsam, langsam, mahnte die Stimme seines Großvaters. *Im Wasser bist du schneller ohne Hast, schlägt der Fisch die Flosse so schnell wie der Vogel seinen Flügel?*

Auf der anderen Seite standen große Blätter, flach wie Rhabarber. Ertwin wusste, dass sie knickten wie Grashalme, er watete noch ein wenig weiter zur Seite, griff sich das erste Schilfrohr.

Die Hundemeute raste über den Acker heran, die vielen Schnauzen in die Erde gedrückt, so schien es. Ertwin zögerte, doch dann sah er den Glatzkopf anreiten. Der erste Hund erreichte das Bachufer. Hob die Nase und wusste nicht weiter.

Ertwin preschte durch das üppige Ufergrün, dann erreichte er eine Wiese. Ein paar Kühe weideten, die Schwänze schlugen friedlich nach den Fliegen. Dahinter war endlich der Haag. Ertwin betete, dass der Kuhhirt gerade schlief und ihn nicht sah. Er kreuzte die Wiese und drückte sich in die Hecken des Haags. Brombeergrün und Schlehendorn.

Die Stacheln brachten ihn zur Vernunft, er würde sich selber fangen so. Drüben der Glatzkopf trieb schon sein Pferd in den Bach.

Unter den Hecken war ein Fuchsloch oder Hasenweg. Ertwin warf sich zu Boden, krauchte unter den Dornen in den Haag hinein, mal links-, mal rechtsherum um Strauch und Ast, Zweige peitschten sein Gesicht.

Er hörte das Pferdegetrappel. Doch keine Hunde mehr.

Dann wieder Hufe mehr entfernt, der Glatzkopf würde mit dem Pferd den Haag nicht queren können. Ertwin robbte weiter, die Dornen wichen vor jungen Haselhecken zurück, dann standen licht kleine Bäumchen, trockenes Eichenlaub heftete sich an seine Kleider.

Ertwin blieb einen Augenblick liegen. Atmete den Duft des Waldbodens ein, die feuchte Erde, die schon herbstlich nach Pilzen roch. Er wartete, bis sein Herzschlag nicht mehr hämmerte, setzte die blutigen Hände auf, schob sich auf die Knie, dann wankte er ein paar Schritte und lehnte sich an einen Baum.

Der Haag war zum Wald geworden.

Ertwin hörte Blätter rauschen, einen Kuckuck, doch kein Pferdewiehern oder Hundegebell. Vor ihm glänzten moosige Äste toter Bäume, trockenes Laub und Eichen dicht an dicht.

Jetzt durfte er nur nicht im Kreise gehen.

48.

Die Goldschmiede war hell erleuchtet, die Talglichter in Eisenhaltern an den Steinwänden flackerten. Husbeeks Fuß trat kräftig auf den Blasebalg, der dreimal so groß war wie der, den Elisabeth am Herd benutzte.

»Entschuldigt, aber die Esse darf nicht kalt werden.«

Leent ließ dem Bürgermeister den Vortritt. Auf der Arbeitsbank, an die sich Husbeek setzte, lagen verschiedene Pergamente. Auf den Gesellenbänken unter den Lichtern glänzten silberne und goldene Stücke. Leent erkannte eine halbe Kette, Becher und ein kleines Beginenkreuz.

»Seh ich da mit Buch und Palme die heilige Cäcilia?«

Der Erste Bürgermeister beugte sich über den Arbeitstisch. Leent trat an seine Seite. Die mannsfaustgroße Laterna glänzte als Zeichnung auf dem Pergament. »Ihr spart nicht an Licht, Husbeek.«

»Und daneben habt Ihr den heiligen Tiburtius, den Schwager, gesetzt.«

»Tomas Reker hatte sich Cäcilia als Patronin der Kirchenmusik für den Kantorenstab gewünscht.«

»Eure Kunstfertigkeit ist bekannt. Was für eine wunderschöne Kreuzblume Ihr vor die blaue Innenwand gesetzt habt.«

Das verschlossene Antlitz des Goldschmieds öffnete sich mit einem Mal wie ein Lichtstrahl eine Maiwolke. Wenn er lächelte, schien Leent dieses hagere Gesicht plötzlich sehr jung. Die

Strenge schwand unter den Wangen, die kurzen gelben Haare schimmerten nun eher rötlich golden wie die Kleinodien auf dem Tisch. Auch das einfache Leinenhemd, das er wegen der Hitze der Esse trug, machte ihn fast zum Knaben. Leent lockerte die Schließe seines Wamses.

»Ihr habt ein gutes Auge, Leent«, sagte Husbeek. »Wir reiben dafür Lapis lange zwischen schwerem Stein. Die Hitze drüben im Steinofen muss noch höher werden als für Gold. Oft gelingt es nicht recht, wenn die Kohlen zu schwach sind. Ich lass mir deshalb Steinkohle von Dortmund kommen. Ist das Feuer zu kalt, glättet sich der Stein nicht zum himmlischen Blau für die Maßwerkfenster.«

»Ihr habt Glück, Husbeek, dass Euch der Erbe nun den Kantorenstab zahlt, wo Euer Auftraggeber tot ist.«

Der Goldschmied war nicht ohne Grund der Gildemeister geworden. Die Wangen, die eben noch weich und stolz das Gesicht so verjüngt hatten, strafften sich. Husbeek legte die Hand auf das Pergament mit der Vorzeichnung in Kohlestift. Ein fragender Blick aus seinen blaugrünen Augen traf von Leden.

»Das Gold und den Silberglanz hat Tomas Reker mir gebracht, was er an Metall nicht hatte sowie blauen Stein verschaffte ich ihm gegen die von unserem Bischof geprägten Gulden.«

»Tomas Reker hat Euch vor der Fertigstellung bezahlt?« Das war ungewöhnlich und kostspielig.

Husbeek lachte wieder jung. »Ja, das kommt sonst allenfalls bei den Nonnen vor. Ich habe nicht nein gesagt. Er tat es, weil er sich dafür ausbedang, dass ich bis zum vergangenen Sonntag fertig sei.«

»Warum hatte er es damit so eilig?«

»Was weiß ich. Er hat mich dafür gleich bezahlt. Da sagt kein Handwerker nein. Ihr wisst selber, wie ungern die Herren zahlen, haben sie erst einmal das Stück in der Hand.« Langsam griff Husbeek zu einem Krug, den der Lehrling vorhin ans Ende der Werkbank getragen hatte, und goss drei silberne Becher mit Wein voll.

Leent setzte sich auf Husbeeks Fingerzeig hin.

»Nun, das Werkstück gehört nach den Regeln unserer Goldschmiedegilde Rekers Erben«, sagte Husbeek, »weil ich mit meinen Gesellen die Laterna schon vor Rekers Tod aufgebaut und angelötet habe. Damit ist sie fertig gewesen. Aber niemand zweifelt Jakob Reker als Erbe an. Ratsherren, Ihr seid doch nicht deshalb zu mir gekommen, um mich von einer neuen Klage zu unterrichten?«

»Ihr seid auch der Erste Wehrherr der Stadt. Euer Wort hat Gewicht im Rat.« Der Bürgermeister schmeichelte, gleich würde er zur Sache kommen.

»Es geht um den Grafen Hoya.« Leent schaute in den Becher, doch auch der helle Rheinwein konnte ihm nicht verraten, wie er einen Sinneswandel Husbeeks bewirken sollte.

»Ach, daher weht der Wind.« Husbeek verschränkte die Hände hinter seinem Genick. »Ihr wollt ihn laufen lassen, nach bald fünf Jahren Haft in seinem Kasten? Hat Euch der halbe Angriff auf die Stadt schon so mürbe gemacht, von Leden, hat der totgeschleifte Strüver Euch so in Furcht gestürzt?«

Der Bürgermeister sah sich rasch um, doch Husbeek hatte die Lehrlinge fortgeschickt, die Esse unter der Schmelze knisterte.

Leent nickte ihm zu. »Die Hansekaufleute haben ihre Ohren in vielen Städten, an vielen Adelshöfen. Der Kaiser schickt bereits ein Heer gegen Osnabrück, die Reichsacht zu exekutieren.«

Piet Husbeek nahm die Hände aus dem Genick, legte sie auf seiner Brust ineinander. Sein Daumen richtete sich auf die Brust des Bürgermeisters. »Warum verlässt Euch der Mut? Es ist nicht das erste Mal, dass im Bischofsland die Heere ziehen. Warum wollt Ihr gerade jetzt unsere Geisel aus dem Kasten lassen? Ein Kaufmann, der sein bestes Unterpfand freiwillig übergibt, kann gleich in den Schuldturm wandern.«

»Husbeek, wir wollen die Stadt nicht den Hoyas in die Hände geben, aber ....«

»Wir? Vernehme ich wohl? Wir, das seid Ihr Kaufleute, von Leden, und der Adel in der Stadt.«

Leent griff ein. »Wir, das ist der Rat Osnabrücks, in dem Ihr als Handwerker so sitzt wie von Leden oder ich.«

Der Bürgermeister lehnte sich zurück und schob den Silberbecher zum Pergament hin, sagte aber nichts.

Husbeek schloss seine Faust um den Daumen. »Bürgermeister, ich begreife Euch nicht recht. Es sind doch die Hoya'schen Grafen, die gegen uns Bürger Osnabrücks am längsten wühlen. Ich habe sichere Kunde aus Brügge von einem Steinhändler, der durch Köln gezogen ist, dass der Erzbischof dort Männer aufbieten lässt. Die Wirren in Westfalen sorgen selbst den Kirchenfürsten dort«, Husbeeks Augen funkelten in den Becher, »oder besser, dass die Steuern seiner Kirche drunter leiden.«

»Als ob Eure Gilde nicht selber leidet, wenn den Klöstern und Kirchen kein Altarschmuck gestiftet wird.«

»Nur in einer freien Stadt bekommen wir gerechte Preise für unsere Kunst. Sorget Euch lieber um die Stadt als um unsere Gilde. Auch unsere Truhen wollen geschützt sein. Zahlen wir nicht genug Zoll für jeden Edelstein an den Toren unserer Stadt?«

Leent streckte den Rücken, legte die Hände auf die Knie. In der Esse hinten in der Werkstatt verglühte Kohle goldfarben unter grauer Asche. »Der Dompropst liebt seinen Kirchenschmuck. Er hat alles nach dem Angriff in die Domschatzkammer schaffen lassen. Er hat wohl doch seine Zweifel, ob nicht der Reichsexekutor – so die Stadt verlöre – einige Ritter des Kaisers durch den Dom auf die Suche nach wehrenden Bürgern schicken würde. Ritter, die nebenbei ein paar Kelche und Kreuze einsacken würden.«

In seiner Jugend hatte Leent gewüstete Kirchen in Osnabrück gesehen, als die Aufrührer selbst den Dom kaum geschont hatten. Schnell waren Steine vom diebischen Volk aus Kreuzen und Schreinen gebrochen.

»Die Steinehändler in Köln oder Gent fragen weder nach Woher noch Wohin.«

»Husbeek. Gelingt es uns, den Dompropst und die Domherren zu bewegen, bei der Schatzung mitzuzahlen …«

Husbeek pfiff durch die Zähne. »Fein ausgeheckt. Sobald die Fehden im Lande ruhiger werden, tragen die Wagen wieder reichlich Flachs und Korn in die Kammern der Herren … Nur, wie wollt Ihr das bewerkstelligen? Das Domkapitel selbst war von Anfang an dafür, den Grafen Johann einzukerkern. Die Hoyas besetzen noch immer die Pfründen der Domherren draußen im Land.«

Der Bürgermeister beugte sich vor, sein Zeigefinger fuhr den Kantorenstab auf der Zeichnung entlang zur Laterna hin. »Sprecht mit Euren Leuten und den anderen Handwerkern. Ihr seid der Erste Wehrherr, man hört auf Euch. Wenn selbst Ihr Euch für einen großen Handel aussprecht, dann … Der Rat gibt den Grafen frei, dafür geben die Grafen die Pfründe der Domherren und Bürger frei, im Gegenzug zahlen die Pfründebesitzer, Domherren und Kaufleute dem Rat die neue Schatzung. Damit festigt der Rat die Mauern und Vorwerke an den Gräben. Den Handwerkern wird es ein Geschäft.«

Leent setzte nach. »Wenn der Dompropst spürt, dass Ihr einem großen Austausch zustimmt, wird er nachgeben. Er ist ein kluger Mann.«

»Ihr überschätzt meinen Einfluss.«

Husbeek trank seinen Becher aus, Leent hörte die falsche Bescheidenheit. Nicht nur die Pfründebesitzer hatten unter der Reichsacht zu leiden, auch das Handwerk fand weniger Auskommen. Mancher mied die Stadt und ließ sich seine Schilde anderswo dengeln. Niemand anderer als Husbeek konnte nun die Handwerker auf die Seite des Bürgermeisters ziehen. Reker war tot und Knuf verrufen. Leent hatte auf den Bürgermeister mit Engelszungen eingeredet, Husbeek in der Goldschmiede aufzusuchen. Wenn sie im Rathaus die große Versammlung zusammenriefen, säßen die Chorherren mit dabei.

»Habt Ihr überlegt, von Leden, dass Kirchengeld bei einer Schatzung eine Ausnahme wäre, die rasch für die Domherren eine unangenehme Pflicht werden könnte? In mancher freien Reichsstadt hat die Kirche längst die Steuerfreiheit verloren, die sie bei uns hier genießt. Vergesst auch nicht, manch anderer Domherr wäre gern der Ratgeber seines Herrn und dessen Statthalter in der Stadt. Falls der Dompropst einer Schatzung von Kirchengut zustimmt, fällt er womöglich in Ungnade bei seinem Bischof. Von Schagen weiß das bestimmt.«

»Auch wenn es Ratsherr Leent nicht gefällt«, der Bürgermeister stemmte die Hand an sein Besteckfutteral am Gürtel und wandte sich Leent zu. Die dicke Hand senkte sich beschwichtigend auf seinen Arm. »Nur für den Fall, dass der Dompropst der Schatzung zustimmt, wird der Rat nachgeben, nur dann soll der Bischof das Blutgericht über Knuf abhalten.«

Der Goldschmied hieb auf die Bank, die Zeichnung des Kantorenstabs hüpfte beiseite. »Der Knuf, der Knuf, was schert Euch so das Blutgericht am Meuchler? Ob nun der Bischof oder der Rat ihm den Tod am Galgen gibt, was macht's?«

Leent verkniff sich eine Antwort. Ein Mann war schneller an den Galgen gebracht als eine Steuer wirklich eingetrieben. Das würde auch dem Dompropst nicht entgehen.

»Gebt mir Euer Wort, von Leden, dass Ihr den Grafen so lange in seinem Kasten im Bocksturm lasst, bis der neue Kirchenanteil an der Schatzung aufgebracht ist, so will ich reden.«

Leent legte die Hand zwischen beide, er musste nun etwas sagen, auch wenn Husbeek im Grunde Recht damit hatte. »Seid vernünftig, fordert nicht zu viel. Der Bürgermeister kann Euch Handwerkern die geringere Schatzung versprechen, wer immer den Rest zahlt. Den ewigen Kerker für den Grafen nicht. Wer weiß, was kommt, wenn wir erst mit den Hoyas verhandeln? Der Bürgermeister muss frei sein, die Geisel zu tauschen, sobald sie einschlagen.«

Das Gesicht Husbeeks verschob sich, der linke Mundwinkel hob die Wange, das Auge darüber lächelte, aber böse in Spott. Die rechte Seite straffte sich um so mehr. Leent hatte solch ein jung-altes Gesicht nur auf den Bühnen der fahrenden Schausteller gesehen, aber der Goldschmied war leibhaftig und ernst. Husbeek wartete, bis Leent seine Hand zwischen den Silberbechern wegzog. Dann reichte Husbeek seine dem Bürgermeister. Sie erhoben sich. Von Leden schlug ein.

»Mögen die Mauern der Stadt nach der gerechten Schatzung fest und stark sein.«

49.

Nur Er konnte ihr noch ihre Sünden vergeben. Wenn sie nicht im kalten Heim eines ungeliebten Mannes bei den Gotlandfahrern enden wollte, dann konnte sie nur ein Haus Gottes noch davor schützen. Margit öffnete das Fenster, achtete nicht der Tiefe unter ihr zum Boden des Hofes, kletterte am Holz entlang auf dem Zierbalken zum Vordach hin. Sie rutschte leise wie eine Katze in unendlich langsamer Bewegung über das Dach bis zur Traufe hinten am Haus. Über den Schweinekoben traute sie sich, stand dort, wo kein Dienstmann schlief, auf und sprang vom Dach hinab.

Der Morgen graute. Margit verließ die Einfassung des Hofes ihrer Muhme durchs offene Tor, wer weiß, wie viele Augen aus den benachbarten Speicherhöfen sie dabei beobachteten.

Die Magd des Nachbarn trieb gerade dessen Gänse auf die Wiese an der Dorfkirche. Margit ging rasch hinter ihr her, tippte die Magd auf die Schulter. »Warte.« Noch den Sand der Nacht in den Augen, erschrak das Bauernding: »Jesus, Maria!« Sie hob die Gänsegerte. »Ach, Ihr seid es.«

»Du hast mich nicht gehört?« Margit versteckte die verdreckten Hände in ihrem Gewand. Sie holte tief Luft und log. »Ich möchte, dass du für einen Schabernack die Kleider mit mir tauschst.«

Die Magd rieb sich die Augen, die ungewaschenen Wangen waren rosig. Unter dem Kopftuch hing wirres braunes Haar bis auf die Schultern.

»Ich darf doch nicht Eure Kleider tragen.«

Margit zog sie rasch weiter, bog mir ihr um die Kirchenmauern aus Feldstein, damit keiner auf dem Hof ihrer Muhme sie entdecken konnte. »Doch nur für eine Stunde, mein Vater lacht gern. Und Muhme Agnes auch.«

»Ich weiß nicht ... Mein Herr wird glauben, ich hätte Euch bestohlen.«

»Ach was. Mach dir keine Sorgen.« Margit nagte an ihren Lippen. Sie brauchte andere Kleider, sonst würde jeder gleich erkennen, wer sie war. Sie zog rasch ein kleinen goldenen Ring vom Finger. »Hier. Aber nur als Pfand. Damit kannst du es deinem Herrn beweisen, dass ich dir die Kleider absichtlich gegeben habe. Der Vrede-Tochter wird er es wohl glauben.«

Die Magd fasste mit ihren dünnen Fingern nach dem Reif. Sie hatte wohl noch nie einen in der Hand gehabt, so wie sie ihn anstarrte.

»Dort, hinter dem Busch, nun komm schon.« Margit löste schnell ihre Haube und warf das rote Wollkleid zu Boden in das Gras und auch das feine Leinenunterhemd. Die Magd blickte mit braunen Augen zwischen dem feinen Stoff und dem Goldreif hin und her.

»Was ist? Nun leg schon ab.« Sie griff nach dem Kopftuch.

»Ich weiß nicht recht ...«

»Wirst du wohl?« Eine harte Stimme und einen Blick wie kurz vor dem Schlag, das half bei dummen Mägden allzeit.

»Ja, Herrin.«

Der grobe braune Wollrock sank wie der einfache Überwurf ins Gras. Darunter trug sie nur ein graues Leinenhemdchen bis zu den Knien. »Zieh meine Kleider an und lauf drüben am Teich auf und ab, schau aber in den Wald, nicht zum Hof.«

»Welchen Schabernack wollt Ihr denn machen?«

Margit streifte sich rasch den Rock über, legte den Überwurf um und nahm das Kopftuch. »Ich ... ich werde singen unter dem Fenster, aber drüben am Teich zu sehen sein. Binde mir das Tuch, wie du es tust.«

Die Magd hatte ihr rotes Kleid an, es war ihr ein wenig zu groß. Die dünnen Finger zogen das Tuch auf ihren Haaren fest.

»Und erzähle keinem davon, bis ich es dir erlaube.«

Die Magd nickte. Margit schlich weiter an der Kirchenmauer, winkte dem Mädchen in ihrem roten Kleid zu, das sich darin drehte und betrachtete. Vater hatte dies edle Gewand aus Köln mitgebracht, schönste Brüsseler Bänder säumten den Kragen. Sie brauchte das alles nicht mehr. Hinter dem Teich mündete der Pfad auf den Weg, der zur Stadt führte. Dann lief Margit los.

50.

Ertwin versuchte den Sonnenstand zu erraten, horchte tief in den Eichenwald. An einem Bach hatte er seinen Durst gestillt. Bei jedem Knacken oder Flügelschlag duckte er sich. Seit Stunden kletterte er über Bäume, rutschte über Moos, schlängelte sich zwischen alten Eichen durchs Unterholz. Er sah Kleibern zu, die kopfüber die Baumstämme herabliefen und Maden herauspickten. Ertwin quälte der Hunger, doch für einen Menschen fand sich nichts in diesem uralten Wald. Klamm hingen die Kleider auf seinem Leib. Der Dreck darauf erstarrte, das dunkle Grünbraun wurde erdfarben.

Vor ihm im Gras ahnte er einen Wildwechsel, die Farne waren hie und da niedergetreten. Er folgte der Tierspur durch den Wald zu einer Lichtung.

Nein, das war eine Wiese. Gott sei es gedankt! Er hörte Schafe blöken. Ertwin folgte dem Saum des Waldes. Die Herde wurde einen Hang hinaufgetrieben, hinter ihr sprang ein schwarzer Hund.

»Bist du ein Waldgeist?«

Ertwin fuhr herum. Aus einem Haselbusch trat ein Mann, hoch und dünn, in graues Wolltuch gewickelt, die Haare so grau wie der Stoff, die Wangen faltig. Er drohte Ertwin mit dem Hirtenstab, den er schräg von sich aufgerichtet wie den Beschwörungsstab eines Wunderheilers hielt.

»Schäfer, hast du mich erschreckt!«

»Der Eichenwald birgt viele Geister. Die Hexen dort sind mächtig.«

»Ich habe mich verirrt, von der Bischofsburg wollte ich zur Landstraße abkürzen.«

Der Schäfer kniff die Augen zusammen. »Solch einen wie dich haben sie nicht in Wittlage. Zeig mir deine Füße.«

Ertwin stellte die verdreckten Stiefel vor. Endlich wusste er, in welche Bischofsburg es ihn verschlagen hatte.

»Nein, ohne Schuh.«

»Du hältst mich wohl für einen Gehörnten.« Aber er brauchte die Hilfe des Alten, deshalb streifte er die Stiefel an einem auf der Wiese herumliegenden Ast ab, der erste glitt, der zweite hakte fest, Ertwin hob das Bein und zog mit den Händen. Blasen hatte er sich gelaufen. Das Gras war kühl unter seinen Fußsohlen. »Glaubst du mir jetzt?«

Der Alte nickte nur. »Komm.«

Die Blasen taten höllisch weh.

Der Schäfer wartete, bis Ertwin die Stiefel wieder über die Füße gebracht hatte. »Wo willst du hin?«

»Nach Osnabrück.«

»Da musst du einen guten Tag und eine Nacht laufen.«

»Vielleicht nimmt mich einer auf einem Karren mit.«

Der Schäfer zeigte mit der faltigen Hand zum Himmel. »Siehst du die Schwalben ziehen, Junge?«

Ertwin sah die Vögel hoch in der Luft, sie flogen nicht im Winkel wie im Herbst, sondern eher in einer Wellenlinie durchs Blau.

»Meide die Straßen, ein Heer zieht von der Weser her.«

»Woher weißt du?« Ertwin konnte in den Falten des Alten kaum die Regungen des Gesichtes erkennen.

»Die Vögel dort droben geben das Zeichen. Wenn die Landsknechte Höfe niederbrennen, ziehen die Schwalben davon, weil ihre Nester in den Dachfirsten ausgeräuchert werden.« Der Schäfer zog ihn weiter. »Sie fliehen immer vor den Menschen.«

Sie stiegen langsam den Hang hinan, der Hund trieb ein paar Schafe bei, die noch trödelten.

»Dahinter kommen die Felder von Lintorf. Den Turm der Kirche kannst du von dort oben sehen. Halte drauf zu, dann kreuzt du den großen Weg zur Stadt.«

Die Hand des Alten verschwand unter dem grauen Wolltuch, dann zog er einen Sack hervor. Die knochigen Hände falteten ihn auseinander. »Du hast Hunger, ich sehe es an deinen Augen. Meine Lämmer sind jung. Ich habe genug Käse von der Milch der Mütter. Nimm dir ein Stück.«

Der Alte lächelte zahnlos. Der weiße Käse stach vor dem Grün des Grases ab.

»Dank dir.«

Ertwin hätte den ganzen Vorrat auf einmal verschlingen können.

51.

Dort oben auf dem Gertrudenberg wäre sie endlich sicher, so nahe der sich auch über der Stadt erhob. Dort hinauf reichte der Arm ihres Vaters nicht. Margit raffte den dünnen Rock über die Knie und lief weiter zwischen den Wiesen der Laischaft. Wenn doch nicht so viele Dienstleute unterwegs wären, die das Vieh über Tag hier draußen weideten! Margit mied lieber jeden Blick. Die Gefahr war zu groß, dass sie einer erkannte.

Im Schatten einer Buche am Rande des Pfades, der vom Sandbach hoch nach Sankt Gertrudis führte, gewahrte sie die Stadt nur als ferne Dächer über der Stadtmauer, die ganz blass im Mittagsdunst verschwammen. Sie lehnte sich an den Buchenstamm, ließ den Kopf zurücksinken an die Rinde, spürte in das harte, lebendige Holz hinein. Margit fühlte Halt, sie war so dankbar dafür. Könnten sie Halt nur aneinander finden, Reimer und sie?

Ihre Kraft hatte bis hierher gereicht, vor die Tore ihrer Stadt. Und sie musste jetzt für die letzte Meile reichen. Musste einfach.

Margit schloss die Augen. Sie war geflohen, hatte ihren Vater, ihre Muhme, ihren Stand schmählich zurückgelassen. In der tiefen Nacht hatte sie in einem langen Gebet ihre Seele in Gottes Hand gegeben.

Nach ihrer Flucht war sie auf der Landstraße von Spielmannsleuten eingeholt worden, die von Bremen her nach Osnabrück zogen. Sie hatte nur mit ihrem jungen Gesicht zum Kutschbock hinaufblicken müssen, da bot man ihr schon die Mitfahrt an. Weiber saßen dabei, was ihr die suchenden Hände der Männer ersparte. Als die Sonne in der Früh dann wärmte, reichte man ihr Wasser und ein Stück Käse. Dann hatten die Spielmänner sich eingesungen.

Margit sirrte noch immer die Liedzeile im Kopf, wiederholte sich, ohne dass sie die Worte hätte vergessen können. *Unter den Linden an der Heide, da unser Bette war, da mögt Ihr finden, schön beide gebrochen Blume und Gras, vor dem Walde in einem Tal … tandaradei, so sang die Nachtigall …«*

Darob hatte sie alle Last vergessen, erst ein Wegkreuz mit dem Wappen der Stadt hatte sie an die Gefahr gemahnt, die ihr in Osnabrück drohte. Sie hatten die Grenze der Haselaischaft erreicht. Margit war kurz vor Sankt Annen vom Wagen der Spielleute gesprungen und dem erstbesten Pfad ins Sandbachtal gefolgt.

Margit öffnete die Augen wieder. Auf der Hügelkuppe ragte hinter Bäumen und Buschwerk die Spitze der Klosterkirche auf. Die Benediktinerinnen würden sie aufnehmen. Die Nonnen gaben Pilgern Nachtlager, Schuhe konnten die dort besohlen, Kleider nähen lassen. Dort wurden auch Waisenkinder aufgenommen, nirgends sonst in der Stadt würde man das tun.

Die Rinde am Stamm unter ihren Händen war von der Sonne warm. Raunten die Mühlenweiber nicht, dass manches Waisenkind von den Nonnen selbst geboren ward, dass grad die jungen Pilgerburschen gern auf dem Klosterberg Rast und Ruhe suchten?

Sie hörte das Rufen eines Kuhjungen nach seinem Vieh. Margit stieß sich von der Buche ab. Niemand durfte sie erblicken. Je später man erfuhr, wo sie verblieben war, desto besser. Sie lief den ausgetretenen Pfad zwischen den vertrockneten Gräsern weiter den Berg hinan. Buschwerk warf Schatten auf den Weg, verbarg sie gegen die Wiesen hin.

Der Gertrudenberg war steil, die Bäume standen dicht an dicht. Wenn der Pfad doch nur endlich zu Ende wäre, nie war Margit der Berg so hoch vorgekommen. Auf dem Pfad kamen ihr Pilger entgegen. Margit zog das Kopftuch tiefer. Aber wusste sie, dass es wirklich Fremde waren? Sie blickte sich um, zwischen den Eichen wuchsen Büsche kräftig auf, sie drückte sich hindurch. Die Pilger näherten sich, sie tat so, als verrichte sie ihr Geschäft. Dabei hörte sie die Männer noch das Lied vom fleißigen Brünnlein pfeifen. Sie wartete.

Die hohen Klostermauern schimmerten ein wenig weiter durchs Grün.

Sie bog dort um einen Vorsprung und schrak zurück. Vor dem Klostereingang drängten sich Bettler und fahrendes Volk. Die Mauern liefen an einem sandigen Platz auf das große Tor mit dem Bogen zu. Auf einem der Pferdekarren, die durchs Tor zuckelten, stand oben auf der Fleischer Görg und hielt sich an Stangen voller Räucherwürste und Schinken fest.

Dann gab sich Margit einen Ruck. »Soll er mich doch sehen.« Noch ein paar Schritte, und sie würde sicher auf dem Grund und Boden des Klosters stehen.

52.

Leent blickte aus dem Ratssaal die Giebel der Häuser am Markt entlang. Bald würde der Große Rat zusammentreten. Drunten am Brunnen stand ein schwarz gefleckter Hund mit den Pfoten auf dem Rand und schlabberte Wasser mit seiner roten Zunge. Jemand warf einen Stein nach dem Tier, Leent konnte nicht sehen, wer. Dann sah er die Stadtschergen in den rot-weißen eng anliegenden Beinlingen mit der knappen, gezaddelten Gugel auf dem Kopf aus der Legge treten. Sie zerrten Albus über die Gasse. Der Rat hatte wohl getan, keine Hänflinge anzustellen. Die beiden Schergen waren nicht nur einen Kopf größer als die meisten Bürger, sie waren auch zweimal so stark wie ein Hufschmied. Und doch wehrte sich der Legge-Knecht.

Leent zog sich einen der Ratsherrnstühle ins Licht ans Fenster und setzte sich. Er hörte es rumpeln.

»Herr, was sollen wir mit ihm machen?« Der rot-weiße Scherge schaute ihn aus fettglänzendem Gesicht an.

»Werft ihn vor euch auf den Boden und bleibt grad dort stehen, wo ihr seid.«

Als wäre der Legge-Knecht ein Päckchen Hanf, schleuderten die beiden Schergen ihn von sich, dann fiel er wie ein Sack auf die irdenen Fliesen mit dem Stadtwappen. »So, Albus, sehen wir uns also wieder. Vielleicht bist du heute gesprächiger als auf den Kirchenstufen.«

Der dünne Knecht lag mit dem Gesicht nach unten auf den Fliesen, er stützte sich auf, wischte sich mit dem Handrücken von der Lippe einen dünnen roten Strich über die Wange. Sollte er bluten.

»Du wagst es zu schweigen?«

Der Albus zog die Knie heran und richtete sich darauf auf. »Nein, Herr.«

Der Knecht sprach mit einer Stimme, als kaute er verschimmeltes Brot. »Du hättest mir gleich sagen sollen, wofür du die vielen Goldmünzen in deinem Säckel bekommen hast.

Der Leggemeister Reker hat dich dafür bezahlt, dass du seinen Bankert aufziehst?«

»Ja, Herr.«

Albus hatte die Hände auf die Knie gelegt, das Hemd war ihm herausgerutscht, der eine Beinling hing lose von der Bruch. Er hielt den Kopf gesenkt, doch die Augen glommen vor Wut unter den Fransen.

»Sprich lieber gleich die Wahrheit, sonst lass ich sie aus dir herausprügeln.« Leent winkte mit dem linken Mittel- und Ringfinger dem schnauzbärtigen Schergen. »Gebt ihm einen Streich mit der Gerte auf die Schulter.«

Der große Mann in Rot-weiß holte aus. Albus schrie auf vor Schmerz.

»Was wollt Ihr wissen, Herr?«

»Wofür hat dich der Reker bezahlt?«

»Für seinen Bankert, den er mit der Susanne hat, meinem Weib.«

»Mit so viel Geld? Kein Mann bezahlt so viel für einen Bankert, den er noch dazu auf dem eigenen Hof wohnen lässt.« Leent dankte Gott, dass der ihm den Ertmann geschickt hatte, der noch des Nachts voll Gefahr den Dieben gefolgt war. Sonst hätte er sich noch mit schmutzigem Bauernpack auf den Höfen draußen im Stift abgeben müssen. »Wer hat dich noch bezahlt?«

Albus schüttelte das Haupt.

»Gebt ihm zwei«, befahl Leent.

Der Scherge holte aus, die Luft surrte, dann schrie Albus wieder.

»So starrsinnig und dumm bist du doch gar nicht, Albus, der Rat hätte dich nie in der Legge eingestellt. Rede.«

Der glimmende Blick aus Albus' Augen traf ihn, der Unterkiefer mahlte. »Soll ich Euch sagen, was ich weiß, oder wollt Ihr hören, was Ihr hören wollt?«

Der stellte noch Bedingungen. Fast nötigte das Leent Achtung ab, wie dreist Albus noch zu sprechen wagte. An manchem Knecht war wirklich ein Herr verloren. »Schwätz nicht. Rede.«

»Keiner hat mich sonst bezahlt. Wofür auch? Ich bin ein Knecht, der den Kaufherren die Ballen trägt, den Schreibern das Bier holt, den Hanseleuten die Wagen zum Stadttor führt.«

»Und nicht etwa noch etwas weiter? Nach Wittlage?«

»Ich komme nicht herum als Knecht. Ich kenne die Wege nicht.«

»Aber den Weg zu Rekers Hof, den kennst du.«

»Dort wohnt mein Weib mit den Kindern.«

»Wofür das viele Geld? Albus, die Antwort bist du mir noch schuldig.« Wirklich vorstellen konnte Leent es sich nicht, wie der Knecht falsch gestempeltes Leinen mit recht gestempeltem Leinen in einen Ballen hätte bringen können. Gewickelt wurden die Stoffe oben im Legge-Saal, nicht unten, wo der Albus die Ballen herein- und herausschleppte. Aber irgendwoher mussten die Münzen in des Albus' Säckel ja gekommen sein. »Wofür? Oder brauchst du die Gerte?«

»Für die Kinder.«

Also stimmte, was Elisabeths Mühlenweiber zu geifern wussten. Leent sah, wie Albus die Hände zur Faust ballte.

»In der Zeit, als der Tomas Reker begann, meiner Susanne nachzusteigen, war sie schon mein. Sie war von mir schwanger und machte dem Reker weis, es sei von ihm. Dann hat er sie als Weißbüglerin in der Legge untergeschafft. Und dann hat sie es fertig gebracht, dass der Reker mich als Legge-Knecht anstellt. Vorher war ich bei den Weißfärbern. Aber der Gestank der Bleichschwefelbäder hat mir die Lunge geätzt.«

»Ihr habt ihm eure Kinder untergeschoben.«

»Er hat seinen Spaß mit der Susanne gehabt.«

Fast schien es ihm, als ob Albus ein wenig lächelte. Was gab das Volk auf Anstand und Ehre, wenn im Frühjahr die Säfte stiegen? Ertmann hatte von einem Balg gesprochen, das Tomas Reker wie aus dem Gesicht geschnitten sei. »Aber eines war doch von ihm?«

»Und wenn schon eines von Reker ist. Sie sind alle Susannes Kinder. Und damit meine.«

»Trotzdem, recht viel Geld habt ihr zusammengebracht.«

»Stopft die Mäuler von sechs Kindern und einem Weib mit dem Lohn eines Knechts. Auch wir wollen mal gebratenes Fleisch essen und süße Fettkringel am Sonntag nach der Kirche.«

Ein bisschen Wohlleben, und die Mores waren dahin. Trotzdem, Albus verschwieg ihm etwas. »Gebt ihm noch einen Streich.«

Diesmal schlug der andere zu. Fester, schien es Leent.

Albus fiel nach vor auf seine Hände und wimmerte. »Was wollt Ihr denn noch?«

»Die ganze Wahrheit, Albus.«

Ein seltsames Lachen sickerte aus dessen Mund, wie Weinen fast. »Er … er hat Susanne und ihre Schwester manchmal auf seinem Hof besucht, da stiegen wir zu viert in den großen Badezuber. Im gelben Haus bei den Huren hat Reker so manches schätzen gelehrt.«

Der Knecht war vom selben Holz wie sein Herr, nur der Weiber Brüste im Sinn. Aber von den falschen Leinenstempeln wusste er nichts, sonst hätte er sich das noch um einiges teurer bezahlen lassen. Dessen war Leent nun gewiss.

»Der Reker hatte Heiratspläne, wo er doch Meister in der Legge geworden war. Da stören die Bankerte das Bild. Ich habe es so eingerichtet, dass Susanne mit den Kindern eines Sonntags in die Stadt kam, weil ihre Mutter krank im Armenhaus Kurre lag. Da ist er fuchsteufelswild geworden. Hat gedroht, sie vom Hof zu jagen. Sie warf sich vor ihn auf die Knie, heulte wie ein Klageweib am Grab eines Domherrn. Er ging später selbst ins Armenhaus, weil er ihr nicht hatte glauben wollen. Als er Susanne dort am Bett ihrer siechen Mutter fand, schämte er sich sogar. Er spendete der Mutter sogleich ein eigenes Bett mit frischen Laken, bedang sich aber aus, dass Susanne seine Bankerte nicht mehr in die Stadt brachte.«

»Ihr habt ihn gemolken wie eine Kuh.«

»Was scheren den Leggemeister die paar Münzen. Für meine Kinder hieß das, allzeit genug zu beißen.«

»Soll sein Halbbruder Jakob sehen, was er mit euch hinfort dort draußen machen will.« *Du sollst nicht begehren deines nächsten Weib* ... Die Kirchenmänner waren dazu da, dem Volk die Gebote nahe zu bringen, nicht er. »Schafft ihn raus.«

53.

Margit verging fast der Atem, obwohl der sandige Platz vor dem Eingang ins Kloster der heiligen Gertrud nicht mehr anstieg. Es war, als falle die durchwachte Nacht über sie her, die vielen Stunden auf dem schwankenden Wagen der Spielleute. Ihr war tief im Magen übel. Das Tor war doch nicht weit. Ihre Knie wurden weich, sie stützte sich an die grobe Mauer. Vor ihr hoben drei Bettler die Köpfe wie müde Schafe. Margit hatte nie hinter Mauern leben wollen, niemals. Hatte immer das Fenster zur Straße gesucht, war schon auf die Hocker geklettert, als sie noch ein kleines Kind war, und lallte, immer den neugierigen Blick nach draußen.

Margit drückte sich von der kalkigen Mauer ab. Welche Wahl hatte sie schon? Zudem sie die Benediktinerinnen oft genug über den Markt hatte gehen sehen. Sie lebten, lachten und sangen fröhlich.

Margit fasste sich ein Herz, ging durch das breite Tor, dessen Flügel nach innen offen standen. Nonnen und Gesinde umstanden den Karren des Fleischers Görg, alle Augen waren auf die schwankenden Würste und Schinken gerichtet. Sie lief vorbei, wähnte sich vom Blick des Fleischers in ihrem Rücken durchbohrt, fand aber doch die Pforte an der Seite gleich.

Sie hätte die Nonne mit dem runden weißen Kragen beinahe umgerannt, ein grober leerer Weidenkorb rammte sich an ihre Hüfte.

»So pass doch auf, du dummes Ding.«

»Entschuldigt, Schwester, ich ... ich möchte zur Mutter Oberin.«

Die Nonne mochte gut fünfzig Jahre haben, die Brauen waren hell und schütter, die Haut glatt wie bei einem Kinde, wären die tiefen Falten am Munde nicht gewesen. Ihr schwarzer Habit reichte bis zum Boden, auf der Brust die weiße Gugelhaube war strahlend weiß.

»Das geht jetzt nicht, sie ist beim Gebet. Komm morgen wieder.«

»Morgen ...« Morgen war es zu spät. Margit fühlte, wie ihr Unterkiefer zu zittern begann. Ihre Beine wurden müde, die Knie, das ganze Ausmaß der Sünde lastete auf ihr. Am steinernen Pfosten der Pforte rutschte sie entlang, der Überwurf der Bauernmagd verrutschte, der Korb der Nonne drehte sich vor ihrem Gesicht, wie der Nonnenrock, so stürzte alles ins Schwarz.

Der Schmerz drang durch die Wangen. Kalte Hände klatschten darauf. Fest.

»Komm endlich zu dir, Kind.«

»Nicht so harsch, sie wacht gerade auf.«

Es war sehr ruhig um sie. Und kühl. Margit lag auf Stroh. Die hohe Decke über ihr war geweißelt. Sie lag in einer Klosterzelle voller Licht. Ein Gesicht tauchte auf. Die Nonne mit dem Korb kniete neben ihr.

»Kind, was ist dir?«

Margit sah hinter ihr eine hohe Frau in Nonnentracht stehen. Blaue Augen lächelten sie an, die feinen Mundwinkel hüpften, als ringe Spott mit Sorge. »Ich ... ich will hier bei Euch bleiben in Eurem Kloster.«

Der Spott gewann. »So. Bei uns. Warum ausgerechnet bei uns, Margit, Vredes Tochter?«

Sie schlug die Hände vors Gesicht. Natürlich hatten sie sie erkannt. Ihre Ringe gesehen, das teure, feine Unterzeug. Margit konnte die Tränen nicht mehr halten. War sie denn nicht gerettet bei diesen Frauen? Sie mussten sie anhören. »Weil ... weil aus Eurem Kloster mich niemand holen darf.«

»Wer will Euch holen? Euer Vater etwa?«

Margit wischte sich die Wangen, sie wollte nicht weinen, sie wollte reden, jetzt. Sie hatte den Nonnen sagen wollen, dass der Weg zu Gott ... Was hatte sie sich alles ausgedacht, damit die Nonnen sie aufnähmen, auf der langen Fahrt von Belm, als die Spielmänner lasterhaft sangen. Sie stützte sich auf, doch die kniende Benediktinerin drückte sie grob zurück aufs Stroh.

»Bleibe liegen. Du bist sehr müde, ich sehe es doch. Sag die Wahrheit, Kind. Wer will dich holen?«

Margit wand sich ein wenig auf dem Rücken. An der Wand hing ein kleines Bildchen der heiligen Gertrudis, die in der einen Hand einen Spinnrocken und in der anderen eine Lilie hielt. Das Kloster war ein geweihter Ort, aber nicht von der Welt abgeschieden, dazu lag die Stadt zu nahe. Sie würden es sowieso erfahren. »Mein Vater.«

»Der wird es uns schwer machen, dich zu behalten. Er ist mächtig.«

Margit richtete sich auf. »Aber er darf doch nicht einfach hier in Euer Kloster kommen.«

Die hoch gewachsene Nonne sah sie an, wenige Falten umspielten die blauen Augen. Blau wie der Himmel im Fenster schienen Margit diese Augen. Ihr war so flau.

»Nur wenn du wirklich den Weg zu Gott suchst, dürfen wir dich deiner weltlichen Bestimmung entziehen und behalten. Sonst straft uns erst der Bischof, dann Gott selber dafür.« Die hohe Frau beugte sich im Knie, als sie ihre Hände ineinander legte, zu ihr herab. »Warum trägt die reichste Tochter Osnabrücks billiges Wollzeug wie eine Bauernmagd?«

Margit sah ihre nackten Füße auf dem Stroh. Was wohl der armen Gänsemagd geschehen war? Vater hatte die Wahrheit aus ihr herausprügeln lassen, bestimmt.

»Antworte der Mutter Oberin, wenn sie dich fragt. Hier bist du keine Herrin mehr, Vredes Tochter.«

»Ich bin zu Euch geflohen, weil er mich verheiraten will.«
Die Nonne mit dem alten Kindergesicht sah zur Oberin auf. »Dachte ich es mir doch. Das Übliche. Und nun sollen wir dich ein bisschen verstecken, bis du naseweises Ding es dir anders überlegst und doch einen Mann nehmen willst.« Die Nonne drückte sich von den Knien hoch. »Oberin, sie soll nach Hause laufen, bevor ihr Vater dahinterkommt und uns Scherereien macht.«

»Ich kann nicht mehr nach Hause zurück.«

Die blauen Augen der Oberin maßen Margits Gesicht, ihre Nase, ihren Leib unter dem Wollrock der Gänsemagd, besahen die geschwollenen Füße.

»Du kommst gar nicht von zu Hause angelaufen. Sag mir die Wahrheit. Warum willst du nicht mehr in dein Heim?«

»Vater wird mich verstoßen, so oder so, meine Muhme, die Agnes …«

»Agnes, die Heilerin aus Belm, wir kennen sie gut.«

Margit strich mit ihren Händen über ihren Unterleib. »Sie hat … hat meinen Leib befühlt …«

Das helle Lachen der alten Nonne nahm ihr den Atem. »Das Übliche, Oberin, das Übliche. Ich wusste es gleich, als sie an der Pforte umfiel. Wieder eine, die zu wenig isst für einen Menschen, damit der Bauch sich nicht wölbe, statt kräftig zuzulangen am Tisch für zwei.«

»Margit. Sprich die Wahrheit. Wirst du Mutter?«

Margit suchte das Bildchen der Heiligen an der Wand. Der Spinnrocken war so klein und winzig.

»Antworte der Oberin gefälligst, wenn sie dich fragt!«

»Ja.« Margit starrte in dunkles Blau.

Die Lider der Oberin schlossen sich fast. »Hat eine reiche Tochter, wie du es bist, nicht andere Auswege als das Kloster?«

»Wie meint Ihr das, Mutter Oberin?«

»Sie lernt ja schnell, dass sie Euch Ehre entbieten muss. Doch Vorsicht, dumm ist sie also nicht.«

»Bei Eurem Erbe findet sich leicht ein Ehemann, der nicht weiter fragt, wenn sein erstes Kind recht früh das Licht der Welt erblickt. Selbst wenn es ihm vielleicht gar nicht weiter ähnlich sieht.«

Margit sah diese blauen Augen, die auf ihr ruhten, diese hüpfenden Mundwinkel, diesmal sprangen sie zwischen Zorn und Spott hin und her. So schien es ihr, aber was meinte sie bloß? »Vielleicht wollte er mich deshalb rasch verheiraten.«

»Das scheint mir ganz vernünftig vom Vater Vrede. Die Menschen sollten sich nicht allzu sehr gegen Gottes Fügung stellen. Ein Kind ist immer ein Geschenk Gottes. Er gibt der Welt eine neue Seele, und scheint sie noch so sehr in Sünde gezeugt.«

Wem zürnte die Oberin? Margit spürte ihren trockenen Mund. Und schluckte. Das Stroh unter ihren Händen klebte.

»Schlafe dich aus. Ob du Nonne werden kannst, darüber entscheide ich erst, wenn du Mutter geworden bist. Wir wollen erst dem Willen des Herrn den Weg bereiten. Dann werden wir sehen, ob du ihm deine Seele weihen sollst.«

»Ihr nehmt die Vrede-Tochter auf?«, fragte die alte Nonne.

»Sie soll sich bei den Waisenkindern nützlich machen, solange sie arbeiten kann. Die Novizinnen sollen sie einweisen. Gebt ihr die reine Kleidung einer Kirchenmagd. Vorerst soll sie bei den anderen schlafen dürfen.«

Dann beugte sich die Oberin weit zu Margit herab. Die blauen Augen verloren die Farbe des Himmels, dunkelten ein wie vor dem Abendlicht das Himmelszelt. »Deine Seele trägt zu viele Geheimnisse, Vredin. Du musst bald zur Beichte gehen.«

Eine schmale weiße Hand legte sich auf ihre Brust.

»Von nun an, Margit, dienst du den Nonnen mit der Arbeit deiner Hände.«

»Danke, Mutter Oberin.«

Das schwarze Habit rauschte über die Fliesen. Die Ältere folgte der Oberin zur Tür der Zelle. Die weiße, schmale Hand auf dem Pfosten, drehte sich die Oberin um. »Du bist jetzt keine Herrin mehr, vergiss das niemals in diesen Mauern.«

54·

Ein, zwei Zwischenrufe noch, Gezische, dann wurde die Versammlung still. Leent spürte den Widerwillen der Händler, die nicht noch mehr Geld verlieren wollten, den Hass der Handwerker, die am meisten unter den unsicheren Zeiten litten.

»Dreifach ist der Brotpreis, zweimal so teuer das Fleisch als noch im Frühjahr.«

Viele hatten nämlich Bauerngehöfte vor den Toren gepachtet. Bald würden die Mägde und Knechte hungern müssen.

»Wir müssen zusehen, dass wir in Urfehde kommen, dass wir Frieden schließen, bevor man uns niederwirft.«

Die Ratsherren riefen schon wieder durcheinander.

»Das Volk erzählt unerhörte Dinge von den wilden Ketzern, die alles Heilige entweihen und wie lang geschwänzte Katzen jede Mauer erklimmen. Paderborn wurde mit Schrecken gezwungen, vom alten Städtebund mit Soest abzugehen.«

»Die Städte weichen, weil das Korn schlecht gewachsen ist in diesem Sommer. Wer hat schon Vorräte angelegt bei dieser Teuerung. Wir etwa?«

»Stärkere Mauern kosten uns weniger als die Auslöse, wenn uns die Mauern gestürmt werden.«

»Lasst Leent jetzt reden, Husbeek.«

Er fing einen Blick des Bürgermeisters auf, dessen dicker Kopf unter der braunen Schlagmütze hitzig geworden war. Die Luft machte ihm zu schaffen. Sie waren keine jungen Männer mehr. »Der Winterfrost im Bocksturm hat den trotzigen Sinn des Grafen gebrochen. Heimliche Briefe für Auslöse hat er seinen Brüdern geschrieben. Die haben ihm einen Zauberer aus Köln schicken wollen, der ihn als Luftgeist hätte heraushexen sollen.« Leent wiederholte nur, was alle wussten, damit sie ihm folgten. »Jetzt ist es Zeit, unsere Geisel einzutauschen.«

»Die Hoyas und ihre Gefolgschaft sind stark wie nie. Warum sollten sie gerade jetzt zahlen, wenn sie im Frühjahr schon nicht wollten«, sagte Husbeek laut.

»Uns ist Freitag nach Viti vom Herzog Wilhelm von Sachsen der Befehl des Kaisers zugegangen, den Grafen Johann sofort mit sicherem Geleit ins Heer zu senden und allen Schaden zu vergelten. Sonst vollstreckt er die Reichsacht. Husbeek, hört Ihr nicht? Ein Tausch ist keine Auslöse. Wir tauschen ihn gegen Frieden ein.«

Die Köpfe der Domherren wackelten, die Handwerker kniffen die Augen zusammen. Die Händler schwiegen. Leent sah, wie der Bürgermeister die Hände nach außen auf dem Tisch drehte.

»Leent hat Recht«, sagte von Leden, »das Lösegeld erhalten wir nicht mehr, selbst wenn die Hoyas zahlen wollten. Die Grafen sind verschuldet und zahlen ihre Landsknechte mit den Münzen, die sie zusammenrauben. Geben der Graf Johann und sein Bruder Erich Frieden, schwören sie, keinen Streit und Gewalt mehr über das Stift unseres Bischofs zu bringen, so entschädigt der sie mit einer Propstei, wie es zwischen dem Kölner Erzbischof und unserem Bischof schon einmal verabredet worden ist. Dann könnt Ihr Domherren auf die von den Hoyas besetzen Pfründe zurück.«

Leent sah den rechten Zeigefinger des Bürgermeisters auf Husbeek deuten.

»Fällt die Reichsacht, weil der Graf wieder frei ist, haben wir freie Straßen für unsere Fuhrwerke bis zum Rhein.«

Die Lider des Goldschmieds senkten sich über die blaugrünen Augen, sein Kopf drehte sich schräg nach hinten zur rechten Schulter, dann traf Leent ein kalter Blick. »Dass Euch das gefällt, glaube ich wohl.«

»Welchen Kirchen und Klöstern wollt Ihr denn Euren Zierrat verkaufen, wenn nicht den reichen Geistlichen am Rhein? In den Bergen nach Hessen hin die Einsiedler werden Euch rubinbesetzte Kreuze und die Weihwasserschalen nicht abnehmen.« Leent sah, wie Terbold vor dem Fenster unter dem Stadtwappen den Spitzbart reckte. Der Händler maß den Goldschmied mit seinen grauen Augen.

»Leidet das Stift Not, fehlen die Spenden, und mancher, der Euer Gold schon geweiht hat, muss es wieder lassen.«

Die Köpfe der Ratsherren drehten und wendeten sich zwischen den Wortführern hin und her. Leent setzte nach. »Geben wir den Grafen frei, so bekommt unser Bischof Heinrich einen freien Rücken beim Kaiser. Dann kann er die Tageleistungen zum Ausgleich mit dem Mindener Bischof auf weniger Köpfe zählen lassen. Dann hätten wir auch Richtung Weser Frieden.«

Der Bürgermeister erhob sich, sein brauner Mantel fiel über den breiten goldbestickten Gürtel.

»Lasst uns mit den Hoyas in Verhandlung treten, bevor sie ihren Bruder selber mit Hilfe des Sachsenherzogs aus dem Turm holen können.«

»Wir müssen eine Abordnung zum Bischof Heinrich schicken. Der Bürgermeister von Leden soll gehen.«

Einer rief dazwischen: »Und Gottschalk von Anchem, er ist geachtet im Land. Gerhard von Leda, Ihr seid mit dem Grafenhaus verwandt.«

Husbeek wollte schon wieder aufbrausen, drehte sich gerade vor seinen Handwerkern, da hörte Leent den Bürgermeister die Formel sprechen.

»Der Rat möge beschließen.«

Die erste Hand, die sich hob, war die des Dompropstes. Dachte der an seine Pfründen und die seiner Herren, oder riet es ihm seine Klugheit? Leent war es gleichgültig, jetzt, wo sich die Händler anschlossen, eine Laischaft nach der anderen zustimmte. Schließlich hob auch Husbeek die Hand. Nur einig konnte man verhandeln, das wusste selbst er.

»Der Rat hat's beschlossen!«

55.

Ertwin durchmaß die geräumige Stube. Das Haus Jakob Rekers war bis zum ersten Stock aus Stein gebaut, vielleicht weil es an der Spitze der Häuserflucht zwischen zwei Gassen an der Großen Gildewart stand. Ertwin wusste von seinem Großvater, dass man früher die Steinhäuser, die die Waren und Vorräte sicher vor Brand verwahrten, auf den Grundstücken hinten errichtet hatte. Aber hier in dem spitzen Winkel der Gassen mochte die Grundfläche zu klein gewesen sein. Im hellgrauen behauenen Feldstein waren sogar steinerne Fensterbänke eingelassen. »Wisst Ihr, was dieses Haus früher war? Die Fensterrahmen sind so prächtig, wie sie die Prälatenhäuser zu Erfurt schmücken.« Ertwin sah kurz hinaus ins Licht des Vormittags.

»Die Rekers waren früher einmal fast die reichsten Osnabrücker. Seine Vorfahren haben hier einem Domherrn einen Rohbau seiner Präbende abgekauft, den das Domkapitel nach dessen Tod nicht hatte vollenden lassen wollen. Seht Ihr, dort am Giebel ist noch das Feld für das Wappen des Adeligen eingelassen, aber unbehauen.«

Ertwin erkannte hoch über den Fenstern im Halbschatten die stumpfe Fläche.

»Die Wächter an den Stadttoren haben Jakob Reker nicht fahren sehen«, sagte Leent.

»Er wird sich in der Stadt verstecken.«

Der Ratsherr lief an den aufgestellten Tischen entlang, die voller Hausrat standen. »Wenn er nicht wie Ihr, Ertmann, unter irgendwelchen Decken auf einem Wagen aus der Stadt gerollt ist.«

Ertwin hatte den Ratsherrn gestern in aller Frühe aufgesucht. Leent hatte den Breilöffel beiseite gelegt und bei seinem Bericht herzlich gelacht, ihn als einen feinen Spund belobigt. Bei der Erzählung über den grüngewandigen Burgverwalter mit der Fasanenfeder und den gestohlenen Leinenballen in der Bischofsburg fiel er in ernstes Schweigen, den Blick auf die Apfelschnitze gesenkt, die ihm sein Weib auf den Rand des Holztellers gelegt hatte. »Als Euer Weib uns frische Milch gebracht hat, da hat sie sich gewundert, weil viel Kirchenleinen in der Legge gestempelt werde.« Ertwin wandte sich wieder der Stube zu.

»Elisabeth führt unsere Bücher, sie kennt sich mit den üblich gehandelten Mengen aus.«

»Ich habe es gestern in den Legge-Bücher noch einmal nachgerechnet, als Ihr im Rat gesessen seid.«

»Ihr wart schon dort? Das höre ich gern.«

Der Ratsherr zählte die silbernen Teller auf den Tischen Rekers in der Stube.

Ertwin war sich sicher. »Nirgends sonst hätte ich es prüfen können.«

»Wohlan.«

»In den Registern gibt es fünf Ballen Kirchenleinen. Hinaus geschleppt zur Bischofsburg haben die Diebe aber deren zwölf.«

»So wird es nicht der Bischof sein, der dort den Stoff hat legen lassen.«

Ertwin schaute wieder aus dem Fenster, auf der Gasse spielten Kinder fangen. »Der Verwalter dort wusste bestimmt davon, wie auch dass ein Kaufmann hier die Ballen weitertrüge.«

»Ertmann, sagt mir frei, was Ihr denkt.«

Leent schob einen Stapel Tischdecken zur Seite und setzte sich auf die Bank vor der geschnitzten Täfelung. Ertwin ging an den Tischen mit dem Erbe Tomas Rekers, das sich sein Halbbruder hatte wichten lassen, vorbei. Er setzte sich neben den Ratsherrn. »So unvorstellbar es klingt, mir scheint, die Fälschungen sind von mehreren Bürgern der Stadt betrieben worden. Hand in Hand muss das wohl gegangen sein. Ein Kaufmann ist dabei und ein Mann des Bischofs. Wie groß ist der Gewinn, der sich aus falschem Leinen ziehen lässt? Beträchtlich, scheint mir, aber wenn man ihn mit drei, vier Mitwissern teilen muss, dann braucht man große Mengen. Die Gilde wird wissen, wer von den hiesigen Kaufherren Leinen nach Flandern und die Ijssel hinunter handelt.«

»Fast alle, deucht mir.«

»Aber nicht alle handeln auch mit der Kirche.«

Der Ratsherr griff sich einen Silberbecher vom Tisch und

rollte ihn in den Händen, sah ihn aber nicht an. »Sorgen macht mir, dass die Bischofsleute ihre Hände im Spiel haben.«

Ertwin streckte die Beinlinge von sich und betrachtete seine langen Schuhspitzen. »Vielleicht mehr und anders, als wir ahnen.«

»Ihr seid forsch.«

Der Silberbecher ruhte in Leents Linker. Ertwin hob die rechte Schulter und drehte die Hand nach außen. »Überlegt. Versetzt Euch in die Lage des Dompropstes. Er war darauf erpicht, das Blutgericht über Knuf für den Bischof zu gewinnen. Das würde gewiss bedeuten, dass er selbst das Urteil fällen würde. Womit könnte der Bischof die widerspenstige Stadt mehr schwächen, als wenn er ihr im Innern die Hohe Gerichtsbarkeit entwindet? Gerade jetzt, wo Osnabrück unter Reichsacht steht. Gewinnt die Kirchenseite Geld mit der Fälscherei, hat sie Gold genug, Stimmen zu kaufen. Steht dann das Heer des Kaisers vor der Stadt, um die Reichsacht zu vollstrecken, bietet der Bischof Schutz vor den Feinden. Um den Preis, dass der Rat dies oder jenes Recht an den Bischof zurückgibt. Am Ende herrscht wieder der Bischof über die Bürger und greift nach Gutdünken in den Säckel der Stadt.«

Der Ratsherr warf den Silberbecher auf den Stapel Tischdecken. Mit verschränkten Armen sah er Ertwin an. »Ihr meint, der Knuf hat den Reker erschlagen, weil der dahintergekommen ist, dass Knuf der Handlanger des Domkapitels ist? Doch er beteuert seine Unschuld.«

»Was soll er sonst sagen, wenn er dem hohen Herrn diente? Wenn er in der Nacht noch kurz zuvor mit dem Domherrn die falschen Stempel abgerechnet hätte?«

»Der Domherr kann ihm den Tod nicht ersparen, so wie die Dinge liegen.«

»Doch, wenn er einen anderen Schuldigen hervorzaubern kann. Der, sagen wir mal nach einer Beichte, Hand an sich gelegt hat. Wissen wir, wo Jakob Reker verblieben ist? Wer weiß, an welchem Balken sein Leib baumelt.«

»Ertmann, so schlecht wie Ihr denkt von der Kirche nur der Teufel.«

»Ihr habt mir freie Rede erlaubt. Solch Überlegung anzustellen, heißt man uns an der Universität in Erfurt. ›Advocatus diaboli spielet‹, fordert man uns auf. Denn oft sind zu Erden die Dinge vom Teufel verdrehter gemacht, als wir Christenmenschen gern glauben mögen. Wer eine Hechel führt, einen Mann zu töten, der mag auch solches Übel tun.«

»Nun denn. Noch Schlimmeres ist möglich, Ertmann.« Der Ratsherr ließ die Arme sinken.

Ertwin suchte Leents Blick, doch der schaute zu den grünen Kacheln des Ofens in der Ecke der getäfelten Stube.

»Zweifel nagt an meinem Herzen, dass Knuf wirklich schuldig sei. Wir sahen ihn beten. Er schwört seine Unschuld mit tiefer Inbrunst. In seinem Haus habe ich kein Gold gefunden, das er haben müsste, brächte ihm die Fälscherei einen hohen Lohn«, sagte Leent.

Ertwin öffnete die Lippen, doch die Hand des Ratsherrn hielt ihn ab.

»Ich weiß wohl, dass man Gold vergraben kann, verbergen.«

»Verborgen ist vor allem Jakob Reker.«

»Ihr habt Recht. Ich will ihn finden und stellen, Aug in Aug. Doch zuvor lasst unseren Blick über die Dinge schweifen, die Jakob Reker nicht in den Verkauf um Almosen gegeben hat.«

Sie gingen die Tische entlang. Ertwin zählte sieben Kerzenleuchter, drei Seidenkissen, allerlei Schreibzeug, kleine Kästen, große Kästen. Leent öffnete sie. In dem ersten lagen drei, vier Perlen, in dem zweiten unbeschriebenes Pergament samt einem feinen Lederbecher mit Würfeln aus hellem Bein. »Es ist wie beim großen Markt. Alles und jedes für das Haus scheint hier versammelt.«

»Ihr sagt es.«

Ertwin zählte sechs große Löffel mit Wappenzierung, drei lange Messer, wie sie die Fallensteller in den Wäldern mit sich führten. Wahrscheinlich mochte Jakob Reker Wildbret. Ertwin ließ die Finger durch das Pergament vor dem offenen großen Kasten gleiten. »Der Tomas Reker hat am Pergament nicht gespart, dies hier ist glatt und fein.« Er legte es zurück und stieß an den mit Lilieneisenbeschlägen verzierten Deckel, der beinahe auf seine Finger fiel. Er fing ihn mit der Linken auf. Der Kasten ruckte nach hinten gegen einen Stapel Leintücher. Etwas klackte darin aneinander. Ertwin fing Leents Blick auf, der hatte es auch gehört.

»Räumt den Kasten aus.« Der Ratsherr trat an ihn heran.

Ertwin legte die Pergamente auf den Leinenstapel. Ein Stück Wollstoff lag zuunterst voller Tintenflecken. »Sonst ist nichts darin.«

»Hebt ihn an und schaut darunter.«

Ertwin wuchtete den Kasten über den Kopf. Wieder klackte es. Er drehte den Kasten, Leents Blick, der sich in den Knien beugte, flog über das Holz. »Nichts.« Er stellte ihn ab. Die breite Hand des Ratsherrn maß die Tiefe des Kastens innen und außen.

»Ein zwiefacher Boden. Lasst es noch mal klacken, Ertmann.«

Er unterfing den Kasten mit den Handflächen. Wieder hörten sie das Geräusch.

»Ich habe solch Laut schon einmal vernommen. Als mir der Knuf die Stempel der Legge brachte, klackten sie mit gleichem Ton aneinander.«

»Dann hätte ja der tote Tomas Reker selber das Leinen falsch gestempelt …«

»Ertmann, Ihr habt mir gerade die Lektion erteilt, wie der Teufel Böses ausheckt. Was ist, wenn Reimer Knuf und Jakob Reker mit dem Domherrn unter einer Decke stecken? Wenn Knuf dem Jakob rasch die falschen Stempel zur Verwahrung gegeben und dieser sie nach dem Tode seines Halbbruders hier drin verborgen hat?«

Ertwin strich mit der Hand über die lilienförmigen Beschläge des Kastens. »Ihr habt Euren Ruf, ein kluger Mann zu sein, nicht umsonst, Ratsherr. Möglich ist es. Wir müssen den Kasten aufbrechen.«

Leent besah sich die Verzierungen, befühlte sie mit allen Fingern. »Ich finde den verborgenen Mechanismus nicht.«

Ertwin folgte dem Zeigefinger Leents, der die Beschläge entlangglitt.

»Wer weiß, wie der Boden geöffnet wird, der weiß auch, wie der Inhalt hineingekommen ist.«

»Wir müssen Jakob Reker finden.«

»Ihr, Ertmann, erkundigt Euch bei den Kirchen und Klöstern, wer von den Händlern Kirchenleinen angekauft hat. Ich stauche die Mägde und Knechte hier im Hause zusammen, sie sollen das Maul halten. Ich sorge dafür, dass Jakob Reker von den Stadtschergen gefunden wird.«

»Den Kasten bringe ich lieber ins Rathaus.«

»Ja, und dann sucht den Kastenmacher, der ihn gefertigt hat. Der soll ihn Euch auftun. Der Dompropst wartet am Bocksturm auf mich.«

56.

»Holt den Grafen heraus.«

Die Wächter hatten Kettenhemden übergezogen, sie standen an den Türen des Bocksturms, die auf die Stadtmauer hinausführten, ihre langen Spieße hielten sie wie Standarten weggestreckt. Nach dem Befehl des Bürgermeisters sprangen die Wärter auf. Leent trat neben den Domherrn. Der hob die Lippen wie über einem schalen Bier.

»Hätten wir gedacht, dass wir den riesigen Kasten aus Bohlen, diesen Holzkäfig, so lange brauchen«, sagte der Dompropst.

Ratsherr Groot hatte den Vorschlag mit dem Holzkäfig gemacht, der trotz seiner Kosten schließlich angenommen worden war. Was hatte der Rat gestritten, nachdem der Graf Johann in ihre Hände geraten war. Als adelige Geisel hatte man ihn nicht einfach zu den gemeinen Dieben ins Verlies werfen wollen. Doch ihn einfach oben im Turm einzuschließen war zu gefährlich. Der Graf war gewieft in allen Kriegslisten.

»An uns hat es nicht gelegen, dass der Graf Johann noch immer nicht freigekommen ist«, erwiderte von Leden.

Leent war sich nicht sicher, ob der Bürgermeister damit Recht hatte. Noch war nicht entschieden, ob die Sturheit des Grafenhauses oder die Beharrlichkeit der Osnabrücker obsiegen würde. Die Stadt stand unter Reichsoberacht, die die Grafen beim Kaiser erwirkt hatten, war aber noch immer Herrin in ihren eigenen Mauern. Noch. »Fasst ihn sorgsam an.«

»Was wollt Ihr, Leent? Der Stand des Grafen wurde immer geachtet.«

Die Wärter legten die Leiter an. Die Stadt hatte den Gefängniskasten aus schweren, grob behauenen Stämmen bauen lassen. Ringsum ohne Fenster, nur durch die Ritzen fiel Licht. Der Preise wegen hatte man den Kasten nicht ganz mannshoch bauen lassen. Der Graf konnte darin nicht stehen, musste den Kopf einziehen. Zweimal der Länge nach konnte er sich legen. Ein Becken für die Notdurft hatte der Rat noch bewilligt, seines Standes wegen.

Jetzt öffneten die Wächter die Klappe im Deckel und stellten eine Leiter hinein.

Das Haar reichte dem Grafen bis auf die Schultern, der Bart bis auf die Brust, doch blieb er auf der Leiter stehen. Leent konnte keinen Blick erhaschen. Der Bürgermeister trat vor. »Wollt Ihr nicht heraus, Graf Johann?«

»Mir fehlt die Kraft.«

»So zieht ihn heraus.«

Die Wächter hoben ihn halb auf die Balken, die den Kasten deckelten. Er kroch rückwärts zur Leiter, die zum Boden des Turmgeschosses reichte. Der Domherr schob die Hände unter die weiten Ärmel seines schwarzen Mantels. Sein gestärkter Hemdkragen stach leuchtend weiß davon ab.

Dem Grafen hing ein einfaches graues Wams auf dem Leib. Er zitterte am Fuße der Leiter in den schwachen Knien, richtete sich langsam auf. Leent erschauderte beim Seufzer der Erleichterung, der im Turm hallte. Der Graf streckte vorsichtig die Arme über dem Kopf. Die Wollhosen waren erbärmlich fleckig, die Schuhe löchrig.

»Mein Kreuz ist lahm, mein Bein so schwach wie das meiner alten, zahnlosen Amme. Das zahle ich Euch heim, Ratsherren, so wahr ich Graf Johann von Hoya heiße.«

Leent fing den Blick des Bürgermeisters auf.

Der Domherr hob das Kinn. »Euer Wille scheint nicht gebrochen.«

»Was der eisige Winter hier nicht geschafft hat, werdet Ihr nicht richten. Das Kampfesblut der Hoyas heizt mich genug.«

Wer weiß, welcher Zuträger die Wächter bestochen hatte. Wusste der Graf, was draußen im Stiftsland vor sich ging? Da hielt er sich mit zittrigen Knien an der Leiter fest wie ein Greis. »Ihr seid stolz wie je, als Ihr das Vieh von den Osnabrücker Weiden gestohlen habt.«

»Was ändert Euch den Sinn, dass Ihr mich nun zum ersten Mal aus dem Kasten lasset?«

Der Bürgermeister hatte die Amtskette um den Hals gelegt. Der Domherr trat an seine rechte Seite. Leent hielt sich links.

»Ihr sollt aufrecht und mit ungedecktem Haupt mit uns reden. Dann hat Euer Wort die Bindungskraft.«

»Sagt mir erst heißes Essen zu, mit Fleisch und Sud, Krüge mit Bier und Wein.«

»Ihr werdet nicht kurz gehalten.«

»Die Zähne werden mir faul von all der kalten Speis und dem schweren Brot.«

Der Domherr legte die Hand auf den Arm des Bürgermeisters. »Ihr sollt gutes, heißes Essen haben. Auf Rechnung des Kapitels.«

Der Graf, der das fünfzigste Jahr noch nicht durchmessen

hatte, reckte den Bart. »Neue Kleider und einen Bartscherer, wie es einem Adelsmann gebührt.«

Der Bürgermeister kam dem Domherrn zuvor. »Die Kleider ja, den Scherer nein. Ihr seid unsere Geisel. Das bleibt Ihr, wenn Ihr nicht verhandelt.«

»Machen Euch die vielen Ritter draußen im Stiftsland die Nachtruhe auf Euren wohl gefüllten Truhen schwer?«

Leent sah, wie sich der Graf an die Leiter klammerte, den Hintern auf eine Sprosse stützte, so schwach war sein Leib. »Macht Euch nicht lustig, Graf. Was hat der Zauberer aus Köln erreicht, den Euch Eure Brüder versprochen haben? Ihr seid nicht durch die Luft in die Freiheit geflogen wie versprochen.«

Der Bürgermeister schloss sich an. »Das Gold hätten sie sich sparen können.«

Der Lacher sollte hochmütig wie beim Lanzenritt klingen, doch hörten sie die Verzweiflung, die in dem Grafen steckte.

»Hört, Graf. Schreibt an Eure Brüder. Geben sie uns die Güter der Domherren und der Bürger zurück, geben wir Euch frei, wenn Ihr auch die Reichsacht beim Kaiser aufheben lasst.«

»Das bietet Ihr schon seit Jahr und Tag.«

»Wir verzichten auf die Entschädigung von dreitausend Gulden, wenn Ihr die Ländereien und die besetzten Bischofsburgen räumt.«

»Oho, die Kaufmannssäcke verzichten jetzt. Euch quält der Fruchtmangel im Land, was muss Euch der Arsch in Grundeis gehen.«

Einen Augenblick lang stand der Graf frei mit herausgedrückter Brust, als ob er Schild und Schwert führte. Dann sank er wieder an die Leiter.

Der Dompropst hob den Saum ein wenig und trat zwei Schritte auf den Grafen zu. Die weißen Finger deuteten zum schmalen Turmfenster und den Wärtern mit den Spießen hin. »Mögen auch des Kaisers Leute Herford und Detmold dem Boden gleichgemacht haben, der Bischof steht mit einem Heer vor Soest. Bald wird er den Sieg errungen haben. Dann räumt er mit den Landsknechten seine Burgen von den Hoya'schen Hintersassen wieder frei und schlägt die Brandschatzer aus seinem Land. Gebt Ihr und Eure Brüder jetzt den Besitz des Bischofs frei, ermöglicht Ihr die Urfehde. Jeder lässt den andern in Frieden ziehen.«

Leent zog wie vereinbart eine Briefrolle und Schreibzeug aus einem Beutel an seinem Gürtel. »Hier ist Schreibzeug. Verlangt es, und die Wächter werden es Euch geben. Schreibt Euren Brüdern. Bis Sonntag habt Ihr Zeit.«

»Jetzt schafft ihn wieder in den Kasten, wenn er es nicht selber vermag.«

Doch der Stolz gab dem Grafen die Kraft, auch wenn seine Beine auf den Sprossen zitterten. Leent sah, wie der bloße Wille die lahmen Füße das Holz erklimmen ließ. Oben ließen die Wächter den Grafen durch die Klappe hineinfallen. Wie ein Stück Knochen, den man dem Hund in den Zwinger wirft.

Ein Turmwächter entriegelte ihnen derweil die Eisentür.

»Osnabrücker Rat, Ihr werdet mir die Qualen bitter büßen.« Der Graf grollte, nicht wie ein Greis, sondern wie ein Mann in seinem besten Saft.

»Es wird so nicht gehen. Ich breche lieber gleich zum Bischof Heinrich auf, verhandele dort«, sagte der Bürgermeister.

Leent legte von Leden die Hand auf die Schulter, streifte dabei die kühle Amtskette. »Hoffen wir, dass uns der Bischof lieber hilft, als uns durch seine Feinde geschlagen zu sehen.« Sie standen am Fuße des Turms in der engen Gasse unweit des Hauses der Ochsenhändlergilde.

»Leent, von Schagen, bevor wir als Stadt mit dem Bischof verhandeln, schaffen wir uns vorher wenigstens den Meuchler vom Hals«, sagte von Leden.

Die Augenbraue des Dompropstes hob sich. »Ihr erkennt also den Blutbann an, Bürgermeister?«

»Zwei Schwerter sollen vor dem Volke liegen. Des Bischofs Vogt soll das Urteil sprechen, aber ich sitze für die Stadt neben Euch.«

Leent schwieg. Von Leden gab nach, auch wenn es nicht so aussehen durfte. Von Schagen schob die dünnen Lippen vor, der Dompropst war klug genug, die Gelegenheit nicht verstreichen zu lassen. Nicht einmal ein hoffärtiges Lächeln gönnte der sich. »So sei es.«

»Leent, schafft mir den Knuf mit den Stadtschergen hierher zur Ernstlichen Befragung, damit der Bischofsvogt bei seinem Urteil alles erfahre.«

57·

»Er darf auf keinen Fall bluten, Henker, vergesst das nicht.«

Was blieb ihm übrig? Die Beweise sprachen gegen Knuf, doch konnte Leent seinen Zweifel nicht niederringen. Ertmanns Worte verschwanden nicht aus seinem Kopf. Knuf, dieser kräftige Mann, der sich wie ein Knabe ergeben der Mutter Maria anvertraut hatte, die Hände zum Gebet gefaltet, die an den schweren Eisenketten hingen. Diesen Anblick konnte er noch weniger vergessen.

»Das ist das Vorrecht des Blutgerichts, die Folter zu verhängen. Die Befragung sei der Stadt zugestanden. Das Gericht dem Bischof.«

Die Stimme des Dompropstes schnitt durch sein Sinnen. Leent hätte der Kirche nicht so schnell nachgegeben, sie noch länger hingehalten, aber der Bürgermeister wollte es eben so. Vielleicht war es auch weiser. Wilhelm von Sachsen verheerte das Land. Die Stadt brauchte jeden Bundesgenossen, den sie gewinnen konnte, und sei es der ungeliebte eigene Bischof. Leent atmete durch, sammelte sich. »Die Befragung wird nach Recht und Gesetz ergehen.« Leent hatte des Bürgermeisters Hintergedanken erraten und zugestimmt. Hatten sie den Knuf im Verlies, war er vom neutralen Grund des Adeligen von Kaltenhusen mit des Domherrn Zustimmung gekommen, dann band sie kein gegebenes Wort. Sie konnten den Knuf in ihrer Gewalt halten, bis der Dompropst wirklich einen Bischofsvogt herbeigeschafft hatte. Dauerte das zu lange, dann richteten sie eben selbst. Wer wusste, was wegen der Unruhe im Lande noch geschehen würde?

»Fangt an.«

Der Bürgermeister hatte sich hinter den Schreiber gestellt. Die Henkersknechte knieten am Loch im Boden des Buchsturms, worunter das Verlies eingelassen war. Zu dritt zogen sie Knuf heraus. Doch dieser stand anders als der Graf aufrecht und klopfte sich die Strohhalme von den verdreckten Beinlingen. Er rieb sich das Gesicht frei. Er stank nach Gefangenschaft und Notdurft.

»Gebt ihm Wasser, damit er reden kann.«

Der Schreiber schrieb den Befehl mit der Feder nieder, da, wo es ihm der Finger des Bürgermeisters auf dem Pergament zeigte.

Knufs Blick ruhte auf der Streckbank, die die Henkersknechte in die Mitte des Turms geschafft hatten. Er nahm den Holzbecher, der ihm gereicht wurde, sah nicht einmal hin. Trank in einem Zug. Dabei schlug er sich mit der schmutzigen Hand auf das verfärbte Hemd.

»Spannt ihn ein.«

Ehe Knuf sich hätte wehren können, hatten die drei Henkersknechte ihn gepackt, zwei an den Armen, einer an den Beinen. Sie hoben ihn in die Luft wie ein geschlachtetes Kalb und senkten ihn über der Streckbank. Für Füße waren Kuhlen so aus dem Holz geschnitten, dass man mehrere Menschen nebeneinander einspannen konnte. Sie legten Knuf in die Mitte, der vordere Henkersknecht packte das linke Bein in die Kuhle, setzte sich mit dem Hintern drauf. Dann zerrte er das rechte daneben. Sein ganzes Gewicht rutschte auf die Knie. Der Henker selber, schon die Kapuze über dem Gesicht, senkte den schweren Oberbalken über die Füße. Knuf konnte nicht mehr entweichen.

»Er wehrt sich gar nicht.« Der Dompropst flüsterte, als spräche er mit sich selbst.

Die Knechte überstreckten Knufs Arme und fassten sie hinter seinem Kopf in ein weiteres Gegenlager aus Kuhlen. Sein Leib ruhte auf einem Brett. Dann sank der nächste Balken.

»Wartet damit.« Leent trat auf Knuf zu an die armdicke Stange, die die dichten Hölzer miteinander verband. Hüben wie drüben standen die Henkersknechte, die Hände schon in den Speichen des Räderwerks, das die Kuhlen auseinander trieb. »Knuf, wir befragen dich auf der Streckbank, damit du die Wahrheit sprichst.«

»Das will ich. Ich habe Reker nicht erschlagen.«

»Dreht das Rad.«

Die Balken ächzten. Knuf atmete schwer.

Leent stellte sich so, dass er das Gesicht des Dompropstes beobachten konnte. »Du hast das Leinen falsch gestempelt, das du zum Verwalter nach Wittlage hast schaffen lassen. Dort habt ihr es gestapelt gegen das Privilegium der Stadt, in des Bischofs eigener Burg.« Von Schagens weiße Hand fuhr vor dessen Mund, er senkte den Kopf so weit, dass Leent die kahle Haut im schwarzen Haarkranz erblickte. Der Bürgermeister riss die Augen auf, Leent bedeutete ihm mit dem Handrücken, dass er schweigen sollte.

»So war das also«, sagte Knuf. »Nein, ich habe das Leinen immer nach meinem Eid gestempelt. Wahr und wahrhaftig. Ich habe nur die falschen Stempel erkannt und dem Tomas Reker gezeigt, als Hanseleute sich mit Warenproben in der Legge beschwerten.«

»Du lügst. Du hast selbst das Eisen für die falschen Stempel geführt.«

»Die Eisen, die ich geführt habe, sind die Stempel der Stadt. Die echten, ich habe sie Euch gezeigt.«

»Dreht das Rad.« Die Balken ächzten. Knufs Wangen zitterten, er atmete schnell. Schweiß trat auf seine Stirn. »Wo hast du die falschen Stempel versteckt?«

»Ich habe keine falschen Stempel geführt.«

»Dreht.« Knuf schrie, presste zwischen den Zähnen hervor:

»Ich … ich habe erst geglaubt, draußen im Stift treibt ein Händler böses Spiel mit der Legge. Ich habe Tomas Reker die falschen Stempel gezeigt. Er … er hat gesagt, meine Augen trügen mich, die seien echt. Da fasste ich erst Verdacht gegen ihn.«

»Du wagst es, den toten Reker zu verdächtigen? Den du gemeuchelt hast, weil er dich ertappt hat. Dreht ganz herum.«

Knuf schrie hell wie ein Kind, das am Herd in Flammen gerät.

Der Henker rief: »Lasst mich einhalten, Herr, er fällt Euch sonst in Ohnmacht.«

Leent nickte. Aus Knufs Augen flossen die Tränen. »Reker hat es dir nachgewiesen, Knuf. Dafür hast du ihn erschlagen, aus Wut, aus Angst.«

»Ich habe ihn nicht gemeuchelt. Ich habe mit ihm gestritten. Weil er selbst unter dem Beryll die Abweichung nicht zu sehen vorgab. Ich habe ihm die Fälschung auf den Kopf zugesagt. Da ist er aufgesprungen, hat zugeschlagen mit der Faust. Ich habe mich gewehrt. Wir schlugen uns wie Bauernbuben. Dann bin ich gegangen. Ich wollte anderntags zum Rat, um alles zu berichten.«

»Was hat dich gehindert? Auch wenn deine Helfer das falsch gestempelte Leinen aus der Legge gestohlen haben, das wird dir nichts helfen.« Knuf schwieg.

Leent beugte sich über Knuf. »Nur du hast gewusst, wo die Flachshechel verborgen liegt. Wer sonst hätte sie in einem der Kästen in der Legge gefunden? Du hast den Reker heimtückisch von hinten erschlagen.«

»Verflucht habe ich ihn vor Wut, das ist wahr. Dann bin ich gegangen, habe den trunkenen Jakob auf den Stiegen abgefangen und habe ihn zur Roten Kanne gebracht. Von dort bin ich zum Fest der Bruderschaft zum Tanz.«

Die Schmerzen trieben Knuf das Blut aus dem Gesicht. Leent spürte die Zweifel in ihm steigen. Lag da eine verlorene Seele im Leib eines kräftigen Mannes, ein Meuchler, der sich dem Teufel verschrieben hatte, oder war er doch unschuldig? Was, wenn der junge Ertmann nur zum Teil Recht hatte, zum Teil aber auch nicht? Fast schien es Leent, als hörte er den Teufel lachen. »In der Roten Kanne hat man dich aber nur kurz gesehen. Dann warst du verschwunden. Ich sage dir, wohin.«

Knufs Augen weiteten sich. Er schluckte, blinzelte die Schmerztränen weg.

»Du bist zum Haus deines Helfers geeilt. Jakob Rekers Haus, der für ein paar Goldstücke dir half, die falschen Stempel zu verwahren.« Leent drang in ihn, vielleicht war es ja so gewesen mit den beiden in der Nacht. »Wir haben sie gefunden.«

Knuf entfuhr ein halber Schmerzenslaut. »Bei Jakob Reker? Die Brüder haben also Scherze mit der ganzen Stadt getrieben? Das wird es sein, Leent. Der ganze Streit um das Erbe, den Verkauf der Zinshäuser in der Neustadt ... alles Trug, um alle zu täuschen.«

O Gott, war es das? Die Halbbrüder halfen am Ende einander. Leent sah tiefe Falten zwischen den Brauen im dickwangigen Gesicht des Bürgermeisters, der Dompropst hielt die gefalteten Hände vor den Mund und flüsterte tonlos ein Gebet. Nein. Das war es nicht. »Was lügst du da? Ihren Streit vor dem Burgericht der Stadt haben die beiden erbittert geführt, das habe ich selbst gesehen. Du selbst hast mit dem Jakob Reker die Stadt betrogen. Ihr seid alte Freunde.«

»Ich habe mit Jakob nur gezecht, ihm vertraut aus Kindertagen.«

»Ein letztes Mal, gestehe um deiner Seele willen. Wer hat dir geholfen, das Leinen zu fälschen?« Knuf rang nach Luft, aber schwieg. Leent machte dem Henker ein Zeichen.

»Herr, wenn wir weiter drehen, bersten die Gelenke, dann blutet er. Seht, die Knie sind schon ganz weiß, die Ellen schon hohl zwischen den Gelenken.«

»Leent, brecht nicht das Recht, das dem Bischof zusteht«, sagte der Dompropst.

Der Bürgermeister legte seine Hand auf das Pergament, der

Schreiber nahm die Feder weg. »Es nützt nichts, Leent. Knuf hat der Folter widerstanden.«

Der Domherr flüsterte ein Gedankt-sei-dir-o-Herr.

Leent wandte sich ab. »Hebt ihn heraus. Schafft ihn ins Verlies.« Er hörte die Räder zurückdrehen.

Bei Knufs Schrei fuhr er herum, die Henkersknechte hatten seine Beine aus den Kuhlen gezerrt, ihn an Armen und Beinen gepackt. Ohnmächtig sackte sein Leib zwischen ihnen zusammen wie ein halb leerer Sack Mehl. Leent spürte, wie ihm im Magen übel wurde. Der Bürgermeister trat an ihn heran.

»Er hat widerstanden. Die Leinenfälschungen können wir ihm deswegen nicht mehr anhängen. So will es der Brauch.«

Leent wehrte sich gegen ein Gefühl, das in ihm aufstieg. Knuf hatte zu Recht widerstanden, das spürte er. Doch sagte er trotzdem: »Das wird ihn nicht retten.«

Der Dompropst schob seine Hände in die Ärmel, dann zog der Kirchenmann ein Stück Pergament hervor. »Mit dem Siegel des Bischofs, nehmt seinen Befehl, den Gerichtsplatz bereitzumachen. Der Galgen möge hinter der Neustadt am Hang für den Knuf aufgeschlagen werden. Morgen ist der Tag des Herrn. Der Blutvogt des Bischofs ist unterwegs. Montag, am ersten August, wird Knuf am Galgen hängen.«

Leents Magen hüpfte. »Das war nicht abgemacht.« Die Ader auf der Stirn des Bürgermeisters schwoll an, Leent sah den Ruck in dessen Armen, aber er packte den Domherrn nicht an der Gurgel.

»Was habt Ihr es eilig, den Sünder der Hölle zu überantworten? So einfach machen wir es Euch nicht. Ich sitze für die Stadt neben dem Vogt, sonst bleibt der Knuf im Verlies.«

»Der Blutvogt wird richten. Niemand sonst.«

Diese hoch getragene Nase, diese Lider, die halb über die Augen hängend flatterten. »Den Blutvogt mag auch kehren, was draußen in Wittlage mit dem Leinen seines Herrn geschieht. Am Galgen wird die halbe Stadt und das halbe Dorfsvolk stehen. Wollt Ihr sie als Ohren für die Missstände, die unsere Zeugen von den Burgen zu berichten wissen, oder wollt Ihr lieber selber für Zucht in den Reihen der Bischofsleute sorgen?«

Die Lider hoben sich. »Ihr droht mir für Verfehlungen irgendwelcher Verwalter? Ihr macht Euch zum Narren.« Der Domherr kehrte auf dem Fuß um.

Der Bürgermeister hängte die Daumen in seinen Gürtel. »Sucht es Euch aus, Dompropst. Sonst bleibt der Knuf hier.«

Der Kopf mit dem schwarzen Haarkranz um die kahle Stelle hielt inne. Der Dompropst wandte sich über die Schulter zurück. Ein Strich von Mund sprach zu ihnen. »Fühlt Euch nicht zu stark, von Leden. Mögt Ihr neben dem Blutrichter sitzen vor den Augen von Stadt und Land, entscheiden werdet Ihr über das Leben des Knuf nicht.«

Dann schritt er so forsch davon, dass sich der schwarze Habit über den niedrigen Schuhen hob. Der Henker hatte Mühe, den Riegel der Tür noch vor dem Domherrn zu ziehen.

58.

»Treiben es die Wächter jetzt schon hier drin mit den Huren?« Das Geschrei drang von der Außentreppe des Bocksturms her. Leent winkte dem jungen Wächter, der mit dem Fuß zur Wand neben der Tür lehnte. »Könnt ihr nicht warten, bis euer Tagwerk vorbei ist? Der soll das Weib wegschaffen, sonst lass ich ihn ins Bürgergehorsam werfen.« Dass die jungen Leute nicht einsahen, wozu eine Wehrordnung taugte. Herrje. Kaum waren sie zum Wachdienst abgeordnet, statt beim Meister zu arbeiten, wurden die Gesellen faul und machten sich den Lenz.

»Die haben noch keinen richtigen Krieg erlebt, sonst wären sie nicht so säumig.«

»Möge es ihnen und uns erspart bleiben, diese Lehre zu ziehen.«

Der Bürgermeister war mit ihm zum Schreiber in das Rathaus zurückgekehrt. Der Küfergeselle stellte seinen Wachspieß, an dem er mehr gehangen hatte, als ihn zu halten, an die Wand. Er schob den schweren Eisenriegel der inneren Turmtür beseite.

Und wich zurück.

Der Turmwächter schleuderte ein Mädchen herein, sie fiel Leent fast vor die Füße, ihr entglitt ein Holztopf, der Deckel flog bis an die runde Wand. Brauner Sud spritzte, etwas Gebratenes rollte zu Boden. Es roch nach Fleisch. »Seid ihr alle vom Irrsinn befallen?«

Der breitschultrige Türmer wischte über seinen schwarzen Schnurrbart. Das Mädchen zog die Beine an und verbarg den Kopf. »Seht, Herr, was sie mir angeboten hat. Solches habe ich in den vielen Jahren nicht erlebt.« In der schwieligen Hand lagen vier Weißpfennig.

»Behalte sie.« Leent kehrte sich nicht um das Geld. »Was wollte sie dafür? Dem Grafen den Magen füllen?«

Der Türmer beugte sich und riss das Mädchen am Genick hoch. »Sieht so eine aus Hoya'schem Gefolge aus? Seit wann geben die ihren Mägden feine Wolle zu tragen? Leent, die trug mir an, dem Knuf den Braten einzureichen.«

Dem Knuf, drunten im Verlies. Sorgte sich der Türmer, weil die Ratsherren im Turm waren? »Wie lange geht das schon so? Dass du ihn heimlich fütterst, Türmer?« Die Münzen waren schwer genug, dem Mann das Gedächtnis zu verlöchern.

Mit der freien Hand wischte er sich den Schnurrbart, mit der anderen schüttelte er die Magd. »Ich habe der Stadt den Eid geschworen. Fragt den Ersten Wehrherrn Husbeek, ich steh zu meiner Pflicht. Mir ist das Geld aus der Stadtbüchse genug. Die Heimlichtuer verraten einen gleich.«

Er hatte wohl seine Erfahrungen gemacht. Wohlan. »Lass sie fahren.« Dann ließ die Hand des Türmers das Genick der Magd fallen, als wäre sie Gewürm. »Wie heißt du?«

»Eisel.«

Er hörte die Stimme kaum. »Sprich lauter. Wer schickt dich?« Die schwarzen Haare hingen wirr über ihre Stirn.

»Ich darf das nicht sagen.«

Der Türmer lachte roh, dass es widerhallte.

Die Magd zog die Knie an und barg sich wie ein kleines Kind vorm Wettersturz. »Nicht schlagen.«

»Rede. Wer hat dich geschickt, dem Knuf Essen zu bringen?« Jetzt flennte sie auch noch. Leent beugte sich vor. Wollte er keine Zeit verlieren, musste er sie behandeln wie seine Töchter im gleichen Alter. Er nahm sanft ihr Kinn und hob ihren Kopf. »Weißt du, wer ich bin?«

»Der Ratsherr Leent.«

»Du weißt, was der Rat ist?« Sie nickte und hielt das Kinn ohne seine Hand empor. »Gegen den Rat darf niemand etwas tun, auch dein Herr nicht.« Tränen liefen über das junge Gesicht wie bei Katharina, wenn sie eine Katze verloren hatte. »Bei wem dienst du?«

Ihre zarten Lippen zitterten, sie flüsterte, stotterte. »Beim Kaufmann Vrede.«

»Vrede?«

Dem Türmer sackte der Kiefer herab, Leent sah faule Zähne. Der alte Vrede, dann hätte der mit Knuf das Leinen … Der alte Vrede war der ehrbare Hansekaufmann schlechthin. Saß der Dreischaft vor, die Maße und Gewichte auf dem Markt überwachte. Das durfte nicht … »Wie oft schon warst du mit Speise hier?«

»Das erste Mal.«

Dem Mädchen liefen die Tränen, die großen Augen flehten um Hilfe. Sie log nicht, Mädchen rieben sich die Augen, wenn sie logen. »Warum?«

»Ich hatte solche Angst.«

Das Wasser lief dem Kind die Wangen hinab. »Wovor?«

»Vor meinem Herrn, vor den Männern hier, vor …« Ein Schütteln verschluckte ihre Worte.

»Vor deinem Herrn? Hat dich der alte Vrede nicht geschickt?«

Das wirre Haar fiel ihr übers Gesicht, so schüttelte sie den Kopf.

»Wer dann?«

Sie warf sich an seine Knie, umfasste sie fest. Leent beugte sich hinab zu ihren Schultern, richtete sie auf. Er zog sie ein paar Schritte am Einlass des Verlieses vorbei. Drunten stand Knuf, hielt die Ellenbogen mit den Händen gefasst und reckte den Hals. Seine Stirn lag kraus, der Mund halb offen. Der hatte wohl schon auf diese kleine Magd gewartet.

»Sagt es ihr bitte nicht, sie verjagt mich, seine Tochter, die Margit hat mich geschickt … Was soll denn nur mit mir werden?«

Der Türmer schnaubte und rollte mit dem Stiefel das Bratenstück zur Wand, Leent bedeutete ihm mit einem strengen Blick zu schweigen. »Wenn du mir die ganze Wahrheit sagst, kümmere ich mich um dich.«

Ihr Blick senkte sich auf ihre kleinen Hände. Sie knetete die Finger ineinander auf dem wollenen Kleid. »Ich habe das Essen herbringen sollen, dem Türmer, dass er es dem Knuf ins Verlies hinablässt. Für die Weißpfennige, die ich ihm habe geben sollen. Ich habe doch gar kein Geld, das hat die Margit mir gegeben.«

Leent sah in das verquollene Gesicht. Ihre Herrin also. Die hatte ihm auch den jungen Ertmann geschickt, damit er einen grauen Pilger fände, den es nicht gab. Waren Evas Töchter so falsch? Sich in einen Meuchler zu vernarren, weil er auf der Gasse Unschuld beteuerte.

Aber waren Adams Söhne besser, die Schönheit mit Reinheit verwechselten?

»Mein Herr schlägt mich tot.«

Was? »Der Vrede soll sich lieber um seine Tochter kümmern.«

Die Magd wischte sich die Tränen mit einem ausgefransten Zipfel ihres Halstuchs ab. Zerstörtes Tuch. Auch das Halstuch Knufs war zerrissen, in jener Nacht, als er mit dem Tomas Reker gestritten hatte …

Ja, war er denn so blind? Leent hörte Elisabeths Stimme in

seinem Kopf lachen. *Guter Mann, die Mehrheit ist nicht so ehrbar, dass sie dem Evangelium gehorcht.* In der Nacht, da in der Legge, hatten zwei Buhlen um Margit miteinander gekämpft wie Hirsche im Wald mit ihrem Geweih. Nur trafen dabei Nägel der Hechel die Stirn des Gegners.

Leent wandte sich um, kniete sich an den Einlass im Boden. Knuf stand noch immer mit aufgerissenen Augen da, die Hände um die Ellenbogen gelegt.

»Knuf, du hast dich mit dem Reker um die Vredin geschlagen. Dass der Reker gerade jetzt den Kantorenstab gestiftet hat, war kein Zufall.«

Tomas Reker hatte um die reiche Kaufmannstochter geworben. Damit der alte Vrede einwilligte, musste Reker schon etwas aufbieten. So hatte er dem Brautvater sicher eine Bischofstrauung wie für eine Herzogin versprochen, etwas anderes ergab keinen Sinn. Den Dompropst und das Domkapitel hatte er mit dem gestifteten Kantorenstab geködert, damit diese wiederum den Bischof dazu brachten, zwei Bürgersleute, Tomas und Margit, im Dom zu trauen.

Leent hielt einen Augenblick inne. Der Tomas Reker hatte wahrlich Weitblick bewiesen. All das Gold, die Steine, die er hatte für den Kantorenstab aufwenden müssen, hätten ihm die Mitgift der reichen Vrede-Tochter wieder eingebracht. Und für die Zwischenzeit streckte ihm Kaufmann Terbold das Geld vor. Deshalb war der mit dem Dompropst in die Legge gekommen in der Meuchelnacht.

Leent beugte sich weiter zum Loch im Boden und rief: »Knuf, was hast du dem alten Vrede für die Hand seiner Tochter bieten können?«

Drunten schüttelte Knuf nur die wirren Haare. »Legt mich wieder auf die Streckbank, ich sage nichts.«

Der Türmer spie auf den Boden.

»Knuf, du Narr.« Leent musste mit dem alten Vrede reden, sofort. Eine Bischofstrauung, die der Tomas Reker mit Hilfe des Dompropstes und Terbolds wohl geboten hatte, war der

Stich, mit dem er Knuf aus dem Feld geschlagen hatte, zu dessen hohem Zorn. Denn mächtiger als ein Haufen Gold war nur ein größerer Haufen Gold. Und sei es in der Gestalt eines Kantorenstabs. Dafür würde manch einer auch das Leinen fälschen.

Leent fuhr herum. Er riss die Magd am Händchen hoch, ihre Lippen zitterten unter seinem Blick. »Wo ist dein Herr?«

»Er ist zur Heilerin Agnes nach Belm, Margit weilt auch dort.«

»Gut, geh in deine Kammer. Sage niemandem etwas. Auch den anderen Mägden nicht.« Leent drehte sich herum und drohte dem Türmer mit dem Zeigefinger. »Und du schweigst auch, sonst nehme ich dir die Münzen wieder ab.« Die Kiefer des Türmers mahlten. »Das ist Befehl des Rates, deines Herrn. Hier!« Er warf dem Türmer noch eine Münze zu, die der mit der schwieligen Linken schon im Gehen auffing, als täte er das alle Tage. »Besorg mir ein Pferd. Gleich!«

59.

Weihrauchschwaden mischten sich mit dem schwarzen Rauch, der von den Kienspänen aufstieg. Unter ihrem Geflacker warf das goldene Kreuz mal gelbe Schatten auf den bloßen Stein, mal verschwand es in der Dunkelheit des niedrigen Gewölbes.

Die zwanzig Kutten vor Ertwin knieten auf dem gestampften Lehmboden und murmelten. Ertwin sah weder Haupt noch Haar, nur Kapuzen. Er verstand keine Silbe der Anrufungen, drückte sich in den dunkelsten Winkel neben der Treppe, die nach oben in die Kirche führte.

Ein Mann in grauer Kutte lag vor dem schlichten Altar. Aus dem Schatten hinter dem goldenen Kreuz trat ein Mönch, ein Rosenkranz glitt durch seine Hände.

»Leg auf den Stein, damit dir geholfen werde.«

Die Kutte regte sich, wuchs empor zu einem Mann. Die Kapuze rutschte, zeigte gebundenes gelbes Haar.

»Zögere nicht, mein Sohn.«

Jakob Reker. Mit zitternden Händen legte er ein Stück Stoff auf den Altar. Und noch etwas. Den Fünfzack! Ertwin griff in die Luft vor Schreck. Wie kam der Reker an die Meuchelwaffe?

Der Mönch hinter dem Kreuz wies auf die beiden Dinge auf dem Altarstein. »Hierin hat sich das Böse in der Welt gezeigt. Flehet um Beistand.«

Die zwanzig Kutten vor ihm auf dem Boden streckten sich aus. Lagen flach auf den Bäuchen. Jakob Reker sank vor dem Altar auf die Knie. Ertwin bekreuzigte sich, das war doch keine rechte Messe hier. Ertwin küsste seinen Taufring. Aber eine schwarze Messe mit all diesen Augustinern ...

»Flehet die Heiligen um Beistand an, den Fluch zu heben, der auf den Rekers liegt.«

Das Gemurmel schwoll an, die Litanei von allen Heiligen erscholl.

»Christus erbarme dich.«

Doch der vorbetende Mönch wandelte sie ab, Ertwin hatte sie noch niemals so singen hören.

»Du, der du in diesem Ding behaus genommen, du, der du mit diesem Ding ein Graus gewonnen, du, der du aus diesem Ding nicht hinausgekommen, du, der du diesem Ding ein Bös gesonnen, höre, höre, höre.«

Die Mönche nahmen die letzten Worte auf. Am Altar sprengte Weihwasser auf Tuch und Fünfzack, der Kopf Jakob Rekers schwankte. Oder waren es die Schatten an der rußigen Wand? Ertwin spürte den Taufring zwischen seinen Lippen und senkte die Faust.

»Du, der du das Unheil über den Reker gebracht, du, der du die Gesetze des Himmels verlacht, du, der du meuchelst in finsterer Nacht, du, der du nur Unheil und Tod hast gebracht, weiche, weiche, weiche.«

Die Mönche erhoben sich langsam auf ihre Knie. Der Alte am Altar sprach ein stummes Gebet über dem Stein. Dann nahm er das große Kreuz, hob es über den Kopf und zeigte es allen, bevor er es auf die Dinge auf dem Stein legte.

»Weiche, weiche, weiche.«

Der Chor dröhnte in Ertwins Ohren. Der Kien knisterte. Der Mönch richtete das Kreuz wieder auf.

»Sehet die Dinge, die fürderhin vor dem Bösen gefeit.«

Die Mönche verneigten sich vor dem Kreuz. Die ersten drehten sich weg, langsam gingen sie die Treppe hinauf. Ertwin konnte nicht ausmachen, ob sie ihn in der dunklen Ecke wahrnahmen. Reker betete auf Knien vor dem Altar. Der Mönch dahinter drehte den Rosenkranz in den Fingern.

Die Reihen lichteten sich, die Augustiner hatten die Unterkirche verlassen. Ertwin wartete. Wieder knisterte Kien. Er trat vor.

Der Mönch am Altar griff sich ans Herz. »Gott steh mir bei. Der Dämon selber.«

Jakob Reker warf sich vor den Altar und zog die Kutte bis ans Kinn.

»Nein, Bruder. Der Ertwin Ertmann, der Gehilfe des Ratsherrn Leent.«

»Tretet vor das Kreuz, so will ich Euch glauben.« Ertwin verneigte sich rasch vor dem Kreuz. Der Mönch zögerte noch, dann nickte er. Ertwin drehte sich zum Knienden. »Woher habt Ihr den Fünfzack, Jakob Reker? Der Ratsherr selber hat ihn als Beweisstück zu sich genommen.«

»Er trug den Fluch.« Der Mönch kam hinter dem Altar hervor.

»Sprecht Ihr wahr?«, fragte Ertwin.

»Leent schloss ihn weg wie das Tuch mit dem Abdruck für das Blutgericht.« Der Mönch legte Reker die Hand auf die Stirn. »Jakob, erkläre dich.«

»Ich ... ich ...«, stammelte Reker. »Der Fluch, der böse Geist bringt mich sonst um wie meinen Halbbruder, gewiss ... Der Ratsherr hat mir die Dinge gezeigt, das eisige Grauen davor fuhr mir ins Mark.«

»Er wird Euch kaum die Dinge gegeben, Ihr müsst sie gestohlen haben.« Aber wieso hatte Leent nichts davon gesagt?

»Gereinigt habe ich sie ... vom Bösen. Der Ratsherr wird mir verzeihen.« Jakob Reker stand auf und raffte die graue Kutte.

Ertwin trat an den Altar. »Ich nehme die beiden Beweise für den Ratsherrn mit und werde ihn fragen, was er von Eurem Tun hält.«

Reker wehrte mit gespreizten Fingern ab. »Nehmt nur alles. Ich will das jetzt nie mehr sehen, selbst wenn der Fluch nun davon genommen ist.«

Er drehte sich so schnell auf dem gestampften Boden, dass es knirschte, rannte aus der Unterkirche. Die Hand des Augustiners auf seiner war kühl, Ertwin sah auf.

»Lasst mir den Fünfzack noch hier.«

»Aber ...«

»Er ist nicht das, was er zu sein scheint.«

Ertwin legte seine Hand auf den blanken Stein des Altars. »Sondern? Wäre er ein Stück Zauberei gewesen, eine Blendung, hätte er sich durch Euer Gebet gegen den Fluch in Teufelsgestank auflösen müssen.« So lehrten es die Priester an der Universität.

»Ihr wisset um die Austreibungen, das höre ich wohl. Aber Ihr wisset nicht um den Behuf des Fünfzacks hier.«

»Leent braucht ihn als Beweis.«

»Was kann er beweisen, wenn er die Beschaffenheit nicht zu deuten vermag?«

»So sagt es mir.«

»Ich brauche noch einen Vergleich, erst dann ist es gewiss. Sonst schüre ich nur böses Gerücht und verleumde den Falschen. Das ist eine schwere Sünde.«

Leent den Beweis nicht zu bringen, damit ginge Ertwin ebenso fehl. Was, wenn der Beweis nun endgültig verschwände? »Wo bringt Ihr den Fünfzack hin?«

»Nicht weiter als bis ins Kloster. Viele der Brüder lebten früher von ihrer Hände Arbeit, nicht vom Gebet und Spenden. Einer von ihnen sucht nach dem Vergleichsglied draußen in der Stadt.«

»Wieso habt Ihr Leent keinen Boten gesandt und seine Erlaubnis eingeholt?«

Der Mönch breitete die Arme aus. »Das haben wir versucht. Nur haben wir Euren Herrn nicht finden können, in der ganzen Stadt nicht. Er ist ausgeritten. Aber die Zeit drängt.«

Leent war aus der Stadt? »Wieso mischt gerade ihr Augustiner euch ein?« Die Augustiner hatten sich immer aus den Händeln zwischen Stadt und Bischof herausgehalten. Sie nutzten ihre vom Papst bestätigten Vorrechte sogar dazu, den Schuldnern die heilige Messe zu lesen, die der Bischof mit Bann belegte, weil sie nicht zahlten.

»Um Gottes Gerechtigkeit willen. Gott hat uns den toten Reker vor das Portal gelegt. Er hat den verwirrten Jakob gelenkt, uns den Fünfzack zur Reinigung vom Bösen zu bringen. Er prüft uns damit gewiss, dass wir uns nicht zu weit der Welt entziehen.«

»So nehmt den Fünfzack und berichtet Leent, sobald Ihr könnt.«

»Hier, das Leintuch mit dem Abdruck brauche ich nicht.«

Der Blick aus den alten Augen im mageren Gesicht, grau wie ein Pilgertuch, war klar und rein. Ertwin umschloss das Tuch mit der Faust.

»Gehe hin, mein Sohn, und vertraue auf Gott.«

60.

»Der ewige Krieg, Herr, schicke uns Frieden.«

Die Magd neben Leent rang die Hände, dann packte sie den Korb voller Flaschen und Tiegel. »Schafft dies auf den Pferdewagen.« Leent trat Knechten aus dem Weg, die eine Truhe aus dem Haus der Heilerin schafften. Diese lenkte mit den Händen, wie die Ledertaschen und die in Decken eingeschlagenen Körbe gestapelt werden sollten.

»Die Pferde sind schneller in der Stadt. Die Essenzen und Tinkturen sind das Wertvollste, was ich habe. Die Sonne eines ganzen Jahres steckt in den Kräutern, die ich in Weingeist auslauge. Wer ersetzt mir das? Herr, verzeiht, wenn ich mich um die Ochsenkarren dahinten kehre, die Knechte sorgen sonst zu sehr für sich.«

Agnes lief über den Hof. Vier Ochsenkarren hatten den Hof schon gen Osnabrück verlassen.

»Mit ein wenig Glück kommt die Gerste noch in die Stadt hinein, bevor das Heer des Sachsenherzogs die Straßen versperrt. Brot wird immer teurer. Mit den Pferden sind wir schneller.«

»Höxter soll gebrannt haben und Minden schwer gelitten. Uffeln, Herford haben gebrannt.«

Leent folgte dem alten Vrede ein wenig beiseite. Mägde, Knechte, gar Kinder schleppten Kästen, Wandteppiche, Kleider aus dem Haus. Hinten vor dem Speicher stand die Witwe Agnes auf dem Ochsenwagen.

»Wir hätten auf Husbeek hören sollen, nun ist es zu spät für eine stärkere Mauer. Falls der Herzog wirklich die Reichsoberacht gegen die Stadt durchsetzen wird, wer weiß, ob wir standhalten.«

Der alte Vrede trug einen Reitmantel aus feinem Tuch, die Reitstiefel glänzten in der Sonne, so braun wie der junge Hengst, der vor der Tränke angebunden war. »Ihr kehrt dennoch heim, so vertraut Ihr doch auf unsere Türme«, sagte Leent.

»Was soll ich machen? Kennt Ihr einen sichereren Platz für mein müdes Haupt?«

»Verweilt im Kloster Oesede, dem Ihr so viel gestiftet habt.«

»Die böhmischen Landsknechte sollen gar die Nonnen nicht schonen, wie sollen sie dann Gold und Speicher Gottes ehren? Nein, Leent, der Herzog wird die Stadt nicht niederbrennen, der Bischof gebietet über ein Heer vor Soest. Zahlen werden wir müssen, bis uns die Hände bluten, so es schlimm kommt. Das wisst Ihr auch.«

Leent packte seinen Reitbeutel vom Gras auf die Schulter. Schon auf der Straße zum Hof in Belm war viel Volk unterwegs gewesen. »Die endlosen Fehden bringen uns an den Bettelstab.«

»Hätte ich noch den Gewinn der Friedenszeiten, so wäre mein Zaumzeug in Goldfäden bestickt.«

Vrede und die Heilerin hatten ihn mit kaltem Braten stärken lassen, das Herdfeuer hatte man schon auskühlen lassen. Wüstete das Heer den Hof, so brannten sie ihn vielleicht nicht nieder, zu wild waren die Landser, als dass sie neues Feuer mühsam entfachten.

»Eure Leute vom Hof verbergen sich im Wald?«, fragte Leent.

»Sie haben schon Vieh und Korn dorthin geschafft. Die Bauern sind schlauer, als die Feldherren denken. Werkzeug, Saat und mancher Hort liegen gut vergraben.«

Leent würde es Vrede nicht länger ersparen können. »Ich sehe Eure Tochter nicht, die Margit.«

»Sie ist daheim in Osnabrück in ihrer Stube.« Vrede lenkte den Schritt zum Pferdetrog.

»Eure Leute haben mir dort gesagt, sie sei hier bei Euch.«

Ein Knecht sprang bei und band das Pferd los. Vrede nahm die Zügel, tätschelte dem schnaubenden jungen Hengst die Nüstern. »Gut, Balbo, ist ja gut.«

»Vrede, Ihr seid ein ehrbarer, freier Mann und niemandem Rechenschaft schuldig. Außer dem Rat der Stadt, als dessen Vertreter ich hier vor Euch stehe.«

»Ihr wart also nicht unterwegs zu Euren Höfen, die Ernte in Sicherheit bringen?« Das braune Gesicht mit den buschigen Augenbrauen verschloss sich, bald sah er aus wie eine gemeißelte Figur am Dom, so steif hielt sich Vrede.

»Doch.« Den Umweg hatte er eingelegt, kaum dass ihm der Kaufmann, der von Morgen her die Straßen langfuhr, vor

Brandschatzern gewarnt hatte. Nun rollten vier Wagen voller halb geräucherter Schinken zu Elisabeth, sie würde wissen, was damit tun. »Aber nicht nur. Wo ist Eure Tochter?«

Die Faust am Zügel ballte sich weiß, das steinerne Gesicht verzerrte sich, zur Beweinung Christi hätte man Vrede stellen können.

»Ist sie … tot?«, flüsterte Leent.

»Ach was, tot. Fort ist sie.« Vrede verbarg das Haupt hinter dem Mantelaufschlag auf dem Hals des Hengstes.

»Ich verstehe nicht recht. Habt Ihr sie in Sicherheit bringen lassen?«

Vrede lachte zum Himmel. Der Hengst reckte den Kopf und füßelte unruhig. »Gut, Balbo, gut. Was ist sicher, Leent? Seid Ihr Euch Eurer Kinder sicher?«

So waren seine Gedanken, die Leent hergetrieben hatten, nicht falsch gegangen. Doch fügte sich nicht alles. Nun war die Vredin verschwunden. »Ich bin gekommen, Euch zu fragen, wem Ihr Margit zur Braut hattet geben wollen.«

»Wozu soll das jetzt noch wichtig sein, Ratsherr?«

»Bald hängt einer am Galgen. Und es soll der Richtige sein.«

Vrede drehte sich herum, die Hand am Zügel, trat er auf ihn zu, streckte die Faust ganz langsam nach seiner Schulter aus.

»Leent, welch Aberwitz hat Euch erfasst?«

»Sagt mir erst, hat der Leggemeister Reker bei Euch um Eure Tochter geworben?«

»Tomas Reker war beliebt und erfolgreich im Handel. Nun, da er Leggemeister geworden war, wollte er sich verheiraten. Wundert es Euch, wenn er meine Tochter und nicht irgendeine Jungfrau eines Handwerkers oder Zunftgenossen haben wollte?«

»Nein.« Wer hätte sie nicht gern gewonnen, die reichste Erbin Osnabrücks.

»Nun, Ihr wisst, wie solche Dinge gehandhabt werden.«

»Es gibt viele Wege, wenn ein Mann eine teure Braut freien will. Terbold hatte er bemüht, sich bei Euch zu verwenden.«

»Das trifft wohl zu. Tomas Reker bot viel, er wollte für sich und seine Braut eine Trauung im Dom durch den Bischof erwirken.«

Leent schob die Unterlippe vor. Hatte er es sich doch gedacht. »Das ist viel für einen ohne Adel.« Es gab vielleicht in anderen Hansestädten schöne, reiche Kaufmannstöchter, für die sich eine Bischofstrauung geziemte. In Osnabrück sah Leent nur die junge Vredin.

»Ihr sagt es. Reker war nicht nur im Rat mutig und von freiem Geist.«

Deshalb also brauchte der junge Reker so viel Geld, über das hinaus, das er sich bei Terbold geliehen hatte.

»Der Bischof führt unablässig Krieg. Mit dem gestifteten Kantorenstab war Reker sich der Hilfe des Dompropstes gewiss, dieses Privileg erringen zu können. Von Schagen hatte den Bischof schon fast überzeugt«, murmelte Vrede.

Eine Ehre und Bevorzugung, die alle sehen würden bei der Hochzeit. Die Vredin. Leent nickte. Die junge Margit war im besten Heiratsalter. Und das einzige Kind, das dem alten Vrede verblieben war. Geld hatte der genug. Wenn er keinen Adeligen für sein Töchterlein fand, eine Bischofstrauung wie für eine hohe Frau war fast genauso gut.

»Hättet Ihr sie ihm dafür gegeben?«

Der alte Vrede kniff die Augen zusammen und lehnte sich wieder an den Hengst. Hinter ihm sah Leent dessen Schwägerin Agnes gelaufen kommen, sie schwang einen Beutel.

»Warum fragt Ihr? Er ist tot.«

»Knuf hat sich mit dem Reker gestritten. Über das gefälschte Leinen, sagt er. Ich aber denke, die beiden stritten um Eure Tochter. Knuf konnte ihn nicht mehr übertrumpfen. Er war so voller Zorn, als er erfuhr, womit der Leggemeister den Dompropst gewinnen wollte, mit dem von ihm gestifteten Kantorenstab, da hat er mit der Hechel zugeschlagen. Was hatte Knuf Euch geboten für Eure Tochter?«

Vredes Hand entglitt das Zaumzeug fast, er öffnete halb den

Mund. »Er hat nichts geboten, nicht einmal geworben«, sagte er langsam.

Agnes bückte sich unter dem Zügel Balbos hindurch und schob dem alten Vrede einen Essbeutel in die Hand. »Bei Margit hat sich einfach einer genommen, was ihm nicht gehörte. Fragt Ihr deshalb nach Knuf? War er es, der nicht gezahlt und nicht gefragt hat?«

Leent war, als ob die harsche Stimme von Agnes in seinem Kopf nachhallte, Bilder flackerten, das spöttische Gesicht von Elisabeth, die ihn schalt, die Mühlenweiber, das Grölen im Badehaus. Darüber schob sich Knufs Kopf mit dem zotteligen Bart, den der so heftig im Verlies drunten geschüttelt hatte, als Leent nach Margit gefragt hatte.

»War der Meuchler es, Leent? Macht mich nicht unglücklicher, als ich schon bin.« Vrede packte ihn am Wams. In den müden Augen lag ein Flehen. »Jetzt wisst Ihr alles. Sagt mir, als Vater und Christ, habe ich noch eine Tochter?«

»Guter Gott …« Mehr als der Kaufmann dachte, konnte sie dem Namen Ehre machen. Sacht schob ihn Leent von sich. Margit war die einzige Chance, statt Knuf den Meuchler zu hängen. »Wir müssen auf der Stelle los. Betet zu Gott.«

Was Agnes und Vrede riefen, konnte warten. Leent rannte zu seinem Pferd und sprang über den Steigbügel auf.

61.

»Das ist meine Kuh.«

»Gar nicht. Gib her. Au.«

Der kleine Junge mit dem gelben Schopf und den Sommersprossen über der spitzen Nase zog den dickeren Jungen mit dem langen Hemdchen an den Haaren. Margit hielt sich am Rechen fest, das Kreuz tat ihr weh. Arg viele Ästchen und Blättchen rutschten durch die Holzstifte des Rechens. Ein Blatt fiel auf ihre graue Schürze, die ihr die Nonnen gereicht hatten, damit sie sich den schlichten braunen Rock nicht schmutzig machte. Die Sonne kitzelte sie auf den bloßen Unterarmen, die bis dahin immer fein verhüllt gewesen waren.

»Au, lass mich los.«

»Margit, du musst doch dazwischengehen, wenn sie sich prügeln.«

Zum Baum war es zu weit, Margit legte den Rechen auf den Weg des Klostergartens und lief zu den Kindern. Schwester Juditha war schneller.

»Auseinander. Veit und Jan, gebt Ruhe. Das Spielzeug ist für euch alle.«

Der Dickere zog seine Unterlippe herunter, stampfte mit dem bloßen Fuß auf. »Das ist meine Kuh, ich habe sie zuerst gehabt.«

»Jan, das ist keine Kuh, sondern ein Ochse. Veit, zeig ihm die Kuh.«

Margit sah dem Jungen zu, der über das Gras auf allen vieren kroch, bis er die Kuh unter einem Büschel Melissen fand. Schwester Juditha legte die Hand auf den Kopf von Veit, bis der andere Junge ihm die kleine geschnitzte Kuh unter die Stupsnase hielt.

»Siehst du, das da ist das Euter. Da kommt die Milch raus, wenn wir melken.«

»Kriegen wir heute wieder Milch? Ich habe Durst.«

»Lauft zu Schwester Waltraud in die Küche, die gibt euch Molke.«

Die beiden warfen das Holzspielzeug auf das Gras und liefen johlend davon. Die anderen Kinder, die hinter den Kräutern Fangen gespielt hatten, reckten die Köpfe und rannten ihnen hinterher. »Wie eine Schar Entlein, einer nach dem anderen«, sagte Margit und lächelte.

»Du musst immer ein Auge auf die Kinder haben. Auch wenn du zum Gartendienst eingeteilt bist.« Schwester Juditha legte die Hände ineinander und schaute über den Garten.

»Ich habe die Wege jetzt mit dem Rechen abgekehrt, wie Ihr gesagt habt.«

»Besonders gut hast du es nicht gemacht, ich sehe ja von hier aus die vielen Ästchen liegen.«

Margit sah auf ihre wunden Hände, zu Hause hätte sie sie längst mit Milchfett gesalbt. Aber zu Hause hatte sie auch nie die niedrigen Besorgungen einer Magd ausgeführt. »Ich weiß nicht recht, wie das geht.« Sie stützte sich mit der Hand ins Kreuz.

»Ganz einfach, Margit, die Wege sollen frei sein. Was der Rechen nicht greift, greift deine Hand.«

»Es ist so mühsam.«

Juditha ging vor ihr in die Knie, ihr Habit bauschte sich wie Blütenblätter in Falten um sie herum. »Du gewöhnst dich dran.«

Juditha sammelte die geschnitzten Tierfiguren auf.

»Meinst du wirklich?« Mit einem Mal zitterte Margits Kinn, sie biss sich auf die Lippen. Sie durfte nicht schon wieder weinen.

»Setz dich her.«

Margit kniete sich zur Nonne ins Gras.

»Du hast es doch gut getroffen. Die Nonnen haben dich aufgenommen. Das tut die Oberin nicht mit jeder, die ... nun, die um Hilfe fleht.«

»Ich will auch nicht undankbar sein.«

Juditha hatte die Stimme gesenkt, sie beugte sich zu ihr hin. »Margit, du bist aus reichem Hause. Das wird dir helfen.« Sie strich mit den feinen Fingern über ihre Nasenspitze. »Du hast mich vergessen, Margit, als wir ganz klein waren, haben wir zusammen gespielt auf der Bleichwiese. Mein Vater lebte damals noch, war Riemenschneider drunten an der Katharinenpforte. Dann starb er. Wir wurden arm. Meine Brüder haben mich ins Kloster gesteckt.«

Margit sah in die dunklen Brombeeraugen, die hohen Bögen der Brauen sagten ihr nichts. Sie hatte mit so vielen Kindern auf den Bleichen herumgetollt. »Ja?«

»Du musst nur das erste Jahr als Magd durchhalten. Danach wird es besser, glaube mir.«

»Aber ich bekomme doch ein Kind!«

Juditha griff nach ihrem Arm, ihre Wangen waren rosig. »Freue dich doch, dann siehst du es hier aufwachsen.«

»Aber werden die Waisenkinder nicht später in die Stadt zu frommen Familien gegeben?«

Judith biss sich auf die Unterlippe und lächelte. »Die Waisen schon …«

Margit hielt sich den Kopf, eine Wespe umtänzelte sie und flog weiter zu den Melissen. »Ich verstehe dich nicht.«

»Glaubst du, du bist die einzige Kaufmannstochter, der das zustößt? Bei Schwester Agatha hat die Familie es sogar so eingerichtet, dass das so genannte Waisenkind in die Familie ihres Vetters geschafft wurde. Und später hat der es angenommen wie seines.« Juditha prustete in ihre Hand.

Vielleicht war ja manches wahr, was Eisel über die Nonnen zu berichten wusste. Ach Eisel, wärest du nur hier.

»Das Jahr musst du aber aushalten, damit ist die Oberin streng. Wenn dein Bauch so anschwillt, dass man es sieht, bleibst du sowieso hinter den Mauern verborgen. Keiner aus der Stadt wird dich damit sehen.«

Wieder flog die Wespe herum, setzte sich auf Judithas Arm. Die sah ihr ruhig zu und wartete, bis sie weiterflog. »Siehst du, Geduld musst du haben, dann geschieht dir nichts.«

Margit hörte hinten im Klosterhof die Kinder lachen. »Ich habe so Angst davor, nichts als Mauern zu sehen. Ich laufe so gern durch die Gassen, schau hierhin und dorthin.«

»Das wirst du alles wieder dürfen, wenn du nach einem Jahr die feierliche Einkleidung zur Novizin erlebt hast. Dann bist du im geistlichen Stand, dann kann auch dein Vater dich nicht mehr holen.«

Margit sprangen die Tränen in die Augen. Sie hätte den Vater so gern umarmt und um Verzeihung angefleht. Er fehlte ihr so, sein grummeliger Gruß am Morgen, wenn der Sand ihm noch in den Augen saß. »Er hat mir nie Böses wollen.«

Judithas Lider flatterten, dann nickte sie. Sie erhob sich, ihr

Habit glättete sich wieder zum strengen schwarzen Kleid. Sie streckte Margit ihre Hand entgegen. »Komm mit. Ich zeige dir etwas, das dir helfen wird.«

Margit raffte den Rechen vom Weg und trug ihn durch den Hof, die Kinder standen um Schwester Waltraud herum und sangen.

»Spannenlanger Hansel, nudeldicke Dirn …«

Die Kleinen sangen ein wenig falsch, die Großen dafür desto lauter.

»… gehen wir in den Garten, schütteln wir die Birn.«

»Stell den Rechen an die Wand.«

Margit tat wie ihr geheißen. Juditha wartete an der Seitenpforte der Klosterkirche. Drinnen war es kühl, sie blieben im Vorraum stehen. Juditha entriegelte eine schmale Holztür und schlüpfte hindurch. Der schwarze Habit rutschte vor ihr die Stufen über die enge Wendeltreppe Stein für Stein nach oben. An der Luke reichte sie Margit wieder die Hand.

»Hier auf dem Turmboden lagern im Herbst viele Kornsäcke. Dann ist der Boden nicht so hart.« Sie zwinkerte. »Gerade die jungen Pilger kommen deshalb gern, die wissen, dass sie hier gut gelabt werden.«

Margit betrachtete die schlichten rostig braunen Ziegel auf dem Boden der Turmstube.

Juditha winkte sie zu einer Stiege. »Als Nonne lebst du ohne Vormund eines Mannes.«

»Aber die Mutter Oberin …«

»… ist eine kluge Frau. Sie wacht darüber, dass wir die Ordensregeln einhalten und fleißig beten. Aber sie bewacht nicht jeden unserer Schritte.«

Die Stiege knarrte. Sie verlief im Winkel dreimal ums Eck, dann waren sie oben. Licht und Wind durchfluteten das Gehäuse der Glocke.

»Hier von der Höhe des Gertrudenbergs siehst du über die ganze Stadt. Da, der Dom, die Marienkirche, Sankt Johannis.«

Margit blinzelte ins Licht, suchte das Natruper Tor, die Gassen und konnte doch ihr Elternhaus nicht unterscheiden. All die Dächer schienen gleich und winzig. »Welch Wonne, der weite Blick. Was ist das für ein Rauch hinter den Hügeln?«

Juditha zuckte mit den Schultern. »Wer weiß? Die Ernte wird noch nicht eingebracht, die Felder flämmen die Bauern noch nicht ab. Dahinter ist Wald, wahrscheinlich brennen die Lohgerber Holz für die Lake der Rinderhaut.«

So etwas hatte sie ihr Vater nie sehen lassen, sie hatte Leder nur auf den Auslagen der Höker am Markt gekannt. Juditha schlängelte sich um die Glocke herum auf die andere Seite. Margit folgte ihr. Da der Westerberg und weiter hinter ... Margit fiel mit der Schulter gegen die Mauer.

»Was hast du?«

»Da ... sie bauen für ...« *Reimer.* Winzige Männlein errichteten Balken, diese winzigen Striche Dunkelheit gegen das Sonnenlicht auf der freien Kuppe über den Feldern hinter der Neustadt. Ein Fuhrwerk mit Holz zuckelte den Berg hinan. Dort, dort würde er hängen. Sie fühlte ihre Hand auf der Brust. Ob Eisel ihm den Braten hatte bringen können? Aber was half ihm das noch? Wenn sie doch nur etwas tun könnte!

»Sie richten den Galgen. Komm.«

Juditha legte den Arm um sie. *Oh, Reimer.* Wenn sie ihn schon nicht retten konnte, so wenigstens ihr Kind. Sein Kind. Und wenn sie Jahre als Magd im Garten rechen müsste.

»Die Mutter Oberin wird bald die Klostertore schließen.«

»Warum?«

»Es sind Galgentage jetzt. In ihren Augen ist es eine schwere Sünde, wenn der Mensch den Menschen um das heilige Leben bringt. Und sei's auch der Vogt in des Bischofs Namen. Sie wird uns darüber aus den Schriften lesen. Komm, rasch hinunter. Sonst schließt sie uns am Ende noch hier ein. Sie kennt den Ausguck ja auch.«

Margit tastete sich die Stiege hinab, fast rutschte sie am Holz abwärts. All die Mauern um sie herum, sie waren weiß, hoch und schienen ihr unüberwindlich. Es war, als ob sie in ein Verlies einstiege.

62.

Der Karren ruckelte über die Brücke über den Neuen Graben, Ertwin freute sich, dass er es noch beherrschte und die Pferde mit den Zügeln richtig lenkte. Er ließ sie kurze Schritte vor der Katharinenpforte machen. Die Mauer zwischen Alt- und Neustadt war morsch, hie und da sprossen schon kleine Bäumchen zwischen den Steinen.

»Für das Volk ist die Hinrichtung eine Belustigung, das ist es allzeit. Deine Mutter braut noch vier Kessel dunkles Bier.«

»Wer hat noch in der Altstadt bestellt?« Die Neustädter Wirte hatte er mit seinem Vater schnell nach der sonntäglichen Frühmesse abgefahren.

»Das Thomas-Gasthaus und der Silberne Löwe. Aber lenk die Pferde nicht zur Großen Straße hin. Die Gassen sind voll von den Gaffern aus den Dörfern.«

Ertwin zügelte das linke Pferd, dem Zaume folgte es zur Hakenstraße. »Das läuft schneller um als der Ruf von Feuer. Kannst du allein am Gasthaus mit den Knechten abladen? Vielleicht ist der Ratsherr nun zurück.«

Vaters Brauerschürze glänzte auf dessen Knien. »Du bist deines Schrittes Herr.«

Ertwin hatte Sorge, dass jetzt, da das Blutgericht vom Bischof abgehalten würde, Leent den Leinenbetrug nicht weiter würde verfolgen können. Wer weiß, wer was dem Knuf heimlich im Verlies hatte versprechen lassen? Nahm Knuf alles auf seine Kappe, so ließ man vielleicht den Henker ein schnelles Messer führen. Der Knuf erlitt dann einen leichteren Tod, und die Betrüger wiegten sich wieder in ruhigem Schlaf. Leent musste so schnell als möglich vom Ansinnen des Augustinermönchs erfahren und davon, was dieser mit dem Fünfzack vorhatte.

»Vorsicht, die Kühe dort!« Vater hatte ihm schon in die Zügel gegriffen, fest gezerrt, der Wagen ruckte auf. Ertwin hörte die Fässer aneinander rutschen.

»Schleich dich mit deinem Vieh. Ist noch nicht Sonnenuntergang, und du versperrst hier die Gassen. Schaff sie in den Stall und lass sie dort scheißen, Heinrich Pasteken«, brüllte Vater.

»Ihr schreit umsonst, Ertmann, der Pasteken ist taub wie eine Nuss im Winter.« Über ihnen lachte eine Frau und schlug dabei eine Decke aus.

Vater setzte sich wieder. »Ist doch wahr, seit wann treibt man das Vieh so früh in die Stadt?«

»Damit es die Landleute nicht von der Weide holen, die draußen schlafen. Allweil bei Galgennächten auch die Hexen bös Viehzauber anrichten. Ertmann, schafft Euer Bier lieber aus dem Haus, bevor es sauer wird.«

»Die Weiber wissen allzeit alles besser. Je früher du dich dran gewöhnst, desto besser, mein Sohn.«

Ertwin lächelte und nahm wieder die Zügel in die Hand. »Sie sind schon zu ihrer Dinge gut.«

»Die Weibsen in Thüringen haben's dir angetan. Ich neide es dir, mein Sohn. Aber ich bin zu alt für derlei Späße. Bieg ab.«

Aus den Backstuben roch es nach frischem Brot und Fettkringeln, Vater schnupperte in der Luft. »Die Bäcker machen es uns gleich. Die Neugier treibt das Volk in die Stadt. Und bald nach Brot.« Ertwin zog die Zügel an und hielt sie ihm hin. »Da wohnt der Leent.«

Er sprang vor dem reich geschnitzten Hauspfosten ab. Vater hob die Hand zum Gruß und fuhr ab, der Wagen drückte den Unrat in der Straße zur Seite. Ertwin trat durch die halb offene Tür.

Drinnen umfing ihn der süße Duft dicken Weins. Die Leentin maß gerade drei Kannen voll ab. Ein Knecht rollte ein leeres Fass nach hinten. Der Zimmermann Kruger hielt sich den Wanst.

»Der Dompropst hat uns gut bezahlt für den neuen Galgen.

Höher sollt er sein und fest gefügt, falls morgens der Wind auf dem Berge pfeift.«

Die Frau nickte Ertwin zu. »Ertmann, bringt Ihr mir Nachricht von meinem Mann?«

»Ich hoffte, ihn bei Euch zu finden.«

Der dicke Zimmermann steckte den Finger in die Kanne und leckte ihn ab.

»Ein süßer Tropfen, zum Braten heute auf den Tisch. Mein Schwager, Schwester und Schwestersohn sind all hierher für die Hinrichtung von Osterloh gelaufen. Wir legen uns früh hin, damit wir mit den Ersten durchs Johannistor hinauskönnen.«

Die Leentin richtete über ihrer Nase den Blick auf den Trichter, rot floss der süße Wein in die dritte Kanne. »Er müsste durchs Herrenteichstor zurückkommen, Ertmann. Unser Laufjunge steht dort, damit ich's gleich erfahre. Er hat Vieh und Korn von unserm Hof in die Stadt bringen lassen. Von der Weser her drängt ein Heer ins Stiftsland, und das Volk bekümmert nur der Meuchler. So wird's dem Volk ergehen wie den Leuten von Gomorrha, die sich geweidet haben an Verbrechen und Strafe.«

»Leentin, Ihr seid zu streng«, erwiderte Ertwin. »Trinkt von Eurem Weine selber ein paar Tropfen. Hat es der Meuchler nicht verdient, vor aller Augen seine Seele auszuhauchen? Der Teufel wird ihn holen. Damit hat die Gerechtigkeit ihren Sieg.«

Der Zimmermann nahm die drei Kannen und setzte sie in einen Tragekasten, den er anpackte. »Grüßt Euren Mann. Ich komme übermorgen zahlen, wenn der Schwager aus dem Hause ist.«

»Ist recht, Kruger.«

Ertwin sah, wie die Frau des Leents das Fässchen mit dem süßen Wein verspundete.

»Ihr traut der Sache nicht, Ertmann, wie mein Mann, bevor er zum Bocksturm gelaufen ist. Drückt Euch in der Seele der gleiche Zweifel?«

Sie setzte sich auf einen Schemel und zog einen für ihn heran.

»Mir ist, als hätte ich von einer gebrochenen Münze nur die Hälfte, die andere Euer Mann«, sagte Ertwin.

Die klugen grauen Augen lagen auf ihm. »So sprecht.«

63.

Der Waldrand säumte den Weg an der einen, an der anderen Seite das Feld. Seit Stunden schwiegen sie, Leent ritt neben Vredes Wagen und lauschte dem gleichmäßig fallenden Sommerregen. Es schien ihm, der Himmel weine auf sie herab. Wie beim Sermon bei den Mönchen trommelten die Tropfen auf die gewachsten Leinenbahnen über Vredes Wagen. Die Witwe Agnes hatte sich in einen Umhang gewickelt und hinten zwischen dem verstauten Zeug ausgestreckt. Der alte Vrede hatte eine große Lederdecke umgeworfen und starrte neben dem Kutscher in die Dämmerung. Was zu sagen war, hatten sie gesagt.

Leent dankte dem Türmer dafür, dass er einen Lederrock auf das Pferd gepackt hatte. Seine geheimsten Gedanken hatte Leent dem Regen anvertraut, und doch kreisten sie in ihm, als fehle seinem Urteil der letzte Stein auf der Waage, damit sich der Wägbalken zur richtigen Seite herabneigte.

Sie erreichten die Hügelkuppe, der Wald sprang hinter einem Kornfeld zurück. Selbst unter den Bäumen war der Weg aufgeweicht gewesen, sie hatten viel länger gebraucht als gehofft. Die Pferde hatten sich im Schlamm müde gelaufen.

»Seht Ihr dort vorn das Wegkreuz stehen?«

Leent drehte den Kopf unter seinem Lederhut. »Die Gabelung zum Heilig Geist Spital. Von dort ist es noch gut zwei Stunden zur Stadt.«

»Ich will nicht durch die Dunkelheit ziehen. Die Nächte sind gefährlich zu Galgenzeiten. Wir kehren dort ein. Ich habe denen genug gespendet, dass sie mich und Agnes beherbergen wollen. Kommt Ihr mit? Eine warme Speise wird auch Euch gut tun.«

»Ich muss zurück nach Osnabrück.«

Das Gesicht der Agnes erschien unter der Plane. »Wie wollt Ihr in der Dunkelheit bis zur Stadt finden?«

»Das Pferd findet den Weg schon. Der Torwächter wird mir als Ratsherrn öffnen.«

»Lasst dem Gesinde ausrichten, dass wir morgen zum Frühläuten in der Stadt sein werden.«

Das Feldkreuz stand auf einem gemauerten Sockel. Aus einem einzigen Stein gehauen, zierte eine Taube in einem Herzen die Stelle, wo sich die Balken kreuzten, der Heilige Geist trug den Ölzweig.

»Gebt Obacht, Vrede, der Weg hinunter zum Hospital ist schlecht. Eure Wagen sind schwer, das letzte Stück ist steil.«

»Sorgt Euch nicht, mein Kutscher fährt oft hier hinunter, wenn er den Zins holt. Mir gehören noch zwei Höfe hinter dem Spital.«

Der alte Vrede winkte ihn näher heran. Leent lenkte das Pferd an die Wagenseite und ergriff die Hand.

»Leent, wenn Ihr sie findet, lasst es mich wissen.«

Agnes' Kopf war verschwunden. Leent konnte im Dämmerlicht nicht erkennen, ob es der Regen war oder Tränen, die dem Vrede dabei über die Wangen liefen. »Ihr hört von mir.«

»Gott sei mit Euch.«

Der Wagen rollte am Kreuz weiter, den Hügel hinunter ins Tal. Leent drückte die Stiefel in die Seiten seines Pferdes. Das steinerne Kreuz verschwand aus seinen Augenwinkeln. Mochte der Heilige Geist mit ihm sein die nächsten Stunden.

Doch zuerst würde ihm der Wächter am Siechentor auftun müssen.

64.

Leent zog an der Kette und läutete Sturm. Es war ihm egal, ob er die Nonnen im Morgengebet störte. Jeder Augenblick war kostbar, ohne die junge Vredin würde er den Knuf nicht retten können.

Die Kühle des Morgengrauens stieg von der feuchten Erde des leeren Platzes vor dem Kloster auf, Leent raffte seinen schweren grünen Seidenmantel um die Schultern. Die Augen brannten, er hatte keinen Schlaf gefunden. »So macht endlich auf. Herr Jesus und Maria.« Die helle Glocke hinter der Pforte scholl in einem fort, sein Arm wurde ihm lahm.

Was für eine Nacht, Leent hatte am Siechentor warten müssen. Er hatte sich den Hals wund geschrien, um einen der Wächter zu wecken, wie jetzt an dieser vermaledeiten Klosterpforte, bis einer mit einer Fackel endlich von den Mauern herabgeleuchtet hatte.

Sein Pferd hatte in der Nacht den Stall gefunden. Elisabeth hatte seine vom Regen eiskalten Glieder nur einmal angefasst, dann gleich das Gesinde geweckt, ihm einen Badebottich bereiten lassen und Kräuteressenzen hineingetan. Und ihm selbst daran den Teller mit heißer Hühnerbrühe gebracht. Er hätte keinen Tag später zurückkehren dürfen.

»Öffnet dem Rat der Stadt Osnabrück die Pforte«, Leent ließ die Glockenkette fahren und hämmerte an die Bohlentür des Klosters. »Hört den keiner den Simon Leent?«

Jetzt war er Elisabeth dankbar, dass sie ihn mit Bad und Brei davon zurückgehalten hatte, schon in der Nacht hinauf auf den Gertrudenberg zu reiten, kaum dass er von ihr erfahren hatte, wo die Vredin steckte. Elisabeth hatte ihn am Hintern gezogen, als er aus dem Bottich steigen wollte, gar angeschrien. Da war er endlich zur Besinnung gekommen. Ihre Stimme hallte in seinem Kopf wider: *Ja, weißt du überhaupt, was du dort oben willst? Glaubst du, die Nonnen öffnen mitten in Galgennächten? Sie wären töricht. Du wartest das Morgengebet ab!*

Die Faust tat ihm weh. Leent prügelte weiter mit der Linken auf die widerständige Pforte ein. Die Wut ging in seinen Arm über, befreite ihn fast von der Sorge. So wohl tat es, dem Unheil Stirn zu bieten. Elisabeth hatte sich zu ihm in den Badebottich gesetzt und noch heißes Wasser nachgegossen. Dann hatte sie seine Gedanken geordnet. Und nun kämpfte er um das Recht. Wenn der Herr ihn an diese Stelle führte, so würde er ihm auch helfen. »Herr im Himmel, bewege deine Töchter.«

Sein frisches Pferd hatte er mit dem Zügel an den großen Ringen in der Außenmauer des Klosters angebunden. Es scharrte hinter ihm im Sand und hob die Nüstern in den Morgenwind.

»Wer begehrt Einlass zu solcher Stunde?«

Leent vernahm kaum die leise Stimme hinter der groben Bohlenpforte. »Ratsherr Simon Leent.«

»Wie sollte ein Ratsherr zu so früher Stunde sich zum Kloster aufmachen? Zieh weiter, Strolch, und lass uns Nonnen in Frieden.«

Leent lehnte die Stirn auf seine Faust. Sie hatte Recht. »Hört, Schwester, ich werfe Euch mein Besteck über die Mauer, solch fein verzierte Lederhülle trägt kein Dieb.« Er hörte nichts. »Im Messer ist mein Name eingeritzt.«

»So werft es über die Mauer, auf der Seite neben der Glockenkette.«

Leent seufzte. Die Hülle seines Essbestecks wurde vom Gürtel gehalten, er öffnete die Fibel und zog es an der Lasche ab. Dann gürtete er sich wieder, ging in die Knie, wiegte das Futteral und warf es in hohem Bogen über die Mauer. Drüben fiel es wie auf Stein.

Dann hörte er den Riegel gehen. Hinter einer Vorlegekette tauchte ein helles Gesicht auf.

Die Benediktinerin lugte hervor, dann riss sie die Augen weit auf. »O Gott, Ihr seid es ja wirklich. Ratsherr Leent. Kommt.«

Die Kette klirrte gegen Eisen, der Riegel schob sich, die Pforte ging auf. »Bringt mich zur Mutter Oberin.« Hinter ihm rastete der Riegel wieder ein.

»Ich ... die Oberin ist in den Exerzitien. Ich weiß nicht.«

»Glaubt Ihr, ich würde Euer Gebet stören, wenn mich nicht Not und Pein hierher trieben?«

Die Nonne knetete ihre Hände. »Kommt.«

Leent folgte ihr in das Kloster, er sah die Stufen kaum, so dunkel war es in dem Gang. Aus der Kirche hörte er undeutlich den Gesang der Nonnen. Die Steine unter seinen Füßen waren uneben. Leent ging vorsichtig. Der dunkle Schatten der Nonne bog nach links, tauchte unter einer niedrigen Tür ab.

»Setzt Euch hierher.«

Der kleine Raum war weiß gekalkt, von einem hohen, aber kleinen Fenster fiel schwaches Morgenlicht herein. Zwei Bänke standen an den Wänden, altes, glattgesessenes Holz, die Täfelung ringsum zeigte wenig Drechselei, in den Ecken je eine Säule. Nicht einmal eine Tür hatte diese Zelle. Draußen pfiffen die ersten Vögel ihr fröhliches Lied. Leent hoffte, dass es Knuf nicht zum letzten Mal vernehmen würde.

Er hörte Schritte. Dann erschien das Gesicht der Nonne von der Pforte, rosig waren ihre Wangen geworden, aber das linke Lid zuckte ohne Unterlass.

»Die Mutter Oberin kommt gleich ...«

»Lass uns allein, Waltraud.«

Die hohe, schmale Gestalt der Oberin trat in die Zelle. Ihre freie Stirn war fast faltenlos, die schmalen Brauen zogen keine Bögen, fast gerade schienen sie Leent. Der feine Mund schloss sich in der Haut, die fast so weiß wie die Gugel des Habits war, zum ebenso geraden Strich.

»Ihr seid voll Unrast und atmet schwer, Ratsherr. Was stört Ihr die Ruhe des Gebets?«

»Die Rettung zweier Seelen treibt mich her.«

Sie legte die Hände überkreuzt auf ihre Brust. »Wir beten an den drei Galgentagen um den göttlichen Frieden, für Einklang und Gerechtigkeit. Die Sorge für die Seelen überlasst besser dem geistlichen Stand, Ratsherr.«

»Ihr habt die junge Vredin aufgenommen.«

»Ist der Arm ihres Vater so stark, dass er den Rat in aller Frühe noch an einem Galgentag selber aufbietet? Ja, sie weilt in diesen Mauern. Das ist mein Recht, denn Margit Vrede will ihr Leben Gott weihen.«

»Ich muss mit ihr sprechen. Sofort.«

»Das ist unmöglich. In der Prüfung ist den Anwärterinnen jegliche Begegnung mit der Außenwelt versagt.«

»Auch wenn davon die Gerechtigkeit und ein Menschenleben abhängt?«

Die Oberin wiegte den Kopf, ihr Blick ruhte auf ihm, sie schritt um ihn herum. »Ratsherr Leent, Ihr sprecht wie ein verwirrter Geist. Warum hat ein Kaufmannstöchterlein solch ein Gewicht für Euch?«

Leent holte tief Luft. »Ihr habt ein Recht, davon zu erfahren, ich sehe es wohl. Nur die junge Vredin vermag zu sagen, wo der Reimer Knuf in der Nacht des Meuchelns steckte.«

Die Oberin schlug sich mit den schmalen Händen an die Wangen. »Ratsherr, was behauptet Ihr da …«

»Sonst hängt das Blutgericht den Falschen. Wollt Ihr die Vredin diese Sünde tun lassen?« Die Hand der Oberin wehrte ab, sie trat zur Täfelung mit dem hohen Fenster, hielt vor der Wand, Leent starrte auf den schmalen Rücken. Dann rauschte der Habit auf dem Steinboden, sie schritt an ihm vorbei und rief in den dämmrigen Flur vor der Zelle.

»Schwester Waltraud, schafft die Vredin herbei, gleich.«

»Ich danke Euch.« Doch die Oberin blieb abgewandt an der Tür stehen, den Kopf vorgeneigt. Leent nahm sich ein Beispiel und faltete die Hände. Mochte der Herr ihm endlich die Beweise zuspielen, die er für seine bösen Vermutungen brauchte.

»Geh hinein.«

Die Vredin war aus dem Schlaf gerissen worden, ein dünner grauer Rock kleidete sie, von der Pracht der reichen Tochter war nichts geblieben als die Jugend. Die Füße steckten in Holzschuhen, ihre Finger waren rot und wund. Sie presste die Hände auf die Brust und stammelte: »Mutter Oberin, was ist …«

»Der Ratsherr Leent will mit dir sprechen.«

Sie warf sich vor die Oberin auf die Knie und krallte die Hände in den Saum des Habits. »Schickt mich nicht weg, ich flehe Euch an …«

Die Oberin beugte sich zur Vredin und hob sie an den Schultern, die Kette mit dem Äbtissinnenkreuz rutschte aus dem Stoff ihres Habits hervor und glänzte wie das Haar.

»Steh auf. Ich schicke dich nicht weg. Sprich jetzt die Wahrheit, so wie du es mir gelobigt hast, als ich dich bei uns aufnahm.«

Die Oberin trat zurück und winkte ihn heran. Leent sah ein leises Zucken in den Mundwinkeln der Nonne.

»Fragt sie, was Ihr wollt.«

Leent nahm die kalte rechte Hand des Mädchens zwischen seine Hände. »Margit, du kennst mich seit vielen Jahren, wenn ich bei euch zu Hause deinem Vater Wein gebracht habe. Auch haben wir oft bei euch am Tisch von Silber gespeist, Rebhuhn und Wildpret. Du bist die kluge Tochter deines klugen Vaters.«

Sie zog die Hand zurück, aber er ließ sie nicht gehen. »Was wollt Ihr von mir, Ratsherr?«

»Ich komme nicht von deinem Vater, glaube mir, auch wenn ich weiß, warum du in dieses Kloster geflohen bist. Ich brauche deine Hilfe.« Sie zitterte, die Augen maßen ihn ohne Glauben, suchten Hilfe bei der Oberin, die regungslos zuschaute. »Aber noch mehr braucht Reimer Knuf deine Hilfe.«

Die Vredin schrie auf. »Reimer.«

Sie zitterte am ganzen Leib. Aber Leent ließ ihre Hand nicht gehen. »Du kannst ihn retten.«

Tränen liefen über das junge Gesicht. »Ich ...«

»Sag mir, wo er in der Nacht war, als die Meucheltat geschah.«

»Ich ... ich ...«

Leent ließ die Hand fahren. Die Vredin presste sie an ihre Brust. »Wenn du es mir nicht offenbaren willst, tue ich es, Margit.«

»Er war bei mir. Oder besser, ich bei ihm. In seinem Lager, im Steinhaus. Bis kurz vorm ersten Hahnenschrei.«

Der Habit rauschte, die Mutter Oberin trat neben ihn. Ihr Blick ruhte auf dem Mädchengesicht.

»Und Knuf hat niemandem davon etwas gesagt, weil er deine Ehre genommen hatte und nicht noch dein Leben verderben wollte.«

Ihre Brust hob und senkte sich unter dem weißen Leinen ihres Hemdchens. »Was hätte ich denn tun sollen, Ratsherr? Ich habe gestehen wollen, habe meine Ehre opfern wollen, aber da … da …«

»Du bekommst es von ihm, nicht wahr?« Die Stimme der Oberin über seinem Kopf klang fast milde. »Er hat dich geschwängert.«

Mit einem Mal wurde die Vredin ganz ruhig, schwankte nicht mehr hin und her. »Ja. Hätte ich gesprochen, hätte man mich mit dem Kind aus der Stadt verstoßen. Wer hätte mir noch etwas geglaubt? Das Bankertkind eines Meuchlers bringt nur Unglück über die Stadt. Ich wollte wenigstens das Leben unseres Kindes schützen, wenn schon seines verloren ist.«

Leent griff ihr Kinn. »Du kannst ihn retten. Ich weiß, dass er nicht der Meuchler ist.«

Ihre Augen wurden größer, ihre Lippen öffneten sich, die weißen Zähne glänzten im Morgenlicht. »Ihr … glaubt mir?«

»Wichtiger ist, dass das Gericht dir glaubt.«

»Das Gericht?«, schrie sie auf.

»Ja, das Gericht. Margit, du wirst vor allen Leuten deine Sünde gestehen müssen, nur dann kann ich Knuf retten.«

»Mein Vater, meine Muhme … alle werden da sein. Sie werden mich verstoßen. Die Leute haben mich immer dafür gehasst, dass ich die reiche Vrede-Tochter bin, meine Schleier und meinen Schmuck haben sie mir geneidet allzeit, sie werden mir Steine nachwerfen und Dreck, sie werden mich schlagen …«

»Du wirst dadurch deine Sünde büßen, meine Tochter.« Die Oberin legte die Hand auf ihre Stirn, Leent sah, wie sie den Mund spitzte. »Nimm die Prüfung an, die der Herr dir sendet. Er steht dir bei.«

Leent nahm die kalten Hände wieder zwischen seine. »Ich schütze dich vor dem Volkszorn.«

»Bedenke, dein Seelenheil ist verwirkt, wenn du nicht alles tust, um einen Unschuldigen vor dem Galgen zu retten. Das Kloster nimmt dich wieder auf, Margit, was immer auch geschehen mag.«

Draußen im Gang waren schnelle Schritte zu hören. Die Schwester Waltraud rief unverständliche Worte, dann stand eine junge Nonne in der Tür.

»Oberin, schließt die Tore, lasst die Glocken läutern. Der Galgen wird errichtet. Der Wagen mit dem Knuf ist schon am Berg drüben zu sehen. O Gott, Margit ... Was ist ...«

»Schweig!«

Die junge Nonne zuckte zurück, die Oberin hatte die Hände wie zum Schwur erhoben. »Willst du mit dem Ratsherrn gehen, Margit?«

Die Vredin stand auf und strich den Rock glatt, ihre Lippen fanden kaum aufeinander, so zitterte sie. »Ja.«

»Waltraud, Juditha, bringt ein Büßerinnengewand. Säumt nicht.«

Sie legte den Arm um die Vredin und sah Leent an. »Haltet fest am Glauben.«

65.

»Wenigstens brauchen wir nicht über die Füße der alten Weiber stolpern. Der Umweg über die Schlagpforte hat sich gelohnt.«

»Lass uns den Ziegenpfad nehmen.« Ertwin zog Kaspar an der Schulter. Sein Freund hatte ihm in der Goldstraße hinterhergepfiffen, kaum dass er aus dem Elternhaus getreten war.

»Heute bleibt die Fleischbank geschlossen. Der Meister hat uns gestern Abend schon freigegeben. Schon mittags hat es geheißen: Seltsam Ding geht vor, der Bischofsvogt ist in der Stadt, ist beim Domkapitel abgesessen. Dann haben plötzlich alle Münder auf dem Markt nur eines zu reden gewusst. Der Knuf wird morgen in der Früh gleich gehenkt werden. Magst du beißen?« Kaspar hatte seinen Beutel von der Schulter genommen und reichte ihm ein Stück Räucherfleisch.

Ertwin verspürte keinen Hunger. »Später vielleicht.«

»Später werden wir uns die Hälse recken, damit wir sehen, wie der Henker zulangt.«

»Das Gericht ist doch keine Schlachtbank, Kaspar.«

Der hob die Augenbrauen und unterbrach das Kauen. »Du müsstest doch stolz sein, Ertwin, hast du doch dem Ratsherrn geholfen, den Knuf ranzukriegen.«

»Du wirst noch sehen, wer am Ende in den Händen des Henkers ist.« Kaspar fiel ein Bissen aus dem Mund. Er verschluckte sich.

Ertwin schlug ihm auf den Rücken. »Wir müssen uns eilen.«

Leents Frau hatte er versprochen, noch in aller Frühe bei den Augustinern vorbeizulaufen. Der dicke Mönch an der Sperre zur Klausur hatte ihn aufgehalten, vertröstet auf eine Nachricht am Mittag. Ertwin war zu Leent gelaufen, aber dort war schon Tür und Tor verrammelt.

»Da, schau, am Martinstor fällt gleich einer in die Hase.«

Kaspar zog ihn am Kragen. Dort hinten drängte sich so viel Volk auf der Brücke, dass sich das Geländer bog. Geschrei scholl herüber. »Wenn wir laufen, kommen wir vor den meisten oben an.«

»Bist du Studiosus das Laufen noch gewohnt?«

Ertwin verkniff sich die Antwort, dass auch die Studenten zu Erfurt zu Fuß unterwegs waren. Er folgte Kaspar gleichauf, sie überholten Handwerker, Weiber und Kinder. Ertwin erkannte die Stickersleute aus der Nachbarschaft, die mit Mägden und Knechten den Weg heraufzogen. Ein Schildermaler ritt auf einem Esel. Ertwin wich den Äpfeln aus, die aus dem Hinterteil fielen. Er prallte gegen Kaspars Rücken. »Was ist?«

Kaspar deutete stumm mit dem Kinn zur Hügelkuppe. Dort stand er, weithin sichtbar, der neue Galgen.

»An einem Tag und in einer Nacht haben sie ihn aufgeschlagen.«

»Eichenholz soll es sein, aus dem Wald des Bischofs, damit das Holz nicht bricht.«

»Der Balken ist sicher zwei Mann hoch, wenn nicht mehr. Ich seh kein Seil, keine Schlinge, du?«

Ertwin kniff die Augen zusammen, sah aber nichts. »Wahrscheinlich hat man es noch um den Stamm unter dem Querbalken geschlungen. Weiter.« Noch zwei Felder lang, dann wurde der Pfad so voll, dass sie nur noch gehen konnten.

Ertwin legte Kaspar die Hand auf den Beutel auf der Schulter und zog daran. »Links herum durch die Büsche. Los, runter mit deinem Arsch.« Ertwin duckte sich und drängte durch das Blattwerk. Hinter ihm raschelte es, einige Leute nahmen sich ein Beispiel und drängten ihnen hinterher.

Ein paar Brombeerranken hakten sich an seinem Hemd fest. Kaspar stieß ihn weiter, dann standen sie auf einer frisch gemähten Wiese. An deren Ende, gut fünfzig Schritt weg, ragte der Galgen auf.

»Wie ein Dielenboden zum Tanz. Was sollen die Schranken davor?«

Auf Böcken, auf denen sonst Tafeln ruhten, wenn gegessen wurde, hatte man lange, dünne Baumstämme wie von Pappeln aufgebockt und gut dreißig Schritt lang aufgelegt. Sie waren in den Farben des Bischofs umwickelt, rot und weiß. »In dem Geviert wird das Blutgericht gehalten. Dort vorn unter dem Galgen, auf den Dielen im Gras, dort werden der Vogt und der Bürgermeister sitzen.«

»Der hohe Stuhl da ist nicht für den Bischof? Der richtet doch über Blut und Haupt.«

»Nicht er selbst, als Kirchenmann spricht er nicht das Todeswort, das macht ein Vogt für ihn an seiner statt.«

»Sieh, da unten von der Neustadt her, da rollt ein Wagen, davor ist der Knuf.«

Kaspar stützte sich auf Ertwins Schulter und sprang hoch.

»Siehst du den Rat schon kommen?«

»Das äußere Natruper Tor ist für die Herren freigehalten

worden. Dort, die Reiter, ja, das muss der Vogt sein mit dem ganzen Domkapitel als Tross.«

»Siehst du den Rat?« Leent müsste doch längst hier sein.

»Nein. Nur die Kirchenmänner, in Schwarz und Weiß auf ihren Pferden. Nur dem Vogt trägt man rot-weiße Standarten voraus.«

Jemand begann ein Kirchenlied zu singen, doch ging es bald unter, immer mehr Volk drängte an die Schranken.

»Der Knuf schleppt sich in Ketten heran.« Kaspar glitt von Ertwins Schulter.

Pferde wieherten, die Stadtschergen stiegen ab und zückten ihre Spieße. »Achtet die Schranken, sonst hauen wir euch entzwei.«

»Mit solch einem Spieß bohrt der dich durch wie ich eine junge Sau mit meinem.«

66.

»Die Pferdedecke wird als dein Sattel reichen müssen. Halte dich gut fest.«

Margit suchte den Sattelknauf und hob den blanken Fuß zum Steigbügel, der dünne Stoff des Büßerinnenleinens rutschte bis zum Knie hoch. Das Eisen schnitt ihr in die Sohle, Schwester Juditha gab Margit am Hintern einen Stoß, sie schaffte es auf den Pferderücken. Das warme Tier tat ihren kalten Beinen wohl.

»Wir beten für Euch.«

Juditha hatte die Fäuste vor den Mund gepresst und nickte ihr zu. Die Oberin stand in dem schmalen Spalt des Tores, den Blick im Himmel verloren. Margit umgriff den Ratsherrn am samtenen Wams. Sie schloss die Augen. So hatte sie als Mädchen hinter ihrem Vater gesessen, wenn er über ihre Felder und Wiesen im Stiftsland ausgeritten war.

»Vergelt's Euch Gott.«

Leent gab dem Pferd die Gerte. Die Klostermauern entfernten sich, das Getrappel der Hufe auf den Steinen des Klostervorhofs verhallte, der sandige Weg dämpfte den Schritt. Büsche, Bäume sausten an ihrem Kopf vorbei den Weg den ganzen Gertrudenberg hinunter.

»Wir nehmen den Steg in der Laischaft«, sagte der Ratsherr.

Wo Reimer wohl jetzt war? Ob Eisel ihm hatte Nachricht bringen lassen können, dass sie im Kloster war? Nein, ihr Vater würde Eisel eingesperrt haben, sie würde in der Kammer für den Ungehorsam Gänsefedern schleißen müssen, bis ihr die Finger bluteten. Margit sah die Mauern der Hasevorstadt am Pfad, Leent bog auf die Landstraße zur Süntelbeke ein, wo die Leprosen hausten. Die Leute würden sie meiden wie die Aussätzigen dort.

»Aus dem Weg!«

Der Weg war gesäumt von Armen, die zur Stadt eilten. Ungewaschene Gesichter von Bauern blickten sie an. Margit schloss die Augen. Das Volk konnte sich kaum ein größeres Spektakel denken als die Galgentage. Hatte der Henker sein Werk getan, strömten alle in die Kirchen zur Bußpredigt. Dann spendeten die Bürger fleißig, den Armen zum Wohlgefallen. Früher einmal, als man Rinderdiebe gehenkt hatte, hatte Margit vor der Marienkirche mit beiden Händen Kupfermünzen in die Menge geworfen. Früher. Wie fern dieses Leben schien. Dieses Büßerinnenhemd, dieses blanke Leinen, kleidete es sie nicht besser als die prächtigen roten, blauen, grünen Kleider in ihren Truhen?

»Weichet dem Ratsherrn.«

Leent gab dem Pferd die Gerte. Es sprang und rannte, Margits Schenkel fühlten den Schweiß. Der Ratsherr ritt den Hang hinunter zum Steg und schrie immerzu: »Verdammtes Bauernpack, Platz für den Rat der Stadt.«

Finger zeigten auf sie. Finger.

Das Pferd trabte langsamer.

»Margit, wir queren gleich die Hase, reiten am Graben entlang um die Stadt. Wenn wir den Galgenberg hochkommen und Leute dich erkennen, schaue nicht hin. Murmele Gebete. Oder schweig.«

»Ja, Leent, ich will Euch gehorchen wie der Mutter Oberin.«

Einen Augenblick streifte sein Reithandschuh ihre Hände vor seinem Bauch. Sie musste sich festhalten, der Weg ging steil den Berg hinan, zwischen Büschen. Sie sah Köpfe, Weiber, die Körbe trugen, Kinder in Holzschuhen, Arme.

»Das ist doch …«

»Wohin will der …«

»… seltsames Weib auf dem Rücken …«

»… schandbar ist die …«

Dann berührte ihr Fuß fast Pferdeschweife und Rossdecken.

Leent zügelte das Tier. »Lasst mich durch, ich muss hinauf.«

Einer lachte wie ein heiserer Knecht vorm nächsten Schlag beim Dreschen. »Wohin so eilig, Herr, mit jungem Gepäck?«

»Fasst sie nicht an, sonst spürt ihr meine Gerte.«

Margit erkannte die Farben auf den Standarten, den Pferdedecken. Die Kettenhemden um sie herum, die Knechte, die die Pferde führten, das waren Feldleute des Bischofs, wie sie die Stadt nicht betreten durften. Sie waren gerüstet wie zum Kampf.

Das Pferd blieb stehen. Margits Beine hoben und senkten sich mit dem Atem des Tieres. Der Landsknecht gierte ihre glatten Schenkel an. Sie drehte den Kopf weg.

Zur anderen Seite hin standen Ritter mit zerrissenen Wimpeln und blutigen Hosen. Die Pferde trugen verbeulte Schilde. »Ihr drängt vergebens, Herr«, sagte einer.

»Ich bin Ratsherr Leent, Ihr reitet auf Osnabrücker Grund.«

»Gemach, gemach.«

»Wo wollt Ihr hin?«, fragte Leent.

Wieder lachte einer heiser, ein anderer fast wie eine Frau hell und spitz. »Dem Vogt des Bischofs sagen, dass er nicht zur Schlacht des Bischofs vor Soest zurückkehren braucht.«

Finger berührten ihr bloßes Knie, wie sonst nur Hundeschnauzen daran stießen.

»Lasst sie in Frieden.«

Die Gerte sirrte, der Landsknecht brüllte unter Leents Schlag auf und schüttelte die Hand aus. Sein Bauch hob und senkte sich. Margit sah Schweiß unter seinem Hut in den Kragen rinnen.

»Was soll das heißen? Welch Nachricht bringt Ihr dem Vogt?«, fragte Leent.

»Sankt Patrokoli hat dem Bischof das Geleit gegeben, die Bürger Soests haben wie ihr Märtyrer standgehalten. Der Bischof hat verloren.«

»Verloren? Ist er am Leben?«

»Seine Mannen hatten schon die Mauern erklommen, aber der Hansegeist der Soester hat das Heer zurückgefochten. Jetzt sind seine gedungenen Landsknechte vom Bischof abgefallen, der Ritter Gawin von Schwanenberg hat ihm das Heer entfremdet und zieht damit gegen Kleve.«

»Lasst mich vorbei, der Bürgermeister muss davon erfahren.«

»Nur langsam, Ratsherr, am meisten dünkt mich, braucht der Bischofsvogt die Nachricht. Säumen soll er nicht, mit diesem Galgenstrick dort oben. Wir brauchen ihn im Felde. Ein neues Heer gilt es jetzt zu sammeln.«

Eisen glänzte im Licht, Ketten, Morgensterne, als Leent zwischen den Rittern hindurchdrängte.

»Die vom Treueschwur zum Bischof abgefallenen böhmischen Landsknechte sind Schlächter, sie kämpfen für den, der ihnen am meisten zahlt. Der Sachsenherzog ist nicht mehr weit, der die Reichsacht vollstrecken soll. Er wird ihnen guten Sold versprechen, dann ziehen sie gegen uns. Entweder die Böhmen oder wir fallen blutend in den Graben Eurer Stadt. Eure Mauern haben die längste Zeit gestanden, wenn die Schützen des Kaiserheers mit den Feuerpfeilen zielen. Möge der Bischof vor ihm eintreffen und mit dem Vogt ein neues Heer sammeln.«

Eisenbeschlagenes Zaumzeug hing an allen Pferden. Scheuklappen aus dickem Leder, gar Helme für Pferde hatten sie den Tieren aufgesetzt. Margit sah hinter den Landsknechten die Bauern am Wegesrand stehen. Irgendwo hörte sie Rufen. Ein Wort, nein zwei. Sie wollte es nicht hören. *O Reimer.*

»Zu Tode, zu Tode mit ihm.«

67.

Die Richter saßen auf ihren Stühlen unter dem Galgen. Schweigen war über das Geviert gefallen, in dem die Richter Einzug gehalten hatten.

»Wie ruhig es auf einmal ist«, flüsterte Kaspar.

Da stieß ein alter Schmied an Ertwins Ohr vorbei an dessen Kopf. Ertwin hörte Standarten flatterten, die Vögel flogen hoch über den Köpfen. Ein Hin und Her von Leibern, viele Füße traten auf der Wiese, noch immer drängten Menschen heran.

Der Bischofsvogt trug einen roten Mantel, die mehrfach gefaltete Mütze, auf der ein goldenes Stirnband leuchtete, zierte eine rote Hahnenfeder. Beim Einzug hatte der Vogt vor seinem Stuhl der Menge ein Schwert gezeigt und auf den kleinen Tisch gelegt, den die Stadtschergen dort aufgebaut hatten. Nach ihm war das Domkapitel eingezogen, die Herren saßen nun zur Linken in ihren schwarzen Roben mit den weißen Halskragen auf einfachen Stühlen, nur der Dompropst saß vorn neben dem Bischofsvogt. Hernach waren die Herren vom Kleinen Rat ins Geviert getreten, Ertwin konnte Leent nicht entdecken. Der Bürgermeister im roten Halbmantel über einem braunen Wams zog sein Amtsschwert, zeigte es vor und legte es neben das des Vogts auf den Tisch. Dann setzte er sich zur Rechten des Bischofsvogts. Die Herren des Kleinen Rats saßen auf schlichten Stühlen vor den Schranken auf der anderen Seite den Domherren gegenüber.

Der rote Vogt erhob sich.

»Der Blutbann ist in des Bischofs Macht in seinem Land. Weil die Untat in seiner freien Stadt zu Osnabrück begangen wurde, teilt er den Blutbann gnädig mit dem Rat. Die Richter sind versammelt vor Rat und gemeinem Volk.«

Er legte die rot behandschuhten Hände ineinander und setzte sich. Der Dompropst stand auf und breitete die Arme aus.

»Der Herr möge mit uns sein.«

Der Bürgermeister hatte kaum das letzte Wort vernommen, da sprang er schon auf. »Schweres Unrecht ist in der Stadt verübt worden. Führet den Knuf herbei.«

Die Schergen in den rot-weißen Beinlingen und den engen Leibchen stürzten los, einer stolperte, hielt sich am Spieß aufrecht und hinkte weiter. Doch niemand lachte. Ertwin sah Kaspars blasses Gesicht.

Die Menge an der Seite des Gevierts, die dem Galgen gegenüberstand, wich auseinander. Die Stadtschergen bedrohten sie mit ihren Spießen. Dann schleppten zwei den Knuf zwischen sich heran.

Er konnte die Eisenketten kaum tragen, die seine Hände aneinander banden. Seine blutenden Knöchel rieben sich an den Fußeisen. Die Ketten klirrten Schritt für Schritt über die Wiese. Ertwin sah kein Gesicht unter dem wirren, verklebten Haar. Knufs Haupt hing auf die Brust.

Ein Sturm unflätiger Worte hob an. »Meuchler ... Gotteslästerer ... Teufelsknecht...«

Die Schergen stießen den Knuf vor dem Tisch auf die Knie. Der Vogt hob den roten Arm. Das Rufen erstarb.

Der Dompropst klagte an. »Reimer Knuf. Eidbrüchig bist du geworden, statt Wohl und Werden der Stadt zu schützen, hast du Schimpf und Schande über die Legge gebracht. Du hast Leinen eideswidrig falsch gestempelt, die Stadt in der Hanse in Verruf gebracht. Bloßgestellt vom Leggemeister Reker, hast du ihn gemeuchelt in der Nacht.«

Der rote Vogt rief in die Menge: »Wer ihn zu entlasten vermag, trete vor.«

Was sollte er zaudern? Ertwin bückte sich und schlüpfte unter der Schranke durch. Die Menge raunte.

»Ertmann, was fällt Euch ein!«, rief einer.

Ertwin verbeugte sich tief; wozu hatte er tagelang die Sate der Stadt studiert? »Als frei geborener Bürger der Stadt habe ich das Recht, jetzt zu sprechen.« Die Domherren steckten die Köpfe zusammen, ebenso die Männer des Rats auf der anderen Seite. Ertwins Zunge klebte am Gaumen. Er spürte aller Augen auf sich gerichtet, als stünde er nackt im Geviert. »Rat und Kapitel der Stadt mögen sich an ihr eigenes Wort halten. Wartet auf den Ratsherrn Leent, den Ihr selbst bestimmt habt, zu erforschen, was in der Meuchelnacht geschehen ist. Er ist auf dem Weg hierher.«

Der Bischofsvogt beugte sich zum Dompropst über die Stuhllehne, wies mit dem roten Handschuh auf ihn. Zwei Stadtschergen traten an seine Seite.

Der Bürgermeister rief ihm zu: »Wir haben Euch gehört, Ertmann, mehr Rechte habt Ihr nicht vor Gericht.«

Ertwin verneigte sich wieder tief, ging langsam rückwärts, bis er an die Schranke stieß. Er tauchte unter dem Balken hindurch zurück, die Männer und Frauen dort maßen ihn, wichen gar vor ihm aus. Nur Kaspar blieb, wo er war, wenn auch er ihn musterte. Ertwin spürte, wie ihm die Knie weich wurden. Er tat so, als legte er Kaspar beschwichtigend die Hand auf die Schulter, aber er brauchte Halt. Noch nie hatte er den Mächtigen so die Stirn geboten.

Der Dompropst steckte die Hände in seinen schwarzen Mantel. »Höret. Wäre Ratsherr Leent nun hier, so könnten wir ihn anhören. Doch was hält ihn ab, hier zu erscheinen? Das Blutgericht ist einberufen, es wird sein Urteil also in diesen Schranken fällen, bevor es sie wieder verlassen darf, wie es Brauch und Recht ist.«

Er tauschte einen Blick mit dem Bürgermeister. Ertwin schaute den Hang hinunter, doch die Menge hatte das Geviert wieder geschlossen.

»Knuf, du hast die Anschuldigung gehört. Hast du etwas zu deinen Gunsten vorzubringen?«

Langsam hob Knuf das Haupt. »Weder habe ich das Leinen gefälscht noch den Reker gemeuchelt. Ich bin unschuldig.«

Seine Stimme war so laut und kräftig, dass sie den ganzen Richtplatz überstrahlte.

»Er ist des Teufels, der spricht aus ihm, kein Mensch, den man aus dem Verlies geholt, hat so viel Luft in den Lungen.«

Kaspar und Ertwin starrten die Schneidersfrau an. Sie bekreuzigte sich und drückte sich enger an ihren Mann.

»Schuld bist du, Knuf. Und überführt. Wir haben die Beweise gesehen.«

Der Dompropst nickte dem roten Vogt zu. Auch der Bürgermeister senkte den Kopf.

Der Rotgewandete erhob sich. »Knuf, du hast Blutschuld auf dich geladen, die nur mit Blut vergolten werden kann.«

Der Vogt griff zum Schwert, der Bürgermeister zu seinem. Sie hoben sie in die Luft, die Spitzen zeigten auf den Mann in Ketten.

»Das Leben des Knuf ist verwirkt.«

»Meuchler meines Bruders, sei verflucht in alle Ewigkeit, sei verflucht in allen Höllen …«

Jakob Rekers Ruf ging im Geschrei der Menge unter. Arme und Beine reckten sich an Ertwins Gesicht vorbei, boxten ihn in den Rücken, traten gegen seine Knie. Kaspar schrie irgendetwas. Ertwin schloss die Augen. In ihm wurde es ganz still.

»Sie schaffen ihn auf die Dielen unter dem Galgen«, sagte Kaspar.

Die Stimme kam von weit. Ertwin öffnete die Augen wieder. Die Schergen hatten Knuf, der sich nicht mehr rührte, an den Oberarmen und den Beinen gepackt. Zu viert trugen sie ihn wie ein Schlachtvieh die Stufen zu den Dielenbrettern unter dem Galgen hoch. Die Ketten der Fußfesseln klirrten gegen die Stufen. Das Schreien hörte nicht auf, Ertwin hielt sich die Ohren zu. Die Schergen ließen Knuf unter dem Querbalken fahren.

Dann schritten Dompropst, Bürgermeister und Vogt die Stufen hinan. Rot leuchtete es von vorne. Ertwin suchte Halt an Kaspar.

Der Henker hatte längst die gelbe Kapuze über sein Gesicht gezogen. Seine kräftigen Arme wickelten das Seil vom Stamm des Galgens. Eine Schlinge senkte sich vom Querbalken herab. Der rot behoste Henker zog Knuf auf die Knie, drehte dessen Leib zum Volke hin, griff zum rauen Seil, legte die Schlinge dem Knuf um den Hals.

Er trat zurück, nahm mit beiden Händen das lose Ende des Seils und drehte sich unter seiner gelben Kapuze zum Vogt.

Der Kirchenmann trat vor und rief: »Gestehst du nun, Knuf, um deines Seelenheils willen?«

Knuf faltete die Hände und schüttelte das Haupt. Der Henker wartete auf das Zeichen des Vogts.

Da klangen Schreie von der anderen Seite, der Vogt richtete seinen Blick wie alle auf die auseinander stürzende Menge. Ein Pferd, ein Kopf, nein, zwei.

Leent!

Kaspar warf Ertwin halb über die Schranke, so heftig krallte er sich an seinen Leib. Die Schranke hielt sie an den Bäuchen zurück, die Menge drückte von hinten gegen ihre Rücken.

»Tötet keinen Unschuldigen, um Eurer Seele Willen, Vogt.«

Das Pferd bäumte sich vor dem Galgen. Die Frau in Weiß in Leents Rücken fiel fast herab.

»Was macht denn die Vredin dort?«, flüsterte Kaspar, doch er schaute immerzu zum Galgen.

Dort aber lächelte einer. Knuf, die Schlinge um den Hals, lächelte der Vredin zu. Und die, obwohl Leent sehr kämpfte, das sich bäumende Pferd zu beruhigen, hielt ihren Blick gebannt auf Knuf, als schaute sie ein liebliches Bild am Altar.

»Was habt Ihr vorzubringen, Leent, dass Ihr es wagt, dem Urteil des Blutgerichts Widerwort zu geben?«

»Nichts weniger als die Sorge vor Gottes Strafe, Vogt, wenn wir seiner Gerechtigkeit nicht Genüge tun.«

Leent hatte das Pferd niedergekämpft, er winkte einem Schergen. Der half der Vredin vom Pferd herunter, sie rutschte ihm in die starken Arme.

»Der alte Vrede, schau.« Kaspar hatte Ertwin angestoßen. Der Kaufmann war auf einen Stuhl gesunken und hielt eine Hand vors Herz. Der Gildemeister der Bäcker lockerte ihm den Gürtel.

Die rote Hahnenfeder des Vogts wippte. Er hob beide Hände, links gegen den Dompropst, rechts gegen den Bürgermeister.

»So will ich hören, um Gottes willen, was der Leent vorzubringen hat.«

68.

Leent gab der Vredin die Zügel des Pferdes in die Hand. Ihr Blick betastete das Leder wie etwas Fremdes, Unbekanntes. Sie umschloss das Ende mit beiden Händen, nur eine Lederschlaufe ragte daraus hervor. Hoffentlich blieb der Hengst ruhig, allein mit einem festen Zug des Halses könnte er Margit umwerfen. Leent ließ seinen Blick über die Gesichter hinter den Schranken schweifen, alte, junge, geifernde, blasse. Am Himmel über ihnen zogen Wolken von Norden heran. Die rote Hahnenfeder des Bischofsvogts sprang neben Knuf umher.

Die drei Richter wandten sich oben auf den Dielenbrettern um und gingen die Stufen vom Galgen zum Richtstuhl herunter.

»Höret mich an.«

Der Vogt legte die rote Hand neben das Schwert. Leent sammelte sich, nahm sich ein Beispiel an den Gräsern der Wiese, die sich unter dem Schwerttisch wieder aufgerichtet hatten. Wenn die schwachen Halme standzuhalten vermochten, konnte er es auch. »Alles nimmt seinen Anfang in der Gier und Falschheit der Menschen, so lehrt es uns die Heilige Schrift. Doch immer wächst auch Trost und Hoffnung in dunklen Stunden.

Unsere Stadt hat sich mit vielen anderen Städten in der Hanse verbündet.«

Der Bürgermeister zog die Stirn kraus, aber sollte der nur mit sich hadern.

»Von dort wurde uns Hilfe zuteil. Warnungen von befreundeten Hansestädten trafen ein. Der Stolz unserer Stadt, der Stempel mit unserem Wappen, bekannt bis nach England und bei den Gotlandfahrern, wird von falscher Hand geführt. Auf schlechtes Leinen drückt sie unseren guten Stempel.«

Die Leute flüsterten, im Rat neigten sich Köpfe zueinander oder schüttelten abwehrend. Mancher sandte Leent einen missbilligenden Blick, doch die Zeit des Mäßigens war verronnen.

»Ratsherr, wir wissen um den Leinenbetrug«, sagte von Leden.

»Wirklich? Was wissen wir genau? Bürgermeister, aus welchen Städten haben wir Beschwerden erhalten?«

»Deventer, Delft, Köln, London, Brügge, Visby, Bremen, Reval, Braunschweig.«

»Wer von den Kaufleuten handelt dorthin?«

Ratsherr Doncken sprang sofort auf, er war der Gildeälteste der Leinenhändler. Der lange Prunkgürtel wackelte, der grüne Umhang schlug Falten, der schüttere Bart bebte.

»Leent, verderbt es Euch nicht mit uns. Leicht ist es, Leinen von einem Karren auf der Landstraße auf einen anderen zu laden. Keiner von uns vermag zu sagen, wohin ein Käufer eine Leinwand weiterschafft und zu Geld macht.«

»Aber nicht jeder von Euch handelt mit jeder Art Leinen. Die einen haben Kirchenlinnen und Hausleinwand, die anderen Hausleinwand und solche für Schiffe, wieder einer Malereigrund und Weiberschleier.«

»Das weiß ein jeder in der Stadt, und doch …«

Leent bezeichnete dem Gildeältesten mit beiden Händen, sich zu setzen. »Höret meinen Gehilfen an, was er in der Legge und danach gewahr geworden ist.« Leent suchte mit den Augen die Schranken hinter den Domherren ab. Da reckte der Ertmann den Arm in die Höhe. »Ertwin, kommt vors Gericht.« Wenn er aus Elisabeths Erzählung aus zweiter Hand die falschen Schlüsse gezogen hatte, war es um seine Ehre geschehen. Er verließ sich auf ihr gutes Gedächtnis für Gerede und gefallene Worte, traute ihrem Scharfsinn. Mochte er sich weder im jungen Ertmann noch in seinem Weibe getäuscht haben.

69.

Die merkwürdige Stille hielt an, seit Ertwin mit seinem Bericht begonnen hatte, niemals zuvor hatte er so viele Menschen so leise erlebt. Die ganze Stadt stand hinter den Schranken. Er mühte sich, so laut als möglich auch das Ende vorzutragen.

»Der Burgverwalter von Wittlage ist mir mit seinen Hunden gefolgt. Gefangen haben sie mich nicht. Aber so wahr ich Ertwin Ertmann heiße und freier Bürger Osnabrücks bin, die zwölf Ballen haben zwei Handlanger eines Osnabrücker Kaufmanns in die Bischofsburg verbracht.«

Die Domherren waren unruhig geworden an der linken Seite. Ertwin stellte sich fest auf seine Beine, drückte die weichen Knie durch. Die Augen des Dompropstes zur Rechten des Vogts in Rot brannten sich in seine Brust.

»Wie wagst du Bürschchen es, solche Vorwürfe gegen einen adeligen Burgmann des Bischofs zu erheben, weit über deinem Stand geboren? Vorwürfe wie aus einem üblen Fastnachtsspiel verbreitest du. Schafft ihn weg!«

Ertwin sah die Schergen herbeilaufen. Leent sprang dazwischen. »Dompropst, das Blutgericht gebührt dem Bischof nicht allein. Der Rat entscheidet mit, wen er zum Zeugen ruft und damit schützt.«

Leent hatte sich hinter ihn gestellt, die Schergen hielten Abstand und warteten auf ein Zeichen des Vogts. Der Bürgermeister beugte sich zum Richter.

Da erhob sich der Domherr von Flechtenhain. »Richter und

Rat. Ich bekam gestern Kunde von meines Bruders Hof, der unweit der Bischofsburg liegt. Er schrieb mir von einem dreisten Dieb, der in den Burggraben gesprungen und davongekommen sei. Zumindest darin lügt der Bursche nicht.«

Die rote Hahnenfeder tanzte in der Höhe, weil der Richter den Kopf über den Tisch senkte und sich besann. Dann fanden seine Augen zu Ertwin.

»So schwöre auf die Wahrheit deiner Worte, Bürgersohn.«

Ertwin hob die rechte Hand, legte die Linke, wie er es bei den Eiden der Bruderschaften in der Stadt gesehen hatte, auf sein Herz. »Ich schwöre bei Gott dem Allmächtigen, nichts zu verbergen, sondern dem Gericht die Wahrheit zu offenbaren.« Ertwin war sich nicht ganz sicher, ob die Eidesformel hier taugte. Doch der Vogt nickte.

»Ratsherr, Euer Zeuge belastet einen Kaufmann der Stadt mit dem Betrug. Wollt Ihr sagen, dass der Knuf, dem wir die Schlinge um den Hals gelegt haben, nicht allein hängen soll? So er einen Helfer oder Kumpan hatte, schafft ihn mir bei. Auch wer eine Bluttat nicht verhindert hat, so er hätte können, ist nach dem Gesetz des Bischofs schuldig.«

Ertwin spürte Leents sanften Stoß an der Schulter, er verneigte sich tief vor den Richtern und dem Rat.

Die Vredin stand hinter ihm, an das Pferd Leents gedrückt, wie eine Statue aus einer Kirche. Bleich und reglos schaute sie nur zu Knuf unter dem Galgen. Ertwin wich dem Pferd aus, er gab Acht, dass er nicht der Vredin weißes Gewand beschmutzte, und schritt zu seinem Platz zurück. Dann trat er wieder hinter die Schranke zurück.

Kaspar schob die Unterlippe vor, zog die Augenbrauen hoch. »Schwimmen hast du schon immer gut können.«

70.

Leent schien es, dass all die bunten Mützen, Hauben und Hüte hin und her wogten. Bei den Worten Ertmanns hatte sich etwas in ihm entzündet, das er so schnell nicht zu fassen bekam, ein seltsames Gefühl, dass er auf einer Bahn durch wildes Dickicht dem richtigen Rehbock folgte. »Gewiss, Ihr Richter, war dem Kaufmann der Betrug allein nicht möglich. Wie hätte ein Kaufmann die Stempel der Legge zu fassen gekriegt, die er brauchte, um die Stempel so gut nachwerken zu lassen, dass kein gewiefter Händler sie auf den ersten und zweiten Blick erkannte?«

»Ihr verwirrt mich, Ratsherr. Bleibt bei dem Kaufmann.« Der Bischofsvogt hatte die Hände ineinander gelegt und saß aufrecht in seinem Richterstuhl mit der hohen Lehne.

»So ruft den Gildeältesten Doncken vors Gericht.« Leent griff in sein Wams und holte aus einer Innentasche ein Stück graues Leinen, das er vor den drei Richtern entfaltete und dann der Rats- wie der Domherrenseite zeigte. »Er soll mir sagen, welcher Art dieser Stoff ist und wer ihn in Osnabrück handelt und zur Legge bringt.«

Doncken trat vor, sein Mantel schleifte auf der Wiese. Seine eisgrauen Augen durchbohrten Leent. Leent sah die Ader an der Schläfe pochen. Kaum einer legte mehr Wert auf Stand und Zeremoniell als Doncken. Fast riss der ihm das Stück Leinen aus der Hand. »Woher habt Ihr das?«

»Es lag einem Beschwerdebrief der Leinengaffel aus Köln bei, der Brief ging mit Siegeln des Hansevororts im Rathaus ein.«

Doncken hielt das Leinen gegen das Licht.

Elisabeth hatte Leent in der Nacht darauf gebracht. Den Drell oder Zwillich, dieses aus zwei Fäden gedrehte Gewebe, woben die Bauern nur für die Segeltücher der großen Schiffe, die die Ijssel-Städte auf die Meere schickten. Angeblich hielt die Leinwand den Stürmen so länger stand.

»Es ist ein Stück Zwillich für die Ijssel-Märkte. Es trägt den Legge-Stempel.«

»Den falschen.«

Doncken drehte sich zu den Ratsherrn um. »Das müsst Ihr uns erklären, Terbold.«

Spitze Lacher hörte man aus der Menge, unklare Rufe über Gier und Geiz vernahm Leent noch. Die Schergen zückten ihre Spieße und gingen gegen die Schranken vor. Ja, Terbold! Leent wartete. Dann erhob der Genannte sich langsam von seinem Sitz. Die dünnen Beine verschwanden hinter dem langen Ratsherrnmantel, die Perlen auf der Mütze glitzerten im Licht. Sein spitzer Bart zitterte.

»Wie könnt Ihr solches gegen mich behaupten, Leent! Den Stoff kann jeder Leinenhändler verkauft haben.«

In der Menge zischte es, Unruhe erfasste die Leute. Hie und da drängte sich plötzlich Volk nach vorn, Leent fühlte sich mit einem Mal ganz ruhig. »Niemand sonst als Ihr handelt mit diesem speziellen Tuch. Das habt Ihr nicht bedacht. Dass es der falsche Stempel ist, wisst Ihr aber schon, nicht wahr? Nur der Stempel hat es Euch erlaubt, einen zu hohen Preis für das mindere Gewebe zu verlangen.«

»Ein jeder kann ein Stück dieses Leinens von mir gekauft und nachträglich in der Legge zur Begutachtung vorgelegt haben.«

Leent ging auf ihn zu, die gesamte Kaufmannschaft stand auf, die Handwerker im Rat blieben sitzen. Dem Riemenschneider glitt die Häme übers fettglänzende Gesicht. »So deucht es Euch, Terbold, nur weisen das die Bücher der Legge nicht aus.«

»Zwillich habt nur Ihr vorgelegt, Kaufmann Terbold, immer nur Ihr. Ich habe eine ganze Nacht damit zugebracht, die Aufzeichnungen durchzugehen«, klang hell die Stimme des jungen Ertmann. Leent drehte den Kopf, wiewohl er sie erkannt hatte.

»Soll ich es Euch beschwören, oder wollt Ihr die Bücher holen lassen?«

Der Bischofsvogt winkte ab. »Kaufmann Terbold, erklärt Euch.«

»Gott sei mein Zeuge, selbst wenn ich ... wenn ich der Einzige bin, der in dieser Stadt mit dieser Art Leinenzeug handelt. Wenn hier gefälscht wird, dann vielleicht auch die Aufzeichnung im Buch. Dies Leinen kann von außen hereingebracht worden sein, von einem Kölner, Dortmunder, sonstwoher und dann mit unserem Stempel teurer weiter …«

Sein Bart zitterte nicht mehr, Leent sah die Hand Terbolds, die sich im Saum des Mantels festgehakt hatte, er war gelassen, ganz Hanseherr.

»So deucht es leicht, das ist wohl wahr. Ich folge Euch, Terbold. Gebt Ihr mir zu, dass es falscher Stempel bedurfte, wer immer auch seinen Drell vorlegte?« Nicht nur Terbold nickte.

»Weiter, Leent, weiter.«

Der Bischofsvogt rieb sich das Ohr, doch neigte er den Kopf mehr dem Bürgermeister zu, der etwas flüsterte, das Leent nicht verstand.

»Ich habe die falschen Stempel gefunden. Sie verbinden Betrüger und Kumpan.« Sein Hengst hob die Nüstern, Leent trat hin und tätschelte dessen Hals. Die Vredin rückte mit dem Pferd einen halben Schritt zur Seite, noch immer hielt sie die Zügelschlaufe zwischen ihren Fäusten. Für Mitleid hatte er keine Zeit. Leent griff sich die große Satteltasche, zog die Lasche heraus. Da steckte er.

71.

Seine Augen sprachen zu ihr. Seine braunen, warmen Augen, verhangen von verschwitztem Haar, glänzten überirdisch hell wie die des heiligen Johannes in der Stiftskirche. Dort oben auf den Dielenbrettern des Galgens, dieses grobe Seil um den Hals. Er hielt die Hände gefaltet, als empfange er eine Hostie. Sie verstand ihn. Er empfing ihre Liebe. *Margit*, flüsterte jeder Wimpernschlag, *Margit*. Wie wunderbar, dich zu sehen, wie wunderschön du geworden bist, das weiße Linnen kleidet dich mehr als jedes Perlenband, jede Goldstickerei. Überhäuft hätte ich dich damit, geschmückt, geehrt. Du siehst meine Hände in Eisen geschmiedet, weil ich dich nicht verriet. Margit, ich werde dich nicht enttäuschen, nein, ich habe immer die Wahrheit gesprochen, zu dir, in der Nacht, zu all den Menschen hier. Der Reker starb nicht von meiner Hand.

Der Hengst drückte sie einfach zur Seite, Margit setzte die Füße weiter auf der Wiese. Leent, was wollte der? Er sah sie nicht an. Strich dem Hengst den Hals, die Gurte rutschten am Sattel, sie war zu klein, das Pferd zu hoch. Da war wieder Leent. Er trug auf dem grünen Ärmel einen Kasten. Solch feine Kästen standen in Vaters Stube wie in ihrer. Geschmeide verwahrten sie darin, Ohrringe, Perlen, Münzgold. Was wollte der Ratsherr damit? Was will er damit? *Reimer, weißt du es?* Ich sehe Sorge dort in deinem Aug. Sorge dich nicht, bald sind wir vereint. Töten sie dich, so folge ich dir bald. Ich sterbe hier einen seltsamen Tod. Hörst du das Zischeln wie ich, das Zischeln der neidischen Schlangen? Vrede-Tochter, Meuchlersbuhle, Hexenweib und Teufelshure heißen sie mich. Was wissen sie von uns?

Der Hengst rückte ein wenig vor, der Zügel spannte sich. Dann kam das Pferd neben sie zurück. Gott sorgte für sie. Das Tier wärmte sie. Das Fell an ihrer Schulter, so friedlich glatt, der Rücken da unter all dem Ledergegurt stützte sie. Längst schon wäre sie gefallen, doch solange du nicht fällst, Reimer, will auch ich stehen hier vor Gericht.

72.

Leent stellte den Kasten auf den Tisch vor die Richter. Ertmann hatte Elisabeth hinterbracht, wer ihn gebaut hatte, so wie er es von ihm verlangt hatte. Die wie Lilien geschwungenen Beschläge schimmerten matt auf dem gelb gebeizten Holz. Der Bürgermeister suchte eine Antwort in seinem Gesicht, doch Leent schwieg lieber. Der Domherr nagte an der Unterlippe, sein Daumen schnippte am kleinen Finger.

»Ein jeder von Euch besitzt solche Kästen für edle Kleinodien.« Leent öffnete den Deckel. »Schaut hinein.«

»Er ist leer. Wollt Ihr Euch mit den Zauberern der Jahrmärkte messen? Das passt weder zu Eurem Stand noch zur Ehre des Gerichts!«

Leent packte den Kasten am unteren Brett, hob ihn über den Kopf und schüttelte ihn. »Hört Ihr, Vogt?«

»Da rumpelt etwas.«

»Lasst den Kastenmacher Bertram rufen, wenn er unter dem Volk ist, sonst öffne ich selbst.«

Der Bischofsvogt legte beide Hände auf den Tisch, schloss ein Auge, aus dem anderen durchbohrte ein Blick Leents Brust. »Falls Ihr mich hier zum Gespött der Adelshöfe macht, Leent, werdet Ihr es bitter bereuen. Und mich richtet der Bischof dafür nicht, das schwöre ich Euch.«

Sein Kinn zuckte zum Bürgermeister, der sich sofort erhob. »Der Kastenmacher Bertram soll vortreten.«

»Bertram ... ram ... Bertram ...«

Die Menge rief, die Schergen sprangen umher. Dann teilte sich das Volk am Geviert zum Hang hinunter. Der Handwerksmeister wischte sich über den Mund. Die Augenwinkel waren schon rot vom Wein, doch Bertram vertrug genug. »Hohe Herren, zu Euren Diensten.«

»Habt Ihr den Kasten gemacht?«

»Vor zwei, drei Jahren. Den Kasten hat mein Geselle Michael geschnitten, die Beschläge habe ich geschlagen und genietet wie auch den Verschluss.«

»So öffnet.« Bertrams Augen blinzelten, die roten Äderchen tanzten.

Leent lächelte. »Öffnet ihn ganz.«

Die groben Finger fuhren die Nieten entlang. »Ich mache die Verriegelung jedes Mal ein wenig anders, für jeden Auftrag überlege ich neu. Wartet, ja, es war die fünfte auf der zweiten Zarge.« Der Kastenmacher drückte die fünfte, die zweite und die siebte gleichzeitig.

Leent hörte wieder das leise Tocken. Der zweite Boden hob sich. »Seht selbst, Ihr Richter.«

Die drei standen auf. Unten im verborgenen Fach lagerten die falschen Stempel.

»Ich hatte es nicht geglaubt.« Dem Bürgermeister huschte ein Zucken durch die Mundwinkel.

Der Vogt kniff die Augen zusammen, ein roter Stofffinger fuhr über die Stempel. »Das sind also die falschen, sagt Ihr?«

»Fragt den Gildeältesten der Leinenhändler, wenn Ihr wollt. Wichtiger jedoch ist«, Leent hob die Stimme, »was uns Jakob Reker dazu sagt.«

»Was wollt Ihr den alten Säufer auch noch vor das Gericht schleppen? Leent, meine Geduld ist am Ende.« Der Dompropst fuhr sich mit dem Handrücken über die Wangen.

So würde Leent ihn nicht davonkommen lassen. »Übt Euch, Dompropst, übt Euch in Geduld, der Rat will Jakob Reker sehen.«

»Vogt, es reicht mit diesen Taschenspielereien. Er entehrt das Gericht.«

Die rote Feder streifte fast das Ohr des Bürgermeisters, doch der Vogt entgegnete von Schagen: »Was beunruhigt Ihr Euch, Dompropst? Der Bischof, unser Herr, sorgt sich wohl darum, dass in seinen Burgen kein falsches Leinen liegt. Der Handel macht die Stadt reich, die Bürger zahlen dem Bischof für ihre Güter im Stift und leihen uns Geld für den Kampf. Nein, Dompropst. Schergen, holt dem Leent den Mann.«

Jakob Reker war nicht weit, hinter der Schranke bei den Ratsherren in vorderster Reihe ließ ihn die Menge sogar sitzen auf einem mitgebrachten Hocker, so wenig bedrängte man den Halbbruder des Gemeuchelten.

Er beugte sich unter der Schranke durch. Sein braunes Büßergewand streifte mit dem Saum das Gras. Leent stutzte, dann begriff er. Jakob Reker hatte das strohige Haupthaar scheren lassen, fast wie ein Mönch, kurz standen die Stoppeln auf dem Schädel. Leent wartete die Verneigungen Rekers vor dem Gericht ab. Als ob sie glühten, hielt er vor den Richtschwertern mit hohlem Kreuz Abstand. »Sagt uns, was das für ein Kasten ist, Jakob Reker.«

»Er gehört zu meinem Erbe. Ich fand den Kasten im Hausrat meines Bruders. Er war von Wert, aber nicht Werts genug, ihn zu verkaufen. Alles, was ich nun zweifach besitze, habe ich verkauft. Nicht für mich nehme ich das Geld, ich spende für mein Seelenheil und das meines Bruders den Kirchen der Stadt.«

»Schaut hinein.«

Jakob Reker hob die Nase, beugte sich über den Rand des Kastens und schrak zurück. »Der Kasten war doch leer.«

»Offenbar hat Euer Bruder die falschen Stempel hineingetan.«

»Leent, Leent …« Reker wich zurück, winkte ab, riss die Hand nach oben zum Galgen. »Teufelsanwalt! Wollt Ihr den Meuchler dort oben retten vor der gerechten Strafe? Tomas, mein Bruder, ist mit der Flachshechel gemeuchelt worden, niemand sonst! Wie könnt Ihr das wagen …«

»Schweigt!«, schrie Leent.

Jakob Reker begriff nicht, doch zuckte er zusammen und duckte sich.

»Bertram, sagt uns, wem habt Ihr verraten, wie der zweite Boden geöffnet wird.«

»Nur dem Käufer.«

»Sagt uns, für wen habt Ihr den Kasten gemacht.«

Der Kastenmacher fasste die geballte Rechte mit der Linken, drehte sie darin, starrte dabei zu Boden. »Den Kaufmann Terbold.«

Der Vogt schlug mit der Faust auf den Tisch, dass der Kasten hüpfte und die Stempel wie Spielkegel aneinander klackerten.

»Terbold, erklärt uns das.«

Doch Terbolds Blick flog vom Tisch mit dem Kasten zum Dompropst, er zog sich mit der linken Faust am Kinnbart und schwieg. Der Kirchenmann drehte den Hals, hinweg zu den

Domherren, der schwarze Haarkranz schimmerte bläulich. Der Bischofsvogt maß den Kaufmann von oben bis unten.

Leent wies auf den Kasten. »Das kann Terbold nicht. Es sei denn, er gäbe sein Verbrechen zu. Hierin trug er die falschen Stempel in die Legge, oben lagen die Münzen für die Legge-Gebühr und das Pergament für die Begleitbriefe. Darunter verborgen die falschen Stempel. Die drückte sein Kumpan auf, wenn der Knuf mit den echten zugange war. So fiel dem Prüfmeister Knuf nicht auf, dass minderwertiges Leinen höher gestempelt wurde. Nach dem Betrug verbarg Terbold die Stempel wieder in dem Kasten und trug sie aus der Legge in sein Haus. War es nicht so, Kaufmann?«

»Ihr lügt, Leent. Hat Euch die weiße Buhle dort behext, dass Ihr lügt wie ein Teufel?«

Die Ratsherren neben Terbold erhoben sich und machten Platz, Terbold schlich zum Richtertisch heran, doch der Vogt winkte einem Schergen, der sich zwischen ihn und Terbold stellte.

»Wie kommt dann aber mein Kasten in den Besitz des Reker, Leent?«, fragte der Kaufmann.

Leent wandte sich zum Tisch. »An dem Abend, als der Leggemeister sterben sollte, war Terbold nicht allein mit dem Leggemeister. Zusammen mit dem Dompropst hat er den Streit des Leggemeisters mit seinem Knecht Albus noch gehört. Terbold ging für einen großen Handel zu Tomas Reker.«

Der Kopf des Vogts flog herum. »Ihr wart in der Legge?«

»Ja, ich war zugegen.« Ganz konnte sich Leent der würdevollen Kälte in der Stimme des Dompropstes nicht entziehen, der angeborene Adel war nicht zu verkennen.

»Weil und nur weil der Tomas Reker dem Dom einen Kantorenstab gestiftet hatte und die Einzelheiten besprechen wollte.«

»Ja, genau, so war es«, ereiferte sich Terbold. Sein schmaler Kopf hüpfte unter der perlenbesetzten Mütze. »Ich habe dem Reker Geld dafür vorgeschossen.«

»Aber der Dompropst lud Euch zum Essen ein, Terbold. Ihr konntet den Kasten nicht mit nach Hause nehmen, ohne dass es viele hätten in dem Kasten klacken hören. Und der Tomas Reker konnte den Kasten nicht unbewacht in der Legge zurücklassen, weil er nicht Gefahr laufen wollte, dass jemand, und sei's ein diebischer Knecht, Euren Kasten aufbrach. Er hätte ihn wohl mit sich nach Hause genommen. Nur meuchelte man Tomas Reker aber in der Nacht. Mit allen Dingen, die dem Prüfmeister gehörten, brachten die Ratsknechte dann den Kasten in Tomas Rekers Haus.« Leent zeigte mit dem Finger auf Terbold. »Und Ihr konntet Euch deshalb den Kasten nicht mehr zurückholen. Es wäre aufgefallen, und Ihr hättet dem Erben Jakob Rede und Antwort stehen müssen. Ihr, Kaufmann Terbold, habt mit dem Leggemeister Tomas Reker die Stadt und die Hanse betrogen. Mit falschen Stempeln auf minderwertigem Leinen.«

Der Terbold schlug nach seinem Finger. »Lächerlich, warum hätte ich das tun sollen, Ratsherr Teufelsmann? Dort, dort oben kniet der wahre Schuldige in Ketten.«

Eisen rasselte, Knuf stemmte sich aus den Knien gegen die Gewichte, stellte den einen, dann den anderen Fuß auf, hob die Handfesseln vor die Brust. »Lüge um Lüge, Terbold. Reker muss Euch nach und nach die echten Stempel ausgeliehen haben, damit Ihr sie nachschmieden lassen konntet. Manchmal suchte ich einen, fand ihn am andern Tag auf einer hohen Kante zwischen unserem Werkzeug. Ich dachte mir nichts dabei, bis jetzt. Stempel zu fälschen ist nicht leicht, aber Ihr habt Geld genug, einen Waffenschmied in anderer Herren Land dafür zu bezahlen.«

»Darf der Meuchler so mit mir reden, mir, einem ehrbaren Kaufmann der Hansestadt Osnabrück? Ratsherren, muss ich das dulden?«

Leent ließ den Männern lieber keine Zeit, das zu entscheiden. »Geld, nur Geld ist Euer Beweggrund. Nichts reizt Euch mehr als gelbe Münzen mit dem Gesicht des Kaisers oder Veneder Golddukaten. Ja, Geld und Gier. Ihr habt Euch abgesichert, dass Ihr Euren Wucherzins auch kriegt.«

»Was schwafelt Ihr da wirres Zeug?«

»Richter, seht all Ding zusammen.« Leent beeilte sich, die Kaufleute steckten die Köpfe schon beisammen. Doch sah er manches Ohr gespitzt. »Der Leggemeister Reker, wohlbestallt und ein guter Kaufmann, spendet dem Dom einen Kantorenstab. Wir alle haben ihn gesehen, prächtig wie kein Ding vor ihm im Chor. Wir alle wissen, dass er es hat kaum zahlen können. Ohne großen Zufluss. Auf ein Zinsversprechen hin hat Terbold Reker dennoch viel Gold geliehen. Der Dompropst ist Zeuge.« Er würde ihn nicht schonen, jetzt nicht mehr. »Reker brauchte Geld für Steine, für das Gold. Der Terbold hat die Gefahr gemieden, dass es der Reker nicht schaffen könnte zurückzuzahlen. Er hat ihn geködert mit dem Betrug an der Stadt. Der Gewinn aus dem Verkauf des minderwertigen Leinens floss ihm zu, als Tilgung für das Vorstrecken des Geldes.« Terbold zitterte am ganzen Leib.

Der Bischofsvogt erhob sich. »Greift ihn.«

Des Volkes Stimme rührte sich, brüllte fast. »Nieder mit ihm. Henkt ihn, an den Galgen ...«

Drei Schergen stürzten sich auf Terbold, packten ihn an den Oberarmen, rissen ihm den Mantel vom Leib. Die Ratsherren wichen vor dem sich windenden, schreienden Mann aus. Geifer lief aus seinem Mund, dann brachen ihm die Knie ein, er sackte weg. Leent hörte ihn wimmern. Und Elisabeths Stimme im Kopf. *Gier und Geilheit bringen die Menschen um ihren Verstand.* Was nützten die Gesänge zu Sonntag in der Kirche. Sein Blick wanderte zurück über verzerrte Wangen, triefende Augen, offene Münder zum Vogt.

»Schafft ihn mir aus den Augen«, befahl dieser.

Leent holte Luft. »Damit nicht genug. Der Reker erkaufte sich mit dem Betrug Geld für sein vermeintlich Glück. Habe ich Recht, Kaufmann Vrede?«

Die Menge stöhnte wie ein Mensch. Margits Schrei verschwamm darin. Der alte Vrede saß noch immer auf seinem Stuhl, die Hand am Herzen.

»Was quält Ihr mich mit dieser Schande, Leent, ich begreife Euch nicht«, sagte dieser leise.

»Hat der Tomas Reker die Hand Eurer Tochter Margit haben wollen oder nicht?«

»Er hat.«

»Was hat er Euch, dem reichsten Mann der Stadt, geboten?« Vrede seufzte wie ein alter Hund, den man vom Ofen wegstieß.

»Eine Bischofstrauung. Der Dompropst versprach sie, wenn der Dom den Kantorenstab erhalten hätte, im Herbst zu Erntedank.«

Der Bürgermeister beugte sich über die Schwerter auf dem kleinen Tisch zum Dompropst. »Ihr wusstet das alles?«

Doch der Kirchenmann schwieg. Der Bischofsvogt drückte den Bürgermeister auf dessen Stuhl zurück. »Lasst den Domherrn heraus, selbst wenn er etwas gewusst hätte. Er gehört dem Ersten Stand an, hier zu Osnabrück findet sich kein Richtsort noch Richter für einen adeligen Kirchenmann. Das ist Sache des Bischofs.«

Der Domherr raffte den schwarzen Mantel und erhob sich. »Brecht die Ehrabschneidung ab. Was geht uns beim Blutgericht der Leinenbetrug in der Stadt an? Henkt den Knuf endlich, damit wir hier fortkommen. Macht sich so der Adel zum Gespött des Volkes, Vogt?«

Die Hahnenfeder zuckte. Der Bürgermeister klopfte auf das Richtschwert der Stadt.

»Das Gericht abzubrechen, vermögen wir nur gemeinsam. Verlassen wir das Gericht ohne Spruch, so ist der Knuf frei, nach altem Brauch. Wir müssen ein Urteil fällen.«

»Das haben wir längst.«

»Nein, wir sind vom Galgen zurück zu den Schwertern, als der Leent eingeritten ist, vergesst das nicht. Das macht unser erstes Wort ungeschehen. Das Volk war Zeuge.«

Die Oberlippe des Kirchenmanns netzte Schweiß. Leent fuhr laut dazwischen, klemmte den Daumen am Gürtel ein. »Richter. Fragt Euch, wenn der Tomas Reker selber mit dem Terbold den Betrug ausführte, warum hat man dann nicht den Knuf gemeuchelt, der Verdacht geschöpft hatte? Sie haben doch schon gestritten um die falschen Stempel.«

»Das sagt nur der Knuf.«

»Domherr, da im Kasten sind die falschen Stempel. In Rekers Kasten. Knuf hat die Wahrheit gesagt.«

»Das bedeutet nicht, dass er beim Meucheln nicht doch die Hand geführt hat. Sie haben sich gestritten, das gibt er selber zu.«

»Aber in der Nacht, Richter, da war Knuf gar nicht in der Legge.« Leent breitete die Arme aus. Jetzt würde das Mädchen leiden müssen. »Vrede, was hat Euch der Knuf geboten?«

»Der Knuf?« Die Hand auf dem Herzen krallte sich in den Mantel. »Nichts, er hat nicht einmal gefragt.«

»Und deshalb ist er unschuldig.« Leent ging ganz langsam um seinen Hengst herum, griff die Fäuste der Vredin, zog mit der Linken die Zügelschlaufe heraus, reichte sie einem Schergen. Mit der Rechten führte er die Vredin vor den Tisch. »Er hat nicht fragen brauchen.«

73.

Die Hand von Leent war so warm. Ihre Fußsohlen spürten das gemähte Gras, dort oben auf dem Galgen stand Reimer, die Hände in Ketten, sein Kopf neigte sich ihr zu. Sag mir, Liebster, was soll ich tun, was soll ich sagen? Beichte, Liebes, beichte die Nacht auf dem Wolllager, die uns verbunden hat. *Mein Lieb.*

»Er hat sich meinen Leib genommen, so wie ich ihm meinen hingegeben habe. Von der Bruderschaft, dem Tanz sind wir durch die Gassen hinweggedreht, immer weiter, bis die Musik verklungen war, hat mich sein Arm geführt. In sein Haus, in sein Lager, auf weiche Wollballen. Die Morgenröte erst kündete uns das Ende der Nacht.«

»Hure ... Gassenmagd ...«

Leent drehte sich zu ihr um und lächelte sie kaum merklich an.

Der Vogt sah sie an. »Weib, was erzählst du da? Wie viel haben sie dir dafür gegeben, dass du solches schwätzt?«

»Der Vrede-Tochter kann keiner genug geben, ihr Vater hat mehr als die anderen zusammen«, sagte Leent.

Der Vogt beugte sich vor, legte die Handschuhe auf den Tisch. »Ist das so, Kaufmann? Was lasst Ihr Eure Tochter als Büßerin herumlaufen?«

»Sie ist davongelaufen.«

»Weiberlaunen. Warum soll uns das noch scheren? Was beweist das?«, rief der Vogt.

Sie müssen es wissen. Margit drehte sich zum Volke hin. Sein Braunaug umfing sie. *Du musst es wissen.* »Wenn das Gericht mir nicht glaubt, so sperrt mich ein. Ich war bei den Nonnen in Sankt Gertrudis, die ganze Zeit. Sperrt mich ein, so werdet ihr sehen, wie mein Bauch rund wird von der Nacht.«

Ketten klirrten.

»Margit!« Knufs Schrei fuhr ihr ins Herz, überdeckte all das Hohngelächter und die hämischen Worte, die ihr Ohr nicht durchdrangen. Sein Blick koste sie, und sie lächelte für ihn.

74.

»Mein Kind, eine Meuchlerhure.«

Ratsherren beugten sich über den laut stöhnenden alten Vrede, öffneten ihm das Wams. Der Vredin liefen die Tränen über das Gesicht, sie schwankte. Leent führte sie zum Pferd zurück, lehnte sie an dessen Hals, das Tier begriff schneller als die Menschen. »Nein, Vrede. Knuf hat die Margit wohl in Sünde zur Frau genommen. Aber gemeuchelt hat er den Reker nicht.«

»Welche Hand, um Himmels willen, hat dann die Flachshechel geführt?«

»Eine Hand, die sehr wohl wusste, dass die schöne Vredin bald vor dem Altar stehen würde. Und dass die Bischofstrauung seine eigene Werbung endgültig unmöglich machen würde.«

Der Bürgermeister ließ den Kopf in den Nacken sinken und atmete laut aus. »Deren könnte es viele geben, Vogt. Eine Hochzeit mit der reichen Vredin – manche Familie von Rang wollte dies für ihre heiratsfähigen Söhne einfädeln. Wenn ich mit Pelzen von Gotland durch die Hafenstädte zog, wurde ich oft von reichen Hansekaufherren aus dem wendischen Kreise angesprochen, ob sich der alte Vrede schon entschieden habe. Ihr wisst, es ist Brauch, die Söhne in andere Städte zu verheiraten. Geld strebt zu Geld.«

Vrede stützte sich auf seinen Stuhl, streckte den Rücken. »Wollt Ihr etwa, dass ich die guten Namen der Stadt und der Hanse hier aufzähle, Leent?«

Stolz zog er die Mundwinkel nach unten. Der Vrede war schnell im Kopf, die Welt sah einer jungen Frau manche Sünde nach, wenn sie nur reich war. Und wenn Knuf kein Meuchler war, so würde die Stadt ihn vom Galgen lassen müssen als freien, ehrbaren Mann, so würde keine Schmach auf den Namen Vrede fallen.

Leent streifte mit der Hand die Schulter der Vredin. »Die Brautwerber hätten viel zu spät erst wissen können, dass die Braut nun wirklich Reker versprochen war. Nein, der Meuchler war im Vorsprung, er räumte einen Nebenbuhler kühn aus dem Felde. Schaffte sich so gleich zweifach Raum für Ansehen. War Reker aus dem Wege, konnte er die Braut vielleicht noch erringen, aber vor allem konnte er seinen Platz in der Stadt übernehmen. Ehre und Einfluss dünken manchem von größerem Wert als ein süßes Gesicht im Alkoven zur Nacht.«

Der Domherr begriff es als Erster. Mit gespreizten Fingern schlug er sich die Handballen an die kahle Stirn, sein Blick wanderte von den Schwertern auf dem Tisch über den Galgen zur Reihe der Ratsherren. »Gott im Himmel, wie straft er uns für unsere Hoffart … Der Kantorenstab.«

»Der goldene Stab war Rekers Reizkarte im Spiel. Höher konnte keiner stechen, wenn er nicht aus Adelsrängen stammte.« Leent schämte sich fast, aber er genoss es, wie von Schagen in vorgespiegeltem Gram die Hände rang.

Der Bischofsvogt hob die Brauen. »So viel Geld als ein Graf Land und Leute hat der Vrede nicht. Dompropst, Ihr wusstet von der Stiftung, dem Reker, dem betrügerischen Terbold …«

Leent wandte sich zu den Ratsherren. Die alten saßen, die jüngeren standen, schüttelten die Häupter, einige hatten die Hände zum Himmel erhoben. Er holte Luft und ballte die Faust im Mantel. »Vergesst den nicht, der das Meisterwerk erschuf, den Goldschmied. Ihr seid's, Ihr habt den Reker auf dem Gewissen, Piet Husbeek.«

75.

»Unser Wehrmann? Ertwin, der kümmert sich um die Stadt wie keiner sonst.«

Kaspar packte ihn am Hemd und schüttelte Ertwin.

»Der besorgt uns Spieße und Schilde, zu gutem Preis, wenn wir sie für die Wehr kaufen müssen. Das glaube ich dir nicht, nicht der.«

Kaspars Nase zuckte, seine Brauen stießen fast zusammen. »Lass mich los, ich bin kein Stück Schwein auf deiner Lade.«

»Haltet das Maul, wir wollen den Ratsherrn hören«, keifte eine Frau hinter ihnen.

Kaspar ließ die Fäuste sinken, Ertwin legte ihm die Hand auf den Oberarm. Leents Frau hatte hinter Husbeeks Tun den Ehrstolz gewittert, hatte Ertwin erst auf den Gedanken gebracht wie auch wohl ihren Mann. Piet Husbeek war selber ein reicher Goldschmied, konnte sich die schönsten Töchter der Stadt erwählen. Wohl strebte er nach einem Amt im Rat, war bei den Handwerkern angesehen, dass sie ihn als Wehrführer koren, aber welcher Meister in seinem Alter war damit allein zufrieden?

»Der Husbeek tritt vor. Der wird sich das nicht bieten lassen von dem Weinhändler.«

Ein Apfelstrunk traf Kaspars Ohr, prallte auf Ertwins Brust. »Haltet endlich das Maul.«

Vor der Reihe der Ratsherren leuchtete Husbeeks blauer Mantel mit einer breiten Kette aus feinen goldenen Gliedern als Gurt. Seinen Kopf zierte ein dreieckiger Hut mit blauen und weißen Federn.

»Ratsherr, die Anschuldigung nehmt Ihr auf der Stelle zurück, Ihr tretet meine Ehre mit Füßen, hier vor dem Galgen.«

Husbeeks Hand lag auf dem Griff seines Zierdolchs. Ertwins Vater hatte ihm davon erzählt, dass der Goldschmied solche feinen Klingen, wie die Mauren sie trugen, für die hohen Herren zu Köln fertigte. Ertwin hatte in Erfurt nur einen Herzog einmal solchen Zierrat tragen sehen.

»Wie könnt Ihr es wagen! Leent, seid Ihr vom Teufel besessen?« Die befehlsgewohnte Stimme des Wehrherrn scholl klar und hart über das Geviert. Die Bürger um ihn herum verharrten in Erwartung, die alte Quindt kaute an einem Stück Brot, Ertwin roch den Schweiß der Leute, die Sonne hatte fast den Mittag erreicht.

»Ich widerrufe nicht, Husbeek, Ihr seid der Meuchler.«

Was machte nur den Leent so sicher?

»Wollt Ihr den besten Schützen der Stadt verraten?«, fragte der Dompropst.

»Was bekümmert das den Bischof jetzt, den Blutbann habt Ihr als sein Recht gefordert«, sagte Leent.

Einer der Domherren von der linken Seite gab Leent Widerworte. »Was nützt ihm das Recht, wenn er die Schützen bald braucht?«

Ertwin hörte ein Raunen im Volk.

An der Schranke drängte sich ein Ritter im Kettenhemd vor, die Schergen erhoben ihre Spieße erst gar nicht. »Einigt Euch lieber, Domherren und Rat.« Der Ritter hob seine blutverkrusteten Arme.

Aus der Menge hob ein Murren an, kaum dass der Ruf verklungen war. »Vogt, die Schlacht um Soest ist verloren. Der Sachsenherzog zieht durchs Land, sein Böhmenheer brennt die Dörfer nieder, bald sind sie hier. Bürger, schickt Eure Geisel, den Grafen Hoya, lieber heute als morgen heim. Der Kaiser will achthundert Gulden dafür, dass er Euch aus der Reichsacht entlässt. Zahlt oder geht im Gebrenne des Böhmenheeres unter.«

Leent verschränkte die Arme vor der Brust. Der Vogt würde antworten, doch von Leden kam ihm zuvor.

»Was wollt Ihr, Ritter? Störet nicht das Blutgericht, beschwöret nicht den Zorn des Allmächtigen. Der Tod muss erst gesühnt werden, dann eile ich zum Bischof, seid gewiss, und verhandle.«

Ertwin betrachtete die vom Kampf geschlissene Rüstung des Ritters. Für Ertwin hatte auf einmal alles Sinn, dass die Bedrohungen zugleich in der Stadt und von außen kamen. Der Allmächtige einte so die Bürger der Stadt im Kampf um ihre Freiheit.

»Husbeek, Ihr wusstet von des Reker Plänen. Wir alle wissen um Euren Streit mit ihm im Rat. Husbeek wollte die Schatzung auf das Vermögen gerecht zu gleichen Teilen für Handwerker und Kaufleute erheben, Tomas Reker lieber eine nach bisherigem Brauch zahlen lassen, als durch den Streit um die Schatzungsberechnung gar keine Gelder in den Stadtsäckel zu bekommen.«

Ertwin nickte Kaspar zu. Leent deutete mit den Fingern auf den Goldschmied.

»Reker war beliebt, Ihr nur geachtet. Ihr wolltet die Handwerker anführen im Rat, doch die Männer folgten lieber Reker.«

»Seid Ihr von Sinnen? Ihr spränget besser als Narr zu Fastnacht herum als hier vor Gericht.«

Aber Leent sprach seltsam klar wie Ertwins Professores. Kein Zweifel züngelte den mehr an. Ertwin schluckte gegen die Trockenheit in seinem Mund. Dann sah er den Augustinermönch an der Schranke stehen, der ein Bündel in den Händen trug. »Der weint ja.«

»Was?« Kaspar sah ihn an, wischte eine Fliege vom Kinn.

Ein Mann pfiff und sagte: »Haltet doch euer Maul, verdammtes Hurenpack.«

Vorn hob Leent den Kopf ein wenig, dann streckte er den Arm zu Margit, die am Pferd lehnte, aber den Kopf zum Knuf auf dem Galgen gewendet hatte.

»Die Vredin hier habt Ihr zum Weib begehrt, Husbeek.«

Die rührte sich nicht.

»Na und? Ich wollte die Vredin genau wie viele andere. Das steht einem Meister zu, sich ein Weib von Rang zu suchen.«

»Ihr habt es nicht ertragen, dass Euch der Tomas Reker wieder voraus gewesen ist. Im Rat, in der Stadt, in der Ehre.«

»Was faselt Ihr, Leent?«

Die Stimme des Domherrn brach wie nach einer stundenlangen Predigt. »Wir haben doch des Knuf Halstuch in den Händen des toten Reker gefunden. Wollt Ihr dem Gericht das Beweisstück verschwatzen? Was einer will oder nicht, wer kann das ermessen? Das grüne Stück Stoff aus Knufs Halstuch ist in der Hand des Toten gewesen, so wahr ich der Dompropst von Osnabrück bin.«

Der rot gewandete Vogt legte die Fingerspitzen aneinander. »Bringt endlich Handfestes vor oder schweigt gegen den Wehrherrn.«

Leent lief zur Schranke und redete dabei immer lauter. »Die Gelegenheit war günstig, Husbeek, der Kantorenstab war schon bezahlt worden von Terbold, Euch der Ruhm als Goldschmied sicher, selbst wenn Rekers Erben den Stab nicht gleich stifteten oder sonst wohin verkauften. Der Meister, der ihn erschaffen, würde allzeit genannt.«

Leent hatte die Schranke erreicht, fasste den Augustinermönch an der Kutte, der bückte sich unter dem Baumstamm durch und barg das Bündel an seiner Brust.

»Ihr wusstet, keiner würde Euch verdächtigen, wenn Ihr Euren Nebenbuhler beseitigtet. War erst kein Tomas Reker mehr im Rat, Euer Weg an die Führung war frei.«

Husbeek stand ruhig in voller Würde seines Standes. Die feine Goldkette leuchtete im Sonnenlicht. Die blaue und weiße Feder wippte. »Richter und Rat. Wollt Ihr diesem Wirrkopf weiter folgen? Der Dompropst hat Beweise gegen Knuf, wie er sagt. Betrachtet lieber die.«

Husbeeks Ärmel streckte sich aus dem blauen Mantel vor. »Dort oben steht der wahre Meuchler. Weiß ich, mit welcher Hexenkunst die weiße Meuchlerbuhle hier den alten Leent verwandelt hat? Widerruft, Leent, so will ich es Euch vergeben.«

Nicht milde, sondern barsch wie ein Befehl schollen die Worte über die Menge. Die alte Quindt ließ das Brot fallen und bekreuzigte sich, Kaspars Knie stieß an Ertwins.

»Bei Gott, Ertwin, er hat Recht, die Vredin hat den alten Leent behext.«

»Gott soll urteilen über Knuf!«

»Ja, Gott möge selber Recht sprechen …«

»Die da vorn schützen nur den Sünder …«

»… sind alle verderbt …«

Das Rufen nahm kein Ende, Kaspar schrie Schimpfworte, die Ertwin schon lange nicht gehört hatte.

»Hurenbocksbeutelrattensackwanze.«

»Schergen, bringt das Volk zum Schweigen.« Der Vogt winkte mit beiden Händen.

Die Menge wich zurück vor den Spießen, Ertwin duckte sich zur Seite, stieß mit dem Kopf mit Kaspar zusammen. »Au! Hast du einen harten Schädel.«

»Deiner ist wie ein Ochs so fest.«

»Hört, was er sagt …«

»Husbeek, die Richter mögen hier dem Mönch glauben, wenn sie mich für verhext halten.«

»Kein Hexenwerk besteht gegen die Augustiner, die nehmen nicht mal Gold an für ihre Kirchen.«

Die alte Quindt drückte die Lippen aufeinander. »Aus der Vredin wird heut noch der Teufel fahren, glaubt es mir, wenn der Augustiner sie berührt.«

Vorne packte der kahl geschorene Mönch das Bündel auf den Schwertertisch. Ertwin erkannte den, der ihn an der Pforte zur Klausur abgewiesen hatte. Der Mönch entfaltete das Bündel und nahm zwei Dinge heraus, drehte sich zur Menge und zeigte sie wie eine Monstranz, langsam und bedächtig. »Das eine ist der Fünfzack, mit dem des Rekers Leib gestochen wurde.«

»Und das andere?« Auf Kaspars rotem Gesicht stand der Schweiß, Ertwin zuckte die Achseln.

»Mit dem Fünfzack hat der Meuchler auf den armen Reker eingestochen.«

Der Mönch fiel fast in den Singsang einer Litanei. Der Vogt besah sich den Fünfzack, ließ die roten Handschuhfinger aber darüber schweben.

»Und so sieht das Werkzeug aus, bevor es von Rekers Wams und Leib verbogen ward, durch die es gestochen wurde.«

76.

Leent ließ den Augustiner sprechen. Er vertraute ihm.

»Dieses Werkzeug hat der Husbeek geführt, er ist gewandt wie kaum einer als Schütze und Kämpfer mit dem Spieß.« Der Mönch zeigte das Werkzeug den drei Richtern hinter dem Tisch. »Als wir den Reker in der Kapelle aufgebahrt hatten, fiel mir die kleine Stichwunde seltsam auf. War er doch an der großen mit der Hechel verblutet. Dann brachte uns der Halbbruder des Toten, der Jakob Reker, das Meuchelwerkzeug, damit wir den Fluch darauf austrieben von dem Stück und von seinem Namen. Wir Mönche haben vor dem Eintritt ins Kloster oft als einfache Bauern gelebt, als Knechte. Manch einer von uns war aber auch ein Handwerker oder Kaufherr. Wir besahen uns den Fünfzack, welcher Fluch wohl auf ihm laste. Bruder Angelus erschrak sich. Er kannte solcherlei Werkzeug. Er war Lehrling bei den Silberschmieden, bevor ihn der Herr berufen hatte. Wir wollten sichergehen.«

Die eingefallenen Wangen des Mönchs zitterten.

»Darf man schwere Schuld nur aussprechen ohne Beweis? Wir haben kein Goldzeug noch Schmuck in den Kirchen. Keinen Schmied in unserem Kloster. Wir sind zu den Dominikanern gelaufen. Dort hütet ein Goldschmied eine Esse. Er wusste, wozu dieses Werkzeug diente, und gab uns ein ähnliches Stück.«

Leent ballte die Faust. »So sprecht doch, verratet uns den Behuf des Werkzeugs.«

»Es ist ein selten Ding, das die Goldschmiede verwenden, wenn sie in Goldblech Krabbenformen eindrücken. Krabbenformen, die wir am neuen Kantorenstab im Dom haben glänzen sehen. Das Werkzeug hat einen ganz anderen Umriss, nur durch den Stich ist es in den Fünfzack verbogen. Ich habe die Gesellen des Husbeek besucht, mein Wort dort um des ewigen Friedens eingelegt, sie gaben mir Meißel und Hämmer und Punzen aus Husbeeks Werkstatt.«

Leent wandte den Blick wie von selbst zum Himmel, weit oben flog ein weißer Vogel gen Westen in die Wolken. Dann sah er Husbeek an. »Lange habe ich gezweifelt, Goldschmied, wie Ihr es nur habt bewerkstelligen können. Keiner hat jemanden in die Legge laufen sehen, die zudem verschlossen war. Wir haben alle Umwohner gefragt, sind Gerüchten gefolgt, nichts. Bis mir der Ertmann die Augen geöffnet hat, als er den Dieben folgte, die Terbolds falsches Leinen aus der Legge holten. Ihr seid über das Dach gekommen. In den Hof der Fleischer kommt man leicht, keiner beachtet den schmalen Pfad über den stinkenden Abwasserläufen hinter der Mauer. Und mit Mauern kennt Ihr Euch aus, Ihr seid der Erste Wehrherr, der uns allen vorklettert. Ihr seid über das Dach der Legge in Rekers Stube und habt mit ihm gekämpft.«

»Ihr seid behext«, sagte Husbeek, der bleich geworden war.

»Ich werde allen sagen, wie Ihr in der Todesnacht vorgegangen seid.« Leent holte tief Luft. »Ihr erklimmt das Dach, belauert Reker durchs Fenster, der in seiner Kammer spät in der Nacht an seinen Büchern sitzt. Reker rechnet noch einmal, wie viel Gold ihm vom Terbold diesmal für die falschen Stempel von der Zinsschuld abgezogen wird. Ihr zieht das Dachpergament zur Seite, springt in seine Kammer, den Krabbenmeißel als Waffe zur Hand. Doch Reker hat Euren Schritt vernommen, ist schon halb aufgerichtet, Euer Stich geht fehl. Er ist jung und wehrt sich kräftig, kaum weniger stark als Ihr. Er schlägt Euch den Meißel aus der Hand, das schmale Werkzeug rutscht unter die Truhe, wo wir ihn gefunden haben. Ihr vergeht in Angst, der Reker könne Euch bezwingen. Die Truhe der Leggemeister steht offen, Ihr ergreift die Flachshechel dort auf der Kante, schlagt dem Reker die fünfzig Nägel an dem Brett in den Kopf. Er sackt dahin, sein Blut läuft auf das Leinen, das Reker noch auf dem Tisch liegen hat. Ihr sucht das Blut zu stillen, wickelt ihn darin ein.

Dann beschleicht Euch die Angst, Euer Meißel darf nicht liegen bleiben. Doch die Truhe ist zu schwer für einen Mann selbst von Eurer Stärke. Beim Suchen findet Ihr das grüne Stückchen Seidenstoff, das Reker dem Knuf im Streit aus dem Tuch gerissen hat. Drückt es dem Toten in die Hand, hofft, es werde den Blick auf den Falschen lenken. Ihr bindet die Leiche in Ballen aus dem Leinen, fast so groß als gewöhnlich und schafft den Reker darin nach unten in die Diele.« Leent sah auf seine Hände. »Doch dann begingt Ihr einen Fehler. Auf dem Leintuch waren auch Petschaftflecken vom Siegellack. Ihr habt den Ballen mit dem eingeschnürten Toten tarnen wollen, er sollte aussehen wie jeder Ballen. Rasch habt Ihr noch das Siegel der Legge mit dem Petschaft auf den Knoten gedrückt. Nur wart Ihr das nicht gewohnt, einige Tropfen des Siegelwachses fielen auf die Leinwand. Keinem Prüfmeister, keinem Knuf wäre das unterlaufen.«

Husbeek schnaubte, er stand aber still.

»Das blutige Tuch vom Tisch, das Rekers Blut aufgesogen hat, verstaut Ihr in der Truhe, dann eilt Ihr über das Dach davon wie eine Katze.« Leent rang nach Atem, da machte Husbeek einen Satz zur Vredin hin.

»Margit«, schrie Knuf vom Galgen herab.

Knuf schrie, da hatte Husbeek sie schon um den Hals gepackt und hielt ihr den goldenen Dolch an den Hals.

»Ich steche die Hexe ab, wenn Ihr nicht auf der Stelle widerruft. Sie hat Euch im Bann. Muss erst ihr giftiges Blut fließen, damit der Wahn Euch verlässt?«

Husbeek riss den Hals der Vredin an seinen Bauch. Das goldene Haar verfing sich in Husbeeks Kette vor dem blauen Mantel.

»Herr im Himmel, hilf!«, schrie Knuf. Seine Ketten klirrten an seinen Händen wie die Bande der Hölle.

Da stieg der Hengst hoch, drückte den Husbeek mit der Vredin ins Gras, hob die Hufe, fiel herab, die Eisen trafen das weiße Büßerinnengewand, aber nicht ihr Bein.

»Fasst den Hengst.«

»Greift den Husbeek.«

Der Rat, der Vogt, sie schrien durcheinander. Das Rot-Weiß der Schergen blitzte im Licht, einer zog den Hengst zur Seite, das Volk wich an der Schranke, ein Schlag auf den Schenkel, das Pferd rannte davon. Leent fuhr herum.

Vor ihm auf dem Gras lag der Husbeek auf dem Rücken. Drei Spieße richteten sich auf seinen Hals. Die Vredin kroch auf allen vieren davon.

»So erbarmt Euch doch des Weibes!«, schrie Leent.

Der Augustiner eilte zu ihr und barg ihren Kopf an seinen Knien.

77·

»Kaust du vor Angst an deinen Knöcheln?«

Ertwin zuckte zusammen, Kaspars Kinn wies auf seinen Handrücken. Rötlich hatten sich die Spuren seiner Zähne eingedrückt. »Ach was.«

»Die Schergen reißen dem Husbeek die Dreieckskappe ab … Das Gold dran wird sie reizen … Solch Perlen würde ich auch gern mal verschenken … Schau, sie binden ihn …«

Ertwin rückte an Kaspars Seite heran, so drängelte die alte Quindt zur Schranke.

»Ich will sehen, was sie mit der Hexe machen. Die Vredin hat alle behext, glaubt mir. Immer wenn die an meinem Stand gewesen, ist mir das Salz geronnen.«

»Ach, Quindtin, spinn hier kein Garn, mit Wasser streckst du es allzeit.«

»Still. Der Vogt verlässt den Tisch.«

Ertwin wich den hochgerissenen Armen Kaspars aus. Der Vogt schritt am Galgen entlang zu den Stufen an der linken Seite, der Dompropst und von Leden folgten ihm. Knuf drehte sich ihnen zu. Im Sonnenlicht schien der rot gewandete Vogt zu brennen. Mit beiden Händen griff er nach der Schlinge und hob sie Knuf über den Kopf, sie entschwebte rasch bis zum Balken. Der Henker wickelte das Seil an den Stamm.

»Gottes Vorsehung hat uns vor schwerer Sünde bewahrt. Reimer Knuf, Ihr seid ein freier Mann.«

Hinter den Schranken brach Jubel aus, Hüte flogen, doch sah Ertwin auch viele stumme Münder in den Gesichtern um ihn her.

»Ich glaub's nicht …« Kaspar klappte den Mund zu. »Wenn ich's nicht besser wüsste, dächte ich, ich habe gesoffen …«

Auf einen Wink des Vogts hin kam ein Waffenschmied im braunen Lederwams und brach mit zwei Stangen die Handfesseln auf. Knuf reckte die Hände über den Kopf, schüttelte das wirre Haar.

»Geht vom Galgen, das ist nicht Euer Platz.«

Knuf hielt sich die Hüfte, schritt vorsichtig zu den Stufen, hielt sich an den Dielenbrettern fest. Er erreichte das Gras und lief los, lief zum Augustinermönch. Die Vredin streckte ihm die Arme entgegen, dann riss Knuf sie hoch an seine Brust.

78.

»Reimer.« Margit warf sich an ihn. Sie fühlte die schweißgebadete Brust durch das dünne Hemd, ihr war alles gleich. Sein Leib war warm, war stark, er lebte. Sie presste ihn an sich. »Ich lass dich nie mehr los. Nie mehr.«

Ihre Füße verloren den Boden, das Gras, Luft spürte sie, sie wurde leicht, leicht wie nie. Reimer. »Ich habe gewusst, dass du mich nicht verrätst. Ich hätte längst ... ich wollte nur ... ich wollte es retten.« Seine Lippen küssten ihr Ohr. Die dunkle Stimme floss in sie hinein.

»Du hast recht getan.«

Wieder und wieder flossen die Worte in sie. Ruhe erfasste sie, die Zehen fühlten den Boden, fühlten seine Kraft, ihre Augen nässten sein Hemd. Sie vergaß alles. Reimer wiegte sie.

»Du meine leinenweiße Braut.«

Eine Hand strich ihr über den Kopf, wie sie es seit Kindertagen tat, sanft und kräftig. Vater.

»Sie soll deine Seite vor dem Altar von Sankt Marien im besten schwarzen Brautkleide aus burgundischer Seide zieren, Knuf. Verzeiht mir, meine Kinder, verzeiht eurem alten Vater. Gott hat euch zueinander geführt. Ich ging so fehl in euch.«

79.

Ertwin konnte nicht erkennen, was mit dem Husbeek vor sich ging. Der alte Vrede hatte die Arme um den Knuf und seine

Tochter gebreitet. Nun steckten deren Köpfe zusammen wie die geschnitzte Annaselbdritt in ihrer Kirche.

»Die Schergen ziehen Husbeek vorwärts, was schreit der nur?«

»Ich widerrufe, ich widerrufe, es wird auf mich fallen, ich widerrufe …«

»Das ist nicht der Husbeek, das ist der Jakob Reker.«

Der geschorene Reker lag am Boden vor der Schranke, ein Domherr kniete bei ihm. Dann verstummte er.

Der Vogt wandte sich zur Menge: »Höret das Gericht. Piet Husbeek hat gemeuchelt und betrogen. Sein Leben ist verwirkt. Führt ihn zum Galgen.«

Die Schergen zogen ihn Stufe für Stufe hoch zur Diele. Husbeek setzte keinen Fuß, keinen Schritt, als sei er lahm.

»Die schleppen ihn wie ein Kalb zur Schlachtbank.«

Aber Kälber waren unschuldig. Ertwin wischte sich über die Nasenspitze. »Husbeek hat nichts anderes verdient.«

Die rot-weißen Schergen hielten ihn unter dem Balken auf den Knien aufrecht, der Henker wickelte das Seil wieder vom Stamm, die Schlinge senkte sich. Husbeek zuckte mit dem Kopf, der Henker versetzte ihm einen Faustschlag, Husbeek hustete. Da streifte ihm der grobe Mann die Schlaufe über den Kopf.

Der Vogt nickte dem Dompropst zu, dem Bürgermeister, die seine Geste erwiderten. Der Henker legte die Hand an das Seil, den Blick unverwandt auf den roten Vogt gerichtet.

Der Augustinermönch schritt vor den Galgen und hob das bleiche Haupt mit den eingefallenen Wangen zu den Richtern.

»Auch er hat ein Recht zu bereuen um seiner Seele willen.«

Die rote Feder wippte auf und ab. »So fragt ihn, Mönch.«

Die Stufen noch, drei Schritte, dann stand der Augustiner neben Husbeeks gelbhaarigem Schopf. »Mein Sohn, bereust du deine Übeltat vor Gott?«

Das Haupt drehte sich in der Schlinge wie ein gefangenes Wild. Dann hielt es still. Husbeek nickte. Die dünnen alten Finger des Mönchs strichen ein Kreuz auf Husbeeks Stirn.

Der rechte Arm des Vogts schlug nach unten.

Der Henker griff zu. Die starken Arme rafften Elle um Elle des Seils.

Ertwin hielt die Luft an. Hörte er es knacken in der Höhe des Seils? Der Leib des Goldschmieds wurde hoch zum Balken gerissen, der blaue Ratsherrnmantel fiel am Mönch vorbei auf die Dielen, rutschte weiter über den Rand der Dielenbretter hinunter ins Gras.

Die langen Beine zuckten noch ein wenig, dann wurden die Arme schlaff. Piet Husbeeks Haupt sackte tot zur Brust.

Ertwin sah Husbeeks Schuh fallen, die Henkersknechte stritten schon um den goldenen Gürtel. Was um Ertwin herum der Kaspar schrie, die Quindt, belangte ihn nicht.

Bischof und Rat hatten einig das Blutgericht gesprochen, Gottes Ordnung über der Stadt war wiederhergestellt. Draußen im Stift jedoch verheerten die Böhmen und der Sachsenherzog das Land. Ob Bischof und Rat Osnabrücks Bürger auch davor zu retten vermochten?

Der Mönch murmelte ein Gebet, dann stimmte er ein Bußlied an. Der Bischofsvogt steckte das Richtschwert in die Scheide, wie auch der Bürgermeister das Schwert der Stadt verwahrte. Die drei Richter verließen das Geviert der Richtschranken, das Domkapitel folgte ihnen, dann schlossen sich die Ratsherren dem Zug an.

Das Volk lief schon zu den Seiten weg den Hang hinunter zur Stadt. Dort läuteten die Glocken im Dom.

Kaspar schob Ertwin an den Schultern in die Menge, die sich dem Rat angeschlossen hatte.

Eines Tages, so schwor sich Ertwin Ertmann, würde er diese gedenkenswürdigen Begebnisse in einer Osnabrücker Stadtchronik verzeichnen, auf dass die Nachwelt dieser Mahnungen gewiss bleibe.

Nachwort

In diesem Buch vermischen sich Realität und Fiktion. Die Sorge um die historische Richtigkeit der dargestellten Fakten und der Lebensweise im Mittelalter war beim Schreiben von *Die leinenweiße Braut* immer gegeben. Leider lassen sich viele Fragen zu historischen Personen und zur Stadtgeschichte nicht vollständig aus den Quellen beantworten. Somit habe ich die Lücken in dichterischer Freiheit behutsam geschlossen.

Mein besonderer Dank gilt der Direktorin des Kulturgeschichtlichen Museums Osnabrück, Frau Dr. Eva Berger, die einen Zugang zur Stadtgeschichte ermöglicht und mir wertvolle Quellen zugänglich gemacht hat.

Herrn Bruno Switala von der Denkmalpflege der Stadt Osnabrück verdanke ich eine privilegierte Führung durch die Osnabrücker Steinwerke, die in diesem Buch eine Rolle spielen.

Die freundliche Unterstützung des Hansespezialisten an der Universität Osnabrück, des Historikers Dr. Johannes Ludwig Schipmann, hat mir das komplizierte historische Phänomen der Hanse näher gebracht.

Natürlich gilt mein Dank dem Kulturamt der Stadt, das den Impuls zu diesem Krimi rechtzeitig weitergeleitet hat.

Ich danke Krystyna Kuhn für Zuspruch in dunklen Phasen. Gleichsam danke ich Christina Pfeifer dafür, dass ich vieles an dem komplizierten Prozess des Schreibens neu sehen konnte.

Und ohne die liebevolle Geduld von D.K. hätte ich dieses Buch nicht vollenden können.

Mein herzlicher Dank gilt meiner Lektorin Lisa Kuppler für die kompetente Begleitung dieses Werks.

Carlo Feber
Berlin, im Januar 2006

Glossar

Akzise — Steuer auf den Warenverkauf, in Osnabrück auf den Umsatz von Wein und Leinen

Albe — Einfaches Priesterkleid

Altan — Söller, vom Erdboden aus gestützter balkonartiger Anbau

Altarparamente — Kostbarer Altarschmuck aus textilen Materialien

Begine — Mitglied einer halbklösterlichen Frauenvereinigung

Bruch — Kurze Männerhose, an die Beinlinge angeknüpft wurden

Brüchtengericht, Burgericht — Niederes Stadtgericht zur Klärung einfacher Rechtsstreitigkeiten

Domlettner — Schranke zwischen Chor und Langhaus in mittelalterlichen Kirchen

Familiare — Personen, die als Mitglieder der Kaiserlichen Familie betrachtet wurden und besondere Vorrechte genossen

Feh — Altes Wort für Pelz

Gezaddelt — Rechtwinklig ausgeschnitten wie eine Burgzinne

Gogericht — Niederes Gericht

Gugel — Eng anliegende, kappenförmige Kopfbedeckung, die den Hals umschließt und bis zu den Schultern reicht

Heuke	Überwurfmantel der Beginen
Kebskinder	Uneheliche Kinder
Kebsweiber	Nebenfrauen
Legge	Städtisches Haus, in dem das im Stift Osnabrück erzeugte Leinengewebe aufgrund eines bischöflichen Privilegs zur Prüfung und Qualitätsstempelung vorgelegt werden musste
Leichims	Essen für die Trauergäste nach einer Beerdigung
Löwentlinnen	Bezeichnung für besonders feines Leinengewebe aus Westfalen
Muhme	Altes Wort für Tante
nach Urbani, nach Judica, nach Viti	Zeitangaben nach den Heiligen der Sonntage im Kirchenkalender
Petschaft	Siegelstempel
Präbende	Kirchliche Pfründe, Wohnstatt eines Domherrn
Prälat	Geistlicher Würdenträger
Sate der Stadt	Schriftlich festgelegte Rechtsordnung der Stadt Osnabrück
Schaff	Regal
Stalhof	Handelskontor und Niederlassung der Hanse in London
Urfehde	Eidliches Friedensversprechen mit Verzicht auf Rache
Wadenwickler	Gewickelte Beinkleider, die wie eine Hose getragen wurden

Waldhufen	Bäuerliche Siedlung auf gerodetem Waldland
Wart- und *Wakendienst*	Dienstpflicht der männlichen, freien Bürger bei der militärischen Verteidigung der Stadt
Wimperge	Schlanker gotischer Ziergiebel über einem Fenster, einer Türöffnung, einer Seite einer Konsole oder eines Baldachins

Andreas Weber

Tödliche Maskerade

Ein Hansekrimi

Taschenbuch 52813

221 Seiten

ISBN 3-434-52813-X

Hamburg 1377: Ein Jahr nach dem gewaltsamen Tod seiner geliebten Freundin Marta will der Berliner Kaufmannssohn Thomas Hovemann einen Schlussstrich unter Vergangenes ziehen und einen Neuanfang wagen. Er siedelt nach Hamburg um, heiratet Sieglinde Sauertaig, die Tochter eines gut betuchten Handelsmannes, und hofft auf geschäftlichen Erfolg als Brauherr. Doch der lässt auf sich warten.

Es scheint, dass Thomas nicht willkommen ist in der Hansestadt Hamburg. Was immer unternimmt, es misslingt, als habe eine fremde Macht ihre Hand im Spiel, die darauf aus ist, ihn zu vernichten. Doch plötzlich wendet sich das Blatt, und die Hovemanns gehören schon bald zu den reichsten Bürgern der Stadt. Ihr Glück ist geradezu märchenhaft – bis man Thomas des Mordes verdächtigt …

Silke Urbanski

Safrantod

Ein Hansekrimi

Taschenbuch 52818

263 Seiten

ISBN 3-434-52818-0

Hamburg 1353: Seit sechzehn Jahren liegt die Geistlichkeit mit dem Rat im Streit. Der Papst hat den Bannfluch über die Stadt verhängt. Der Domvikar Diederik Ryben will der hohen Geistlichkeit endlich zum Sieg verhelfen und lässt sich auf einen waghalsigen Plan ein. Kurze Zeit später wird er ermordet aufgefunden. Seine Schwester, die Nonne Reymburg Ryben, erfährt im Kloster Harvestehude bei Hamburg von seinem grausamen Tod. Fast zerbricht sie unter dem Leid, denn kurz zuvor ist angeblich ihre stumme kleine Halbschwester Marie gestorben. Sie sucht Trost bei ihrem Beichtvater Willekin, doch den interessiert nichts als ihr Erbe, welches nach Diederiks Tod verschwunden ist. Reymburg ist fest entschlossen herauszufinden, wer ihre Familie zerstört hat. Als sie das Reliquienkreuz ihres Vaters untersucht, findet sie eine geheime Botschaft des Ermordeten …

Frank Goyke

Der Geselle des Knochenhauers

Ein Hansekrimi

Taschenbuch 52819

265 Seiten

ISBN 3-434-52819-9

Hildesheim im Jahre 1542: In der öffentlichen Badestube wird ein Einbecker Holzhändler erstochen. Am nächsten Abend wird der Hildesheimer Knochenhauer Klingenbiel auf offener Straße erdolcht: der Beginn einer Mordwelle gegen die Klingenbiels, von der schließlich nur die junge Witwe Marie und der Geselle des Knochenhauers verschont bleiben.
Weihbischof Fannemann lässt von den Kanzeln herab die Protestanten als die Schuldigen anprangern. Consul Brandis, Ratsherr der Stadt, will verhindern, dass im katholischen Hildesheim die Reformation ausbricht. Er heuert einen wandernden Zimmergesellen an, der den Dominikanerpater Eusebius und den Novizen Johannes überwachen soll, die wiederum der Weihbischof darauf angesetzt hat, nach dem wahren Täter zu forschen. Eine seltsame Jagd beginnt, die die Beteiligten schließlich in die Folterkammer von Meister Hans führt.

Thomas Prinz

Der Unterhändler der Hanse

Ein Hansekrimi

Taschenbuch 52815

189 Seiten

ISBN 3-434-52815-6

Lübeck / Stralsund 1370: Reinekin Kelmer, Lübecker Kaufmann und Schwiegersohn des Bürgermeisters, hat sich nach dem Tod seiner Frau von allen öffentlichen Ämtern zurückgezogen. Nach zehnjährigem Krieg beginnen in Stralsund die Friedensverhandlungen zwischen Dänemark und der Hanse. Kelmer soll als Unterhändler Lübecks die Verhandlungen führen, doch er lehnt ab. Selbst eine Serie von Anschlägen auf Ratssendboten aus Bremen, Danzig und Wismar, die ebenso wie Lübeck für einen schnellen Frieden mit Dänemark eintreten, kann ihn nicht umstimmen. Erst als der Lübecker Bürgermeister selbst Opfer eines Anschlags wird, entschließt sich Kelmer, die gefährliche Aufgabe zu übernehmen. In Stralsund gilt es nicht nur einen gerechten Frieden mit dem dänischen Reichsdrosten Henning von Putbus auszuhandeln, sondern auch die Anschläge aufzuklären, denn der Mörder ist in der Stadt, und er tötet weiter …

Jürgen Ebertowski

Hanse und Halbmond

Ein Hansekrimi

Taschenbuch 52807

199 Seiten

ISBN 3-434-52807-5

Einbeck um 1500: Im beschaulichen Einbeck wird der Braumeister Dieter Lohe erwürgt und mit mehreren Stichen ins Herz erdolcht. Bartholomäus Freyberg, Schmied und Ratsherr, kann sich vorerst nicht um den seltsamen Mordfall kümmern; er muss wegen Bierpanschereien ins Einbecker Haus nach Hamburg fahren. In Konstantinopel wird einem Hamburger Bernsteinhändler im Schlaf die Kehle durchgeschnitten. Mustafa Pascha, genannt »Der Blitz«, muss sehen, wie er seinem Sultan Bayezid die schönen Bernsteine, das »Gold des Nordens«, besorgen kann, ohne teure Umwege über die venezianischen Händler zu nehmen.

In Hamburg scheinen die Spuren der Mörder zusammenzulaufen. Wer sind die seltsamen Südländer, die mit dem Hamburger Bernsteinhändler und dem Einbecker Braumeister in tödlichem Streit aneinander geraten sind?

Die Hanse